失われた
ものたちの国
ジョン・コナリー
田内志文／訳
東京創元社

失われたものたちの国

キャメロンとミーガン、アリスターとアラナ、
そしてジェニーに――みんな、再びおとぎ話を読めるくらいの年齢に成長した。

本は死んだものではなく、
生み出した者と変わることのない活発な生命の力を内に宿している。
ジョン・ミルトン『アレオパジティカ』

1

Uhtceare

（古英語）

夜明け前、心細さで睡《ねむ》れぬまま身を横たえていること

むかしむかしのこの間《あいだ》——ときとして物語は、このように続くものですが——あるところに、娘を盗まれてしまった母親がおりました。とはいえ、その小さな女の子の姿はちゃんと見えます。肌に手を触れ、髪を撫でてやることもできます。ゆっくりと上下する胸も見えますし、その小さな胸にそっと手を置けば、とくとくと打つ心臓の鼓動も伝わってきます。ですがその子は何も言わず、瞼《まぶた》も閉じているのです。チューブのおかげで呼吸し、チューブのおかげで栄養を摂ってはいますが、母親にしてみれば最愛の娘の中身がすっかりどこかに行ってしまったかに思え、ベッドに横たわる体は、まるで肉体から抜け出してしまった魂が戻ってきて蘇《よみがえ》るのを待っている抜け殻《がら》か、それともマネキンのようなのでした。

はじめのうち母親は、きっと娘はいなくなってなどおらずただ睡っているだけで、愛する者の声が物語を読んで聞かせたり、近ごろ起きたできごとを語ったりすれば、きっと目覚めさせることができるはずと信じていました。けれど数日が数週間になり、数週間が数ヶ月になるにつれて彼女は、娘の中に宿る命をだんだんと信じられなくなり、自分の娘だったものが何もかも、自分に意味を与えてくれたものが何もかも——娘との会話も、娘の笑い声も、そして娘の泣き声ですら

も――もう二度と戻らず、自分は永久《とこしえ》に取り残されてしまうのではないかと恐ろしくなっていきました。

母親の名前はセレスといい、娘はフィービーと呼ばれていました。かつてはひとり男の人も一緒でした――ですが父親ではありません。少女が生まれもしないうちにふたりを養うのをやめ姿を消してしまったものですから、セレスはその言葉の持つ威厳を彼に与えることを拒絶したのです。セレスの知る限り彼はオーストラリアのどこかで生きており、娘の人生の一部になろうという欲求を見せたことなどどちらりともありません。素直に言うと、セレスはこの状況を歓迎していました。相手の男に対して永遠の愛などこれっぽっちも感じませんでしたし、近づいてこないくらいがちょうどよかったのです。フィービーを作る手助けをしてくれたことへのちょっとした感謝は持ち続けていましたし、折に触れて娘のまなざしや微笑《ほほえ》みの中に彼が微《かす》かに見えることもありはしたものの、そんなものは些細なことでした。電車の通り過ぎていくプラットフォームで見覚えのあるような顔をちらりと見かけるようなもので、目にしたところですぐに忘れてしまうくらいの話だったのです。フィービーのほうもまた彼に対して最低限の興味くらいは示しましたが、話をしたり会ったりしたければできるのよとセレスが気遣《きづか》っても、彼と結びつきを持ちたいという気持ちはまったく抱いていないのでした。彼はSNSなどは悪魔の所業だと言ってひとつも使ってはいなかったものの、彼の知り合いは何人かFacebookにいましたし、何か彼にメッセージがあれば彼らが届けてくれるはずだとセレスには分かっていました。

とはいえそんなことをする必要などまったく生じなかったのですが、それもあの事故が起きるまでのことでした。セレスはあまりの辛苦をひとりで堪《こら》えきれなくなると事故のあらましを彼にも伝えたくなったのですが、いくら伝えようとしてもまったく梨《なし》の礫《つぶて》で、重荷はまったく減りはしませんでした。ようやく知り合いを経由して返事が来はしたものの、届いたのはなんともそっけないお見舞いなのでした。たった一行、この不幸を聞いて残念だ、フィービーの一日も早い回復を願っていると書かれているだけで、自分の一部である我が子が苦しんでいるのは自動車と八歳の少女の繊細な肉体との破滅的な衝突による怪我などではなく、インフルエンザかはしかのせいででもあるかのような言い草だったのです。

　セレスは初めて、フィービーの父親に憎しみを感じました。運転をしながらメールを打つ愚か者に――しかも妻ではなく愛人にメールを送っているのですから、愚か者であるばかりか裏切り者に――抱くのと変わらぬほどの憎しみを。運転手の男は事故の数日後に病院を訪《おとな》いましたが、話などしたくもなかったセレスは出ていくように要求するしかありませんでした。それからというもの、男はセレスに直接話そうとしたり、弁護士を通して接触しようとしたりしましたが、セレスは彼に望むことなど何ひとつありませんでした。最初は訴える気にすらならなかったのですが、フィービーがどれだけ長く昏睡《こんすい》状態のままでいるのかも分からないのだから、娘の医療費のためだけにも訴えなくては駄目だと助言を受けたのでした。床《とこ》ずれを起こさぬよういつも看護師たちに寝返りを打たせてもらい、医療技術の力だけを頼りに命を繋がなくてはなりません。フィービーは事故の衝撃で地面に頭を打ち付けてしまったものですから、他の怪我がいずれ癒《い》えるにせよ脳のどこかが損傷を負ったまま、いつ癒えるのかも、そもそもいずれ自然と癒えてくれるのかも、誰にも分からなかったのです。

　ひとりの人間がこの世界に存在し続けるという事実を解釈するための見知らぬ方法が、まったく新しい語彙《ごい》の数々が、セレスの前に出現しました。脳水腫《のうすいしゅ》、軸索《じくさく》傷害、そして母と子にとってとりわけ重要となったのは、グラスゴー・コーマ・スケール、つまりフィービーの意識レベル――さらに言うならば、フィービーの生きる権利と言ってもいいかもしれません――を判断するための測定基準です。開眼、言語反応、運動反応のスコアが五点を下回れば、死が訪れるか、永続的な植物状態となる可能性が八〇パーセントになります。スコアが十一点を超えると、回復の可能性がおよそ九〇パーセントと見積もられます。フィービーのように、そのふたつのスコアの間をたゆたっている場合は、そう……。

フィービーは脳幹死ではない、というのは重要なことでした。彼女の脳にはまだ、微かな活動が見て取れたのです。医師たちは彼女が苦しんでいないと確信していましたが、果たして誰にそんなことが断言できるでしょう？（医師たちはいつでもしまいになると、静かな声で付け足すようにこう言うのです。**断言など誰にもできませんからね。苦痛はまったく感じていないと私たちは思いますが、それでも……**）**脳は非常に複雑な器官ですからね。いいですか、判断する方法がないのですよ。**

病院でされた話し合いの中で医師たちは、この先もフィービーに回復の兆《きざ》しがまったく見られないのであれば――ここで声の調子を変え、悲しげに小さな笑みを浮かべて――逝かせてあげるのが優しさだろうと告げたのでした。

セレスは医師たちの顔に希望を読み取ろうとしましたが、彼らの顔には同情しか浮かんではいませんでした。同情など欲しくはありません。彼女はただ、娘に戻ってきてほしいだけなのです。

十月二十九日。それはあの事故以来セレスが初めて病室に行かなかった日、初めてフィービーと過ごさなかった日でした。休もうと腰掛けた椅子から、セレスの肉体がどうしても持ち上がってくれなかったのです。肉体はすっかりくたくたで、すっかりやつれ果てており、彼女は瞼を閉じてまた睡《ねむ》りに落ちたのでした。しばらくして夕焼けを浴びながら同じ椅子で目を覚ました彼女は、強烈な罪悪感にむせび泣きました。電話を確認します。きっと睡《ねむ》りこけている間に病院から、自分がいなかった間に――いや、自分がいなかったせいで――フィービーがついに儚《はかな》くなってしまい、彼女の輝きが永遠に消え去ってしまったのだとメッセージが届いているに違いありません。しかしそんなメッセージは届いておらず、セレスが病院に電話をかけてみると、何もかもいつもどおりで、おそらくこれからもずっと変わらないだろうと告げられたのでした。身動きひとつせず声も立てずにいるのだと。

それが始まりでした。間もなく彼女は七日のうち五日、ときには四日しか病院を訪れなくなり、以前のように毎日行くことは二度となくなりました。セレスはもう以前のように差し迫った責任感を覚えてはいませんでしたが、その感情は今もなお彼女の背後に、亡霊のような灰色の影として漂い続けていました。彼女が家にいるときには朝も昼もリビングの影に取り憑き、たまさかセレスが夜にテレビを消すと、暗くなった画面にぼんやりと映り込むその姿がセレスにも見えました。亡霊はいくつもの顔を持っており、ときには彼女自身の顔になることすらありました。なにせ彼女はひとりの子供をこの世界に産み落とし、護りきることに失敗してしまったのです。ふたりでバラム・ハイ・ロードを横断している最中、フィービーを何歩か先に行かせてしまったのです。静かな交差点の縁石《えんせき》からほんの数フィート離れたところで、繋いでいた手をフィービーがすり抜けてしまったのでした。ほんの一瞬の不注意でしたが、数秒後に霞《かす》むほどの勢いで何かがやってきて鈍い衝突音が響き、セレスの知っていた娘はいなくなってしまったのです。娘がいたはずの場所には、取り換《チェンジ》え子《リング》（人間の子供が連れ去られたとき代わりに置き去りにされる妖精の子供のこと）が残されていたのです。

暗闇には姿を持つ罪悪感だけではなく、より古く、より執念深い何かも形を取り、棲み着いていました。それは死そのものでした。いえ、女性の特徴を持っていましたから、それではなく彼女と呼ぶべきでしょうか。病院で過ごす恐ろしい夜に娘のとなりでうとうとしはじめると、死が好機を窺《うかが》いながら宙を漂っているのをセレスは感じました。もしフィービーがもっと強く地面に叩きつけられていたならば、死はバラム・ハイ・ロードで彼女を連れ去ってしまっていたでしょうが、今のフィービーは手が届きそうで届かぬところで横たわっているのです。セレスは死が焦れているのを感じ、ともすれば親切にすら聞こえそうな声でこう言うのを聞きました。「これ以上耐えきれなくなったら、そのときは言いなさい。あなたたちふたりとも、私が解放してあげるのだから」

セレスには、屈しないだけで精一杯なのでした。

2

Putherry
（スタッフォードシャー）

嵐が訪れる前の、湿気を帯びた深い静寂

セレスは雨に濡れそぼった姿で、いつもより少し遅れて病院に着きました。腕には一冊の童話集を抱えていました。フィービーがまだ小さな子供だったころから大好きだったのに、まだ一度も自分で読んだことのない一冊です。フィービーにとっては読んでもらったことしかなく、それも普段は夜に読んでもらうものですから、この本に抱く愛情も、この本が持つ力も、すべては母の声が持つ響きと結びついているのでした。フィービーは大きくなってからもセレスに読んでもらうのが大好きでしたが、それはこの本一冊に限られた話で、しかも悲しみや不安を感じているときだけでした。童話集はもう角が潰れており、指紋やお茶をこぼした染みで汚れていましたが、それでもこれはふたりの本でした。ふたりの間にある結びつきの象徴でした。

昔セレスの父親は、本にはそれを読んだ人たちの跡が残っているのだと話してくれました。細かな皮膚《ひふ》片や、ページの隙間に見つかる細かい毛や、指紋が残した脂《あぶら》や、ときには血や涙が見つかることもあり、本が読者の一部になるのと同じように読者が本の一部になるのだというのです。どの本もページを開いた誰かの記録であり、生きている者も死した者もそこに残されているのです。もしフィービーが死んでしまっ

たら、セレスはこの童話の本を一緒に褥《しとね》に入れてあげようと決めていました。そうすればフィービーは次の世界にそれを持っていき、いずれ母親がやってくるまで傍《そば》に持っていることができるでしょう。セレスには、もしフィービーが儚くなってしまったならば、自分も遠からぬうちにその後を追うことになると分かっていたのです。娘がただの記憶になり果ててしまった世界になど、残っていたくはありません。自分の携帯に残されたフィービーの動画を観たり音声を聞いたりしてもまったく心が安らがないのにはそんな理由もあるのだと、セレスは思いました。そんなものは遺物や、亡霊にも似た過去の形像でしかありません。セレスは逝ってしまったフィービーではなく、これから先のフィービーを見ていたいのです。

病院の入口のとなりにかけられた掲示板には病気の子を持つ両親に向けて、毎週水曜夜には支援グループの集まりがあり、集会のあとには軽食も出ると書かれていました。セレスも一度だけ出たことがあり、他の人たちが自分のつらい気持ちをみんなに話すのを聞きながら、口を開くことなくじっと座っていました。中には、セレスよりつらい目に遭っている親たちもちらほらいました。彼女はまだフィービーへの望みを抱いていましたが、その夜、周りには二度と回復の見込みのない、大人になるまで生き延びられる見込みのない子供を持つ母親や父親しかいないのでした。会に出たセレスはなおさら落ち込み、いつもより強い怒りを感じました。だからもう二度と出席するのをやめ、そこで出会った親たちとすれ違うことがあれば、決して目を合わさないよう努めたのです。

そして、フィービーの事故のせいで自分の身元に変化が起きたことにも気づいていました。もう自分自身ではなく、フィービーちゃんのお母様になっていたのです。病院のスタッフたちは、しょっちゅう彼女をそう呼びました――「フィービーちゃんのお母様がいらっしゃった」「フィービーちゃんのお母様が変わったことはないか聞きたいそうだよ」――フィービーが通っていた学校にいた子供たちの親たちのように。セレスはひとりの自立した人間ではなく、苦しんでいる子供との関係性だけで定義されていたのです。おかげで、自分の居場所が分からなくなってしまったような感覚も、ここが現実ではないような感覚もいやましているのか、彼女はまるで娘と同じように自分まで消え去っていきかけているかのような気持ちなのでした。

フィービーの部屋に入っていくと、ひとりの看護師が挨拶しました。この病院に来た最初の夜、同じ血にまみれたフィービーとセレスにずっと付き添っていてくれた、ステファニーという看護師です。セレスは彼女について何も質問しなかったので、知っているのはステファニーという名前だけでした。あの事故が起きてからというもの、セレスは自分の周りにいる人々がどのように生きているのか、ほとんど興味を失ってしまっていたのです。

ステファニーが本を指さしました。「定番ですね。子供たちはみんな本当にその本が好きですもの」

このさりげない優しさに、セレスは涙が込み上げるのを感じました。フィービーはどんな状態であろうともこの童話を聞き、母が傍につきっきりでいてくれるのを感じ取っているのかもしれません。自分とこの童話集が、彼女の目を覚ますことができるのかもしれません。

「ええ、本当にね。だけど――」セレスは言いかけていた言葉を飲み込みました。「ごめんなさい、やっぱりいいわ。大事なことじゃないから」

「分かりました」ステファニーがうなずきました。「もし気が変わったら話してくださいね」けれど彼女は、仕事をしに出ていこうとはしませんでした。きっと自分にまだ何か用があるのだと、セレスは感じました。

「お帰りになる前に、スチュワート先生がちょっとお話をしたいそうです」ステファニーが言いました。「ご都合のいいときナース・ステーションに立ち寄ってください。ご案内しますので」

スチュワート先生というのは、フィービーの治療責任者を務める主治医でした。忍耐強く気の利く人でしたが、不自然に若いものですからセレスは疑念を抱き続けていました。人々の苦しみにしっかり向かうには今まで生きてきた人生が短すぎると――さらに正確に言えば、じゅうぶんな苦しみを味わっていないと――しか、セレスには思えなかったのです。それに看護師が浮かべる表情の何かが、瞳に浮かぶ何かが、そのお話《い》というのは決して自分の心を軽くしてくれるようなものではないとセレスに告げていたのです。終わりが迫っているのを彼女は感じました。

「分かりました」セレスは答えましたが、心の中では、娘をしっかり胸に抱きシーツをマントのようにして身を包んで病院から逃げ出していく自分を思い描いていました。けれど風にシーツがさらわれて旅立っていく亡霊のように宙に舞い上げられ、気づけば自分の両腕の中は空っぽになっているのです。

「もし私がいなかったら、誰かに呼び出すよう伝えてください」ステファニーが言った。

そしてまた、今度は彼女の微笑みの中に、悲しみが、悔恨《かいこん》が浮かんでいたのです。

セレスは胸の中で言いました。**これは悪夢だわ。死にしか終わらせることのできない、生きた悪夢なんだわ。**

3

Wann
（古英語）

ミヤマガラスの身を包む羽毛の漆黒

セレスは一時間にわたりフィービーに本を読んであげましたが、あまりに気もそぞろで、誰かに物語の内容を訊ねられても答えることができないほどでした。そして読み終えると本をわきに置き、娘の髪をとかしてやりました。枕に乗ったフィービーの頭部が揺れたりしないよう、とても優しい手付きでもつれた髪をほどいてあげたのです。フィービーの瞼は閉じていました。今や、いつでも閉じているのです。その青い瞳がセレスに見えるのはスチュワート先生か研修医が来て、娘の瞳孔反応を見るために指で瞼を開かせるときだけでした。まるでほんの束の間だけ青白い雲が分かれ、そこに空が垣間見えるかのようでした。セレスはヘアブラシを置いてフィービーの両手に保湿クリームを塗り――桃の香りが好きなフィービーのために、桃の香料が入ったクリームです――それからパジャマを直してから、閉じた瞼のはしに付いた小さな睡《ねむ》りのかけらを擦《こす》り落としてやるのでした。そうして短いお世話を終えたセレスはフィービーの右手を取り、一本一本指にキスをしました。

「帰ってきてちょうだい。会いたくて会いたくてたまらないのよ」と囁《ささや》きかけます。

と、窓のほうから物音がしました。顔を上げてみると、ガラスの向こうから自分を覗いている一羽の鳥が見えました。左の目がなく、代わりに二本の爪痕が付いています。鳥は首をかしげてからしゃがれた声でひとつ鳴き、飛び去ってしまいました。

「今の、カラスですか？」

振り向いてみると、病室の入口にステファニーが立っていました。いったいいつからそうしてそこで待っていたのだろうかと、セレスは思いました。

「いいえ」セレスは首を横に振りました。「ミヤマガラスね。昔は戦場によく現れた鳥よ」

「どうして戦場に？」ステファニーが首をかしげました。

「死体を食べるためにね」

いけないと思ったときには、もうその言葉が口から出てしまっていました。

腐食鳥。屍肉食い。

前兆《オーメン》。

ステファニーは、どう答えていいのか分からずにじっとセレスを見つめました。

「なるほど」と、ようやく口を開きます。「でもここにはあんな鳥の餌《えさ》なんて何もありませんよ」

「そうね」セレスもうなずきました。「あるわけがないわ、今日来てもね」

「どうしてそんなことご存じなんですか？　ミヤマガラスとか、いろいろと」

「まだ幼かったころ、父が教えてくれたものだから」

「子供に教えるにしては、変わった話ですね」

セレスはフィービーの手をシーツの上に下ろして立ち上がりました。

「父にしては妙でもなんでもなかったのよ。大学の司書だったし、そのうえ民俗学の素人《しろうと》学者でね。聞いてるほうの目が霞んでくるまで、巨人や魔女や竜の話を聞かされたものなの」

ステファニーがまた、セレスが腕に抱えた本を指さしました。

「だからお母様もフィービーちゃんも、おとぎ話がお好きなんですか？　うちの男の子も、それはもう目がないんですよ。たぶんうちにもまったく同じ本か、よく似てるのが一冊あるはず」

セレスは笑い出しそうになりました。

「これが？　父が見たら、そんな馬鹿げたものをフィービーに読んで聞かせるなんてと、きっとかんかんになったわ」

「どうしてです？」

セレスは、もう五年前に死んだ年老いた父を思い出しました。フィービーはほんの少ししか彼に会うことができなかったし、逆もしかりでした。

「もっと暗いものじゃなきゃ、駄目な人だったから」


スチュワート先生のオフィスは病院の本館ではなく、となりに立つビルの中にありました。セレスはそこへの行きかたを知っていたのですが、それでもステファニーが案内してくれました。セレスはまるで、絞首台に連れられていく囚人のような気持ちでした。デスクの向こうの壁に明るい色の抽象画が一枚飾られていることを除けば、なんの特徴もない部屋でした。先生は結婚して子供がいるのはセレスも知っていましたが、家族の写真もありません。セレスは昔からずっと不思議に思っていました。なぜ医師は専門家としてある程度のレベルに達すると、歳だけを取った地味な男に戻ってしまうのでしょう。もし医師になるため自分が何年も訓練を受けたとしたら、必死の努力の末に手にした称号を隠しておくなどセレスにはとても考えられませんでした。もしかしたら、自分の額《ひたい》にその称号を焼き付けるかもしれません。

彼女はスチュワート先生の向かいにかけると、ちょっとした世間話に興じました。天気の話や、内装業者が入ったばかりで塗りたてのペンキの臭いがしていることへの謝罪などでしたが、ふたりともそんなことには興味もなく、口数はだんだんと減っていき、そのうちついに会話も終わってしまいました。

「おっしゃるべきことがあれば、なんでも言ってください」セレスが口を開きました。「このままただ待っていたのでは、私たちふたりとも死んでしまいます」

できるだけ穏やかに話したつもりでしたが、彼女が思うよりも辛辣《しんらつ》な響きになってしまいました。

「我々は、今までとは違うレベルのケアがフィービーちゃんには必要だと考えています」スチュワート先生が答えました。「治療というよりも、支援的なケアです。あの子の状態に変化は見られませんが、これは考えようによってはいいことです。初めはそう思えないかもしれませんがね。言い換えるなら悪化していないということですし、しばらくの間はあの寝顔どおり、安らかにしてくれていると信じていますよ」

「だけど、他に打てる手は何もないんですか?」セレスは身を乗り出しました。「安らかにさせるよりも、ええと、回復させるためにできることは何も?」

「はい、今できるのはそれだけです。とはいえ、ずっと目を覚まさないと断言しているわけではありませんよ。治療技術の発達や、もしくはフィービーちゃん自身の回復能力次第では、何が起きるか分からないですから」

張り詰めた顔をしている彼を見て、セレスは彼がなぜ妻や子供の写真をデスクに置いていないのかが理解できた気がしました。我が子についての最悪の報《しら》せを聞く両親たちを目の前にして、この人は一日にどれだけこんな会話を強いられ、それに耐えているのでしょうか? 人によっては、胸に抱えた悲哀に折り合いをつけようとしている時に他の誰かの元気な家族の写真を見せつけられたりしたならば、さらに重荷を背負わされるようにしか感じられないでしょう。けれど、セレスは違います。スチュワート先生が毎日自宅に帰ってから子供たちを抱き寄せ、自分がこれまで与えられてきたものへの感謝を伝えていますようにと、それだけを願っているのです。先生に家族がいるのが嬉しくて、彼らの幸せだけを祈っているのです。この世界は、耐えきれぬほどの悲劇に満ちているのですから。

「目を覚ます可能性はどのくらいでしょう?」彼女が言いました。

「脳の活動は限定的なものです」スチュワート先生が答えました。「ですが、それでも活動しているのは確かです。希望を持ちましょう」

セレスは泣き出してしまいました。そんなことをするのは嫌でしたが、この男性の前で涙を流してしまうのは初めてではありませんでした。先生の言うように希望を持ち続けてはいたものの、心は今にも折れそうでしたし、セレスはもうぼろぼろでした。スチュワート先生は何も言いませんでしたが、彼女が落ち着きを取り戻すのをじっと待っていてくれました。

「お仕事のほうはどうです?」

「何もありません」

セレスはコピーライターとしてフリーランスで働いており、そのうち校正まで手掛けるようになりましたが、それももうすべて過去の話でした。事故が起きてからは集中することができず、とても仕事などできなくなり、要するにまったくお金を稼げていないのでした。もう貯金はほとんど使い果たしてしまっていました——ロンドンで暮らすシングルマザーである彼女には、大した蓄えがあるわけではなかったのですが——そして、この先どうやってこんな暮らしを続けていけばいいのか、まったく分からなくなってしまっていたのでした。これも運転手を訴えることに同意した理由のひとつではあったけれど、運転手と彼の弁護士はほんのわずかな中間金さえも断固として払おうとはしませんでした。それを払ってしまえば、いずれ莫大な額を支払わされる口実になってしまうと恐れたからです。セレスもいつもくたくたに疲れ果てていなければ、そのせいで夜には一睡たりともできなかったに違いありません。

「詮索する気はないのですが——」スチュワート先生が口を開きました。

「構いませんよ。隠していることなんて、ろくにありませんから」

「どれほどつらい思いをしておられるのか、気になったものですから」

「かなりつらいですわ。経済的な意味も含めて、あらゆる意味でね」

「私の聞き間違いかもしれませんが」スチュワート先生が言いました。「確かご家族が、バッキンガムシャーに不動産をお持ちとおっしゃっていたかと?」

「ええ」セレスはうなずきました。「オルニーから遠くないところに、小さな家がありますわ。私が子供のころに住んでいた家でね。母はまだ夏にはその小屋で過ごしていますし、私とフィービーもときどき週末を過ごしに行くんですよ」

母親は、ロンドンなどに住んで家賃を無駄にせずその小屋に引っ越してしまえばどうかとよくセレスに言うのですが、セレスは戻りたいと思ったことなど一度もありませんでした。自分の始まりの地に戻れば自分の過《あやま》ちを認めてしまったような気分になるでしょうし、フィービーの学校や友達の輪のことだってよく考えなくてはいけなかったからです。しかし、もはやそんなことは問題ではありませんでした。「どうしてです?」

「あそこにはケア施設があるからですよ。ブレッチリーの郊外で、子供たちのケアを専門とする非常に優れた施設でしてね、脳損傷にかけてかなり特化しているんですよ。〈ランタン・ハウス〉という名前で、まだできたばかりです。私の両親がミルトン・キーンズに住んでいて、私もよく行ったり来たりしているのですが、〈ランタン〉とは仕事上での付き合いもあるんです。もし提案を受け入れていただけるのならば、今すぐにでもフィービーちゃんを移すのが最善でしょう。フィービーちゃんは綿密なケアを受けられますし、私には常に最新情報が届きますし、それに慈善団体ですからお金の問題に頭を悩まされることもありません――とりあえず、今のようにはね。今の状況を考えると、全員にとって〈ランタン〉がいちばんの選択肢なんですよ。ですが、フィービーちゃんを見捨てるということではありませんよ。それはご理解ください」

セレスはうなずきましたが、本心ではありませんでした。この病院はフィービーを見捨てようとしているのだ――少なくとも、セレスにはそう見えたのです。それに、慈善という言葉も突き刺さりました。今までずっと自分でお金を払ってきたというのに、自分もフィービーもすっかり落ちぶれてしまったような気持ちになったからです。なんの力もない無能になったような気分でした。

「じゃあ、そこに移しましょう」彼女は答えました。

そうして、そのとおりにしたのでした。

日が落ちると一気に寒くなりました。十一月、いよいよ冬が勢いを増しはじめたのです。スチュワート先生との面会を終えてほんの何分かしか経っていないのに、セレスはもう人生を新たにする計画を立てはじめていました。もう彼女には、ロンドンを離れることを躊躇《ためら》う理由など、これといってありませんでした。フィービーが車にはねられた通りは今でも意識して通らないようにしていますし、あの事故から放たれる暗闇は、南ロンドンを走る短い通りからどんどん広がり、街の隅々にまで広がっているように感じられたのです。彼女がどんな不安をバッキンガムシャーに抱いていようとも、あそこに戻れば闇のひとつからは逃れられますし、環境が変わればまた仕事ができるようになるかもしれません。

冬の王が玉座に就き、世界のすべてが変わったのです。

4

Anhaga
(古英語)

独りきりで暮らす人

　引っ越しがすべて終わるのに、三週間かかりました。〈ランタン・ハウス〉にフィービーを受け入れてもらうための準備をしなければいけませんでしたし、小屋で長く暮らす用意にもあれこれと手がかかったのです。ロンドンでセレスが借りていた部屋の大家は、退去をとても残念がりました——セレスはいい借り手で、騒ぎも起こしませんでしたし、何かを壊してお金がかかるようなこともなかったのです——が、セレスが出ていったら家賃を上げてみようと思うと、彼の抱く悲しみはどれも和《やわ》らいでくれるのでした。セレスの友人たち——とはいえ片手の指で足りるほどしかいません。ロンドンは友情を育むのが難しい街ですし、ひとりで働いている人にとってはなおさらですから——がさよならパーティーを開いてくれましたが控えめなものでしたし、セレスには、遊びに行くという約束を守ってくれる人などほとんどいないだろうと分かっていました。どれだけ彼女に心を寄り添わせようとしても、人が誰かに向ける時間や気遣いや心配というものは限られているもので、どんなに心の広い人であろうとも、他人に抱く胸の痛みや悲しみはいずれ枯れ果ててしまうのです。

　娘が事故に遭ってからというもの、どこに行っても周囲の人々の態度が変わったことに、セレスは気づいていました。

ときには、かつて自分も誘われていたようなディナー・パーティーやレストランでの会食が自分を抜きにしてこっそり行われているのも知っていましたが、出席する人々を恨むような気持ちは抱きませんでした。彼女自身もあの事故のあと何度か親しい知り合いたちに囲まれて何杯かワインを飲み、人の冗談や話に声をたてて笑ってからすぐに後悔し、顔でもひっぱたかれたかのように酔いが醒《さ》めてしまったことがありました。我が子が生と死の境を彷徨《さまよ》っている間に大声で笑うなど、許されることでしょうか？　ＱＯＬ《クオリティ・オブ・ライフ》などというあまりにも漠然とした概念を理由に娘の地上での生涯を終わらせる決断を迫られる日は、果たしていつ訪れるのでしょうか？

　それに、セレスは不安なのです。もし自分の身に何か起きてしまったらどうなるのでしょう？　病気になったり、死んでしまったりしたら、どうなるのでしょうか？　そうしたら、誰がフィービーのことを決断してくれるというのでしょう？　プロを探すしかありません。友達には頼めませんし、母親ももう七十歳を超えた今、そんな重い責任を喜んで引き受けたりはしないでしょうから。病院からは、自分の意思を遺書にしておくよう勧められましたが、今のところ、そうする気はありません。医療行為の打ち切りによる我が子の死を想定して親に予定を立てさせるなど、そんなことは間違っています。そんなことを想像して、正気でいることなどとてもできやしません。親しい誰かにそんな重荷を背負わせるなど、セレスにできるわけがないではありませんか。

　弁護士たちも、事故に関するセレスの証言を裏付けるべく目撃者に話を聞き、証拠写真や地図、略図を集め、まだ動いていました。質問や、聴聞や話し合いの進展の書かれた新しい書面が毎週のように郵便で届きました。人生はもはや娘の人生と切り離すことができなくなっており、セレスはもう、自分が何者であるのかすらも分からなくなってしまっているのでした。時間の流れにも意味などなくなり、目的も達成感もないまま丸一日が過ぎていきます。セレスは確かに存在していましたが、フィービーと同じように、本当には生きてなどいないのでした。

フィービーが〈ランタン・ハウス〉に移された日、セレスは手元に残されたふたりの所持品をすべて自分の車のシートに載せ、救急車の後を付いていきました。携帯型の人工呼吸器に繋がれた娘のとなりに乗って移動することもできたのですが、そうはしませんでした。理由は自分でもうまく説明できないのですが、したくもない会話を強いられるよりはひとりきりでいるほうがよかったのです。昏睡状態の娘を乗せた車の中ともなれば、なおさらです。彼女の窮地を何も知らない赤の他人と接するのは気楽なものでした——何人かの友人たちよりも気楽だったのです。車を走らせながら彼女は、まだ夏の干ばつから草地が立ち直りきっていないのに気づきました。干ばつになると大地は干上がり、彼女が少女時代に見ていた豊かな緑とは似つかぬくすんだ黄色に変わります。干ばつは毎年ひどくなっていくようでしたが、それは他の多くのものごとも同じことなのでした。

〈ランタン・ハウス〉はよく手入れのされた庭園に囲まれ、道路から見えないよう木立に覆われた、とても現代的な建物でした。聞いた話によると、どの部屋も芝生や木々、そして花々が見えるような配置になっており、季節のうつろいに伴い夏の花をユキノハナ、クリスマスローズ、マホニア、月桂樹、クレマチスに植え替えたとのことでした。フィービーに与えられた部屋にはうっすらとスイカズラの香りが漂っており、セレスが窓の外を眺めてみると、ほとんど裸になった枝にクリーム色をした花々がついているのが見えました。冬に活動するマルハナバチが二匹、花から花へと飛び回っており、その姿を眺めていると安心感が湧き上がってきました。フィービーはマルハナバチが大好きです。小さいのに見ようによっては想像を絶するほど巨大なこのハチは、とても俊敏で、そのうえ優雅なのです。

「だけど、どうやって飛んでるの？」フィービーは、そう質問したものでした。「羽はこんなに小さいのに、体がこんなに大きいんだよ？」

「分からないけど、とにかく飛べるのよ」

「わたし、大人になったらマルハナバチになりたい」

「そうなの？」

「一日だけね。どんな気持ちか知りたいんだもん」

「よし、リストに加えておきましょう」

リストには他にも、いろいろな動物がいます。カワセミ、ミミズ、クジラ、イルカ、キリン、ゾウ（アフリカゾウもインドゾウも）、小型犬あれこれ、蝶《ちょう》（蛾《が》は含みません）、クロウタドリ、ミーアキャット、そのうえ悪趣味な好奇心からフンコロガシまで入っています。リストは――無期限で止まってしまった人生の計画書は――本当に作ってあって、封筒に入れてキッチンのコルクボードに画鋲《がびょう》で留めてありました。

セレスの名前を呼ぶ声が聞こえました。

「ごめんなさい、ちょっと考えごとをしていて」彼女は答えました。

職員は大柄で背が高く、そこはかとなく訛《なま》っていました。名前はオリヴィエで、セレスが初めて施設に来たときに教えてくれました。〈ランタン・ハウス〉やロンドンで通っていた病院で働くほとんどの職員と同様、彼もイングランドの外からやってきており、モザンビーク出身とのことでした。セレスは、ふと考え込んでしまいました。みんな故郷を遠く離れ、清掃をし、患者を受け持ち、他人の子供たちを元気づけ、この国の人々がやりたがらない仕事をしているのだと。

オリヴィエは、フィービーが救急車から運び出されるとすぐに話しかけてくれました。ここがどこで、今からどこに向かい、これからどうなるのか、ストレッチャーからベッドへとフィービーを移しながらすべて説明してくれました。彼はフィービーのことを、自分が伝えたことをなんでも理解する健常な子供としてしか扱わず、大柄な体に似つかわしくないその優しさは、とても印象的でした。なぜなら、セレスは背丈が一七〇センチ近くもあるというのに、オリヴィエはそれより最低でも三〇センチは高いのです。

「フィービーちゃんができるだけ快適に過ごせるように整えたよ、と伝えたところです」オリヴィエが言いました。「お母様も、お好きなだけあの子に付いていてあげてください。もしくは、いつでも好きなときに、お気の済むだけいらしてください。フィービーちゃんのとなりでお休みになりたければ、あのソファを広げればベッドになります。ご希望なら、ご両親用のお部屋《スイート》の用意もありますしね。ご注意は一点だけ、緊急時でない限り夜九時以降の来院はご遠慮いただいています。ぐっすり睡《ねむ》っている他の子供たちを起こしてしまうといけないですから」

「分かりました……フィービーにそんなにもよくしてくださって、ありがとうございます」

オリヴィエは、誰でも自分がしたようにするのではないのかと心から困惑したような顔をしてみせ、セレスは娘が来るべきところに来たのだと確信しました。

「さてと」オリヴィエが言いました。「おふたりだけにしましょう。あとで、フィービーちゃんに何も問題がないか確認するため、また顔を出しますよ」そして、フィービーの手を軽く叩いてから部屋を出ていったのでした。

「あなたは、巨人さんに守ってもらっているのよ。あの人がいれば、誰もあなたを傷つけようなんて思わないわ」セレスはフィービーにそっと声をかけながら、影を見つめました。

太陽は沈みかけており、もうすぐ暗くなります。大変な一日でくたくたでしたが、セレスはおとぎ話の本をバッグから取り出すと、何も反応してくれない娘に物語を語りはじめました。

ふたりの踊り子の話

むかしむかし、今のドイツでいうアーヘンの町の傍に、アガーテという女の人が住んでいました。そのあたりではよくある名前だったので、彼女はアガーテ・デス・ゾネンリヒト、つまり陽光のアガーテと呼ばれていました。陽光のようにまばゆい金色の髪をしていましたし、まるで太陽みたいに明るく美しい、澄みきった心の持ち主だったからです。彼女は、夫を亡くした母親や弟と妹の面倒をよく見ていましたし、ふたりの手を借りて小さな土地で畑仕事もしていました。家族のことを考えるあまり、アガーテは結婚など考えもしませんでした。どんな男性が夫になろうとも、自分のように家族に愛情を注ぎ、優しくしてくれるという信頼が置けなかったのです――それに実を言うと一家はあまり裕福とはいえず持参金を出すこともできなかったので、アガーテより美しくも優しくもない女性たちよりも、求婚してくる男性が少なかったのでした。

けれど彼女は、人の性格を見抜くのが実に上手でした。お母さんを見て学んだのです。お母さんはそのお母さんから学び、そのお母さんはそのまたお母さんから学んだので、つまりアガーテは何世代にもわたる女性の知識を受け継いでいるのでした――賢い者なら誰でも、とても役に立つと言うに決まっている知識を。アガーテは男の人の目を見れば射抜くように心の中まで見通すことができましたが、その話はお母さんにしかしませんでした。人に憎まれるのも嫌でしたし、ただの常識や洞察力のために魔女の烙印《らくいん》を捺《お》される危険を冒したくはなかったからです。

家族を別にして、彼女にひとつ愛があるとするならば、それはダンスへの愛でした。ひとりきりのときには、知らず知らずのうちに土や草の地面の起伏に応じて歩く足がパヴァーヌやカドリールを踏み、ひと目で彼女のものと分かる足跡を残していくのでした。祝祭の日の朝に音楽が流れだすと彼女は最初に目を覚まし、やがて音楽が鳴り止み最後のひとりになるまで腰を下ろしませんでした。アガーテはとても優雅で、とてもしなやかで、どんな奏者の奏でる旋律とも溶け合うことができましたし、どんなに踊りの下手なパートナーであろうとも見事な踊り手に変えてしまいました。まるで尽きることなき彼女の才能が溢れ出し、周囲の人々の中にまで流れ込んでしまうようなのです。おかげでときどき、同じ村に住む自分よりも粗野な娘たちや、ときにはもっと洗練された娘たちからさえも嫉妬されることがありましたが、なにしろアガーテがとても優しく、心の広い娘だったものですから、しつこく恨みを抱《いだ》き続ける者などほとんどいませんでした。

とはいえ、ほとんどいないというのは、まったくいないのとは違います。アガーテの家から丘をひとつ越えたところに、オザンナという娘が住んでいました。アガーテにほとんど劣らないくらいに美しく、ほとんど劣らないくらいに賢く、ほとんど劣らないくらいに優雅な娘でしたが、ほんのわずか及ばないのだと思うと、この娘は心臓に短剣を突き立てられるような苦痛を感じるのでした。オザンナはときどきアガーテが踊るのを森の中からこっそり盗み見ては、つまずけ、転べ、ステップを踏み間違えて悲鳴をあげろ、骨の折れる音が響き渡れ、と胸の中で念じました。けれどアガーテの足取りときたらそれは見事なものでしたから、オザンナの夢の中でのようにつまずくことなど決してありませんでした。しかしオザンナの抱く嫉妬はあまりにも強烈で、怨念はとても毒々しかったものですから、そんな感情が彼女の存在そのものを変えてしまい、やがてオザンナは睡《ねむ》っていようが起きていようが心の中まですっかりアガーテと同じになってしまったのでした。

けれど私たちは自分の妄想には気をつけ、夢には警戒しなくてはなりません。何者かが最悪の妄想や夢を聞きつけ、目にし、それを元に行動を起こしてしまうことがないように。

アガーテの町ではカーネヴァルスディエンスタッグ――告解の火曜日とも言います――に特別な舞踏会を開く風習がありました。四旬節の断食《だんじき》が始まる前にご馳走を並べ、みんなで賑《にぎ》やかに過ごすのです。祭りの日が近づくとアガーテは毎日踊り明かし、自分にしか聞こえない音楽に没頭しました。カーネヴァルスディエンスタッグの朝、新緑に覆われた野原を踊り回っていたアガーテはすっかり夢中になってしまい、自分の足跡のとなりに見知らぬ足跡が残されているのにも気づきませんでした。彼女と同じくらいに熟練し、なんの苦もなくステップに付いてくることのできる姿の見えない踊り手に、踊りをそのまま真似られているかのようなのです。そして、ときどきそうするようにに鼻歌を口ずさむと、別の声がまったく同じメロディーを口ずさみましたが、その声は虫の羽ばたきと聞き間違えてしまうような低い音や、かと思えば木立に止まる鳥たちにしか聞こえぬような高い音で、その声に驚いた鳥たちは枝から飛び去っていくのでした。

その夜、睡《ねむ》っているアガーテを窓から覗き込む影がありました。まったき暗闇を投げかけながら。

カーネヴァルスディエンスタッグが訪れ、楽隊が演奏を始めると、アガーテはいつものようにまっ先に立ち上がり、声をかけられれば子供とも年寄りとも、ダンスの下手な者とも上手い者とも、みんなと一緒に踊りました。たとえ自分が上手に踊れなかったとしても、アガーテは、相手の気持ちを傷つけたり、相手が見物人から嘲《ちょう》笑《しょう》されたりすることがないよう、誘いを断ったりはしなかったでしょう。彼女はつまずきもしなければ、疲れもしませんでした。松明《たいまつ》に火が灯され、祝祭がどんどん大きく、どんどん賑やかになってもアガーテは踊り続け、ついに踊りのできる町の男たちは、ひとり残らず彼女とステップを踏み終えてしまいました。

やがて、雲がひとつ月を横切り――雲ひとつない夜だったのですが――松明の炎が小さくゆらめくと――風も吹かぬ夜だったのですが――見知らぬ人影がひとつ、群衆の中を通り抜けていきました。祝祭に集まった人々は、その人影に気づかぬうちから道を譲りました。視覚や聴覚よりも深くに古くから潜む臆病な部分が近づいてくる人影を感じ取り、自分たちの身を守ろうとしたのです。人影は誰にも触れず、誰も人影に触れませんでした。

男は背が高くて見目よく、髪は黒く、歯は白く艶《つや》やかで、肌にはしみひとつなく、無情な目をしていました。黒ずくめの服は飾りひとつないものの仕立てがよく、革のブーツはまるで初めて履いたかのように光を放っていいます。誰も男に見覚えはありませんでしたが誰もがまるで見知った誰かのような気持ちになり――特にオザンナは誰よりもそう感じました。そう、オザンナは男を知っていました。夢の中で何度か見かけたことがあったからです。

怪しい男はようやくアガーテの前にやってきて、手を差し出しました。

「私と踊ってください」彼が言いました。

アガーテは男の目の奥をじっと見つめると、何者かを見抜きました。外見《そとみ》は背が高くとも中身は背が低く、美しくともぼろぼろに荒れ果て、甘やかに見えても腐臭を放ち、すらりとしていようともねじくれていたのです――とても、とても、ねじくれていたのです。

「あなたとは踊りません」アガーテは首を横に振りました。

「前は踊ってくれたじゃないか」

それを聞いたアガーテは初めて、草地に付いたあの足跡を、姿の見えない虫たちの羽音を、敵もいないのに飛び立った鳥たちの姿に思い至り、自分がどれほど呑気に過ごしていたのか気づいたのでした。

「そうだとしたら、それは私の意思ではありません」彼女は答えました。「それに、そんなものはダンスでもなんでもありません」

「私は君がパートナーに相応《ふさわ》しいかどうか、確かめたかったんだよ。そんなにいけないことかい？」

「そう思いますわ」アガーテはうなずきました。

男の冬のように寒々とした灰色の目が、さらに凍てつきました。

「もう一度訊ねよう。私と踊りたまえ」

「私ももう一度お答えします」アガーテが言いました。「あなたと踊る気はありません」

男の歯が夜気を嚙んだのが、アガーテにも見えました。いつの間にか、変色した林檎《りんご》の果肉のような黄色になっているのでした。

「他の連中とは踊ったじゃないか」男が言いました。「なのに、なぜ私には応じてくれないのだ？」

「あなたがお姿を偽っておいでだからです」

両腕を広げる男に全員の視線が集まっていました。誰もがぴたりと静まり返り、楽隊すら演奏をやめています。

「偽っていない者など、どこにいよう？」男が言いました。「君は高慢だが、それは神父の言うとおり、あらゆる罪の中でももっとも重い原罪だ。その罪を犯しているのは君ひとりではないがね。あの男は――」そう言って彼は、パン屋のウーヴェを指さしました。「古いパンを水にひたして練り粉に加え、ろくでもない生地を作っている」

指さした指が、一インチ横にずれました。

「あの男は」と、今度は鍛冶屋のアクセルに指を向けます。「妻を騙《だま》して隣村の女と寝ている。あの男は盗みを働き、あの男はビールを薄め、それにあの女は」男はオザンナを指さしました。「君に嫉妬するあまり私を喚び出したのだ」

オザンナは驚きました。胸の中に悪を持ってはいたものの、悪い人間ではなかったのです。今本当の悪を目の当《ま》たりにし、その悪の訪れのために己が果たしてしまった役割を悟り、彼女は恐怖と後悔でいっぱいでした――しかしそれももう手遅れでした。ことが起きてしまったあとになってようやくそんな気持ちになったのですから、大して誠実な人間ではないのです。

「やめなさい」アガーテが声を荒らげました。「なんとひどいことをおっしゃるの」

「君は大勢と踊ったが」男は言葉を続けました。「自分を偽っていない者などひとりもいやしない」

「あの人たちにはみんな欠点があるのよ」アガーテが答えました。「私だって同じ。だけど欠点というものは、その人のすべてなどではないわ。だけどあなたは違う。あなたの中には善良なところがないんだもの、ひとかけらたりとも」

怪しい男の体が痙攣《けいれん》しはじめ、骨や軟骨が折れたり弾けたりする音がその場に集まった全員の耳に聞こえました。するとすっくとまっすぐに立っていた背の高い体が変わり果て、顕《あらわ》になったその顔にぶつぶつと病変が現れはじめたのです。病変の奥底から一匹のヤスデが這いずり出してきて、髪の毛の中に逃げ込んでいきます。

「最後にもう一度だけ訊くぞ」男はアガーテに言いました。「私と踊れ」

「私も最後にもう一度だけ答えるわ」アガーテが答えました。「あなたとは踊りません」

男の纏《まと》っていた見せかけの姿が剝《は》がれ落ち、中からねじくれた男が姿を現しました。

違う、とアガーテは感じました。ただねじくれた男ではなく、これはねじくれ男なのだと。それがこの男の名前であり、悪の権化たる男の本質なのだと。男を見た彼女は、自分でもなぜかは分かりませんが、この男の姿を目にするのは今夜が初めてだと悟りました。

「では、俺抜きで踊ればいい」ねじくれ男が言いました。「だがお前はもうダンスに加わることはない。俺に感謝することになるぞ」

男が手を振り合図をすると、蛇《へび》のようにのたうつ短剣が一本、その手の中に現れました。そして男はぱっとアガーテの目の前から掻き消えたかと思うと背後に現れ、ふくらはぎの腱《けん》を斬ってしまったのです。アガーテはくずおれましたが、誰も助けには来ませんでした。楽団を除いて、誰もが踊りはじめてしまったからです。楽団だけは、聞いたことも練習したこともない音楽を演奏していました。最初はゆっくりだった旋律がどんどん速くなり、速くなるにつれて踊る人々のステップも速くなっていきます。人々は足を止めようとしましたがどうしても止まってはくれず、踊りは何時間にも、そして何日にもわたって続きました。人々はねじくれ男の魔法でも言いなりにできぬほど疲れ果てるか、脚が折れて地面に倒れてしまうまで踊り続けたのでした。

やがてひとりでに魔法が解けて祝宴が終わりを迎えると、村人がひとりだけ忽然《こつぜん》と消えてしまっておりました。アガーテに対して邪《よこしま》な欲望を抱いてねじくれ男を村に呼び寄せてしまった、あのオザンナです。ねじくれ男に手を摑まれて森のほうに引きずっていかれるのを見たとパン屋のウーヴェが言うものですから、猟犬たちを連れて捜索が始まりました。一週間が過ぎるころ猟犬たちがオザンナの臭いを嗅ぎつけ、みんなはそれを追って森の奥へと進んでいきました。そして、足が切り株のように短く擦り減るまで踊り続けて命を落とした、オザンナの亡骸《なきがら》を見つけたのでした。

これが、ふたりの踊り子の話です。

「なんて異様な話でしょうか。そんなの、聞いたことがありませんよ」

部屋の入口に、オリヴィエが立っていました。いつからそこにいたのか、セレスには分かりませんでした。とはいえ、物語の大事なところを――もしかしたらすべてを――聞けるくらいにはそうして立っていたのでしょう。

けれど、おかしいのです。セレスもこんな物語を耳にしたことは、一度もなかったのです。今も本を読むのではなく記憶の中の物語を暗唱するようにして語っていたのですが、こんな物語にそれまで触れた記憶もなければ、語りはじめると同時に自分が一本のペンを手に取っていたことすら憶えていなかったのです。奇妙なのはそれだけではありませんでした。開いた本に目をやったセレスは、自分が物語を語りながらペンを走らせていたことに気づいたのです。元から書かれていた文章に対して斜めに文字が書き連ねられており、少し本の向きを変えるとどちらか片方が読めるのでした。いわゆるパリンプセスト（前に書かれたものを消して新たなものが書かれた、羊皮紙の写本のこと）か、それに非常に近いものでした。セレスの父親は昔、古い写本の解読も仕事にしていたことがありましたが、このような、紙がまだ本当に貴重で何度も再利用されていた過去の写本に出会うのがとても好きでした。

いつの間にか、オリヴィエがセレスのとなりにやってきていました。彼も、セレスが物語を書き留めるのに使った五ページに及んだ彼女の手書き文字を見つめていたのでした。

「作家さんだとは存じませんでしたよ」

「作家じゃないもの」セレスは答えました。「作家だとしても、こんなのは書かないわ。こんな物語は、ということだけれど。なんであんな物語が口から出てきたのかさえ分からないのよ。きっとどこかで耳にしたか、子供のころに読んだのに違いないけど」

「むかしむかしとか」オリヴィエが言いました。「あるところにとか、うちの祖母もそんなふうに物語を語ってくれたものでしたよ」

「ええ、お決まりだものね。むかしむかし」

もしくは「あるところに……」。あるところに、女の子がおりました。あるところに、お母さんがおりました。

けれど、自分がどうやってあの物語を生み出したのかと思うと、セレスは不思議でなりませんでした。若いころには絵を描くのが好きだったものですが、思春期も終わりを迎えるころになると、自分は世界にあるものをなぞり描きしていただけなのだと気づいて、ぴたりとやめてしまったのです。それに比べて本物の芸術家というものは新たな世界を作り上げてみせるもので、彼女の力などとても及びはしません。セレスは知識こそ持っていましたが、自分には想像力がないのだと思い込んでいました。けれどもしかしたらその能力――発明を生み出してくれる無知の安らぎは――ずっと思いもよらぬ形で彼女の中にあったのかもしれません。絵ではなく、言葉という形で。

セレスは立ち上がりました。そろそろ帰る時間です。彼女はフィービーに、さよならのキスをしてあげました。

「なんて小さいの」セレスはそう言いましたが、オリヴィエにではなく姿の見えぬ誰かに言ったのか、その声には微かな叱責が滲《にじ》んでいました。特にフィービーとふたりきりのときには、どんどんひとりごとを言うのを躊躇わなくなってきていました。そうすることで沈黙を破り、自分が傍にいることを娘に知らせていたのです。フィービーはぴくりとも反応しませんでしたが、だからといってセレスはやめませんでした。やめてしまえば、その日から何も意味がなくなってしまうのです。

「毎週毎週この子は痩せていくのね。顔を見ればはっきりと分かるわ」

ときとして人は、そうして誰かを失っていくものです。一度に失うのではなく少しずつ、風が花から花粉をさらっていくように少しずつ失っていくのです。

「フィービーちゃんの医療記録を拝見しましたよ」オリヴィエが言いました。「娘さんは戦士です。切り抜けられる人が誰かいるのだとしたら、それはこの子ですよ」

「ご親切に」セレスは答えました。これは社交辞令でした。彼女は社交辞令を言うのがすっかり上手くなっていましたが、どうやらオリヴィエはそんなものを求めない人物のようでした。

「真実以外、口にする意味はありませんよ」彼が言いました。「あなたには嘘をついたりしませんとも、フィービーちゃんにもね」

セレスは答えませんでした。嘘だろうと真実だろうと、今はどちらでも同じことです。

「こんなの、いつまでも続けられないわ」彼女は囁くように言いました。「私、そんな強さなんて持っていないもの」

どこかで女がその声を聞き、近づいてきました。

5

Auspice
（中世フランス語）

鳥の観察による占い

　オリヴィエは〈ランタン・ハウス〉の正面玄関までセレスを送ると、寒さに備えてコートのボタンを留める彼女の傍に付いていました。空は晴れ渡り、東に見える古屋敷の上に低く三日月がかかり、屋敷の屋根に立てば黄泉《よみ》の国に手を触れることもできそうでした。

「あのお屋敷は？」セレスが訊ねました。「あそこもこの施設の一部なの？」

「そんな感じですよ」オリヴィエが答えました。「何年も前にある作家が住んでいましてね。ペンネームを使って本を一冊だけ出版して、それがかなり売れたんです。大金を稼いだということですが、幸せな人生は送れなかったそうですよ」

「どうして？」

「出産で母子ともに亡くなってしまって、二度と結婚することがなかったとかで。その後、作家は家からも出ずに小説を書き、そうして稼いだお金で慎ましく暮らしたそうです。晩年は本の印税と、あとはまったく手を付けていなかった父親の遺産とを注ぎ込んで、チャリティのため基金を設立しました。父親は戦時中、ブレッチリー・パークで暗号解読官をしていたのですが、その後は何かコンピューターとか暗号化とかに関わる発明をしてかなりの富を築いたんだそうです。そのお金でこの〈ランタン・ハウス〉の土地を買い求め、建設費のほとんどが賄われたんです。その基金の利子で――あとはまだ本が売れ続けているのでその印税もですが――この施設の維持がずいぶん助かっているんです。おかげで私たちは、支払い能力を持たない人々にもケアを提供することができているんですよ」

「その作家さんは、いつお亡くなりに？」セレスが訊ねました。

セレスはその話をぼんやりと憶えていました。家を出たあとで母親か父親から聞いたものの、大したことではないと思って気にもとめずにいたのです。

「死んだわけではないんですよ」オリヴィエが答えました。「いや、当然もう死んでいるのでしょうけれど、実を言うと失踪しましてね。警察の書類のうえでも失踪人となっているんだと思いますよ。何があったかは分かりませんが、姿を消したときにはもうすっかりやつれ果てたお年寄りだったうえに、それももう二十年も昔の話なんです。

ずっと、あの建物をセンターの病棟に改装しようとか、事務所棟として使おうとか話し合いがされてはいるんですが、なにせ建物の何箇所かがとても古いものですから、規則によってどのような改築も許されないことになっているんですよ。そこで管理委員会は賃貸に出そうとしたわけなんですが、誰も長く借り続けようとはしてくれなくて、仕方なく博物館として一般開放したのですけれどあれこれと手がかかりすぎるものだから継続できませんでね。その後、書類置き場として使われたものの、今ではすっかり空き家になっているんです。床板は腐っていますし、屋根にはいくつも穴が開いていますが、寄付金にはもっとましな使い途《みち》があるものですから、あれの改築費用を捻出しようなんて人はひとりもいやしないんです」

照らすものが月明かりしかなくとも、その建物がかつて見事な屋敷だったのはセレスにも分かりました。誰かがお金を出しさえすれば、きっとまたその姿を取り戻すことができるでしょう。

「どうして誰もあそこに住みたがらないんです？」セレスは訊ねました。オリヴィエの声に浮かぶ戸惑いに気づいていました。

「なんといっても古い屋敷ですからね」彼が答えました。「ご想像どおり、いろんなことを言う人がいるんですよ」

「どういう意味？　いろんなことって、どんなことです？」

オリヴィエは深刻な話に聞こえないよう言葉を探しながら、じっと自分の靴を見つめました。

「取り憑かれてるっていうんですよ。だからこんなところには住めないって。そんなわけで賃貸契約が三回もご破算になって、それっきり人に貸すのも諦めてしまったんですよ」

「取り憑かれてる？　つまり幽霊に？」

「幽霊か、記憶か。同じことかもしれませんがね。まあ、どちらにしろいいものじゃないでしょう」

「どうしてそう思うの？」

「だっていいものだったら、誰も荷物をまとめて出ていったりはしないでしょう？　さあ、僕も妖精と一緒にどっかに行ったなんて思われてしまわないうちに戻らないと」

「あのお屋敷に入ったことは？」

「何度かね」

「どうだったの？」

「すぐに出てきましたよ」オリヴィエは、さっきとは違う真顔で答えました。「どうも空き家の雰囲気じゃなかったものですから」

仕事に戻ろうと用意をしているオリヴィエに、セレスはもうひとつだけ質問しました。

「あのお屋敷を買えるほど売れた、さっき言ってた本の名前は？」

「『失われたものたちの本』という名前ですよ」オリヴィエは答えました。「てっきり、お読みになったことがあるものだとばかり」

「どうして？」

「さっきのお話みたいに、ねじくれ男が登場するからですよ」

「いえ、そんなもの……そんな男、聞いたこともなかったわ」

「なるほど」オリヴィエが言いました。「今日からは違いますね」


車へ歩いていたセレスは、駐車場から東へと向かって曲がりくねりながら一本の荒れた小道が延びているのに気が付きました。こんな時間に行ってみる気などありませんでしたが、もしかして例の屋敷へと続く道なのではないかと思いました。幽霊など信じてはいませんが、夜の森に踏み入った者にどんな災いが降り掛かるかは、これまで何度も事件の記事などを読んで知っていましたし、そのうえミルトン・キーンズと周辺地域は犯罪と無縁ではありません。森でおかしなところに足を踏み入れてしまえば、たとえ邪な魔女であろうと強盗に出くわしてもまったく不思議ではないのです。


小道の入口に立つオークのいちばん低い枝の上で、何か動いたのが見えました。それは片方の目があるべきところに二本の爪痕がついた、年老いた隻眼《せきがん》のミヤマガラスでした。

「まさか。嘘でしょう？」セレスは思わず声に出して言いました。「こんなところにまで追いかけてきたというの？」

カラスはまるでそれに答えるかのように、笑い声のような不気味な鳴き声を三度あげました。セレスは近づこうとはせず腰をかがめ、地面から石を拾い集めました。

「簡単な獲物だと思って舐《な》めたらどうなるか見せてやるわ」セレスはつぶやきました。「片目を奪った相手にそのまま殺されたほうがよかったと、後悔させてやるんだから」

しかしもう一度顔を上げてみると、ミヤマガラスは忽然と消えてしまっていたのでした。

6

Eawl-leet

(ランカシャー)

夕暮れ、もしくは黄昏《たそがれ》

翌朝、セレスは遅くまで目を覚ましませんでした。夢も見ず、仮に見ていたとしてもまったく憶えてはいませんでした。彼女は何時間もかけて、衣類や本、そしてその間《あいだ》に娘の持ち物がしまわれた箱を開けていきました。小屋にはフィービーの部屋もあり、すでにちらほらと彼女の持ち物も置かれていましたが、セレスは残りのものも運び込み、ロンドンのフラットからフィービーのポスターや写真まで持ってきて壁に貼りました。セレスは、部屋をすっかり整えないなど、とても考えられませんでした。中途半端にしたままでいれば、娘がいつか回復してくれるはずと信じる気持ちが揺らいでいるのを認めることになるからです。もしかしたら、そんな結果をちらりとでもほのめかしただけでも本当になってしまうという、迷信めいた気持ちもあったのかもしれません。

小屋は大きさこそ控えめであったもののかなり広い裏庭がありました。けれど今は草がぼうぼうに生い茂っており、北の端に立つイチイの古木だけが、十九世紀の末から使われていない小さな墓地との境界を示す目印になっていました。すぐ傍《そば》に墓地があると思うと不安になったり恐ろしく感じたりする人もいるでしょうが、セレスはまったく気にしませんでした。そこで育った彼女にとっては景色の一部でしかないのです——ときどき、たとえばハロウィンのときなどはぞくぞくしたものですが、そんなときでもなければほとんど気にするまでもないようなものです。というのも、ここに睡《ねむ》っているのはこのあたりでもひどく貧しい地域の人たちなので墓石もほとんど見当たりませんでしたし、ここの歴史を知らぬ人であれば墓地であることにも気づかずに通り過ぎてしまうようなところだったからです。古びた門柱の一本から、葉っぱが作るうっすらとした顔の輪郭が覗いていました。キリスト教よりも古い信仰の証、グリーンマンの顔です（中世ヨーロッパの美術に見られる人頭像。葉で覆われたり、葉で形成されたりしている）。

墓地の北端には、かつてセレスの父親がウォーター・ホース（水辺に住まう空想上の水霊で、主に馬の姿をしている）や川の妖精が住んでいると言っていた小さなせせらぎが流れていました。セレスも、じっと眺めていればきっと出会えるはずだと信じたものでしたが、いつまで経っても水霊も妖精も現れてはくれず、セレスはそのうちに、きっとあれは父親が本を読んだりフットボールを観たりする間自分を大人しくさせておくためにでっちあげた話なのかと疑いを抱くようになったのでした。東を見れば、そのせせらぎが曲がりくねりながら小丘を過ぎていくのが見えました。この小丘は妖精塚だと言われていましたが、それは昔、横たわり睡りに就く人々の魂を手に入れるため妖精たちが墓地の傍に住まうと考えられていたからです。セレスの父親はいつも、自分に言わせればそんな話は馬の頭に馬車を繋ぐのと同じでまったく逆の話だと言って笑い飛ばしました。小丘は人間の墓地などよりも古いのだから、意図せず小丘の傍に墓地を作ったのは人間のほうで、逆などはありえないというわけです。また、キノコの輪を妖精の仕《し》業《わざ》だと信じておずおず避けて通るような人々を軽蔑してもいました。彼がセレスに説明したとおり菌糸体というものは地中で円形に発芽するのです。それが科学であり、そこにはなんの謎もありはしません。民俗学のジャーナルに載っている文献とは、こうした深淵な知識を基に書かれているものなのです。

ですが、セレスがことさら好きでたまらなかったのは木々でした。幹から伸びた枝々が地面につき、重なり合い、それぞれ新しい根を伸ばしはじめると「歩くイチイ《ウォーキング・イユー》」と呼ばれるようになり——それが当時のセレスに、そしてのちのフィービーにとっては、先に見知らぬものが待ち受ける不思議なアーチ道や洞窟のように見えたのです——血の繋がった木々として新たに伸びはじめるのです。悪意なきネグレクトを受けつつもイチイの木々は生き延び続けます。常緑を茂らせ、枝も幹も茶色だけでなく、よく目を凝《こ》らしてみると赤や緑、そして紫の苔《こけ》に覆われているのです。しかし美しい一方、危険でもあります。昔は矢尻に塗られた、かすり傷でも命取りになる猛毒のタキシンをいっぱいに含んでおり、なんでも地元の言い伝えによると、かつてあるパン屋の娘が切ったばかりの薔《ば》薇《ら》の花束の茎や棘《とげ》にこの毒を塗って恋敵に贈ったところ、相手は苦悶《くもん》の死を遂げたというのです。

　最悪の状況のさなかに少女時代の家に帰ってきたセレスは、生き延び続けているイチイの木々の傍で、それまで感じたことのない安らぎを覚えていました。傷み、傷つき、胴枯《どうが》れしようとも、木木は耐えてきたのです。死に屈することを拒んだのです。母親が忌み嫌っていたネンジュモでさえ、セレスに希望を与えてくれました。この藍藻《らんそう》は今でこそ庭のベンチに棲み着いていますが、元はといえば胞子の姿で墓地から飛んできて、雨あがりに芝生のそこかしこで透き通ってもちもちとした塊《かたまり》を作っていたものです。セレスもあるレベルでは紛《まぎ》れもなく気持ち悪いと思ってはいたものの、別のレベルではなんと粘り強く逞《たくま》しいのだろうと感じてもいました。ネンジュモは干からび、一見命を失ったような状態のままでも何年、何十年と生き延び、自然の選択により命を取り戻すその日をひたすら待ち続けることができます。もし母親が今この場にいたならホースで水をかけて洗い流してしまったでしょうが、セレスはそのままにしておくことにしました。

　引っ越しに必要な掃除や片付けにすっかり疲れてくると、セレスはスーパーに車を走らせて食料庫や冷蔵庫に入れておく食料品を買い込み、それからふと気が向いて本を買いに行きました。あの事故が起きてからというもの、ずっと離れていたことです。彼女もフィービーも書店をぶらつくのをこよなく愛していましたが、新品を置く書店よりも古書店のほうが好きでした。もっとも、チャリティショップに駆逐されずに残っている古書店が一軒でもあればの話ですが。しかし古書店がそこかしこにあったころにも、もしや熟考に熟考を重ねたうえでせっかく作った店内の混沌を本当に本を求めてきた客に乱されてたまるかと、できるだけ店を閉じておくために店を開けているのではないかとよく訝《いぶか》ったものでした。古書店は、本当にさまざまな策略を使ってきます。五分で戻りますという看板が何時間も、何日も出ていたり、入店の方はお電話くださいと書かれた番号にかけてみてもまったく出ないどころかそもそも電話回線にすら繋がっていなかったり、一度などは罫線《けいせん》の引かれたカードにただ「しばらく不幸があり休業します」とだけ書かれており、しばらく不幸なのかしばらく休業なのかも分からなかったこともありました。

〈オルニー児童書店〉の傍《かたわ》らにある〈ぬくもり《スナッグ》〉という書店で、セレスは棚に一冊だけ残っていた『失われたものたちの本』を購入しました。フィービーがこの作家の慈愛に恩恵を受けていることを思い、インターネットでこの作家の人生について調べてみたセレスは、もっと恩人の仕事について知らなくてはいけないと感じたのです。オリヴィエが説明してくれたとおり悲哀に彩られた本でしたが、それだけの本ではありませんでした。作者は自分の苦痛を小説にしたためる方法を見出し、その小説が折に触れ、苦痛を抱く人々を助けてきたのです。物語とはそういうものですし、言いかたを換えるとするならば、だからこそ物語は私たちにとって大切なものなのです。物語は人を理解する方法を人に教えてくれますが、それとは逆に自分が理解された気持ちにもさせてくれ、おかげで私たちはこの世界で独りぼっちな気分にならずに済むのです。セレスは今、かつてないほどの孤独に襲われていたものですから、きっと幸せな気持ちになれるに違いないと思いました。

けれどセレスはどうしても、無意識のうちに心から口へと、口から手へと、そして手からページへと勝手に流れ出てきた『ふたりの踊り子の話』が気がかりで仕方ありませんでした。自分の文字で書かれていなければ、自分の仕業だとは思えなかったでしょう。セレスは手書きで文章を書くと、いつでも線を引いて何度も消したり、書き直したり、訂正したりといろいろな痕跡を残すのです。それに、しっくりくる言い回しを考えたり、文章を組み立て直したりするときには、ペンや鉛筆の先で紙をとんとん叩き、群れのように点の跡をつける癖《くせ》がありました。だというのに昨日の文章は単語ひとつに至るまで完璧で、躊躇《ためら》ったり熟考したりした形跡がまったく見当たらなかったのです。

小屋に戻ったセレスはポットいっぱいに紅茶を淹れ、何時間か机に向かいました。自分に鞭《むち》を打って仕事に復帰し、目前に迫った三つの締め切りと向き合っていたのですが、どの仕事でも広告コピーを考えなくてはならなかったものの、どれも自分では絶対に買わない商品や絶対に開かないウェブサイトの絡《から》んだものばかりだったおかげで、人に買わせたり開かせたりするコピーを考え出すのは至難の業でした。ともあれ、気に入るような商品の仕事しかしていなかったなら、彼女もフィービーもとっくの昔に路頭に迷っていたことでしょう。これもまた、子供と大人の違うところです。子供のころは、嫌でもしなくてはいけないこと――フィービーの場合ならば、学校に行ったり、宿題を終えたり、ブロッコリーを食べたりなど――がよくあるもので、自分よりも大きな人や歳上の人にそう言われたら従うしかありません。大人になっても嫌でもしなくてはいけないことはよくあるものですが、運が良ければ誰かがその対価を支払ってくれることもあり、おかげで少し助かるのです。

仕事を終えて柔らかな夕陽があたりを包みはじめると、セレスは『失われたものたちの本』を読むためワインを一杯グラスに注ぎました。自分の楽しみのために物語を開くのは、ずいぶんと久しぶりです。事故が起きる前から彼女はほとんどフィービーのためにしか本を読んで聞かせたことがなかったものですから、その行為を娘ではない他の誰かと結びつけるのはとても難しいことでした。声を出さずに読むのがあまりにも変な気分なものですから、しばらくして気づけば誰もいない部屋の中、まるで呪文かまじないでも唱えるかのように自分の声が響いているのでした。**むかしむかし**……。今どきこんな書き出しで本を書く人なんていないでしょ？

そのとき――ああ！――ふと娘が大好きな構文を使ってしまったセレスは、またしても喪失の鋭い痛みを感じました。フィービーがひどく苛立ったり困惑したりすると必ず使う決まり文句です。

そんな歌知ってる人なんていないでしょ？

そんなの憶えてる人なんていないでしょ？

カリフラワー好きな人なんていないでしょ？

セレスは、フィービーの声が聞きたくて聞きたくてたまらなくなりました。耐え難いほどにつらいのは、その静寂なのでした。胸を慰《なぐさ》めてくれる娘の息吹を感じ、あなたはまだこの世界にいるのよと娘に声をかけてやることすらもできなくなってから訪れる永久《とこしえ》の静寂に向かい、自分がだんだんと慣らされていくような気持ちになるのです。そんな静寂と、近ごろやたらと自分に襲いかかってくる絶望とを、どう一緒に抱えればいいというのでしょうか。この絶望は、夜明け前の白い光の中でもっとも痛烈になりましたが、前の夜に〈ランタン・ハウス〉から帰る車の中でも、セレスはそれに――決定が下され、すべての終わりが来ますようにという密かな願いに――襲われたのでした。自分のために。

そしてフィービーのために。

「違う！」彼女はそう叫ぶと、虚《うつ》ろな部屋に響いた自分の声にぎょっとしました。「今のは嘘よ。本気じゃないの」

ランプの光に照らされて舞う埃《ほこり》の粒に言いました。

「こんなふうにあの子と別れるなんて無理よ。どんな犠牲を払ってでも、必ず取り戻してみせるわ」

皿に残されたパン屑《くず》に、ソーサーにこぼれた紅茶に言いました。

「あの子は私の娘なの」

しなびた獲物の死体に囲まれ、隅に佇《たたず》む蜘蛛《くも》たちに言いました。

「ねえ、聞いてるの？」

聞きたいことしか聞かない、あの影の女に向けて言いました。

7

Ryne
（古英語）

謎

あたりは暗く、夜のニュースを観るため本は脇にどけてありましたが、あいにくニュースに出てくるのは村々に砲撃を浴びせるロシアの戦車隊や、気候の破滅はすぐそこに迫っているなどと予言する科学者たちばかりでした。あの事故の前フィービーは、特にこの気候変動を気にしていました。なぜ政治家たちが今すぐにこの惑星を救おうとしないのか、彼女には理解ができなかったのです。そこでセレスは、政治家というのは小さな子供と同じように短期的・中期的な利益を求めて活動するものであり、次の選挙より先のことなど滅多に考えたりしないのだと説明しようとしたのですが、そんなことをしても結局セレスは、政治は大人の手に余るものなのだという思いを強めることにしかなりませんでした。彼女はたった十分でニュース番組を消してしまいました。これ以上、無力な気持ちになることなどありません。

睡《ねむ》っている猫にそうするように、セレスは『失われたものたちの本』の表紙をそっと撫でました。自分で認めるのも嫌でしたがセレスはすっかり物語から遠のいてしまい、今や物語の中に逃げ込むことすらできなくなっていました——けれど彼女にはたとえほんのひとときでも現実を置き去りにしてしまいたい理由が、他の誰よりもあるのです。読書離れは思春期のころからずっとなので、あの事故のせいにすることもできません。彼女は物語への愛情を失い、フィービーの身に降り掛かったできごとのおかげで、物語がいかに無意味なものか改めて知ることになったのでした。物語などに、いったいなんの意味があるというのでしょう？　幸せな物語は真実というには偽りに満ちているし、悲しい物語は知らないことなど何ひとつ教えてはくれないのです。

私の物語はこんな。かつて私には娘がいました。けれど娘は私から盗まれてしまい、あの子がいた場所に今いるのは、生き写しの人形だけ。

それでも……。

テーブルに置かれた物語は、読んでくれと彼女に呼びかけてきていました。そんな気がするのはきっとこの本が〈ランタン・ハウス〉、つまり作者のものだったあの朽《く》ちかけた屋敷や、謎に満ちた彼の失踪と繋がっているからだとセレスは思いました。そうしたできごとが、この物語に独特な手触りを与えているのです。おかげで物語はずっと現実との関連性を持つようになり、本そのものよりもその本を生み出した状況のほうが、心を引き付けるのです。セレスは自分にそう言い聞かせましたが、そこに潜む嘘には気づいていました。奇妙な話ではありますが、この本を読むという経験に関わるすべてのことが、彼女を当惑させていたのです。暗くなる前、セレスは自分でも気づかないうちにすっかり本に没頭してしまい、ようやくふと気づくと二時間も過ぎていたので愕然《がくぜん》としました。母親を失い、継母《けいぼ》と腹違いの弟と嫌々ながら暮らすことになった少年が、現実なのか空想なのか（これはまったく明かされません）家の本棚に並べられた本や彼が愛するおとぎ話からできた国へと入り込んでいってしまう物語に、何もかも忘れてのめりこんでしまっていたのです。本の中には、ねじくれ男が住み着いていました。オリヴィエが言ったとおり、フィービーのためにセレスが作った物語に登場した怪物と同じ名前を持つ男が。セレスが思いつく説明はたったひとつ。きっと過去にこの本のレビューか、作者についての記事でも読んで、細かな話を胸の奥にでもしまっておいたのに違いありません。

特に空腹だったわけではありませんが、セレスは夕食の支度《したく》に取り掛かりました。食事の歓《よろこ》びは――他のあらゆる歓びもそうですが――すっかり奪われてしまい、ただ命を繋ぐために食べるだけです。今はかろうじてフィービーの役に立っているとしても、自分をないがしろにして病院に運び込まれてしまったりしたならば、まったく役に立てなくなってしまうでしょう。

夕食を終えるとセレスはまた例の本を開き、半分以上も読み進めました。そしてすっかり読書に疲れると、母親に電話をかけました。彼女は今、一年のほとんどをスペイン北部で慎ましく過ごしており、午前二時よりも早くベッドに入ることなどほとんどありません。母親がイングランドを離れたのは、父親が儚《はかな》くなって大して月日も経たぬうちのことでした。夫がとなりにいないのに厳しい冬と向き合うことなどできなかったのだと話してくれましたが、あとで分かったことによれば、夏ならば夫抜きでも何週間かは耐えられこそしたものの、イングランドで春や秋を迎えるのも嫌だったのです。彼女と夫は一緒に片田舎を散策し、ストーン・サークルや妖精の砦《とりで》を写真に収め、民話や神話、はたまた父親が発表する難解な学術論文や、父親と同じように一風変わった偏執的な人人しか読まないような本――とりあえずセレスはずっとそう思っていました――に風合いを与える多種多様な古語や地元の言葉を調べ集めていきました。何もかもが今や黄ばんだページか、枯葉のように思えました……。

なぜ父親が身を捧げる仕事をあんなにも遠く感じたのかをセレスが理解するには長い時間がかかりましたが、『失われたものたちの本』を読んでいると、その理由が胸に蘇《よみがえ》ってきました。父親が好むような物語はどれも、彼女には恐ろしく感じられたのです。土と煙草《たばこ》の臭いが染み付いたいつものカーディガンを着て、空っぽの暖炉の傍でお気に入りの椅子にかけている、父親の亡霊が見えるような気がするのでした。

「ここととは違う別のイングランドがあるんだよ、セレス。隠された国、秘密の連邦がね。おとぎ話というものはそんな世界の反響なんだ、そんな世界の歴史なんだよ」

けれどセレスはその反響に耳を傾けようとはしませんでした。反響から伝わってくるのは残酷さや悪意ばかり。そんなものは消し去ってしまわなくては。永遠に葬《ほうむ》り去ってしまわなくては。セレスはまるで父親への恨みをぶつけるかのように、当てつけがましく「おとぎ話」と呼んでいた自分の本を読みました。その言葉を聞くと、父親はいつでも嫌そうに顔をしかめたものです。王女様が愛らしければ愛らしいほど、結末が楽しければ楽しいほど、彼女にとってはいい物語になりました。フェアリー・ゴッドマザーや、フェアリー・ヘルパーや、翼と杖《ワンド》を持った慈しみ深き存在すべてに、セレスは憧憬《しょうけい》を抱いていたのでした。

「だけどセレス、そういうものは妖精じゃないんだよ」父親はそう言いました。

「みんないい妖精だよ」

「そんなものいやしないよ」

「パパが悪い妖精しか信じていないからそう思うのよ」

「悪い妖精なんていうものもいやしないんだよ」

「でもいい妖精でも悪い妖精でもないなら、いったいなんなの？」

「異なるものさ、セレス。それが正体なのさ。異なるものだよ」

そう答える父親の声は揺るぎなく、確信に満ちていました。心の底からそう信じているものですから、その声にはそうした存在についての客観的な現実を信じる者の声が持つ響きが宿っていました。父親にとって過去と現在はとなり合い、ほとんど平行に伸びているものであり、人の軀《むくろ》が横たわる墓地のように大地が記憶を抱く大昔まで遡《さかのぼ》るとようやくそこで重なり合っているのでした。そんな記憶が大地や石へと、金属や木々へと密かに染み込みながら、命を持たぬものにそのエキスを行き渡らせていたのです。そうした土地の周辺に神話や伝説が集まり、そこから物語や本や歴史が生まれたものですから、現実と非現実との間に横たわる境界線もどんどん曖昧《あいまい》になっていき、ひとりひとりの語り手がそこから意味を引き出したり、自分なりの意味をそこに付け加えたりするようになったのです。そして現実は影を帯び、滲《にじ》んだものとなり、世界も同じように姿を変えていったのです。

それは本や物語が初めて語られたときに現実そのものが変化するからだよ、と父親はセレスに教えてくれたものです。物語は世界の一部となり、それを耳にしたり読んだりした者や、その物語が内に根付いた者は、もう二度と元に戻ることができなくなるのだと。物語とは、宿主を変容させる良性の感染症なのです――いや、中には悪しき変容をもたらす本もありますから、基本的には良性というべきでしょうか。本にたっぷりと毒を注ぎ込んだり、ページに書かれた真実を存分に歪《ゆが》めたりすれば、弱き心を憎しみに変えてしまうことができるものなのです。しかし読めば読むほど、読む本の幅が広がるほどに、人の心は強くなっていきます。だから父親は、たとえそれが自分の気に入るような本でなくとも、セレスが読書することを歓迎していたのでした。大事なのは、娘が文学の価値を重んじることだけだったのです。愚かな政治家やパソコンの前に座った正義漢たちは、おこがましくも青少年を尊重し、人種やセクシャリティやジェンダーの問題を大人へと続く道を歩むうえで若者にとって重要な役割を果たすものとして考えて、学校の課題図書リストに並んだ本に文句をつけるものですが、そんなとき父親はいつでも決まり文句のように「懸念すべきは本を読む人間ではなく、読まない人間のほうなのです」などと言うのでした。

セレスの耳元では、ずっと電話の音が鳴り続けていました。母親は昼夜を問わずいつでも自分の携帯電話を最後に置いた場所に放置したまま、家のどこかに行ったり庭を歩き回ったりしていました。読書やテレビ鑑賞を邪魔されないようしょっちゅうミュートしたり、ミュートを解除するのを忘れたりしたものでした。おかげでセレスは、最後に話したあともしかして死んでしまったのではないか、今ごろ母親は死体になり、心配した隣人や不運な郵便配達員に発見されるのを待っているのではないかと気を揉ませられたのでした。セレスは、子供と親の両方を心配することに膨大な時間を費やす年齢になっていました。ずっと前にセレスは思ったものでした、人は大人になるということに夢を抱きすぎていると。

ようやく母親が電話に出ました。フィービーの事故が起きてから何日か後、彼女はセレスの傍に付いているために帰ってきたのですが、とりあえず孫娘の状況に大きな変化が起きることは今のところなさそうだと判明するのを待っているうちに、結局何週間かが過ぎてしまっていたのでした。そのころにはもう、母子は互いにすっかり険悪でした。なにせセレスのフラットは大人ふたりでシェアするには狭すぎましたし、しかもいくつかの点で気持ちがよくないほど似通いすぎていて、他の部分ではまったく似ても似つかぬ大人ふたりともなれば、なおさらでした。セレスは母親を愛してはいましたが母親は大雑把《おおざっぱ》な性格の持ち主で、大雑把な性格というものは狭苦しい場所では機能不全を起こすものです。結局しまいには互いにそれがいいだろうということになってセレスの母親はスペインに帰ったのですが、最低でも一日おきに電話していましたし、もし何かあればすぐにでもイギリスに戻ってくる覚悟でいるのはセレスにも分かっていました。

いや、これ以上フィービーの身に何か起こるなどありえません。今よりもさらに悪いことが起こるなんて。セレスは強くそう願いました。〈ランタン・ハウス〉の環境と、あの木々や花々や鳥の歌声があれば、いいことしか起こりえないのです。フィービーの魂が体の中に残っている限り、その魂は鳥の歌をきっと聞くでしょう。もし魂が他のところにあろうとも、鳥の歌が呼び戻してくれるはずです。セレスはただ自分の気持ちを奮い立たせ、以前のように憂鬱《ゆううつ》や絶望の餌食《えじき》にならずにいればいいのです。

「あの娘《こ》はどう？」母親が訊ねました。ふたりの会話はいつでもそのようにしか始まらないのです。

「変わらないわ」セレスは答えました。「でも新しい施設が素敵なところでね、あんなに素敵なところ他にないと思うわ」

「ロンドンが恋しくない？」

「恋しく感じてる暇なんてないけれど、きっとそんなことは感じないわね。ロンドンは大きすぎるし、うるさすぎるから」

それにフィービー抜きでは空虚すぎます。彼女がその空虚を埋めてくれていたのです。

「こんなこと言うのは嫌だけれど」セレスは言葉を続けました。「ここに帰ってこいっていうの、母さんの言うとおりだったわ。私にとってはずっと故郷だったもの。どれだけここが好きだったか、忘れてしまっていたのよ」

ふたりはときおり小屋を人手に譲ることについて話し合いましたが、小屋は何十年にもわたる夫婦生活が残した品々や思い出であふれていましたし、母親はそのどれひとつとも離れたがりませんでした。それに売却しなくてはならないほどお金に困っているわけでもなく、フィービーの状況に脅《おびや》かされない限りは売る必要もなかったのです。母親は、頼みさえすれば小屋を売りに出せると話してはいましたが、今は〈ランタン・ハウス〉のおかげで、ここに住むほうが解決策としてはいいように思えました。

「けれど、孤独にならないように気をつけなくちゃだわ。新しい友達を作るようにしなさいな、セレス」

若いころのセレスはひとりでいるのがまったく平気でした。孤独になるのとひとりでいるのとは違うからです。あのころは、本が助けになってくれました。よき本を持つ者は、決して孤独になったりしないのです。やがてフィービーが生まれるとセレスはひとりでいる時間もなくし、娘が周りにいる間は決して孤独ではありませんでした。けれどフィービーが身動きの取れない状態になり、セレスもまた身動きが取れなくなってしまいました。ひとりきりで孤独でした。どうにかするため、何かしなくてはいけません。いや、もしかしたらすでに何かしはじめていたのかもしれません。

「懐かしい趣味を再開したの」彼女は答えました。「その、読書をね」

「本は友達とは違うわ」

「そう？　父さんならきっとそんなことないって言うと思うけど」

「あの人は、私の言うことにはあれやこれやとたくさん反論したもの。それも、私たちがあんなにうまく行った理由よ」

「ぜんぶどうでもいいことだったから？」

「ううん、ふたりとも言わなかったけど、私が正しくてあの人が間違ってるのを、どっちも分かってたからよ。あの人はそれを認めるのが嫌で、私はあの人のプライドを守れるのが嬉しかったのよ」

この言葉はまったくの嘘ではないと、セレスも胸の中でうなずきました。父親は数々の世界に住まう男でしたが、この現実世界は妻と娘が存在しているにも拘《かか》わらず、彼にとって最愛とはほど遠い世界だったのです。母親がしっかりと地面に繫ぎ止めていなかったならば父親はきっとふわふわと浮いて飛び去り遙か雲間へと姿をくらましたり、現実などよそに巨大なストーン・サークルや地下墓所の歴史に没頭したり、ドリュアスとハマドリュアス（どちらもギリシャ神話に登場する木の精）の違いに関する論文に埋もれたりしていたとしてもおかしくなかったのです。

「あなたを心配してるの」母親がセレスに声をかけました。「こんなことがあって、あなたが壊れちゃわないか恐ろしいのよ。誰かとなりで重荷を分け合ってくれる人さえいれば……」

これもまた、母親がしょっちゅう口にする言葉でした。彼女にはなぜセレスが独身を貫いているのか理解ができませんでしたし、セレスはセレスで説明したいと思ってもうまく伝えることができなかったのです。フィービーの父親にひどくがっかりさせられたのも理由の一部でした。だからといって男を信用できなくなったわけではないものの、警戒するようになってしまったのです――気にかけるべき幼い娘がいるのですからなおさらです。ときおり男の人と一緒に過ごしたくなったり、ベッドが大きすぎたりするからといって、フィービーの人生に新しい男を登場させたいなどとは思えませんし、それに今のところはまだその大きなベッドに入れることを考えてもいいと思えるほどに深い感情を抱いている男はひとりもいないのです。

けれど、彼女とフィービーがすっかりふたりでひとつになってしまっているのも事実でした。ふたりとも無駄のない暮らしのルーティーンとパターンを確立しており、それに完璧に満足していたのです。セレスは、間違いなくこの人だという確信が持てない限り、誰にもそれを乱されたくありませんでした。ですがそれを見極めるのは難しく、ともすれば不可能なものですから、セレスはパートナーを持たない人生をよしとしているのでした。ときには大変なこともありますが、彼女は自分が下した決断に満足していました――少なくとも、あの事故が起きるまでは。

「つまり、ボーイフレンドのこと?」

「ただ誰かいればっていう話よ」母親が答えました。

「犬でも飼おうかしら」

「犬は誰かじゃなくて、何かよ。でもあなたがそう思うんだったら、悪い考えじゃないわね。話しかけることができるうえに、言い返してこないんだもの」

「父さんみたいにっていう意味?」

「お父さんは、犬になんてこれっぽっちも似ていない人だったわ。ビスケットをあげると約束しても、言うことなんて絶対に聞いちゃくれなかったもの。買い物をお願いしたって、何を買ってくるかちゃんと憶えていてもらうだけでもすごく大変だったのよ。だから私はいつでも電話のとなりで、お店に着いたあの人が買い物はなんだったか電話をかけてくるのを待ってたものよ。私は老いのせいということにしていたけれど、あの人は最後まで画鋲《がびょう》のように鋭い人だった。どれほどどん臭い男の振りをしていてもね。買い物メモを渡したところで、いつも忘れて出かけるか、ぐちゃぐちゃに物を詰め込んだポケットの中で失くしちゃうかだったから、意味なんてなくてね。一度はあの人の手に書いてしまおうかと思ったこともあるけれど、玄関から通りの端まで行く間に手を失くされてしまってはたまらないと思ったのよ。本当に腹の立つ人だったけれど、私は心の底から愛していたわ」

セレスは、小屋のリビングに視線を走らせました。部屋には父親の名残がたくさんありました。本、壁に飾られた地図や木版画、愛用の肘掛《ひじか》け椅子、マントルピースのラックには父が使っていたパイプが二本と、ガラスケースに入ったカモノハシの剝製《はくせい》まであります(母が胆石症の手術で入院している間にマントルピースの上に出現したのですが、父は買った憶えなどないと言い張り、母が退院してからも、部屋に風格が付くからと言って手放すことを拒んだのです）。積まれたレンガの隅には父が灯した蠟燭《ろうそく》からたれた蠟がまだ白くこびりついており、壁の棚には彼が探検や発掘で見つけてきた品々が所狭しと並べられていました。ヴァイキングが遺した石彫りの動物たち、サクソン人が使った矢尻、ローマ時代に作られた陶器のかけら、半貴金属で作られたアクセサリーまでありました。父親は、きっと博物館の地下で埃っぽい保管庫にしまわれて終わりになってしまうと思いながらも、貴重な品々や珍しい品々をちゃんと当局に引き渡していました。

ですが本当ならば渡さなくてはいけないのに彼が手元に保管していたものが、ひとつだけありました。二世紀か三世紀に作られた、ローマの十二面体です。直径三インチほどで、五角形をした十二の面からできていました。それぞれ中央に丸い穴が開いていましたが穴はどれも大きさがばらばらで、それぞれの面を取り囲むように小さな丸い突起が五つ付いていました。ハドリアヌスの長城（ローマ人たちが北方部族からブリテン島の南部を防衛するために築いた防壁です）あたりで、掘り返した土の中から父親が見つけ出したものです。なにせまだ誰もこの十二面体の目的を解明できていなかったものですから、この謎は彼の心を引き付けました。予言に使われたのではないかという説もありはしたものの、この十二面体には記号も文字もまったく刻まれておらず、神託を受け取ることのできるものには思えません。突起があるので投げやすくもなく、落としても転がることなく止まってしまいます。要するに、サイコロのように使うこともできないのでした。

しびれを切らした専門家の中にはただの装飾品だと言う者もいましたが、父親はまったく納得せず、しまいにはこの十二面体について他の人々が書いた意見を読むのもぴたりとやめてしまいました。

「これが何に使われたものかなど、重要なことじゃない」父親は手に持った十二面体を回してみせながら、膝《ひざ》に乗せたセレスに言いました。「見たままのものと思えば、それでいいんだよ」

セレスは電話を耳に当てながら、歩いて廊下に出ました。十二面体はまだかつてと同じ場所にあり、かつてと同じ輝きを放っていました。コレクションされたあらゆる物の中、これだけは埃をかぶっていませんでした。セレスは両手で包むようにして十二面体を取りました。暖房のラジエーターは動いておらずセレスの吐く息は目の前で白くなりましたが、手に触れた十二面体からは温もりが伝わってきました。彼女はそれを、また元の場所に戻しました。十二面体が置かれている棚には、父親がもっとも大切にしていた本がしまわれており、そこにはジョヴァンニ・バッティスタ・ピラネージ、ヴェンツェスラウス・ホラー、ペレ・ボレル・デル・カソらの作品集や、ロバート・カークの『エルフ・フォーン・妖精の知られざる国』が並べられていました。S・R・ガーディナーの『オリバー・クロムウェル』の一九〇一年版もありましたが、これは彼とその父親、そしてクロムウェルの三人がケンブリッジシャーのハンティントンで生を受けたため、彼の父親に学校から授与されたものでした。彼がイギリス最高の詩集とみなしていたミルトンの『失楽園』の一七一九年版は二冊ありました。そしてラテン語で書かれたリウィウスの本も五冊並んでいました。十九世紀にドイツで出版された、赤と金の革表紙がついた小さな本です。

リウィウスの本を眺めているとセレスは父親が（もちろん母親の目を盗んで）、ローマに戻って和平交渉をするためカルタゴ人たちに仮釈放された紀元前三世紀ローマの将軍、レグルスの物語を翻訳して聞かせてくれたのを思い出しました。レグルスは帰国するやいなやカルタゴ人たちの狙いを無視するようローマ元老院に呼びかけ、必ず戻ると交わした約束を守るために民衆の反対を押し切り、仮釈放の条件を満たすべくカルタゴへと帰っていったのです。彼の苦労の代償にカルタゴ人はレグルスの瞼《まぶた》を切り落とし、釘を打った箱の中に閉じ込めて死ぬまで転がしたと言われています。

まるでグリム兄弟が書いた『がちょう番の女』――これは父親がとても気に入っているおとぎ話のひとつでした。最後に誰かが苦痛の責め苦に遭わされるからです――に登場する不実な侍従です。

「でも、どうしてレグルスは帰ったりしたの？」セレスは訊ねました。

「それは約束をしたからだよ」父親は答えました。「それに、戻るのが正しいことだったんだ」

「痛い目に遭わされたり、殺されたりするって分かってるのに？」

「人にはときとして、そういう選択を迫られることもあるものなのさ」

「そんな選択しなきゃいけないことなんて、なければいいいな」

父親はセレスのおでこにキスをしました。

「僕も、おまえが一生そんな選択をしなくてもいいいように祈っているよ」

父さん、ああ父さん。

「さあ、もう行くわ」セレスが母親に言いました。「もうくたくた」

「じゃあゆっくり睡《ねむ》りなさいな。愛しているわ。犬を飼うのなら、キャンキャンやかましい小さい犬にはしないこと。そんなことしたら、一生許さないから」

ふたりはおやすみの言葉を交わし合いました。セレスは電気を消し、まだ火がくすぶっている暖炉の口に網をかけ、自分の寝室へと階段をのぼっていきました。冬には昇る朝日におかしな時間に叩き起こされることもないから月明かりの中で睡りに落ちるのが好きなものですから、カーテンは引きませんでした。セレスは、鞘《さや》から抜き放たれた月の刃もほとんど目にすることなく睡りに落ちてしまい、窓辺から聞こえる羽ばたきも聞こえませんでした。そして崩れかけた壁のレンガの隙間から部屋の隅へと音もなくくねるようにして、まるで中の様子を見張りでもするかのように忍び込んできたツタにもまったく気づきませんでした。

8

Egesung
（古英語）

恐怖、もしくは不安

真夜中の電話はいい知らせを運んではこないもの。大人になり、あれこれ大変な思いをしながら学んだ教訓のひとつがそれでした。だから、午前四時に携帯電話が鳴ると、セレスはすぐさま目を覚ましました。ディスプレイにはひとこと「ランタン」と表示されています。

「もしもし？」

オリヴィエの声がしました。それだけでも、セレスはほっとしました。

「セレスさんですか？」彼が言いました。「フィービーちゃんが急変したんです。今すぐ来ていただきたいのですが」

フィービーの新しい病室は以前のものとは違い、前の病院で使っていた病室のようでした。壁に絵も飾られておらず、肘掛け椅子やソファもありません。この高度治療室《HDU》の目的はただひとつ、子供の命を繋ぐことだけです。

セレスは銀髪の医師の言葉をよく聞こうとしました（**ビーティ？　そう、女性医師の名前はビーティでした**）が、どれほど頑張っても娘のことが気になってしまうものですから、医師の言葉はどれもほとんどなんの響きも残さず流れていきました。「突然」「原因不明」「呼吸困難」……。目の前のフィービーはいつもより小さく、いつもより儚く見えました。セレスは娘を抱きしめ、自分の胸に頭を押し当てて髪を撫でてやり、きっと何もかも元通りになるから心配することなどなにもないのだと声をかけてやりたくてたまりませんでした――。

けれど私の元から去ってしまうのならば、受け入れるわ。痛くてたまらないのなら、行ってしまってほしいの。でもできることなら一緒にいてほしい。あなたがいないなんて嫌なのよ。

「病院から移したストレスが原因ということは考えられないでしょうか？」セレスは質問しました。「考えにくいでしょうね」ビーティ先生は首を横に振りました。「転院を担当したスタッフはみな経験豊富ですし、今まで些細な事故ひとつ起こしたことがないんです。フィービーちゃんもずっとモニターされていましたし、ここに到着してすぐに再検査を受けています。なんの警告も出ていなかったし、問題も見当たらなかったんですよ。希望があるとするならば、この変化が何か回復の過程に関連しているかもしれないということです。もしかするとフィービーちゃんの体は重要な機能の回復に集中するため不必要な機能をすべて停止させ、今は回復の過程にあるかもしれないのですよ」

「でもそれが本当だとしたら」セレスは言いました。「この急変はどういうことなんです？」

「この悪化は一時的なものだと、私たちはほとんど確信しています。でも、あなたに嘘をつきたくはありません。しばらくフィービーちゃんが心配だったものですから、あなたを呼んでここに来ていただくのが最善だろうということになったんですよ。今はフィービーちゃんも安定させられましたし、たとえるなら森から出ることはできないまでも危険は脱したというところでしょう」

治療室には窓がひとつだけありましたが、そこからは早朝の光を浴びてだんだんと姿を現してくる木々の枝が見えました。まるでトレイの中でゆっくりと現像されていく一枚の写真のようです。

セレスにはそれが見知らぬ異界から侵入してきた怪物のように見えました。ここをプラスチックと金属、ガラス、そして電気の世界とするならば、森や樹皮や草や樹液の世界から。どうしてそうなってしまったのかは分かりませんが、娘はそんなふたつの世界にまたがり、片方の世界に身を横たえながら、もう片方の世界に魂を彷徨《さまよ》わせているのです。

「フィービーについていてあげても？」セレスは医師の顔を見ました。

「すみませんが、この病棟では無理です。でも、ご両親用にお部屋が用意してあります。最善は尽くしていますが〈サヴォイ〉みたいな高級ホテルのようにはいきません。きっとご自宅のほうが落ち着かれるとは思いますが、ご判断はお任せしますよ。何か変化があればまっ先にお知らせしますし、状態がお知りになりたければ何時にご連絡いただいても大丈夫ですから。ですがさっきも申し上げたとおり、精査を重ねた結果私たちは、悪化を止めることができたと楽観視していますよ」

セレスはうなずくしかありませんでした。ビーティ先生の気遣《きづか》いにお礼を言いたい気持ちはあっても言葉がすんなりとは出てこず、ようやく言葉が見つかったときには、もう先生が立ち去ってしまっていたのです。オリヴィエがひとり、あとに残っていました。セレスは彼と一緒に、てきぱきと効率的な動きで一瞬たりとも時間も労力も無駄にすることなくフィービーの状態を確認していく看護師を見つめていました。看護師は確認を終えて立ち去りぎわにようやく足を止めてフィービーの髪を撫で、優しさと同情を込めたまなざしをセレスと交わし合ったのでした。

私の役目なのに、とセレスは胸の中で言いました。**あの子を慰めるのは私でなくちゃいけないのに。**

「ほら、言ったでしょう」オリヴィエが口を開きました。「娘さんは戦士だって」

「そんなこと」セレスは首を横に振りました。「あの娘はまだほんの子供なのよ。子供が闘わなくちゃいけないだなんて、こんな闘いをしなくちゃいけないだなんて間違ってるわ。不条理よ」

「確かにこんなの、ぜんぶ不条理ですよ」オリヴィエがうなずきました。「それでもこれはあの子の闘いで、私たちにはそれを助けることしかできないんです。フィービーちゃんが足を滑《すべ》らせたり、負けたりすることもあるでしょうが、私たちが傍で支えて、闘いを続けるんです」

セレスはオリヴィエの顔を見上げました。

「オリヴィエ、あなたはどうしてそんなことができるの？」悲痛な声で、そう訊ねます。「あなたのお仕事は、本当に大変でつらいものだわ。子供たちはみんな、ひとり残らず体を悪くして――」

「仕事じゃないからできるんですよ」オリヴィエが答えました。「僕にとっては、いや、僕たち全員にとって違うんです。仕事なんて言葉には収まりませんよ、到底収まりませんとも。それに僕がこの仕事をしているのは、しないほうがつらいからなんですよ、伝わるかどうか分かりませんが。子供たちのためにここにいられないなんて、子供たちが怯える夜に傍についていてあげられないなんて、どんな理由で何が起きているのかを子供たちに説明してあげられないなんて。今は、他のことなんてできやしませんよ。こんなに意味のあることなんて、他にありはしません。最悪のときでさえ、僕はここに来ると決めた自分の決断を悔やんだことなんてないんです。一度もね。それでも僕は、自分がそういう子供たちに対して抱いている気持ちがどんなに深かろうとも、あなたが今フィービーちゃんに抱いている気持ちや、今あなたが耐えていることに比べればごくわずかなんだと分かっているんです。僕に言えるのは、それを理解しているということだけですよ、ほんのわずかではあってもね」

セレスは手を差し伸べ、しばらくの間彼の手をきつく握りしめました。

「しばらくここにいるわ」彼女が言いました。「この子の様子を見ていたいから。気が済んだら、あとはあなたが見てくれるから安心だわ」

「ええ、任せてください」オリヴィエはそう答えると、セレスとフィービーをふたりきりにして立ち去っていきました。

9

Urushiol

（日本語）

ぬるぬるして皮膚《ひふ》に痒《かゆ》みを生じさせる植物の皮膜

それからというもの、セレスの毎日には新たな決まりごとができました。何か変化があったらすぐに知らせると〈ランタン・ハウス〉は言ってくれましたが、彼女は小屋にいてもまったく気が休まりませんでした。神経は常にざわめき、片耳はいつでも電話が鳴るのではないかと緊張し続けていたのです。それにセレスは父親の死のことも思い出していたのです。真夜中に病院から電話がきて、いよいよ終わりが近づいているから今すぐに来るよう伝えられたときのことを。あのときセレスは母親と、まだ三歳にもなっていないフィービーとともにこの小屋にいました。セレスはどうにか急いで着替えを済ませ、フィービーを起こさないように気をつけながら暖かくくるみ、母親と一緒に病院まで十五分車を走らせました。到着するころには、もう父親は儚くなっていました。手を取ってみるとまだ温かく、セレスにはこんなことしか考えられませんでした。ここにいなきゃいけなかったのに。帰っちゃいけなかったのに。もう長くないと分かっていたんだもの。一日二日が山で、それ以上はもたないと言われていたんだもの。ほんの何時間かの差で、看取《みと》ってあげることができなかった。父さんは私たちに見守られずに逝ってしまい、私たちはさよならも言えなかった。

フィービーはそんなふうに終わらせはしない、必ず回復してくれるという思いこそ抱いてはいましたが、やはり逆の結末が訪れるのではないかとセレスは不安でした。もしそんな瞬間が訪れたとしても、絶対にひとりきりになどさせはしません。両親用の部屋《スイート》を使わせてもらえないか看護チームに訊いてみたところ、快く承諾してもらえました。ベッド、椅子、衣装ダンス、ベッドサイドのテーブル、それと小さなバスルームがひとつ。「スイート」という言葉には似つかわしくないようなものでしたが、とりあえずフィービーが寝ているベッドのすぐ傍です。部屋には冷蔵庫とケトルと電子レンジ、そして壁掛け式のテレビも置かれていたので、コーヒーを淹れたり温かい食事を食べたりすることもできましたし、疲れて何もしたくないときには押し付けがましくない古い映画を観て過ごすこともできました。それにフィービーの容態が安定していたおかげで傍に付いている許可ももらえたので、またセレスは娘に本を読んでやりながら過ごせました。ただ、前のようにおとぎ話を読むのではなく、『失われたものたちの本』を読んであげたのです。セレス自身はもうほとんど読み終えてしまっていたのですが、フィービーにも話がちゃんと分かるよう、最初まで戻って第一章から読んであげたのでした。

聞こえているかもしれないものね。聞いてくれているかもしれないものね。

ですがセレスには誰にも、母親にさえ打ち明けていませんでしたが、あの小屋を離れた理由はもうひとつありました。ツタです。あの夜、フィービーが高度治療室に移されたあと、初めて寝室の隅で見つけたのです。そして椅子に登って植木鋏《ばさみ》でそれを切ってしまうと、次の日園芸センターに立ち寄って除草剤を買ったのでした。その午後、セレスはツタが侵入してきた部屋の隅だけでなく外壁にも除草剤を撒《ま》き、庭の物置で見つけてきた材料を使って壁の穴を塞《ふさ》ぎ、夕方になってからフィービーに面会するため〈ランタン・ハウス〉に戻っていったのでした。

次の朝に目を覚ましてみると、ツタはせっかく埋めたはずの穴からまたしても入り込み、広がりはじめていました。一本のみならず二本、部屋の南と東に向かって巻きひげのようなツタが伸びていたのです。そして葉は緑を失い、まるで彼女が撒いた毒薬で性質が変わってしまったかのように黄色や白の斑点にまみれているのでしたが、それ以外はどこにもおかしなところはありませんでした。もう一度植木鋏を持ち出しましたが前の日よりもツタは切れにくく、セレスはたじろぎました。まるで昨日の攻撃を憶えたことで茎の中に新たな防御膜を備え、自分に抗《あらが》っているような気がしたのです。ようやく切断してもツタは逃げ出そうとするかのようにのたうち、やっとの思いでセレスが引き剝《は》がしてみれば、ペンキや漆喰《しっくい》の層をもぎとって壁に傷をつけてしまっていたのでした。そのうえ手袋をはめていたというのにセレスの手首や指には湿疹《しっしん》ができ、肉に食い込んだ何か緑色の破片のようなものを引き抜かなくてはならなかったのです。

ですが、さらに悪いことが待ち受けていました。セレスが下の階におりてみると、窓辺や食器棚の裏に進入路を開けて、キッチンにまでツタが入り込んできていたのです。やはり葉の色は、すっかり変わり果てています。セレスは朝食を取る間も惜しんですぐさま表に飛び出すと、五リットル入りの除草剤がすっかり空になってしまうまで散布し続けました。これで枯れますようにとセレスは祈りました。ツタを残らず取り除くために人を雇うことを考えると、セレスは不安になりました。小屋の壁にツタが這っている様子は昔からずっとお気に入りでしたが、あんなにもしつこく寝室の壁に張り付いていたことを思うと、無理やり引き剝がしてしまったら石組みの外壁を傷つけてしまうかもしれません。ですがすでにお金は厳しく、冬の寒さをしのいだり、小屋の崩落を防いだりと、余計な修理にかけるお金などないのです。そんなことをすれば、母親になんと言われることでしょうか。

セレスは小屋の中に戻って朝食をこしらえ、何時間か仕事をしました。そして昼になるとフィービーに本を読んでやるため〈ランタン・ハウス〉に車を走らせました。それから午後二時を回ったあたりで〈ランタン・ハウス〉をあとにし、パンとミルクと新聞を買い、三時になる前に小屋に帰ってきました。表に車を止めて降り、後部座席に載せた買い物袋を取り出します。

そして、ツタがどうなっているか初めて気が付いたのです。

庭師はグリーンさんという名前で、いつもだったらセレスも面白く感じたことでしょうが、今はそれどころではありませんでした。

「こいつはヘデラ・ヘリックスってやつですよ」グリーンさんは、家を見上げながら言いました。「イギリスのツタ植物さ。しつこいやつでね。一度根付いちまうと、掘り出すのがやたら大変なんだ」

「ところどころ赤くなってるのは、どうしてなんです?」セレスは質問しました。

小屋の壁に這うツタは何年も前から緑色をしており、ほんの短い間だけ黄色や白に染まりこそしたものの、今は葉の内部に広がる組織には水でも糖分でもなく、そこを流れる血のように濃い赤紫色が透けて見えているのです。

「害虫が入り込んだのかもしれんな」グリーンさんが答えました。「じゃなきゃ、土の中にリンがほとんどないせいかもしれん。たまに、ボストン・アイヴィーとヘデラを間違える人もいるんだが、ボストン・アイヴィーが赤くなるのは秋の話だし、このへんにはほとんど生えてないし、だいたいこいつはどこからどう見たってこの辺でよく見かけるイギリス産のツタさ。葉っぱを見りゃあ分かるよ」

グリーンさんは体をかがめ、手袋をした手でツタをつまんで持ち上げました。

「だけど、こういうふうに赤くなるのは見たことがないなあ。どうやら主脈や葉脈が赤くなってるみたいだ。ごらん」

セレスは見てみましたが、触れようとはしませんでした。ツタを見ただけで怯んでしまうのです。

「なんだか血みたい」セレスがつぶやきました。

「まったくだね。だけど、ずいぶん前からこんなだったに違いないよ」

「いいえ、今日からよ」

「そいつはありえないよ」グリーンさんは首を横に振りました。「葉っぱが一枚残らず変色してるもの。たった一日なんかじゃこうはならんさ」

「一日どころか、今日出かけるときにはこんなじゃなかったのよ。確かにあちこち黄色や白になってはいたけど、赤くなんてなかったの。除草剤を撒《ま》いたんだけれど、もしかしてそのせいということはありません？」

「たくさん撒いたんで？」

「前庭のほうだけね。裏手のほうに撒く前に、除草剤が空になっちゃったから」

「でも裏のほうも赤いなあ」グリーンさんが首をひねりました。「それに根っこだって別々なんですよ。だから、除草剤のせいっていうのはありえませんよ。だって、枯れかけてすらいないんですよ。なんなら、どんどん元気になってるくらいで」

「綺麗に剝がしちゃいたいんですよ」セレスが答えました。「壁から入り込んでくるものだから」

「私がやっちまいますよ、とはいえ今週は無理なんですがね。都合が付けば来週にでも」

「来週？　それじゃあ家が飲み込まれちゃいますよ」

「すまないけど、できるだけ急いでも来週になっちまうんですよ。それに言っておきますが、ツタを取り払ったらひどいありさまかもしれませんよ。小屋の正面がぼろぼろになっちまっているかもしれないし、工務店にも相談しなきゃいけません――いや、石組みから入り込んできてるんなら、もっとひどいことになってるかもしれない」

グリーンさんはできるだけ急いでこの問題を解決すると約束し、帰ってしまいました。小屋は、まるで葉脈に血の流れるツタの中に飲まれてしまったようなありさまでした。セレスがしばらく〈ランタン・ハウス〉にとどまり娘のベッドサイドで本を読んで過ごそうと決めたのには、そんな理由があったのです。本を読み、読んで聞かせながら。

創造しながら。

どこからか物語を受け取りながら。

ツタの男の話

むかしむかし、ここからずっと遠く、そしてとても近いところに――ときとして遠い場所というのは思っているよりも近くにあったり、今いる場所によく似ていたりするものですから――ジェイコブという男が住んでいました。ジェイコブは小さな農場を営んでいましたが、もっと大きな農場を持ちたいという夢を持っていました。愛らしい妻もいましたが、もっと美しい娘を娶《めと》りたいと密かに思いを募らせていました。勉強のできる愛らしい息子がひとりいましたが、力強く逞《たくま》しい息子ならよかったのにと思っていました。

そうしていくつもの欲望を抱いてはいても、ジェイコブは決して人にそれを漏らしたりはしませんでした。なぜなら自分が持っていないもの――いや、持っていないと思っているもの、というべきかもしれません。欲望というものは、人の目をくらませるものですから――への憧れにどれだけ突き動かされてはいようとも、彼は悪い人間ではありませんでしたし、家族を傷つけたいとは夢にも思わなかったからです。ひとりきりで森に囲まれ傍に誰もいなくなると、そのときだけはジェイコブも胸の苛立ちを表に出して本当の気持ちをぶちまけ、木々や枝や葉に向かい、そんな思いを大声で語って聞かせるのでした。

ある秋の日、そうして一時間にもわたって自然を相手に思いのたけを語っていると、どこからか自分の名前を呼ぶ声が聞こえてきました。ジェイコブはきょろきょろとあたりを見回してみましたが森の野原には誰もいませんでした。空を飛ぶ鳥はおろか、土を這う小さな虫たちすら見当たらないのです。

「誰だ?」ジェイコブが言いました。「隠れていないで姿を見せろ!」

「もっとよく見てごらん」声が答えました。「そうすれば見えるとも。森の中をよく見てごらん」

ジェイコブは言われたとおりにすると、まずは木々のてっぺんを見上げ、それから木の幹のうしろに目を凝らし、それからようやく幹を分厚くツタに覆われたフユナラの古木に目を留めました。そして、幹を覆うツタのまん中に、生い茂る葉でできた顔があるのに気づいたのです。両目は黒々とした影ででき、口のところにはぽっかりと穴が開いているだけで、探していなければまず気づくことなく見落としてしまうに違いありませんが、それは確かに顔なのでした。ジェイコブが見つめていると口のあたりの葉が蠢《うごめ》き、またあの声が聞こえました。風にざわめく枯葉が立てる音のような、がさがさとした乾いた囁《ささや》き声です。

「私は隠れているわけではないよ」声が言いました。「隠れているのと見つからないのとは、別のことだからね」

「お前は誰だ？」ジェイコブが言いました。神と言う者さえいるだろうな。「いったい何者だ？」

「精霊と呼ぶ者もいるだろう。神と言う者さえいるだろうな」

「なんと呼べばいいか答えるんだ」ジェイコブは詰め寄りました。

「ああ、名前ならいくつだってあるとも。中には、人間に呼ばれたことのない名前まであるよ。今日のところは、ベオノットと呼んでもらうとしようか」

「いいだろう、ベオノット」ジェイコブは、異様な名前だと思いながらもうなずきました。beonotとは、草の曲がったところや、ねじくれた植物を指す古い言葉だと知っていたからです。ですが、異様なばけものなのですから、どんな名前であろうとも不思議ではありません。

「いつからここにいる？」ジェイコブは訊ねてみました。

「お前の不満をすっかり聞いてしまうくらいには、前からいるとも」ベオノットが答えました。「今日だけでなく、前からすっかり聞いていたのさ。ずっとお前の叶わぬ思いを聞き、哀れに思っていたのだよ」

「哀れだと？」ジェイコブは言いました。

「お前は、もっといい人生を生きるべきだ。いや、お前だけじゃない。なのにお前がつらいのは、もっといい人生を生きるべきだとお前が自分で分かっているからさ。今とは違う、もっと豊かな暮らしを、お前はほとんど掴みかけているんだよ。もしそんな人生が手に入ったなら、お前がその暮らしを愛しく思い、今よりももっとこの地上での時間を大切にできるのは疑いようがない。望むものすべて手に入るのだから、己が持たぬものを悲しんで時間を無駄にすることもない。さぞかし満ち足りた暮らしだと思わないか？」

「確かに」ジェイコブはうなずきました。「俺の耕す土地は確かにいい土地だが、もっと広いところがいい。妻は俺を愛してくれるが、残念ながら寄る年波には抗えん。せがれは誰からも好かれる優しい子だが、この世界は優しくないし、いつかあいつも力づくで連れ去られてしまうだろう」

「では、もしお前のためにこの私が何かを変えてやることができるとしたら、お前はどうするね？」ベオノットが訊ねました。

「隣人の土地を俺に与えてはくれないか」ジェイコブは答えました。「そうすればもっと穀物を育てて、もっと家畜を育てられるだろうが、手に負えないほど広くはしないでくれ。妻をもう一度、昔のように美しくしてほしい。それが無理ならば、今の妻と変わらぬくらい俺を愛してくれる新しい妻を与えてくれ。けれど、他の男どもが欲しがるほどに美しい妻ではなくていいし、念のために忠実な性格の女にしてほしい。そしてせがれの優しさをいくらか取り除いて代わりに強い肉体と意志を与えてほしいが、俺が年老いたときに追い出すようながさつ者にはしないでくれ」

「それがすべて手に入れば満足か？」ベオノットが言いました。

「それがすべて手に入れば満足だ」ジェイコブがうなずきました。

自分が話していることを彼は何もかも信じていましたが、それは遙か以前にそれこそ真実だと自分自身に信じ込ませていたからに過ぎませんでした。人というものはそうやって、正直者でありながら嘘つきになれるものなのです。

「しかし、隣人はどうなるのだ？」ベオノットが言いました。「その御仁もまた、自分の土地を大事に思っているのではないかね？　私がそれをお前に譲り渡してしまったら、隣人はどうなるのだ？」

「それはあんたに任せよう」ジェイコブは答えた。「だが損をさせないでやってくれ」

「では、妻はどうするのだ？　新しい妻が来たらどうやって生きていくのだ？」

「それもあんたに任せるよ」ジェイコブは答えた。「あいつが幸せになるよう俺は祈るだけさ」

「息子はどうする？　古い自分を忘れさせようか？　息子が今の自分に満足していたらどうするね？」

「それはあんたに任せるとも」ジェイコブは答えました。「あいつも人生の厳しさにちゃんと向き合えるようになってくれるよう、俺は祈るだけさ」

いつしか太陽は傾き、ツタに覆われたベオノットに黄金の光を投げかけており、ベオノットはまるで燃えているかのようでした。ジェイコブがもし己の欲望の虜《とりこ》となることなく、よりよき未来への誘惑に目を眩《くら》まされてなどいなかったなら、ベオノットの顔が親切どころか歪んでいることに、口がいびつな傷跡にしか過ぎないことに、そして窪《くぼ》んだ両目が黒々と……どんな影でも敵《かな》わぬほどに黒々とした影を作っていることに気づいたことでしょう。

「お互い率直になろうではないかね」ベオノットが言いました。「お前が欲しているのは、今の自分のものとは違う人生のようだね。私の目には、もし脱皮のように古い人生を脱ぎ捨ててしまうことができれば、君はもっとも幸せになれるように映るのだよ」

「そのとおり」ジェイコブは、かつて感じたことがないほどの心強さを胸にうなずきました。「俺は人生を脱ぎ捨てちまいたいんだ、皮のようにさ」

「ではこの取引に対する君の誠意を私が見誤ることがないよう、血を持って契約を固めてはもらえまいか」ベオノットが言った。「私の口にひとしずく血を落とすといい。お前の行動が見えない私には、契約の成立を血の味で確かめる他にないのでな」

ジェイコブが狩猟ナイフを手に取って指先をちくりと刺すと、ひとしずくの血がぷっくりと現れベオノットの口の中へと落ちていきました。その瞬間、木に付いた葉という葉が一枚残らず緑からピンクに、それから赤に変わりました。ツタは肉に変わり、枯れた幹からはねじ曲がった皮膚のない人形《ひとがた》が姿を現しました。その間にも血はジェイコブの指先からぽたぽたと落ち続け、しずくから流れになり、流れから怒濤《どとう》になり、やがてジェイコブは皮膚と服を残してすっかり消えてなくなってしまっていました。

ねじくれ男は、折れ曲がった手脚を伸ばしました。血は地面に落ちるとしゅうしゅうと音を立てて煙をあげました。ねじくれ男はジェイコブの皮膚をつまみ上げて自分の体に貼り付け、死んだ農夫と生き写しになりました。ねじくれ男はとても歳を取っていましたが、歳を取った者は再び己の姿を若返らせようとするものです。どんなに悪しき者であろうと、それぞれ自惚《うぬぼ》れを持っているものだからです。いずれは己のエキスがジェイコブのエキスを汚しきり、またかつての自分の姿に、ごつごつと節《ふし》に覆われてねじくれた姿に戻ってしまうのはねじくれ男も知っていました。それでもこの新しい皮膚は、何年ももってくれることでしょう。

ねじくれ男はせっかく死んだジェイコブの姿になったのだから、ここはひとつその新たな姿を楽しませてもらおうと思い立ちました。そしてジェイコブの服に身を包み、新たな妻の顔を見に行く用意をしはじめたのでした。

セレスは椅子にかけたまま、びくりと体を起こしました。いつからかは分かりませんが『失われたものたちの本』は床に落ちてしまっていました。昏睡している娘に語り聞かせた物語は胸の中に鮮《あざ》やかに残っていましたが、さっきまで読んでいた本に書かれていたものでないのは分かっていました。いや、それも正確とはいえません。というのもセレスは、ページに書かれているわけではないにせよ、あの物語が本と同じ世界からやってきたものだと感じ取っていたからです。この本の宇宙は小屋にはびこるツタと同じように、セレスの意識の中へとどんどん伸び、広がっているのでした。本とは、そういうものなのです。驚いたり、恐れたりしてはいけません。それが、本の在りかたなのですから。

「お睡《ねむ》り」

風にざわめく枯葉が立てる音のような、がさがさとした乾いた囁き声。

そしてセレスは睡りに落ちたのでした。

10

Lych Way
（デヴォン州）

死者の道、死の道

セレスが目を覚ましてみると、睡《ねむ》っている間に誰かが椅子をリクライニングさせ、毛布をかけてくれていました。窓辺に歩み寄ってみればもう夜が明け、鳥のさえずりが聞こえてきています。誰かの気遣いとはうらはらに、セレスの体はすっかりこわばってしまっていました。ほんの少しの間だけ自分のベッドで安らごうかとも考えてみたのですが、あのツタのことを思い出すと、このままここにいるほうが安心に違いないという気持ちになりました。とはいえ、結局はいずれ向き合わなくてはならないことを先延ばしにしているだけに過ぎず、いずれあの小屋に戻って、緑の侵略者と戦う方法を探さなくてはいけなくなるのは自分でも分かっていたのですが。

リュックサックの中には洗濯済みのTシャツが何枚か、下着の替えが一枚、そして小さな袋入りの洗面用具が入っていました。こうして備えるのは、フィービーの事故が起きてから最初に学んだことのひとつでした。ベッドサイドで寝ずの番をし終えたからといっていつも帰宅できるとは限りませんし、二、三日続けて着替えができないことや、歯ブラシをあちこち探し回ったり人に頭を下げて貰《もら》ったりしなくてはならないこともあり、余計にストレスが溜まってしまうのです。

でも、着替えや歯ブラシがなんだっていうの？

セレスはフィービーを見下ろしました。新たに刺した針のせいで娘の両腕にはいくつも新しい痣《あざ》ができており、額《ひたい》にはセレスが今まで目にした記憶のない、顔をしかめたような――もしくは苦痛に顔を歪めたような――小さな皺《しわ》が何本もできているのでした。

だからどうしたっていうの？

セレスは病室を後にすると半ばうたた寝しながら自分の部屋に戻り、服を脱ぎ、なんとかシャワーに入りました。脚はもうくたくたで力が入らなかったので、彼女はシャワーの下に座り込み、両腕に額を乗せました。

お湯が全身を洗い、セレスの自意識をすべて流し去っていきました。

心と体には、耐えられる限界というものがあります――私たちの想像や期待よりも多くを耐えることができるのですが、ときとして、人が求めるよりもずっと早く限界を迎えてしまうこともあるのです。栄養や休息や人の助けがなくとも意志の力で進み続けることはできますが、それもほんの束の間の話。結局は立ち止まらざるをえなくなり、哀れに打ちひしがれた私たちは休息のときを求めるようになるのです。

セレスはシャワー室でうずくまったままでした。目は開いていても何も見てはおらず、ずっとそうしていたせいでお湯に打たれるのもつらく感じるほどでした。どうにか手を伸ばしてお湯を止め、バスタオルを体に巻き、這うようにしてバスルームから出ると、寝室の床に寝転がりました。部屋のドアはぴったり閉ざされており、誰も彼女の様子を見には来ませんでした。椅子で夜明かししたので、今ごろぐっすり睡《ねむ》っていると思われていたのでしょう。

お湯がすっかり冷えて寒さに震えるころになってから、ようやくセレスは体を拭き終わりました。

そしてリュックサックの中にある着替えのことなど思い出しもせず、知らず知らずのうちに一昼夜にわたって着ていた汚れた服をまた身につけました。着替えを終えると彼女は靴を履き、部屋のドアを開け、〈ランタン・ハウス〉の出口へと歩きだしました。ナース・ステーションの喧騒がぼんやりと遠くから聞こえてきているのには気づいていましたが、これは珍しいことではありませんでしたので、彼女は濡れた髪や、痛む背中や肩や脚をまったく気にしないのと同じように、特に気にも留めませんでした。彼女はセレスであると同時に、もっとも重要な機能を除くすべてを排除し、意識を安全な深みへと避難させた生きものでした。無論、足を交互に前に踏み出して進んでいくことはできましたが、何が自分にそうさせるのかはセレス自身にも分かりませんでした。

目の前には森の中へと道が延びていました。その道に最初の一歩を、そして次の一歩を踏み出すセレスを、裸の枝に止まった隻眼《せきがん》のミヤマガラスがじっと見つめていました。訓練された鷹《たか》が鷹匠《たかじょう》の手袋を追うかのように、ミヤマガラスはセレスの少しだけ前方から様子を窺《うかが》い、彼女が躊躇いを見せたときだけ鳴き声をあげながら、木から木へと飛んでいきました。有無を言わさず何かを命じるかのようなその鳴き声は、周りを取り巻く世界をぼやけさせながらセレスを閉じ込める霧を貫いて響き渡りました。彼女の背後で蠢くもののほうに、ミヤマガラスが嘴《くちばし》を向けました。セレスの後を追うようにして、森が迫ってきていたのです。木々の枝は互いのほうに伸びて空を覆い隠し、木の根は地面を突き破って出てくるとぐねぐねと曲がりくねった木の障壁を作り、そこからミミズや甲虫が転がり落ちてきました。

けれどセレスはたじろぎませんでした。戻りたくなどなかったのです。我が子の殻《から》しか存在しない世界になど、戻りたくなかったのです。フィービーの存在が今もどこかにあるとするならば、あそこではありません。

セレスがまた元通りの自分に戻り、世界がまた満ち足りた場所になるためには、盗み去られてしまったフィービーの一部を取り戻さなくてはなりません。それが叶わぬのであれば、セレスはもう続けたくなどありませんでした。そんなことはあまりにも困難でしたし、この子には聞こえているはず、きっと応えてくれるはずと希望を抱きながら物語を読んであげているだけでは、フィービーの役に立つこともできません。なにせ、応えてくれるフィービーは存在していないのですから。たとえ物語を涸れ井戸に向けて諳《そら》んじようと、洞穴の口に向けて大声でがなりたてようと、何も起きはしないのとまったく同じことです。何者かが自分の手から娘を連れ去ってしまったのならば、それだけではとても足りはしません。もしその何者かの手からフィービーを取り戻すことができなければセレスは道半ばで死んでしまうことになりますが、それがいちばんいいのかもしれません。

　セレスは、あの古い屋敷の前に立っていました。背後の森は、通り抜けることができないほどに分厚い、根と枝の壁になってしまっています。柵に沿って進んでいくと支柱からはずれて隙間ができているところが見えたので、セレスはそこから中に入りました。そして沈床園《ちんしょうえん》の縁《ふち》に沿って歩いていきました。デイヴィッドがあの本の中で——そして嘘か真か人生の中でも、いや、人生の終わりにも——異世界へと入っていったあの場所です。石組みを汚さないよう注意書きが立っていましたが、セレスが見回してみると、まだこの敷地に簡単に入ることができたころ、読者たちが壁に何か落書きをしたり彫ったりしていった跡が残っていました。

　彼女を呼び寄せていたのは、この屋敷でした。屋敷の最上階、何年も前にデイヴィッドが過ごしていた部屋の窓に、影がひとつよぎったような気がしました。セレスは刹那《せつな》たじろぎましたが、すぐ我に返りました。自分自身を観察していた彼女の一部は、本に書かれたできごとが自分の記憶と混ざり合い、デイヴィッドがかつて見たものを——もしくはデイヴィッドが見たに違いないと信じているものを――セレスも見ているのだと理解していました。子供を求めて屋敷の周りから忍び寄ってくるねじくれ男の姿をです。これは現実ではありませんが、まったくの絵空事でもありませんでした。あの本は彼女を汚《けが》し、変容させてしまったのです。あの本は今や、セレスの一部になっていました。ですがあの本が彼女の一部なのだとすれば、彼女もまたあの本の一部になってしまったのではないでしょうか？

ミヤマガラスが屋敷の東の空でぐるぐると旋回しながら、セレスが追いついてくるのを待っていました。彼女が踏む草は凍てついていてぱりぱりと割れ、歩いていくと足跡が残りました。その足跡はまるでアガーテとねじくれ男の物語を本当にしたかのようで、セレスが物語と語り手の、踊り手と踊りの両方になってしまったことの証なのでした。

玄関の横にはまた不法侵入を禁ずる警告が貼り出されており、敷地が二十四時間監視されていることが記されていましたが、オリヴィエの話を聞いていたセレスにはそれが偽りで、監視システムも放置されているのが分かっていました。彼女は家の裏手に回ると窓を覆っているベニヤ板の下に指を突っ込み、無理やり引き剝がしてしまいました。一枚の窓ガラスはすでにひび割れていたので、セレスは靴を片方脱ぐとヒールを叩きつけて割ってしまいました。向こう側にあるキッチンの流し台に、ガラスの破片が飛び散りました。四角い框《かまち》の中にガラス片が残っていないことを確かめてから、セレスは中に手を差し入れて掛けがねを回し、窓枠と下框の間に指先をかけてこじ開けようとしてみました。ですが窓はほんの少ししか開かず、爪が割れて激痛に襲われました。そこで彼女は窓台によじ登ると片足を窓の向こう側にある石造りの流し台に突っ込み、しばらくそのままの姿勢でバランスを取ってからゆっくりと床に降りました。背後で窓台にあのミヤマガラスが降り立ちましたが、中に入ろうとはしませんでした。そして、それでいいとでも言いたげにしゃがれた鳴き声をひとつあげると、また飛び去っていったのでした。

キッチンは埃が積もって蜘蛛の巣まみれでしたが、それを除けばよく片付いていました。調理道具はフックにかけられたままでしたし、椅子はどれもテーブルの周りに並べられ、暖炉には泥も煤《すす》も付いていません。影の中でハツカネズミが駆け回るのをセレスは感じました。さらに大きなものも、何か走っています。おそらくクマネズミでしょうか。セレスは恐ろしいとは思いませんでしたが、それでも警戒しました。ネズミは賢い生きものです――ミヤマガラスほどではありませんが、それでも賢い動物です。ネズミたちの物音と割れた爪の疼《うず》きで、彼女は我に返りました。まるで何かに憑かれたかのように屋敷まで歩いてきましたが、正気に戻ってみて、自分が私有地に不法侵入してしまったことにはたと気づいたのです。大きな問題になる心配はしていませんでしたが――病院は理解してくれるはずだと思っていたのです――それでも気まずいことに変わりはありません。なのでセレスは咄嗟《とっさ》に、今入ってきたところから立ち去ってしまおうと思ったのですが、すぐに、せめて数分だけでも中を探検してみたいという衝動が沸き起こってきたのでした。父親もよく、毒を喰らわば皿までと口にしていたではありませんか。せっかく苦心して中に入ることができたのですから、この機会を無駄にするわけにはいきません。

ですがセレスはこの場所を、本でも読んだ憶えがありました。そこに立っているとまるでページの中に入ってしまったような気持ちになるものですから、たとえ本を小脇に抱えたデイヴィッドの幽霊が目の前に現れようとも、生まれたての赤ん坊の笑い声が上の階から聞こえてこようとも、大して驚いたりはしなかったことでしょう。セレスがキッチンから廊下に出ると、左手に階段がありました。壁はどれも、ほとんど剝《む》き出しになっていました。かつて壁を飾り立てていた絵画や写真はそのまま残っているのもありましたが、何枚かは保管するため取り外されたか、もしかしたら盗まれてしまったかしたのでしょう。かつてかけられていた場所が他のところより色が濃くなっているのが見えました。意外なほどに明るいので、セレスは驚きました。窓や正面玄関を塞いでいるベニヤ板が完全にまっすぐに貼られていないうえに、屋敷の向きのせいで朝日が真正面から当たるものですから、隙間から陽光が射し込んできていたのです。

リビングの奥には布で覆われた家具がいくつも立っており、セレスは埃よけの覆いをかぶった怪物じみた何者かが肘掛け椅子やソファから立ち上がってくる幻影を抱きました。そして、この部屋には何も手を付けずに立ち去ることに決め、階段に注意を向けました。上階の窓には板が打ち付けられていないものですから、階段の下よりも上のほうが明るく光に照らされていました。いちばん下の段のすぐ横には小さなガラス張りのケースが置いてありましたが、おそらくこの屋敷が博物館として使われていた当時のものでしょう。ケースの中にはデイヴィッドが書いた小説のさまざまな版や、戦時中に少年時代を過ごした彼の持ちもののあれこれがしまわれていました。農漁食糧省発行の食料配給手帳や、食料配給手帳の追補や、彼の名が書かれた衣類購入手帳（第二次世界大戦中に配られた、衣類購入時に使用する六十六枚綴りのクーポン券）や、『戦時下を安全に過ごす手引き書』と題された指導書や、デイヴィッドの父親が所有していた近所のブレッチリー・パークの入園許可証などです。そして最後に、デイヴィッドと妻が一緒に収められた一枚の写真がありました。死に分かたれるまで、ふたりはどれだけ共に幸せな時を送ったのでしょう？　セレスは、ごく短い時間だったこととしか憶えていませんでした。

階段に足をかけて体重をかけると大きな軋《きし》みが響いたものですから、セレスはしばし、そのまま足を止めました。論理的な自分はこの屋敷は無人であると理解していましたが、もうひとりの、より原始的な自分はそんなふうに思ってなどいなかったのです。オリヴィエと、彼が聞かせてくれた幽霊譚のせいもあったでしょうが、決してそれだけではありません。なにせ、あの本に書かれているのは作り話ばかりではないのです。作者が母親の死後、まだ幼くしてここにやってきたこと。腹違いの弟を産んだ継母と対立したこと。そしてこともあろうにドイツ軍爆撃機が大きな庭園に墜落し、幼いデイヴィッドがその光景に目を奪われ、あわや命を落としかけたこと。真実とそうでないことの境界線がぼやければ、現実と非現実の境界線もまたぼやけるもの。小説を成り立たせるためには、読者に魔法をかけなくてはいけません。なにも不可能なことを信じさせるよう手を尽くしたり、偽りと真実の区別をやめさせたりする必要はありませんが、読者の警戒心を弱めてふたつの次元の間で宙吊りにしなくてはなりません——たとえ短い間であろうと現実世界をすっかり忘れさせ、非現実の世界に没入させる必要があるのです。この屋敷では、ふたつの世界の間に横たわる境界線がひどく細いのだと、セレスは思いました。

最初の階段のてっぺんまで、彼女はのぼりつめました。二階のドアはどれも閉ざされておりました。アーチ形の窓には透明なガラスとステンドグラスが交互にはめられており、古びた床板の上に色とりどりの光を投げかけていました。右側には、屋根裏にあるデイヴィッドの寝室へと続くさらに狭い階段が見えました。この階段は、完全に闇に包まれていました。最上階には部屋がひとつしかないのですが、そのドアもぴったりと閉ざされていたからです。セレスは屋敷まで歩いていた道のりを思い返し、屋根裏部屋の窓辺に人影を見たような気がしたのを思い出しました。もう一度、理性と本能がぶつかり合いました——

何かが見えたわ。

何も見えなかったわ。

——そして彼女は、どちらの自分も納得しないであろう妥協案へと行き着きました。ともあれ彼女が思うに、妥協案とはまさしくそうしたものなのでした。

何を見たかはともあれ、私が見たと思ったようなものとは違うのだ。

これで妥協するしかありません。

セレスはおそるおそる屋根裏部屋への階段をのぼり、ドアの前で足を止めました。鍵がかかっていたらどうすればいいか、それは分かりませんでした。今のところ小さなガラスを一枚割っただけですが、もうすでにひび割れていたガラスです。厳密に言えば窓を壊しての不法侵入ではあったものの、被害はごく小さなものだったのです。鍵を壊してドアの枠を割り、罪状を増やしたりしていいものでしょうか。客観的に見れば、彼女のしていることに筋など通ってはいません。たった一冊の本だけを理由に意識の無い我が子を放置し、自分の持ちものではない屋敷に入り込んだのです。けれど、あの物語が彼女に起こした変容を無かったことにするには、もう遅すぎます。本というものは一度読んでしまえば、もう読まなかったことになどできないのです。セレスはもうかつての自分ではなくなってしまい、それはあの本の仕業なのでした。

いや、本当にそうなのでしょうか？　『ふたりの踊り子の話』とねじくれ男は、あの本を開くよりも先に彼女が語っていたのです。あの本のことも内容も知らなかったというのに、どうしてそんなことができたのでしょう？　ただの偶然なのでしょうか。作家というものはよく似たようなことを思いつき、誰でもするような経験――恋に落ちたり、体を病んだり、大切な誰かを失ったり――を頼りに書いたり、芸術や政治や戦争など、身の回りで起きたことを題材としたりするものです。そうした要素を基にそれぞれの作家は違う物語を作り上げますが、それはたとえひとりひとりの作家が自分の経験を頼りに万人に理解できるものを創造したとしても、ふたりの作家が同じように世界を見ることは決してないからです。セレスが『失われたものたちの本』の作者と同じように、不用意な者を邪《よこしま》に弄《もてあそ》ぶ、ねじくれた帽子をかぶったねじくれた怪人の幻想を抱いたとして、なんの不思議があるでしょうか？

　セレスには、同じような名前が付いた違う怪人ではないからだと分かっていました。仮に彼女がデイヴィッドと向かい合って腰掛け、彼の思い描くねじくれ男を描いてほしいと頼んで自分も同じようにしたならば、きっとほとんど写したように似たものができあがることでしょう。**悪魔を描くようなものよ**、とセレスは胸の中で言いました。ふたりの人に悪魔を描かせれば、どちらも角を付け、山羊《やぎ》の脚を持ち、ともすれば尖った髭《ひげ》を生やした姿を描くに違いありません。異なる文化圏の悪魔であろうとそうした細部は似通っていることが多く、まるでどの絵の作者も同じ悪夢にうなされたことがあるかのようなのです。

　もしかしたらフィービーに降り掛かった呪いのせいで刻まれた心の傷や、その後に感じてきたさまざまな感情のせいで——怒りや恐怖、そして悲しみや罪悪感のせいで——自分が原始の姿との結びつきを見出したのだとセレスは確信していました。異なる文化圏には、同じ物語がいくつにも形を変えて存在するものですが、なにせ文明同士が繋がり合うより昔の物語もちらほらあるものですから、なぜそんなことが起きたのかはまだはっきりと分かってはいません。もしかしたら人間の存在に欠かすことができず、世界とその中における自分の立場を理解するために極めて重要なものだから、私たちは自然と同じような神話を作り、それを何世代にもわたって語り継いできたのかもしれません。セレスは、まるで自分の耳にだけ響くこだまのような父親の声を聞きました。

「そうした記憶が何を恐れるべきかを私たちに教えてくれるから、私たちは生まれた瞬間から気づくことができるんだよ。危険を知らせる臭いとか、音みたいなものにね。動物はそうした能力を受け継ぐというが、ならば人間だって受け継いでもおかしくはないだろう？」

　音、臭い。イメージ。

ねじくれ男。

表では風が激しさを増し、古い板が立てる苦悶やうめきが耳を塞ぎたくなるほど聞こえていました。今や使われていない煙突から剝がれた瓦礫が炉格子の中に転がり落ち、舞い上げられた白い埃やペンキの破片が雪のようにセレスに舞い落ちてきました。鍵のかかったドアが音を立て、窓ががたがたと鳴っています。きっと割れた窓から吹き込む風を受けたのでしょう、ガラスかカップが床に落ちて割れる音が下階のキッチンから響いてきました。そのとき、屋根裏部屋のドアが彼女の目の前で開きはじめました——ひと息に開かれるのではなく、注意深い誰かの手がそうしているかのように、ゆっくりと開いていったのです。

部屋の中の様子に、セレスは目を凝らしました。ふたつの世界がひとつになろうとしています。

11

Teasgal
（ゲール語）

唄う風

屋根裏部屋は、ツタに埋もれていました。剝《む》き出しのベッドの枠組みや並んだ本棚まで、ぐねぐねとツタが取り巻いていたのです。ツタは隙間なく壁を覆い、電球のはずれた照明器具から赤緑色の塊《かたまり》となって垂れ下がり、床を支配してしまっていました。そのうえ、蠢《うごめ》いているのです。長いツタが一本セレスの目の前に伸びてきて、顔を覗き込んできました。するとてっぺんの両側に生えた二枚の葉が、まるで誰かが困惑して眉《まゆ》をひそめたかのように、微《かす》かに下を向いたのです。セレスが左に目をやると別のツタがドアのノブに内側からしっかり巻き付き、彼女が入れるよう押さえているのが見えました。

部屋を埋め尽くすツタの間《あいだ》では、色とりどりの虫たちが這いずったり、跳ねたり、飛んだりしていました。白い蛾《が》が一匹飛んできたので、セレスは慌てて避《よ》けました。一枚のページを丁寧に畳んで作った折り紙が命を持ったような、両方の羽に詩の書かれた蛾です。足元に飛んできた大きなバッタを見てみれば、その体は緑と金に彩られた本の表紙でできていました。目の前を飛んでいく何匹もの甲虫に目をやると、どれも黄色と黒のストライプ模様で、それぞれ背中に違った音符が並んでいて、互いにぶつかり合う度《たび》に軽やかな音を立てるのでした。右奥の隅にセレスの手ほども大きな黒い紙の蜘蛛《くも》が、複雑に入り組んだ巣の中央でじっとしているのが見えました。ねばねばした糸が部屋の中央あたりにまで伸びており、そのあちらこちらに単語の形をした蠅《はえ》がくっついていました。

そのとき、虫たちのざわめきや羽ばたきや鈴のような音色の中から、声が聞こえました。放置されて埃《ほこり》をかぶった本たちが、ざわめきたって声をあげているのです。

「誰だ?」一冊の本が言いました。「そこにいるのは誰だ?」

声の主は、第一次世界大戦終盤の戦いについて書かれた本でした。閉じられたページが唇《くちびる》のように動いているのが見えます。タイトルに相応《ふさわ》しく歯切れのいい、いかにも軍人めいた口ぶりです。

「女か、いや、女の子かな」他の声がしました。「息遣いが聞こえるぞ。階段の足音からすると、体重は百七十ポンドってところだな」

「百四十よ!」セレスは、自分が本を相手にしていることさえも忘れて言い返しました。無論、今までにも本の中身に反論したことはありましたが、本という物体そのものに言い返したことなどありません。いったいどの本が相手なのか確かめようとしてはみたものの、本棚から聞こえるざわめきがやたらとうるさいうえに、虫やツタにも邪魔をされて分かりません。

「間違いないのかい?　自分をごまかしてるだけだろう?」

「百四十五よ」セレスは降参しました。「だけど水のせいでむくんでるからよ」

「ここに入れてもいいのか?」戦争の本が言いました。

「ここに来たってことは、もちろんいいってことだよ」もう一冊が答えました。「来ちゃいけない理由が何かあるの?」

「わしにそんな口ぶりは許さんぞ、小僧!　訴えられたいのか!　あの女が誰か突き止めるんだ。

それが貴様の仕事だろう？　調査もできんのなら、貴様に価値などあるものか！」

くぐもった声の言い合いがしばらく続き、いくつか汚い言葉が聞こえたかと思うと、二冊目の本がまた声をあげました。

「失礼ですが、どちら様ですか？」丁寧な口調で、本が言いました。

セレスはようやく声の主を探し当てました。『エーミールと探偵たち』です。

「頭がどうにかなりそう」思わず声を漏らします。

「おっと、落ち着きなってば」『エーミールと探偵たち』が言いました。「ほんとにおかしくなったら大変だよ」

「そのとおり」今度は『すてきなおじさん』という本から、女の声が聞こえました。「あなたはここに入ってこられた、大事なのはそれだけなの。私たちの声が聞こえるのなら、それはあなたが来るべき場所に来たということよ。怖がることは何もないわ」

「まだな」

今度は『国王の剣』のいちばん売れた版が口を開きました。擦《す》り切れた表紙が頼りない糸一本で、なんとか背表紙にしがみついています。この本が口を開いたとたん、部屋じゅうのおしゃべりがぴたりと止みました。

「この人には会わなくちゃだわ、そうでしょう？」『すてきなおじさん』が言いました。「さあお嬢さん、お名前を教えてちょうだい」

「セレスよ」

本たちはざわざわと、本から本へと名前を伝えました。中にはまったく耳の遠い本もいるらしく、フェリース、ドリス、デニスなどと言う声に続き、苛立ったように訂正する声が聞こえてきました。

「子供なの？」『エーミールと探偵たち』が訊ねました。「子供の声には聞こえないな。大人みたい」「もうすっかり大人ですとも」セレスはそう答えましたが、もう自分が大人であるような気分はすっかり消えていました。

「なるほど、それなら体重にも納得がいくというものだ。もっとも、体重計が壊れていないか調べてみたほうがいいというのは変わらないがね」

またくぐもったざわめきが広がりました。言い合いも聞こえており、すっかり憤《いきどお》っている本もたくさんありました。

「きっと私、とんでもない過《あやま》ちを犯してしまったんだわ」セレスがこぼしました。「ある本を読んだのだけれど、きっと読んじゃいけない本だったのよ。たぶんあの本が私の頭に入り込んで、何もかもごちゃ乱にしてしまったんだわ」

ごちゃ乱。これは父親がよく使っていた「ごちゃごちゃ混乱する」を意味する言葉で、たとえば「お風呂から離脱する」の代わりに「フロリダ」と言ったり、「わけが分からない」の代わりに「わけワカメ」と言ったりするようなものです。父親が死んでしまってから、この言葉を口にするのも、誰かが使うのを聞くのも、これが初めてでした。

「読んじゃいけない本などというものは、どこにもありはしない」『国王の剣』が努めて冷静に言いました。「読むべき本を、読むべきではないときに読んでしまうことはあってもな」

「この人をいじめるのはよして」『すてきなおじさん』が言いました。「この人が取り乱しているの、見て分からないの？　ねえセレスさん、あなたはどうしてここに？　何を探しているの？」

セレスはこの質問を考えてみました。もしかして自分は神経衰弱に陥《おちい》っており、そのせいで命を持つツタを見たり、生きた紙でできた昆虫を避けたり、本の話し声を聞いたりしているのかもしれません。しかしおかしいのは――おかしいことだらけですが、特におかしいのは――本がこのような、ごく当たり前の質問をしてくることです。どうしてここに来たのでしょう？　何を探していたのでしょう？

「娘が病気なの」セレスは答えました。「いいえ、もっと悪いわ。行ってしまったのよ。娘の大好きな部分はすべて行ってしまって、今はもう肉体しか残っていないの。呼吸はしていても、あれはもうフィービーなんかじゃないわ。誰かがさらっていってしまったの、そして私はあの子を取り戻したいのよ。話しかけても呼びかけてもあの子は答えてなんてくれなくて、それが本当につらいのよ。本当につらくて、ときどき諦めてしまいたくなるほどだわ。ただ横たわって二度と起き上がりたくないような気持ちになることが、どんどん増えてきてしまっているのよ。

　私が探しているのはそれよ。こんなふうに生きてなんていけやしないから、娘を取り戻す方法を探しているの。ここに私を呼び寄せたものが知りたいなら、それは私が読んでいる本よ。その本のおかげで具合が悪くなって、本当はありもしないものを見たり信じたりするようになってしまったの。あなたたちも含めてね」

「けれど、これは現実よ」『すてきなおじさん』が、優しく言いました。「あなたに想像できるものは、どれもこれもすべて現実なのよ。あなたが存在させているの。これはひもとかれはじめたあなたの物語で、私たちはあなたと同じ、その物語の一部なの。そして、もしあなたが娘さんを探してここに来たのなら――」

「聞いて」『エーミールと探偵たち』が口を挟みました。

『すてきなおじさん』が話をやめました。それまでとめどなくおしゃべりを続けていた他の本たちも、ぴたりと黙ります。本とは他の本に話しかけるもので、ずっとそうしてきたのです。というのも、本とはひとりでにできるものではないからです。文学というものは、物語同士がする長く絶え間ない会話なのです。

また風が変わりました。もっと冷たく激しい、齧《かじ》り付いてくるような凍てつく風に。その風音は不規則な突風の作る音というよりも、息を吸い込み、吐き出すような音でした。それに外からではなくこの屋根裏部屋の中から、壁から、天井から、床から聞こえてくるのです。

「この音は？」セレスはきょろきょろしました。

「さあ、恐れるべきときが訪れたぞ」『国王の剣』が言いました。

「セレスさん、ここから出ていかなくちゃ」『すてきなおじさん』が続きます。「できるだけ急いで、だけどすごく、すごく静かにね。大きな音を立てたりしたら、あれに聞かれてしまう。聞かれたりしては、絶対にいけないわ」

セレスがあとずさりで部屋から出ると、ツタが音もなくドアを閉ざしました。走り出してしまいたい気持ちに駆られましたが、そんなことをすればあれに気づかれてしまうのは分かっていました。『すてきなおじさん』の警告は、ちゃんと受け止めているのです。セレスは階段のてっぺんに立つと片手を手すりに、もう片方の手を壁にかけ、できるだけ動かないようにしました。ドアの向こうでは風音が猛烈に強まったかと思うとぴたりと止まり、誰かが室内のツタを掻き分けながら進んでいるかのような葉ずれの音だけが聞こえだしました。

セレスは鍵穴が覗けるよう腰をかがめました。中を覗いてみると、ツタが蠢きながら部屋のまん中に集まり大きな塊を作り上げているのが見えました。その塊に穴がふたつ開き、それからその下、最初の穴を目とするならば鼻のあたりに大きめの穴がひとつ開きました。セレスは、その顔をじっと見つめました。顔は左を向き、右を向き、何かを探しながらしかめっ面をしています。その前にひらひら飛んできた紙の蛾が驚いて逃げ出そうとしましたが、緑色の口からツタが二本飛び出してきて、蛾をずたずたに引き裂いてしまいました。蛾の残骸《ざんがい》がひらひらと床に落ちていきます。ツタはさらに、セレスの視界の先へと伸びていきました。やがてまたツタが戻ってくるとそこには一冊の本が挟まれていましたが、それが『すてきなおじさん』であるのがセレスにも見えました。

緑の口が動き、唇から唄うような声が聞こえてきました。嘲《あざけ》りと悪意に満ちた、恐ろしい声です。

「本よ、お前の話す声が聞こえたぞ」緑の顔が言いました。「誰に話していた？」

「私の兄弟や姉妹に」『すてきなおじさん』が答えました。「いつもみたいにね」

微《かす》かに震えるその声は、恐怖している証でした。

「いいや、いつもどおりなものか」ツタの顔が言いました。「長いことお前たちのくだらぬおしゃべりを聞いてきた俺は、お前たちの声色や話しぶりなど知り尽くしているのだぞ。だが今日は別の声が聞こえた、俺の知らぬ声がな。お前は、新たな本がお仲間に加わったとでも言うつもりか？そうならば、俺に見せてみろ。誰が、なぜ持ってきたのか言ってみろ」

「思い違いをしているのよ」『すてきなおじさん』が答えました。「私たちの棚に見えている本しかないわ。長年ずっとそうだったようにね」

ツタの顔は、目を細めました。

「俺に嘘をつかぬほうがいいのは分かっているはずだがな」

「あなたに？」『すてきなおじさん』は、果敢にも言い返しました。「でも私たち、あなたが何者かさえ知らないのよ。あなたがぐるぐると回っているのはよく感じたものだし、ツタを吹き抜ける風のようにあなたが通り過ぎるのだって聞こえたけれど、私たちの誰もあなたのことなんてよく知りやしないのよ」

「ほほう、だが知っているはずだとも。俺の魂はお前たちそれぞれの中に在るのだからな。お前はもっとよく注意を払わねばならんな」

『すてきなおじさん』はすぐに答えはしませんでしたが、ようやく答えたその声は、またしても恐怖に震えていました。どれほど頑固に否定しようと、本がこの怪物に出会うのが初めてではないことも、よく見知った存在なのも、セレスには伝わりました。

「あなたが誰だろうと、私たちに必要なんてありゃしないわ」『すてきなおじさん』が答えました。「ここにはいくつもの世界があり、数えきれないほどの人々が、場所が、思念があるもの。それだけで私たちにはじゅうぶんなのよ。他に必要なものなんてありはしないの」

「また嘘をついたな」ツタの顔が言いました。「お前らには読者が必要だ。読まれもしない本などに、なんの意味があるのだ？　教えてやろう、意味などありはしない。俺を惹きつけたのは声だけではないのだぞ。お前らの興奮を、歓喜を俺は感じたのだ。どんなに素晴らしい本であろうとも、あんなにも感情を掻き立てる新たな本などあるものかよ。お前らは読まれたいという欲望に駆られて自分たちの正体をさらしたのだろうが、誰か人が来ない限りそんなことになりはせん。さあ、もう一度訊くぞ。お前は誰と話していたのだ？」

「馬鹿馬鹿しい」『すてきなおじさん』は言いました。「ほっといてちょうだい。私たち、枝や葉を拝借して姿を現すような、旅回りの亡霊なんかと話をするつもりなんてなくってよ」

「ふん、好きにしろ」怪物がそう言うと、さらにたくさんのツタが『すてきなおじさん』に巻き付き、ページと表紙を摑んで思いきり広げました。「さらばだ、本よ」

そして『すてきなおじさん』はあの紙の蛾と同じようにツタに引き裂かれ、ちりぢりになった紙くずと布くずに変わり果ててしまったのでした。本の悲鳴がセレスにも聞こえましたが、それもほんの刹那《せつな》のこと。背を折られたとたんに悲鳴は止み、あとは瞬《また》く間にずたずたにされてしまったのです。

ツタはまた獲物を探しに出ると次の本を、『エーミールと探偵たち』を捕らえ戻ってきました。怪物の正体は分かりませんが、それぞれの本の声を聞き分けられるのは間違いありません。軍事史の本の番も、それから『国王の剣』の番もすぐです。

「さて、お前はどうだね？」ツタの顔が言いました。「お前はいい子であってくれよ。期待に背《そむ》けばゆっくり時間をかけて一ページずつむしり取ってやるが、最後まで待たずとも知っていることをあらいざらい白状してしまうのは確実だぞ。

とはいえ、お前を破壊したいわけではないぞ。なにせ俺は物語が好きなのだから、本を破壊することに歓《よろこ》びを感じるわけなどあるまい？　さあ、苦しまぬようにしてやろうじゃないか。ここに来たのが女だったのは分かっている。その女の名を俺に教えろ。応じてくれるだろうな？　ただの名前だよ。俺はずっとある女を待っているんだよ、極めて特別な女だ。その女に呼びかけ続けていたと言ってもいい。重要な女だ……お前が想像できないほどにね、だからどんな危険な目にも遭ってほしくはないのだよ。いや、むしろ逆さ。力になってやりたいんだ」

怪物はゆっくりと、『エーミールと探偵たち』の題名が書かれたページをむしりはじめました。本があげる子供の悲鳴を聞いて、セレスはもう居ても立ってもいられなくなってしまいました。

「やめて！　離してあげなさい！」彼女が叫びました。

乱暴にドアが開き、恐ろしい顔が勝ち誇ったように外を向きました。ツタがもの凄い勢いで、セレスに向けて床を這いはじめました。本棚に収まった本たちが声をそろえ、たったひとつ、言葉を叫びました。

「逃げて！」

そして、セレスは逃げ出しました。

12

Wathe

(中英語)

娯楽の狩り

セレスは屋根裏部屋の階段を一段飛ばしで駆け下り、主階段に差し掛かってからようやく足を止め、ちらりと背後を確かめました。ツタはみるみる壁や天井を覆い、手すりに巻き付いていきます。いつの間にかツタには棘《とげ》が生えており、その鋭い先端はまるで血塗られたように赤く染まっているのでした。あの顔も屋根裏部屋から出てきており、この狩りを率《ひき》いようと何度も何度も形を変えながら、先頭のツタを目指して進んできていました。

その一瞬の躊躇《ちゅうちょ》を見逃さず、他のツタよりもずっと先行していた一本がセレスを捕らえかけましたが、セレスはさらに逃げる足に拍車をかけました。行く手に玄関の扉が見えてはいますが、そこからは逃げられません。開けたところで、鉄板が待ち受けているだけなのです。入ってきたのと同じようにキッチンに行って窓から這い出すしか道はありませんが、一階は彼女が思っていたよりも深い暗がりに包まれていました。窓を塞《ふさ》ぐ板の隙間から差し込む陽光がゆっくりと消えていき、屋根の上で何かが動く音が聞こえました。セレスは、屋根裏部屋の窓から外に出たツタがだんだん屋敷全体を覆い尽くしていく様子を思い描きました。屋敷がすっかり飲まれてしまえば憎悪を抱く緑の怪物とともに閉じ込められ、『すてきなおじさん』と同じ運命を辿《たど》らされることになってしまうでしょう。ツタに捕まり、責め苦を与えられ、八つ裂きにされてしまうのです。

セレスは最後の一段で、いきなり向きを変えました。踏み板で足を滑《すべ》らせて転びかけ、なんとか体勢を立て直します。また別のツタが彼女の右手に襲いかかり、親指と人差し指の間の柔らかな肉に切りつけましたが、キッチンのドアはすぐ目の前にあり、中から光が漏れ出してきているのが見えます。やはりそうか、とセレスは胸の中で言いました。ツタが屋根裏部屋の窓から這いずり出て屋敷全体へと伸びているのだとすれば、このキッチンがいちばん最後の到達点になるのです。窓の外は開《ひら》けた地面ですから、いざとなれば全速力で走ることだってできます。外にさえ出てしまえばあのツタも、ツタを操る何者かも、出し抜けるに違いありません。そうすれば、安全な〈ランタン・ハウス〉まで逃げ切ることができるでしょう。まだ森が塞がったままで迂回しなくてはいけなくとも、それはそのときに対処すればいい話です。

セレスがキッチンに足を踏み入れると、まだ塞がっていないガラスから祝福するかのように陽光が降り注いできましたが、窓に近づいていく間にもツタが外から窓を覆いだし、キッチンを影の中に包み込んでしまいました。もう光といえば、裏口のドアの下から射し込んでくる光だけです。

「お願い」セレスが囁《ささや》きました。「お願いよ」

ツタの伸ばした最初の指先がドアにかかると同時に、セレスはノブをひねりました。裏口には鍵がかけられているうえに、膨張《ぼうちょう》してぴったりと枠にはまっていましたが、木が腐食していて大きな力に耐えられそうにないのはセレスにも分かりました。左足を壁に押し付けて体を支えながら思い切り引っぱると、ドアはあっけなく開きました。すると表に貼り付けてあるベニヤ板が現れましたが、正面玄関のように鉄でできているわけではありません。一度、二度とセレスは体当たりしました。すると、ツタがいよいよ本格的にキッチンになだれ込んでくる中、板を留めていたネジが緩みはじめました。セレスは一歩あとずさると、左のふくらはぎを切りつけてくる新たな棘の痛みを無視し、全身全霊の力を込めて板に体当たりしました。板が吹き飛び、勢い余ったセレスは俯《うつぶ》せで土の地面に転がり出ました。衝撃で息もできません。顔をしたたか地面に打ち付け、鼻がひしゃげるのを感じました。刹那、彼女はその衝撃で気を失いかけましたが、なんとか立ち上がりました。痛みをこらえて走り出し、背後の屋敷を置き去りにしなくてはいけないのです。

ですが振り返ってみると、なんと屋敷はすっかり消え去ってしまっていたのでした。

13

Scocker
（イースト・アングリア）

オークの木にできた裂け目

セレスが立ち尽くしていたのは草がぼうぼうに生い茂る芝生ではなく、鬱蒼《うっそう》とした森の中でした。木々は低く垂れ込めた雲に隠れるほど高くそびえ、その幹は大人の男たちが五人がかりで手を繋いで囲もうとしても届かぬほどの太さでした。セレスのすぐ傍《そば》に一本の木が立っていましたが、地面から彼女の頭の高さにかけて切り裂かれたような傷が伸びており、そこからねばねばした樹液が漏れ出してきていました。ですが、セレスが見ている目の前で、木のうろが塞がりはじめたのです。彼女は自分がどうやってここに来たのかを理解しました。どういうわけかは分かりませんが、あの屋敷のドアをくぐり抜けてこの木の幹から出てきてしまったのです。ありがたいのは、もうツタにもなんにも追いかけられていないことでした。一方、自分がどこにいるか分からないのはまったくありがたくなどありませんでしたが、ここがどこなのかはともあれ、自分がいるはずの場所、つまり〈ランタン・ハウス〉の、そしてフィービーの傍でないのは確かでした。

セレスは、すでにさっきの半分ほどの大きさになってしまったうろの縁《ふち》を摑むと、思い切り引っぱってみました。この入口がすっかり消えたらここに取り残されてしまうかもしれませんが、そうしたらフィービーはどうなってしまうのでしょう？　ですが幹はなんとしても自らを癒《い》やしたがっており、樹皮も辺材も心材も、何もかもがどんどん元に戻ろうとしているのです。うろの縁を押さえるセレスの両手がどんどん近づいていき、ついに指先が潰されてしまわないよう手を離さなくてはいけなくなってしまいました。か細くなったうろが彼女の目の前で消え去り、木は傷などなかったかのような姿に戻ると、同じ種の他の木々とまったく変わらぬ姿になりました。たとえほんの短い距離だろうとそこを離れたら、もうこの木を見つけられるとは思えません。

　このときになってセレスは初めて、怪我をした鼻から血が滴《したた》っているのに気づきました。おそるおそる手で触れてみます。折れてはいないようですが、ひどい痛みでした。セレスは手を振って指の血を払い落としましたが、その血はすぐにどこからか跳ね返ってきました。木の根本を見てみると、黄色と白の花が固まって咲いていました。それぞれの花の中心には子供みたいな顔が付いていています。花たちは不機嫌そうにセレスを見上げていましたが、いちばん傍の花はことさら不機嫌そうでした。花びらに点々とセレスの血が付いてしまっていたのです。花は血を振り落とそうとして激しく体を揺すりましたが、今や血は口のほうにも流れ込みはじめており、防ごうとして息を吹きかけても無駄なのでした。

「大変、ごめんなさい」セレスが言いました。そしてポケットからティッシュを取り出すと、ごく当たり前の母親がそうするように少しそこに唾を吐き、血を拭《ぬぐ》ってやろうと腰をかがめました。ですが手を伸ばしかけたところで、花たちは一斉に閉じてしまいました。葉が折り重なり、固く粘ついた鎧《よろい》を作り上げています。

「ふん、好きになさいな」セレスは言いました。「そうやって閉じ籠《こ》もってるのがお似合いだわ。私は助けてあげようとしただけなのに」

セレスは周りを見回してみましたが、見えるのは木々と、さらにたくさんの木々と、黄色と白の花たちばかりでした。仲間のパニックがどんどん周りにも伝わったのでしょう、他のところで固まった花たちも次々と閉じていき、ついに森はすっかり緑と茶色だけになってしまいました。

セレスは、自分をつねってみようかと思いました。物語の登場人物たちはよく、夢を見ているのかもしれないと思ってそうするものですが、セレスは今まで一度も自分で試してみたことがありませんでした。誰かが自分をつねって何かが解決したのを、ほとんど見たことがなかったからです。それにずきずきと伝わる鼻の痛みだけでもじゅうぶんに現実を感じましたし、転んだときに打った胸もまだ痛みます。ですが痛みとは、たとえ夢や想像の中でも感じるものではないでしょうか。ときどき彼女はフィービーが生まれた夜のことを夢に見ますが、そのときの痛みはそれまでに味わったことがないほどに強烈で、思わず目を覚ましてみれば出産の痛みと苦しみは現実にまで彼女を追いかけてきているのでした。

セレスはきつく目をつぶり、少しして瞼《まぶた》を開いたら自分は病院で借りたあの部屋にいるか、古屋敷の芝生に倒れているはずだと祈りながら、目を覚まそうとしてみました。屋敷を覆っていたツタも夢の一部なのですから、今はすっかり消えてしまっているはずです——恐ろしい悪夢の一部であったのは確かでも、それでも夢には違いありません。しかし、上手くいきはしませんでした。また瞼を開いてみてもあの森の中で、鼻も胸も痛いままだったのです。

もしかしてフィービーも今こんなふうに、どんなに頑張っても目覚めることのできない夢みたいなもののように自分を感じているのかしら？　セレスはそんなことを考えました。

するると、次の考えが浮かんできました。

私がここに囚われているのならば、あの子もそうなんじゃないかしら？　もしそのとおりなら見

つけられるかもしれない。また一緒になれるかもしれない。たとえすべて幻だったとしても、あの子のいない現実に生きて、助けられない無力感に苦しむよりもマシかもしれない。

自分を閉じ込めたこの世界の正体を考えていた彼女は、もしかしたらずっと心当たりがあっていたのかもしれないと、ふと思いつきました。ここが異世界、つまり『失われたものたちの本』の世界なのではないかと。理論的に考えればあの本を読み終えた今、構成も、事件の数々も、登場人物たちもすべてセレスの思いとなり、彼女の頭の中にあることになります。本の中身についての知識が何らかの形で彼女の意識を変容させ、脳の辺縁系に彼女が住まうための大地を作り出したのかもしれません。ならばセレスは今無意識状態か、より現実的に考えれば半意識状態にあり、譫妄《せんもう》状態のうちで彼女自身の異世界を生み出したのではないでしょうか。

ですが理論というものは、大して役に立つものではありません。セレスが唇に血の味を感じ、あわや折れかけた鼻の痛みを感じるや、たちまち崩壊してしまいました。草の匂いがし、虫たちの羽音が聞こえ、肌に落ちた花粉の粒が見えるのです。木の肌に触れることも、茂みの葉に触れることもできますし、触れれば指は茶色や緑に汚れるのです。

どこか近くでせせらぎの音が聞こえ、セレスはそちらに足を向けてみました。顔に付いた血を洗いたかったですし、可哀想な鼻を冷たい水で濡らしたところで大した害は無いだろうと思ったのです。歩きながらセレスは、腰からずり落ちかけたジーンズを引っぱり上げました。見てみれば、シャツも前よりぶかぶかになっています。彼女はズボンの裾を靴で踏みつけ、あわや転びかけました。その靴もいつの間にか、足よりほんの少しだけ大きくなっています。

セレスは恐ろしい予感に襲われました。

「やだ」思わず声が漏れます。「やだ、やだ、やだ……」

やがて澄み渡る泉へと流れ込んでいるせせらぎに辿り着くと、セレスはひざまずき、水面《みなも》に映る自分を見てみました。自分を見つめ返している顔は血に汚れ、鼻はひどく腫れ上がっていますが、それでも間違いなく彼女の顔でした。しかし——

三十二歳ではなく、十六歳の姿だったのです。髪すらも見違えてしまっていました。二十代の半ばからずっと短くしていたはずが、ずっと長く、肩にかかるほどになっていたのです。もともと背の高いほうではありませんでしたし、二十歳を迎える前に身長も止まってはいたのですが、今は二インチほど背が低くなっており、控えめに見ても数ポンドは痩せていました。だから服が前のようにぴったりと体に合っていなかったのです。胸は前よりも小さく、腰も細くなっていました。まだ子供を産んだことのない体なのですから、当たり前のことです。それどころかこの肉体そのものが子供か、せいぜい子供に毛の生えた程度のものなのです。大人ではなく、若者の体なのです。

「やめて」セレスは悲鳴をあげました。「十代に戻るなんて絶対に嫌よ！」

14

Getrymman
（古英語）

堅牢な建物を造り、攻撃に備えて砦にする

作られてから半分以上の時を炎も知らずにきた炉床のある石造りの小屋の中、藁敷《わらじ》きのベッドに蠢く人影がひとつありました。薄っぺらいマットレスの上、重い毛布を脇に投げ出すようにして男が体を起こします。男はまるで自分の姿に驚いたかのように、いや、自分がそこにいることすら知らなかったかのように、手を、服を、じっと見つめました。身につけているのは柔らかな緑色のウールでできたシャツと、ぴったりとしたズボンだけ。髪は短く、灰色がかっています。男は顎《あご》に手を触れ、無精髭《ぶしょうひげ》をさすってみました。せいぜい二日分くらいしか伸びてはいませんでしたが、それよりもずっと長い間睡《ねむ》っていたのを男は分かっていました。がちがちに固まった体が、そう告げていたのです。

ベッドの脇にはずっしりとした斧《おの》が一本立てかけられていました。古い刃ですがまだ鋭く、傷ひとつ付いていません。男は、片手を斧にかけました。もし誰かがそれを見ていたなら、男の顔に次々と浮かんでは消えていく思い出を、斧が肌に触れる感触が胸に呼び起こした、幸せと、悲しみと、そして喪失の言葉無きショーを目《ま》の当たりにしたことでしょう。横手の台には、悪くならないよう弦《つる》が外された木の弓がひと張りと、何本もの矢を入れた矢筒が置いてありました。その

台の傍《かたわ》らに置かれた棚には使い勝手の良さそうな鞘《さや》に納められた一本の剣と、実用的というよりむしろ装飾的なナイフが一本、そして保存のためにうっすらとグリスの塗られた鎖帷子《くさりかたびら》が一着しまわれていました。男は自分が——今や自分とは思えない己が——武器や鎖帷子を脱いでしまったことを思い出しました。それは、もしかしたら空想かもしれないと思うほど遙か昔のことでした。

それでも、男は目覚めたのです。ひとつの変化が起きていました。否応なく男の注意を引き付けた変化です。そして、否応なく彼の注意を引き付ける変化となれば、それは騒乱を置いて他にありません。どんな形の騒乱かはまだ分からず、それはこれから突き止めなければいけませんが、なにはともあれ今は骨に喰らいつく疲労を追い払わなくてはなりませんでした。身を守るものも持たないまま何があるか分からない世界に足を踏み入れるのは無分別というものですから、男は斧を手に取り、ドアへ歩きだしました。ドアは鍵と閂《かんぬき》がかけられ、窓も同様に閉ざされたうえに鎧戸まで降りていました。覗き穴の留め具を外して様子を窺《うかが》ってみると、小屋の外はどうやら平穏そのものです。庭は大して荒れてもおらず、この冬最初の植物が土を破って顔を出していたものの、まだ花を付けてはいません。柵の先には森が広がっており、すぐ傍の木々にはツタが分厚く巻き付いていましたが、これはいい兆候でした。

男はドアを開け、表に足を踏み出しました。小屋は石で造られており、板屋根は泥で隙間を固めて葺《ふ》いてありましたが、その外見は彼の記憶にあるものとは違いました。壁にはまるで石のブロックそのものから生えてでもいるかのような、男の腕ほども太さのある鋼鉄の棘が何本も突き出しており、屋根を見上げればさらにたくさんの棘が立っていました。どれも命取りになるほど鋭く尖っており、男がよく見てみるとどの棘もまるで茨《いばら》のように、さらに小さな突起に覆われているのでした。突き刺すためだけでなく、引っ搔くようにも作られているのです。これは男の作ったものでした。

でなければ、誰が作ったものでもありませんでした。住人の命を守るため、小屋そのものが願い、生み出したものなのです。男は用心深く棘を調べ、毒でも塗られているのではないかと臭いを嗅いでみましたが、そんな痕跡はありませんでした。この鋼鉄の棘さえあれば毒など不要というわけでしょう。

小屋のとなりには厩《うまや》があり、そこに一頭の茶色い牝馬《ひんば》が立っていました。腰ほどの高さのドアの上からこちらを覗いています。彼女は小さくいなないて男を迎え、自分を抱きしめる彼の首筋に鼻先を擦りつけました。床には藁が敷き詰められて、水桶にはなみなみと水が入っていました。男の目覚めと同様、この牝馬の目覚めも入念に準備されていたのです。

「お前もわしと同じように、すっかり戸惑っているようだな」男は、馬から体を離しながら言いました。「それでもまた会えて嬉しいぞ」

男は井戸に歩み寄るとバケツに水を汲み、服を脱いで裸になって体を洗いました。覚悟を固めてはいたものの浴びた水の冷たさはなお体に堪《こた》えましたが、男は自分の中に残る倦怠感をすっかり消し去ってやるとばかりに残りの水を頭からざぶりとかぶって、もう一度バケツを水で満たしました。それから毛糸と革と毛皮のまっさらな服に身を包んでから水を少々炎にかけ、倉庫から持ってきたオート麦――ありがたいことに新鮮です。これも小屋の仕業《しわざ》でしたが、干し肉と卵がいくつか用意されていないのは残念でした――をそこに入れ、朝食のポリッジを作りました。食べ終えた彼は弓に弦を張り直し、ベルトにナイフを差し、もう一度斧を手に取りました。剣は置いていくことにしました。まだ、それほど遠くに行くつもりではないのです。それから厩に行くと扉の閂を外し、馬に鞍《くら》を付けて跨《またが》りました。男がほんの軽く踵《かかと》を当てただけで、馬は速足《トロット》で駆けはじめました。また一緒に駆けられることに、男と同じくらい興奮しているかのように。

森に差し掛かると、それまで微動だにしていなかったツタ――彼の《・・》ツタと言うことにしましょう。なぜならツタといってもさまざまなツタがあり、中にはよくなつく気立てのいいツタもあるのです――が幹や枝の周りで、まるで緑色をした蛇《へび》の大群が目覚めたかのように蠢きはじめ、男を迎えようと首をもたげました。ツタは男の頬に触れ、髪を弄《もてあそ》び、からかうように服を引っぱりました。周りでは風もないのに木々の枝がざわざわと動き、黄色と白の花々は臆することなく、通り過ぎていく男を見上げていました。花びらが降り注いで彼の進む道を飾り、木の葉は敬意のざわめきを贈りました。

木こりがこの国に帰ってきたのです。

15

Gairneag
(スコットランド・ゲール語)

耳障りな小さいせせらぎ

セレスは岸辺から動かず、じっとあの木を見つめ続けていました。幹にできたハート形の窪《くぼ》みの中には目印にするため、女王の顔を外側に向けて五ペンス硬貨をはめ込んであります。周りに生えた草は、日が高くなるにつれてだんだんと暖かくなっていきました。

何が現実で何が疑わしいのか彼女にはまだ判然としないままでしたが、確かなことがひとつだけありました。これが夢や、神経衰弱のさなかに見ている幻想か何かであるにせよ、この木はかつての自分が持っていたすべてとに繋がる目印なのだということです。この木と離れ離れになってしまえば正気すら失ってしまうのではないかと、彼女は怖くてたまりませんでした。座りながら『失われたものたちの本』の細部をできるだけたくさん思い出そうとしてみましたが、ループや魔女、ハルピュイア、トロル、そして猟奇的な女狩人の姿を胸に呼び起こすにつけ、自分の置かれた状況がだんだんと恐ろしくなるばかりでした。あの物語にはときおり明るい場面も登場しはしますが、ここはもっぱら恐ろしいものばかりで作られている世界なのです。唯一の救いは、彼女が憶えている脅威のほとんどは物語の途中で——ときには暴力的な方法で——消し去られることでした。

ですが、あの物語を信用してもいいのでしょうか？　確かに小説にはいくつも真実が含まれているものですが、だからといって現実と同じというわけにはいきません。しかし彼女はこうして、現実ではありえないのに現実としか思えないどこかに取り残されてしまっているのです。何もかも、頭の痛くなることばかりでした。

「おはようさん」いきなり彼女の背後、腰のあたりから男の声がしました。

「おは――」

せせらぎの水面から頭が突き出しているのに気づき、セレスは岸辺から飛び退きました。子供の頭くらいの大きさですがその顔はしわくちゃで、髪の代わりに草が生え、もじゃもじゃの髭はまるで古い石に付いた苔《こけ》のようでした。よく見てみると肌はきらめく魚の鱗《うろこ》のようでしたが、まるでこの小さな男自身がせせらぎの一部ででもあるかのように――もしかしたらせせらぎそのものなのかもしれませんが――頭のてっぺんに生えている草のどこかから滔々《とうとう》と清水が流れ出してきているのでした。男のいるあたりは深させいぜい二フィートといったところだったので、セレスには首から下がどこにあるのか見当も付きませんでした。とても変わった姿かたちをしているのでしょうか。それとも頭だけで生きているのでしょうか。

「ちょうどいい天気じゃあないかね」男が楽しげに声を弾ませましたが、あやふやに「ええと、何をするにちょうどいいかはともかくさ」と付け足しました。朝に目覚めてさあ一日を始めようとカーテンを開けたら、見知らぬ誰かが庭を歩き回っていたような声です。「新入りさんかね？」

「着いたばかりなんです」セレスが答えました。「といっても、ここがいったいどこなのかよく分からないのですけれど」

「ふむ、ここはここさ」男が言いました。「当然そうだとも。ここがここじゃなきゃ、あそこってことになる。同じじゃないとも、まったく同じじゃない」

「もちろんおっしゃるとおりです」セレスはうなずきました。「でも言いにくいのですけど、それじゃあ結局よく分からないままですわ。地図も描けやしないですし」

「ああ、そのとおり。地図はあんまり得意じゃないんだよ。欲しいと思ったこともないくらいだからね」水浸しの手がせせらぎから突き出て――爪の一本に小さな、少しぎょっとした様子のカタツムリがくっついています――やや困惑したように下唇を引っぱりました。「ところで地図ってのは何かね？」

「ええと……ああ、気にしないでくださいな」セレスはそう言うと、そういえば自己紹介をするべきだと思い立ちました。「私、セレスといいます」

「初めまして。わしは水の精だよ。といってもあらゆる水辺ではなく、このせせらぎだけだけれどね。すべての水の精になるってのは、そりゃあ大変な仕事だよ。やりたいとは思わないね。一日の仕事だって終わりゃしないよ。だって川やら湖やら海やらいろいろあるもんだから、自己紹介だってしきれっこないし、調子を訊ねて回ったり、ここんとこ何してるのか質問したり……相手はもっぱら魚ばかりだけれどね。魚ってのはあんまり口数が多くないんだよ。蟹《かに》もそうだな。考えてみりゃあ、返事してくれる相手と話すのもずいぶん久しぶりだよ。さて、だらだら話さず短くまとめると、わしはわしのままでも幸せさ。水の精（南支部、地方支店）。それがわしさ」

　水の精は、もう一度唇を引っぱりました。

「なんだか舌を嚙んじまいそうじゃないかね？」思案顔で言います。「水の精（南支部、地方支店）。つまらん肩書なんぞを加えることで自分の重要性を低くしたりして、わざわざ自分にひどい仕打ちをするなんて、誰が望んだりするものかね。気づいてみりゃあ誰かがぐらぐらした踏み石で足を滑らせて、上の者を出せなどと文句をつけてくるんだよ」

「せせらぎの精っていうのはどう？」セレスは、こうすれば綺麗さっぱり解決でしょうとばかりに提案しました。

水の精はその言葉を、口の中で転がしてみました。

「せせらぎの精かあ。なんで今の今までそいつを思いつかなかったんだろう？　気に入ったぞ。いんぐりもんぐりを踏んでいるしな」

「韻《いん》ね」セレスが言いました。

「それだ。じゃあ、せせらぎの精で決まりだ。さておき、わしはすっかり幸せなんだ。魚たちもいるし。カタツムリたちもいるし」水の精はそう言うと、指に付いたカタツムリを振り落とさないよう、ゆっくりと手を振りました。「道すがら、ちょっとした貢ぎ物を拾ったりね。伝わってくれるとありがたいんだがね」

せせらぎの精は湿った、しかし意味ありげな咳払いをすると、セレスにウインクしてみせました。

「貢ぎ物？」セレスは首をひねりました。

「ふむ、あんたはわしの水を使って体を洗ったし、水を飲むところだってわしは見たよ。おっと勘違いしないでくれよ、わしは全然いいんだから。わしはこのせせらぎを本当に綺麗にしていてね、わしは。あんたが魚なら、そこの魚を食うことだってできるとも。けれどさ、ちょっとした感謝の気持ちを表してくれたって、何も損はないだろう？　努力が認められるのはいいことさ、ってだけの話だよ。名前を付ける手伝いをしてくれたのはありがたいし、ちゃんと考慮しているよ。けれど精霊にだって生活があるからね」

セレスはポケットの中を探ってみました。一枚だけ持っていた硬貨は木に印を付けるのに使ってしまいましたが、その週の頭にジャケットから取れた銀色のボタンが見つかりました。気分が乗ったときに付け直そうと思って取っておいたものです。

「もうお金はないの」彼女が言いました。「これしか持ってないわ」

せせらぎの精は、大きく目を見開きました。

「おおおおう、こいつはなんと素敵なんだ！　まばゆいくらいにキラキラで、こんなものは見たことがないぞ。さっと顔を洗ってちょっと水を飲んだくらいじゃ、こいつは貰《もら》いすぎってもんだよ。こうしよう、いつでも好きなときにわしの池で水を浴びてもいいし、なんなら魚たちに頼んで足の角質を齧ってもらってくれてもいい。魚たちが興奮しすぎたら、ちょっと叩いてやれば大丈夫だから。爪先を食いちぎられちゃあ、あんたもたまらんだろうしな」

セレスはその申し出を、丁寧に断りました。精霊が住処にしている池で水を浴びるなど、なんだか気が進まなかったのです。地元のプールで更衣室を使うことすら嫌だったのに、背中を洗ってやろうかと年寄りに声をかけられたりしたらたまりません。

「まあいい、必要なときには、いつでもそうしてくれて構わないからね」せせらぎの精は、セレスからボタンを受け取りながら言いました。「とりあえず、もし水の生きものと何か面倒が起きたら、わしの名前を言いなさい。せせらぎの精と。分かったかい？　せせらぎ。の。精。なんなら何かに書いてあげようか？」

「いいえ、ちゃんと憶えましたので」セレスは会釈しました。たぶんせせらぎなどたくさんあって、せせらぎの精もたくさんいるのだろうと思いましたが、わざわざそんなことを指摘する度胸はありませんでした。とはいえ、目の前にいるせせらぎの精が住む水辺はひんやりとして澄みきった浅瀬で、水底には石が敷き詰められ、魚やカタツムリが棲まい、自分の水辺にするには非の打ち所がないほど素敵なところだとセレスは思いました。

「さあ、そろそろ行かねば」せせらぎの精はそう言うと、また水と同化しはじめました。「やることは山積みだし、岩もきれいにしなきゃいかん」

「ちょっと！」セレスが叫びました。「待ってよ、まだここがどこだか教えてもらってないじゃない！　なんにも教えてくれてないじゃない！」

ですが、せせらぎの精は忽然《こつぜん》と消えてしまいました。

「せっかくボタンをあげたのに」セレスが不満げに声を漏らしました。

ジーンズをたくしあげます。とにかくこれをなんとかしないと、何かが起きて走らなくてはいけなくなったとき足首に巻き付いてしまいそうです。しかし、走ったりせずに済みますように、と彼女は祈りました。走るとしたら、それは何かから逃げなくてはいけない時だからです。彼女は裾を調べると、とりあえずこれをめくりあげておき、それからベルトを作ろうと決めました。そうすれば、裾を踏んで転ぶこともありません。ツタを使うことも考えたのですが、あの古屋敷のツタにどんな目に遭わされたかを思い出し、怒らせてはいけないから植物を千切ったりするのはやめておこうと誓《ちか》ったのです。せせらぎの岸辺に、長い葦《あし》が群生していました。セレスはおそるおそるついて誰も怒鳴ったりしないのを確かめると、一本を根っこから引き抜きました。葦は腰に巻くのにじゅうぶんな長さがありましたし、縛っても切れたりしませんでした。一瞬、まるで無人島に小屋を建て終わったロビンソン・クルーソーのような気持ちになりました。自然に打ち克《か》った男の――この場合は女ですが――気持ちです。

そしてあの木を振り向いてみると、硬貨が消えてしまっていたのでした。

16

Wicches
(中英語)

魔女、女魔術師

刹那《せつな》、セレスは見間違ったと思いました。違う木を見てしまったか、自分が思っていたよりも遠くまで川岸を歩いてきてしまったに違いないと。そこで自分の足跡を辿《たど》ってみたのですがあの硬貨がどこにも見当たらないどころか、ハート形の窪《くぼ》みが付いた幹すらどこにも見つからないのでした。どの木もまったく同じにしか見えないのです。

頭上から羽ばたきが聞こえました。高い枝に黒い鳥が一羽止まっており、その嘴《くちばし》に挟まれた丸い形の金属が輝いていました。それは一羽のミヤマガラスでした。もしもっと傍《そば》にいて、セレスにも特徴が見分けられるくらい近かったなら、隻眼《せきがん》なのが彼女にも分かったことでしょう。

「この泥棒ガラスめ！」セレスが叫びました。「今すぐこっちに降りてきて、その硬貨を元あったところに戻しなさい！」

ですがミヤマガラスはだんだんと低い枝を目指して木から木へと飛び移っていくだけでした。セレスを嘲笑《あざわら》っているのです。少なくとも彼女にはそう見えました。そしてセレスがすっかり方向を見失うと、それを待っていたかのように、ミヤマガラスはぱっと舞い上がって視界から消え去っていってしまったのでした。

「やなやつ！」セレスが怒鳴りました。「喉に五ペンス詰まらせて窒息《ちっそく》しちゃいなさい！」

遠くから確かに嘲《あざけ》るようなカラスの鳴き声が届き、それっきり何も聞こえなくなりました。

セレスは新たな景色を見ようと足を止めました。このあたりの木はいっそう大きく、そして年老いており、伸ばした枝が折り重なって作る天井はあまりにも分厚く、その暗がりを通して落ちてくるのはほんの幾筋かの細い光の筋だけなのでした。しかしセレスはふと、どこか近くから木を燃やした煙の臭いが漂ってくるのに気が付きました。炎が燃えているということは、もしかして人がいるのではないでしょうか。どうせ道に迷っているのだからどちらに行こうとかまうものかと、彼女は煙の臭いを追って、野原に立つ一軒の小屋に辿り着きました。窓がひとつ開いており、中から女たちの話し声が漏れてきています。集まっているのが男たちならばセレスももっと警戒し、近づくのを躊躇《ためら》いすらしていたでしょうが、自分と同じ性別の人たちなのだと思うと不安も薄らぎました。

小屋に近づいていくと足音が聞こえ、小屋をめがけて走っていく若い娘が姿を現しました。黒髪で黄色のマントに身を包み、同じ色のとんがり帽子をかぶっています。片腕にバスケットを提げており、そこから大きなパンがひとつと丸いチーズの塊《かたまり》が覗いています。セレスはいつから食べものを口にしていないのかもう憶えてもいませんでしたが、食べものを見て胃袋と唾液腺が反応せずにいられないくらいには長いこと食べていません。

セレスの姿を目に留め、娘が立ち止まりました。

「こんにちは！　新しい人ね、でしょう？　さ、早く早く。ただでさえ遅刻してるうえに、ウルスラは何よりも遅刻が大嫌いなんだから！」

セレスはもう何もできないほどくたくたでお腹もひどくすいていましたが、言われたとおりにしました。黄色い娘がドアを開けたまま押さえてくれています――「さあさあ！　怖がらなくていいんだから」――そして、セレスが入るのを待ってドアを閉めてしまったのです。

小屋の中にはひと部屋しか無く、片隅にはベッドが、もう片隅には火の入った暖炉があり、ドアの正面の壁にはテーブルがひとつ置かれていました。テーブルにはパイがひとつとアイスバン（粉砂糖をまぶした小型のパン）がいくつか、耳が切り落としてあるサンドイッチが載っており、口から湯気を立てている大きなティーポットのとなりには不揃いのティーカップやソーサーがたくさん置かれていました。部屋のまん中には椅子が五つあり、そのうち四つにはすでに、さまざまな年齢の女たちが座っていました。秋の山のような茶色と赤を纏《まと》ったいちばん年下の娘はセレスとほとんど歳が変わらない――さらに正確に言うなら、セレスの今の姿と変わらない――一方、最年長の女はほとんど皺《しわ》しか見えず、それ以外の部分が手を含めてすべて大きすぎる黒いマントの中に隠れてしまっているせいで、まるでゆっくりとしぼんでいく風船のような姿でした。残りの女のうちひとりは銀髪で、他の三人よりも洒落《しゃれ》た服を着ており、どこか他の場所のほうがいいのにと思ってでもいそうな印象を与えました。最後のひとりは鮮《あざ》やかな赤毛の持ち主で、それとよく似合う鮮やかな赤い頬の陽気そうな顔の女でした。ケーキのおかわりを断ったことなどない者の体付きと、それを後悔したことなどない者の目付きです。彼女はネックレスやスカーフや腕輪や指輪を大量に身につけており、歩く骨董品の屋台とでもいった風貌でした。髪と頬と同じ色に塗られた長い爪を一本突き出し、いらいらした様子で砂時計をこつこつと叩いています。あれがウルスラに違いないと、セレスは感じました。彼女のとなりに座っていた山羊《やぎ》が、すぐさまふたりのほうを見て不機嫌そうに鳴きました。

「約束どおりの時間に始めたいのだけれどねえ、ロウェナ」ウルスラが口を開きました。「砂十粒あとではなくてさ」

「ごめんなさいウルスラ。どうしても箒《ほうき》が飛んでくれなくて、歩いてこなくちゃいけなかったものだから」

秋色の娘が鼻先で笑い、ウルスラが舌を鳴らしてそれを制しました。

「そんな態度を取るもんじゃないわ、セイジ。誰にだって起こりえることなんだから」

娘は見るからに不満げな顔をしてみせました。

「箒を飛ばすこともできないなんて、どんな魔女なのよ?」彼女が嘲ります。「それに前にも言ったけど、あたしはもうセイジなんて名前じゃないの。ベラドンナよ」

ウルスラの左にかけていた銀髪の女が声をあげました。

「ベラドンナだなんて、ちょっとやりすぎじゃないの?」

「代わりにオニオンにすりゃあよかったのにさ」いちばん年寄りの女が言いました。「それならぴったりだ」

けたけたと笑う人などセレスは今までに出会ったことがありませんでしたが、この老婆の笑い声は紛《まぎ》れもなくけたけたと表現するに相応《ふさわ》しいものでした。何十年と練習を積み重ねて、教科書どおりのけたけた笑いを完成させたのです。

セイジ——失礼、ベラドンナです——は老婆に向けて舌を突き出しました。老婆がそのお返しに、マントの裾から節《ふし》だらけの人差し指を出してみせます。するとその指先に、まるで小さな稲妻のような白い閃光がばちばちと音を立てて躍ったではありませんか。

「もううんざりよ、みんなやめなさいな」ウルスラが言いました。「こんなの意味ありゃしないし、新顔さんにおかしな印象を持たれたらいけないもの。さ、あなたもカップにお茶を入れて、椅子におかけなさい。みんな落ち着いたら自己紹介するとしましょう」

セレスは自分のカップにお茶を注ぐと、ロウェナにも注いであげました。

「バンも頂いていいでしょうか?」と訊ねてみます。

「バンはあとよ」ウルスラが答えました。

「自分のバンは自分で勝ち取らなくちゃいけないの」ベラドンナが精一杯、何様のつもりよと言いたげな目でセレスを睨《にら》みつけました。**ふん、生意気な小娘ね**、とセレスは胸の中で毒づきました。学生時代、ベラドンナみたいな女の子たちには飽きるほど会ってきました。コンパスを見つけるたびに、手近なふとももに突き立てずにはいられないような女の子たちです。セラピストならば、ベラドンナはただ誤解されているだけだとでも言うでしょう。そしてセレスが、更生院や軍隊にでも放り込めばきれいさっぱり真人間にしてやれると言い返すのです。食べものに憧れのまなざしを送りながらも、セレスは空いている椅子を見つけてロウェナと銀髪の女の間《あいだ》にそれを置きました。

「よろしい、みんな落ち着いたことだし、始めましょう」ウルスラがそう言って、咳払いをしました。「私の名前はウルスラ、邪悪な魔女よ。最後に悪事を働いてから五年になるわ」

「こんにちは、ウルスラ」四人が声をそろえて言いました。真面目に挨拶する者、適当な者、みなそれぞれ声が違います。セレスも遅れてあいさつすると、ベラドンナは親指と人差し指でL字を作るとそれを額《ひたい》に当て、「負け犬」と口だけを動かしました。セレスは殴りつけてやりたくなりました。

他の女たちも自己紹介を始めました。ロウェナは最後に悪事を働いて二年でした。ベラドンナは八ヶ月。銀髪のマチルダは五週間だと言いつつも、本当は何もかも誤解で自分はここにいるべきではないのだと主張しようとしたのですが、ウルスラはそれを遮《さえぎ》ると、同じやり取りを前にもしたこと、そして裁判所命令は裁判所命令であることを慇懃《いんぎん》に説いて聞かせました。最後にいちばん老齢のエヴァノーラが自己紹介しましたが、最後の悪事から二十年だというのを聞いてセレスは本当に凄いと感じました。ベラドンナは例のごとく、心の底から冷ややかな様子でした。

「邪悪じゃないのと、昔やらかしたせいで悪事を働けなくなったのは、まったく別のことだわ」彼女が言いました。

エヴァノーラは何も答えませんでしたが、またマントの奥からあのばちばちという音が聞こえました。セレスには、さっきよりも明らかに大きな音のように感じられました。

「それにエヴァノーラったら、ほんと臭くてたまらないわ」ベラドンナが続けました。「次回はとなりに座るのはごめんよ。まったく、猫や腐ったパンみたいな臭い」

ばちばちという音が、いっそう高まりました。

「なんて失礼なことを言うの」セレスが顔をしかめました。

ベラドンナは片手を耳に当てました。

「新顔さん、今なんて？　ごにょごにょごにょ、何言ったのかさっぱりだったわ。外国人なの？　ここじゃあ外国語なんて通じないわよ。誰も分からないからね」

「さてお嬢さん、あなたは？」ウルスラは場を荒立てまいとして、急かすように訊ねました。「お名前はなんていうの？」

「ええと、私はセレスといいますが、でも私実は、邪悪な魔女ではないんです。ここに来たのはただ――」

ウルスラは、これ以上ないほど見下したような笑みをセレスに向けました。

「ステップその一」彼女が言います。「自分には問題があると受け入れること」

「でも私、問題なんてないんです」セレスは首を横に振りました。「あの、無いわけではありませんがそれは――」

ウルスラは勝ち誇ったように、椅子にふんぞり返りました。

「ほらね？　もう前進を始めているのよ。さあみんな、セレスに拍手を」

　ぱらぱらと拍手が起こり、ブリキ屋根に小石がいくつか落ちたようにその音が響きました。ベラドンナも拍手した振りをしていますが、わざと両手がぶつからないようにしていました。たまさかぶつかったにしろ、指がぴたりと合わないものですから、大した音も立ちませんでした。こちらの世界でもあちらの世界でも共通の合図があるのだと、セレスは感心しました。もっぱら悪い合図です。

「さてと」ウルスラが言いました。「みなさん今週は、どんな善行をしたかしら？　なぜかというと……？」

　答えを待ちながら、ウルスラがみんなを見回しました。静寂が流れましたが、しばらくするとようやく答えが返ってきました。

「なぜかというと」魔女たちがもごもご言います。「悪事を働かないのは、善行をするのとは同じではないから」まるで警察官に向かい、朝の四時に丘の上から空のワインボトルを転がしたのは私たちですと自白するヘン・パーティー（結婚前に開かれる、花嫁を主役にした女性だけのパーティー。男性版はスタッグ・パーティーという）の女たちみたいな声だとセレスは感じました。

「もう一度言いましょう」ウルスラが言いました。「今度はもっと元気に」

　魔女たちはもう一度、さっきの呪文《マントラ》を唱えました。今度は、同じヘン・パーティーの女たちが裁判官に答えるくらいの声には聞こえました。

「さあ、質問よ」ウルスラが続けます。「善行は？　誰か？　誰もしなかったの？」

　意外にも、ベラドンナが手を挙げました。ウルスラまで、少し驚いた顔をしています。

「ベラドンナ？　本当に？」

ベラドンナは、猛スピードで駆け抜けながら見たら純真無垢にも見えそうな顔を作ってみせました。

「友達もいない哀れなおばあさんの家の玄関に、アップルパイを置いてきたわ」

「なるほど」ウルスラがうなずきました。「それはなんとも親切な――」

「変ねえ」エヴァノーラが遮りました。「ちょうど今朝、うちの外でアップルパイを見つけたところだったんだよ」

気まずい沈黙が部屋を包み込みました。みんな、誰かしゃべればいいのにと待っていました。

「そんな」エヴァノーラは刹那、絶望したような表情を見せましたが、すぐにその気持ちを脇に押しやると怒りを顕《あらわ》にしました。「なんでそんなことをするの、このクソ――」

ウルスラが、さっと割って入りました。

「エヴァノーラ、汚い言葉は厳禁よ」

「人にひどいことをするのも厳禁にすべきだわ」セレスが言いました。

「あたし、パイを置いただけですけど」ベラドンナは答えました。「それに、誰があんたに意見を言えなんて頼んだのさ?」

「頼まれなくたって意見くらい言うわよ」セレスは言い返しました。「特にあなたにはね」

「ふん、変な服着ちゃってさ」ベラドンナが言いました。

「ふん、変な顔しちゃって」

「あんたの母さん変な顔」

「あんたのお母さんは変な顔じゃないけど、ほんと可哀想な顔に違いないね」セレスが言いました。

「だって、あんたを産んじゃったからね」

ベラドンナがセレスに向けて両手を突き出し、指の間に怒り狂ったような青い稲妻が躍りました。

「おやめ！」ウルスラの怒鳴り声が響きました。「私たちがここに集まったのは互いに助け合うためで、呪文をぶっぱなすためじゃないんだよ！　忘れてもらっちゃ困るね、ここは邪悪厳禁なんだってことをさ」

「この子が先よ」セレスはベラドンナを指さしました。

「嘘よ」ベラドンナは首を横に振りました。「あんたが生まれなきゃこんなことにならなかったんだから、あんたが先よ」

「なんてこと言うのよ」セレスは、まるで胸を刺されでもしたかのように、椅子にかけたまま身悶《みもだ》えしました。「ああもう、つらくて涙出てきた。えーんえーん、バカドンナがひどいこと言うのよ！」

「言わせてもらいますけどね」ベラドンナには、皮肉などまったく伝わりませんでした。「あたしはベラドンナなの。まったく、名前もちゃんと発音できないお馬鹿さんなの？」

「まったく、ほんとはセイジじゃない」セレスがふんと鼻で笑いました。

「蛙《かえる》にしてやろうかしら、もう」

「なんで？　そんなに双子の姉妹が欲しいの？」

ベラドンナの顔が、今にも噴火しようとしている火山のようにまっ赤になりました。

「取り消しなさいよ」歯ぎしりしながら彼女が言います。

「ごめん、取り消すわ」セレスはそう言うと「セイジちゃん」と付け足しました。

「ベラドンナだってば！」

「オニオンでもいいと思うわよ」エヴァノーラが言いました。「いっそセイジとオニオンにしちゃあどうかね」そしてまたけたけたと笑い声を響かせました。彼女のけたけた笑いはもはや芸術の域に達しています。

「ばあさんは引っ込んでなさいよ」ベラドンナが睨みつけました。「あたしと新入りの問題なんだからさ」

「ばあさんなんて呼ぶのはおよしなさいな」エヴァノーラが言いました。穏やかな声でしたが、その裏に潜んだ破裂寸前の混沌が透けて見えるかのようでした。「もしあなたが孫だったら、わたしゃとっくの昔に縁を切っているわ」

「エヴァノーラさん、よく言った!」セレスが横から言いました。「ほんと、ベラドンナにあなたの爪の垢《あか》を煎《せん》じて飲ませてあげるべきだわ。爪は綺麗になるし、ベラドンナもまともになるし」

「すぐに相手してやるから、あんたは待ってなさい」ベラドンナがセレスを睨みつけました。

「火に油を注がないの」ウルスラがセレスに言いました。「さあみんな、そろそろ――」

ベラドンナは、くっつきそうなほど自分の顔をエヴァノーラの顔に近づけました。

「あんたなんか嫌いよ。誰だってそうさ、あんたの猫さえね。猫からちゃんと聞いたわよ。あの子は本物の猫だけど、あんたのほうがずっと猫臭いね。なんでこんなアホくさい集会なんかにのこのこ来たりしてるのさ? あんたはただ、惨《みじ》めで孤独なだけじゃない。そんなの魔女としちゃあぜんぜん――」

エヴァノーラの両手の袖から白い閃光がほとばしりました。いや、耳をつんざくようなけたけた笑いとともに、これまた耳をつんざくような音を響かせながら、袖だけではなく目から、耳から、口から、そして鼻の穴からもほとばしったのです。何も見えなくなるほどまばゆいその光にセレスの視界に斑点が躍り、毒々しい雲が部屋の半分に立ち込めました。その煙のどこからか、ウルスラと彼女の山羊が咳き込むのが聞こえてきました。

煙はなかなか晴れませんでした。そしてようやく晴れてみれば、ベラドンナの椅子は空っぽになっていたのです——いや、ほとんど空っぽになっていたのです。焼け焦げたクッションの上に、まるでオーブンの中に長く入れすぎたベイクド・ポテトのような何かが載っていました。みんなが愕然とそれを見つめる中、エヴァノーラの声が響きました「私はエヴァノーラ。最後に邪悪を働いてから……」彼女が砂時計に目をやります「砂ふた粒になるわね……」


セレスはロウェナと並んで、小屋の外に立っていました。小屋の中では、椅子にこびりついてなかなか剝《は》がれないベラドンナの成れの果てを綺麗に取り除く作業が行われていました。ロウェナは清潔なハンカチに包まれたチーズとパン、そしてアイスバンをセレスに差し出しました。

「あなたはもう行きなさい」ロウェナが言いました。「他の自助会を探したほうがいいと思うわ。ウルスラはもうかんかんだし、またあんな邪悪を引き起こしちゃったりしたら大変だもの。そうでしょう?」

「どこにも行くあてがないのよ」セレスは答えました。「道に迷っちゃって」

「だったら、ここからどこか遠く離れたって、どうせすぐ道に迷うわよ」ロウェナが答えました。

「そうなったとしても、今より困ることはないでしょう?」

それで話はおしまいになりました。セレスはチーズを齧りながら、森に引き返していきました。

17

Crionach
（ゲール語）

腐った木

セレスは小屋がすっかり見えなくなってしまうまで歩き続けました。煙突から立ちのぼる煙――別の臭いが混ざっていたのは、おそらく焦げたベラドンナでしょうか――の臭いも届きません。彼女は乾いた苔《こけ》に覆われた柔らかな地面を見つけると、そこに立っていた切り株にもたれ、渡された食料を食べました。食べ尽くしてしまいたいくらいにはお腹がすいていましたが、少しだけチーズを残し、ハンカチに包んでおくことにしました。

食べ残しを包み直しているときに、ふと傍《かたわ》らに立つ木のあたりで何か動いたような気がしたセレスは、前からときどき感じていた、誰かに見られているような感覚をちくりと覚えました。気づかない振りをしながら、その場所を視界に捉えたままチーズをポケットにしまいます。するとどうでしょう！　また動きが起きたのです。まるで木が短く息を吐き出して吸い込むのを忘れたかのように膨《ふく》らみ、そこに黒々とした目玉がふたつ現れたのです。セレスは身をかがめて左手でズボンの裾を直す振りをしながら、右手で大きな石をひとつ掴みました。手の届く範囲には、武器になりそうなものがそれしか見つからなかったのです。

木がまたしても動きました。セレスは、動いているのが木そのものではないことに気づきました。木にすっかり溶け込んでしまうよう、何者かが擬態《ぎたい》しているのです。よく見ると細い手脚や、細い胴体と頭が見えます。背丈はだいたい五フィートで、まるで尻尾のないトカゲのようだと彼女は思いました。もし飛びかかられたら、あっという間に組み伏せられてしまうでしょう。セレスは先手必勝だと思い立つと、石を振り上げて脅《おど》しながら正体不明の敵に向き合いました。

「ちゃんと見えてるわ。それ以上近づかないことね」

怪物が何者かは分かりませんが、どうやら彼女が伝えようとしていることを理解したように見えました。英語が分からないにせよ振り上げた石の意味は分かるでしょう。誰でも分かるはずですし、たとえ分からないにせよ、すぐに身をもって理解するのです。

擬態を見破られた怪物が、木の幹から離れました。ゆっくりとした動きでしたが、威嚇《いかく》するような素振りはありません。むしろセレスを怯えさせないよう両手を上げて、地面に立ち尽くしたのです。樹皮から離れたとたん、色まで変わってしまいました。両足は土の地面とそっくりな暗い茶色になり、体はまるで透明になってしまったかのよう。セレスがよく目を凝《こ》らしてみると透明になったのではなく、周囲の木々や茂みを反射して、見事に溶け込んでしまっているのでした。両目だけが、よく目立っていました。

「怖がらないで」怪物が言いました。「獲って食ったりなんてしやしないから」

せせらぎの精はごぼごぼとあぶくを吐くような声でしたが、今度の怪物は埃《ほこり》っぽい床を箒で掃くような声だとセレスは思いました。だんだんと石が重く感じてきていましたが、それでも下ろしません。獲って食ったりはしないというのはありがたい話ですが、約束などとはとても呼べません。

「誰なの?」セレスは訊ねました。今日はこの質問をしてばかりです。

「我々はカーリオだ」怪物が答えました。

「我々？」セレスはそう言うと、そのあたりにもっとこの怪物がいるのではないかと怯えるように、周囲を見回しました。

「そう、我々だよ」カーリオは自分を示しました。

事故の前、フィービー――人の気持ちによく気づく子です――とたくさん一緒に過ごしてきたセレスは、もし人が彼、彼女、彼ら、などと呼ばれることを好むのであれば、それは本人にとってとても重要なことなのだと彼女から学びました。もしカーリオが「彼ら」と呼ばれたがっているのなら、それに従ったところで何も損することはないのです。

「あなたたちは、なんなの？」

「我々が何かって？　我々は見てのとおり我々だ」

一瞬セレスは、カーリオの正体はさておき、もしやこの怪物はせせらぎの精と長い付き合いでもあるのではないだろうかと推理しました。どちらも、役に立たない答えをよこすことにかけては天下一品だからです。

「我々というのは？」セレスは詰め寄りました。

カーリオは質問の意味をよく考えてから、ようやく答えました。

「ドライアドさ」まるで会話に不慣れな人のように、はっきりとしていつつも自信なさげな声で彼らは答えました。「我々は……ドライアドだ」

「で、何が望みなの？」セレスはさらに質問を重ねました。

カーリオはくんくんと、セレスの匂いを嗅ぎました。

「ここの人じゃない。どこか他のところから来たんだね。この森は危険なところだよ、昼も夜も関係ない。すぐにいろんな獣たちが君を追いはじめるだろう。食べたことのないごちそうにあやかろうとしてね」

セレスは、まるで味わいを確かめるような口調で「食べたことのないごちそう」などと言ってみせるカーリオにぞっとしました。

「私ならひとりで大丈夫よ」セレスはそう答えましたが、すぐに青ざめました。映画でこの台詞《せりふ》を口にする人のほとんどは、大丈夫ではないことを思い知らされることになるのです。

「石ころひとつしか武器のないお子様がかい？」

カーリオは大声で笑いました。聞いて楽しい笑い声ではありません。セレスはまたしても、学校で自分をいじめた女の子たちを思い出しました。傲慢《ごうまん》で、ひどく性格の悪い女の子たちを。ベラドンナも焦げたポテトになってしまう前は、きっとそんな笑いかたをしたでしょう。この笑い声を聞いた瞬間、カーリオを信用してはいけないとセレスは確信したのでした。

「お子様なんかじゃないわ」セレスが答えると、その言葉に満ちる自信を感じたカーリオがはっとして、目をぱちくりさせました。おかげで黒々とした目が一瞬消えたのですが、再び現れたときには、掘り返されたばかりの湿った土のような息の臭いを感じるほどセレスの近くに来ていたのでした。

「君がかい？　子供じゃないなら、いったいなんなの？」カーリオが訊ねました。

けれど、セレスは答えませんでした。すでにしゃべりすぎたような気持ちでしたし、カーリオがぐるぐると彼女の周りを回りだしたものですから、セレスも彼らを視界に捉えながら回らなくてはならなかったのです。

「我々と一緒に来たほうがいい」カーリオが言いました。「我々なら守ってやれる」

「あなたたちとどこに行くの？」セレスは、一緒になんて絶対に行くものかと思いながら訊きました。今はとにかくしゃべらせ続けなくてはいけません。彼らがしゃべり終えてしまえば、そこから面倒が始まるに違いないのですから。

「我々の家にだよ。すぐ近くなんだ。涼しくて暗いところでね。何も、誰も、見つけられやしないとも」

ええ、そうでしょうとも。セレスは胸の中で言いました。**一緒に行ったらもう誰にも見つけてもらえなくなるって直感が言ってるわ。**

「自分がいたいところにいるわ、ありがとう。きっと何かしら、いいほうに向くわよ。だいたいそうだもの」

カーリオはもう一度目をぱちくりさせ、もう一度黒々とした両目が一瞬消えたかと思うと、だしぬけにセレスの左耳の傍に現れました。

「ここに置いてはいけない」カーリオが言いました。「まずいことになる」

セレスは一歩、あとずさりました。

「まずいって、誰にとって？」

カーリオはもう、言い合いにうんざりしていました。セレスの左腕、肘《ひじ》のすぐ下を鷲摑《わしづか》みにしました。まるで茨《いばら》の手袋で激しく摑まれたかのような痛みがセレスを襲います。カーリオの手首に付いた棘《とげ》がセレスの前腕に突き刺さったかと思うと感覚を麻痺《まひ》させ、その麻痺がみるみるうちに肩にまで広がっていきました。セレスはその感覚に憶えがありました。十年前、全身麻酔をかけて親知らずを二本抜いたことがあるのですが、麻酔針が腕に入ってきたことも、注射器のシリンジが押し込まれる様子も、麻酔薬が血流に乗って脳へと到達してその後世界が黒に閉ざされたのも、彼女はまだ憶えていました。カーリオは蝿《はえ》に襲いかかる一匹の蜘蛛《くも》のようにセレスの身動きを奪い、自分たちのねぐらへと引きずり込んでいきました。彼らの息の臭いを染み付けた、ひんやりとして暗い場所へと。

ですがカーリオはたったひとつ、致命的なミスを犯していました。麻痺させる腕を間違ってしまったのです。

セレスは最後の気力を振り絞り、握りしめた石をカーリオの側頭部に思い切り叩きつけました。ドライアドはセレスの腕を摑んでいた手を離してうしろによろめきました。しかしなにせ、視界がぼやけかけていましたし、立っているのもやっとだったものですから、次の一撃はかすめる程度になってしまいました。ですがすっかり意識が途絶えてしまうその直前、彼女はカーリオの本当の姿を目にしたのです。セレスが叩き込んだ一撃の衝撃が脳の一部、つまり周囲の景色に溶け込む狡猾《こうかつ》な擬態能力に損傷を与えたのでしょう。セレスが見たのは、緑褐色の肌を持つ裸の怪物でした。細長い指と爪先には、摑んだりよじ登ったりしやすいよう湾曲した爪が生え、長細い顔には尖った小さな耳が生え、鼻には細い切れ目がふたつ開いてその上にあの悲しげな黒い目がふたつ付いており、下顎《したあご》には鈍く尖った小さな歯がずらりと並んでいました。カーリオの側頭部にできた窪みからは蜂蜜のように濃厚な樹液が流れ出していて、セレスはあの一撃で頭蓋骨を叩き割ったのだと感じました。

やった。闇に飲まれていきながら、セレスは思いました。**一撃は浴びせてやったわ。どうかこの一撃であいつを――**

18

Frith
（古英語）

安全、無事

セレスは瞼《まぶた》を開きました。全身がずきずきと疼《うず》き、口の中には酸っぱい果物か腐りかけたワインのような嫌な味がしていました。あたりはまっ暗ではなく仄暗《ほのぐら》く、寒くはなく暖かでした。彼らが自分たちの巣のことで嘘をついたのでしょうか？　それとも巣ではないのでしょうか？

セレスは長く幅の狭いベッドで、冷えたりしないよう毛皮と毛布をかけられていました。ベッドの左では炎が燃えており、その明かりが三連ランプの光に加わって瓶の並んだ棚と、石造りの流し台の横に積まれた調理器具、バスケットいっぱいの果物と野菜——野菜の中にはまだ土の付いたものもあります——、そしてさまざまな武器——弓、矢の入った矢筒、剣、そしてセレスが見たこともないほど大きな斧《おの》です——を照らし出していました。セレスは自分が目覚めていることを誰かに悟られぬようにしながら、目だけを動かしてあたりの様子を窺《うかが》いました。どうやら他には誰もいないようでした。

しかし——

「気分はどうだい？」

部屋の奥を包んだ暗がりの中から、いきなり質問が聞こえました。カーリオの声ではなかったのが救いでしたが、どうやら声の主はとてつもなく大きな木々を伐《き》り倒したり、相手がどんな大男であろうとも首を斬り落としてしまうほどの力を持つ、あの大斧の持ち主である可能性が濃厚でした。

暗がりからブーツが一足突き出てくるのにセレスは気が付きました。椅子が軋《きし》みを立てるのが聞こえ、男がひとり、ランプの灯りの中に身を乗り出しました。黒々とした髪に白髪が交じり、顔は無精髭《ぶしょうひげ》に覆われています。年齢は、なんとも言えません。五十代にも見えますが、その目は仄明かりの中でさえさらに年老いて見え、まるで命の尽きた老人から中年の眼窩《がんか》へと目玉だけ移植されたかのようでした。その顔立ちには見覚えがありましたが、誰だったかはどうしても思い出せませんでした。まるでまだらに落ちる陽光の中で暗がりを流れていく水のように、朧《おぼろ》にぼやけていってしまうのです。

「体が痛むわ」セレスが答えました。

「それはそうだろう。毒を受けたのだからね」

「私が……?」口の中がからからに乾いているのと答えを聞くのが怖いのとで、思うように言葉が出てきません。「私、死ぬんですか?」

「ああ、そうとも。だが今日じゃない。君を襲った何者かは体の自由を奪おうとしたが、それだけだよ。毒の効き目はじきに抜けただろうが、まず間違いなく、それまで生きてはいなかったろう。若い娘に毒を盛っておきながら生かしておくなど、相手が人だろうと獣だろうとありえないことだよ」

けれどセレスは、見知らぬ男が意識のない女を自分の褥《しとね》に連れ込みベッドに寝かせるのもたいていは立派な目的のためではないものだ、と知っているくらいには大人です。毛布と毛皮の中を手探りした彼女は、自分がちゃんと服を着ているのを確かめて胸を撫でおろしました。

男が椅子を立ち、歩み寄ってきました。とても背が高く、逞《たくま》しい体つきをしています。足を踏み出すたびに分厚い筋肉がまるで地殻プレートのように動きましたが、見る限り、セレスが通うジムにやってくる若者たちが見せかけのためだけに付けるような筋肉とは、まるで違いました。目の前の筋肉は肉体労働で培われた、生々しくて、彫刻のような美しさを持たない筋肉です。もし斧で木を伐り倒したとしても、この男なら人の手を借りることなくやすやすと家まで引きずって帰ってこられるに違いありません。ですが目の前に立つ男を見たセレスは、怯える理由などひとつとして無いことを悟りました。男の目は——ふたつの老いた、老いた目は——まるでセレスの父親の目のように、柔らかく深い慈しみを湛《たた》えていたのです。だから彼にはどこか他人のような気がしないのだと、セレスは思いました。

「体を起こしたいの」彼女が口を開きました。「すこし熱くて」

「気をつけて、ゆっくり起きるんだよ」

男はそう言って、彼女が支えにできるよう腕を差し伸べましたが、それを支えとするかどうかは彼女に任せていることにセレスは気が付きました。手助けするためであろうと、許しもないまま彼女に触れようとはしていないのです。セレスは枕から体を起こしましたが、すぐさま吐き気に襲われました。頭がくらくらしましたが、また身を横たえたくはありません。セレスが男にもたれかかると、彼は初めて左腕を彼女の体に回し、支えてくれたのでした。彼女はベッドの縁《ふち》にかけて男が差し出したカップからハーブティーのような味のする温かい飲みものを飲み、頭がすっきりするのを待ちました。しばらく時間はかかりましたが、ようやく頭が落ち着くころにはかなり気分がよくなっていました。気持ち悪さと一緒に、手脚に重くのしかかる怠《だる》さも消え失せていたのです。

「ましになったかい？」男が訊ねました。

「ええ、ありがとう。すっかりよくなったわけじゃないけど、ましよ。ところで、私はセレス。失礼ですけど、お名前を教えてくださらないかしら」

「みんなはわしを木こりって呼ぶよ」助けてくれた男は答えました。「どんな名前よりもぴったりだよ。よかったらわしのほうからも訊きたいことがあれこれあるんだが、今はいくらか栄養をつけて、煎《せん》じ薬ももっと飲まないといかん。毒と闘う体力を養わなくては」

暖炉には鍋がひとつかけられていました。木こりは自分とセレスのために、そこからハーブとスパイスの匂いがする濃厚な野菜スープをボウルに注ぎました。ふたりは手彫りの木の匙《さじ》でスープを食べましたが、匙はボウルと同じように滑《なめ》らかに削り上げられており、木こりが水を、そしてセレスが煎じ薬を飲んでいるカップも同じでした。家庭用の質素な食器と言ってしまえばそれまでですが、木こりの使う食器は見事な匠の技が生み出す上質な簡素さを醸《かも》し出していたのです。

「あなたが作ったの？」セレスは訊いてみました。

木こりはまるで改めて気が付いたかのような顔をして、カップを、ボウルを、匙を、そして小屋の中を見回しました。

「ああ、ずっと昔のことだよ。たぶんこの小屋も、わしが建てたんだろうな」

「たぶん？」

「わしの記憶じゃあ昔と見違えているが、なに、むかしむかしのことさ。わしはずっと睡《ね》むっていてな、つい近ごろになって目を覚ましたばかりなんだよ。またこの世界に慣れようとしているところさ」

「つまり……」セレスは頭の中を整理しながら言いました。「あなたが睡っている間に、誰かがこっそりこの小屋を模様替えしたっていうこと？　なんだかひどくおかしな話に聞こえるけど」

「そういう言いかたをすればおかしく聞こえるが」木こりが答えました。「わしはおかしいとは思わんね」

「どのくらい睡《ねむ》っていらしたの？」

　木こりは肩をすくめました。

「なに、たぶんひと晩ってとこだろう。だがとてつもなく長いひと晩で、ここじゃあ時の流れが違うからね。ところでセレスさん、あんたはどこから来たんだね？　まだ幼いのに、遠くから来たのだろう？」

「それが、幼くなんてないのよ」セレスは首を横に振りました。「最初から分かりやすく話すとしましょう。私、本当は三十二歳なのに、体が十六歳になってしまって、それをなんとかしたいんです。十六歳のころだって嫌だったのに、二倍も歳を取ってからまた十六歳になるなんて嫌でたまらないのよ。思春期なんて、一回だけでもううんざり」彼女には、まさしくうんざりでした。パニック発作もそうですし、男の子に――そして女の子にも――気に入られるため可愛くて、スリムでいなくてはいけないプレッシャーもそうですし、世界に自分の居場所を確保していたいだけなのに、どうしても逃れられないあのストレスもそうです。

　木こりは、疑うような素振りなどどちらりとも見せませんでした。

「どうやってここに来たのか、説明してくれるかね？」彼が言いました。

　そこでセレスは顚末《てんまつ》を話して聞かせました。木のうろのことも、〈ランタン・ハウス〉の敷地に立つ古屋敷のことも。しゃべる本たちの図書室のことも、生きたツタのことも話しました。屋根裏で目撃したあの大きな顔のことも、あそこで聞いた声のことも話しました。『失われたものたちの本』のことも、自分がひとりでに書いていた物語のことも、その物語があの本そのものからやってきたに違いないことも話しました。フィービーのことも、彼女がどのようにして失われてしまったのかも話しました。そして最後にせせらぎの精と魔女たち、それからカーリオ……あの恐ろしいカーリオのことも話しました。いろいろとありすぎてとても一度に受け入れられるとは思えず、セレスは木こりにそんな思いをさせたことを悪く思いましたが、質問したのは木こりです。

「もしかしたら私は神経衰弱になっていて、あなたも私の妄想の一部なんじゃないかと思うんです」彼女が言いました。「あなたのことを思うと心苦しいけれど、とても実在しているとは思えないんだし、あなたも大して面倒には思わないでしょう？　実在してたら、さぞかし面倒でしょうけどね。どうしてなのか私にはまったく分からないのだけど、『失われたものたちの本』を基にして、私が今迷い込んでしまったファンタジーの世界ができているようなの。だけどもし出口さえ、つまり神経衰弱を解決する糸口さえ見つけられたなら、ふかふかで清潔な病院のベッドで目を覚まして、看護師がお茶の入ったカップとトーストを持ってきてくれて、何もかも解決するはずだわ。最低でも、元の現実には戻れるはず。もうそれでいいってことにするわ」

「どうして君はこの世界が、君のいた世界のような現実とは違うと思うんだね？」木こりは訊ねました。「もしかしたらこちらのほうが、より現実なのかもしれないよ」

「まさか。ありえない話だわ」

ですがそう答えながらもセレスはまたしても、何かを真実でありますようにと願いながらも、心の底ではあいにくそうではないだろうと密かに思っている自分に気づいたのでした。この世界で味わったことは、どれもこれもあまりに現実味がありすぎるのです。毒のせいで感じた具合の悪さやひどい気分も、カーリオに腕を突き刺された鋭い痛みも、スープの味も、炎の温もりも、動物の毛皮やランプの油の匂いも、今聞こえている木こりの息遣いさえも。どんな悪夢も、崩壊した心や感情が見せる幻想も、こんなに詳細であるはずがありません。そうでしょう？

木こりはじっと炎を見ながら物思いに耽《ふけ》っていました――いえ、追憶に浸っていたのです。

「なるほど、あの子は本を書いたのか」木こりが炎に向かって言いました。「なるほど、そうだろうとも」

セレスはその顔に、深い慈しみを見ました。

「デイヴィッドね」彼女が言います。「デイヴィッドのことを言ってるのね」

「そうとも」

「ここにいたのね。デイヴィッドが出会った木こりっていうのは、あなたのことなのね」

そうに違いないと思ってはいましたが、もっと事情がよく分かるまでは言いたくなかったのです。

「あの子と出会い、一緒に旅をしたよ」木こりが言いました。「けれど正確にいえば、あれはここの話じゃない」

「謎かけをしているの？」セレスは言いました。「まったく、この世界の生きものときたら、みんな謎かけばかりなんだから」

木こりはまた、彼女のほうに向き直りました。

「ここは、デイヴィッドが来た国と同じではないんだよ。私が睡《ねむ》りに落ちた小屋とこの小屋が違うようにね。確かによく似た世界だし、デイヴィッドがいた当時、旅をして回ったところに起きたいろんなことの面影をいくらか残しちゃいるが、あとはまるっきり変わってしまった。かつて知られていたことが誰も知らぬ話になってしまったり、かつてありふれた場所だったはずが未知の土地になってしまったりね」

「どうしてそんなことが？」セレスは首をかしげました。

「原因は君だよ。君がここにいるのは、いるべくしてここにいるからだ。偶然ここへの道を見つけ出す者などいやしない。この国は君の到来を予期して変化し、君が来たことでさらに変わっていくんだよ。君のすべてが——君の恐怖、君の希望、君の愛するもの、君の憎むものが——力を及ぼしてね。すべてが君の物語となり、その物語がひもとかれるべき大地をこの世界が作り出していくんだ。かつてデイヴィッドのためにそうしたのと同じように」

セレスには、どうも気に入らない話でした。自分の精神の安定については、どんなにいいときであろうとも自信がないのですから、自分の精神状態が左右する世界で長い時を過ごすなんて、とても気が進まなかったのです。

「デイヴィッドは、行方知れずになってしまったの、ご存じではなくて？」セレスは訊ねました。

「行方知れずになぞ、なってはおらんよ」木こりが答えました。「帰ってきたのさ……この世界に、そしてあの子が愛したすべての元にね」

「あの本の物語の結末も、そうなっていたわ」セレスが答えました。

「あの子がその結末を夢見たから、あの子のために現実になったのさ。あの子への報《むく》いなんだよ」

「報いって、なんの報い？」

「決して希望を失わなかったことへの報いさ」

「ていうことは、今はここにいるの？」

「どこかにいるとも」木こりが答えました。「だが憶えておきなさい。ここだけが唯一の世界というわけではなくて、他の世界も存在するんだよ。いくつも、いくつも、いくつもね。何から何まで異なる世界もあれば、一箇所を除いてそっくりな世界もある。そうしたいくつもの世界をすべて、空間や扉が繋いでいるんだよ」

「木で繋がっていることも？」

「世界が繋がりたいと望んだり、繋がらざるをえなくなったときにはね。もしかすると、かつて君の世界でデイヴィッドが住んでいた家も、そのひとつだったのかもしれない」

　セレスは木こりの話を理解しました。いや、新しいことがたくさんありすぎたので、理解しようとしたというほうが正確でしょうか。

「でも私、自分で選んでこんなところに来たわけじゃないわ」セレスが言いました。「ツタとか、ツタの顔とかから逃げようとして走っていたら、来てしまったんだもの」

「君が自ら選んで来たなんて、わしも言っちゃいないよ」木こりが答えました。「君が来る運命だったのか……はたまたおびき寄せられたのか」

「おびき寄せられた？　でもいったい何に？」

　木こりは炎に薪《まき》を一本放り込みました。外から獣の吠え声が聞こえました。すぐ傍で聞こえたものですから、セレスはびくりとしました。

「なに、ただの狼さ」木こりが言いました。

「ただの狼？」

「むかしむかし、狼どもよりもっとたちの悪いやつらがいたものさ」

「ループね」セレスは答えました。デイヴィッドの本に登場した、人の世の支配を企んだ半分狼、半分人間の存在です。

「ループはもうこの世界から消えてしまったが、狼どもはまだ連中の夢を見続けているのさ」

「いくつもの世界があると言っていたけれど、どこかにループが勝利した世界があるということは？」セレスは質問しました。

「そんなものがあったとしたら」木こりが答えました。「わしは絶対に足を踏み入れたくないね」

それに、ねじくれ男が勝利した世界があったら、そこも行っちゃいけないわね。セレスは胸の中で言いました。

「私がどうしてここに来たのか、もしかしておびき寄せられたんじゃないかっていう話だったわね」セレスは話を戻しました。

「ただの当てずっぽうだよ。でも君は、屋敷に引き寄せられたと言っていたね。それに、屋敷の中にどんなものがあった？　屋根裏部屋、図書室、たくさんの本、物語。それに何もないツタの中から現れる怪物。君の話からすると、どうやらその怪物は君の声を聞いていたようにも思えるね」

「でもあいつ、私を殺そうとしたのよ」

「本当かね？」

「追いかけてきたもの。捕まえようとしたもの」

「念のために訊く、それは確かなんだね？」

「もちろん確かですとも」

「山のようなツタが――意識を持っているものの、より賢き何者かに操られている可能性もあるが――屋敷の内も外も埋め尽くすほどの力を持ちながら、逃げようとする女ひとり捕まえられなかったと？」

「怪我はさせられたわ」セレスは片足のズボンをめくりました。「ほら、ここに捕まえようとした跡があるでしょう？」

「捕まえようとしたのかい？　追い立てたのではなくて？」木こりが訊ねました。「ツタは巻き付いたり、突き刺したり、絞め上げたりはするものだ。しかし、鞭《むち》のように叩いたりはしない」

セレスはこの世界に入り込むようはめられたのだとは、受け入れたくありませんでした。自分を捕まえようとする敵から逃げたものだと信じていましたし、あの屋敷を脱出した自分の逃げ足と機転を最初は自画自賛していたのですから。けれど木こりの言うとおりだとすれば、自分は足が速くもなければ機転も利かず、自分よりもずっと賢い何者かにやりこめられてしまっただけなのです。

「私、ねじくれ男の物語を書いたの」セレスは打ち明けました。「私の頭の中にいるのよ。もしかしてあの男が――」

「ねじくれ男は消滅したよ」木こりが答えました。「すべての世界からな。デイヴィッドが来たときにはすでに死にかけていたんだが、もうどうにもならないと悟ると自分をまっぷたつにしてしまったんだ。自らの手で己を滅ぼしたのさ。ループと同じく、あやつは今やただの記憶だよ」

セレスは何も言いませんでした。自分にこの世界の何が分かるのでしょう？　木こりのほうがずっと物知りなのです。

でもここは、隅から隅まで同じ世界なわけじゃないわ。この人が自分で言ってたじゃない。かつて知られていたはずのことを、誰も知らない世界なのよ。

セレスは心の声を振り払いました。疑ってみたところで、今はどうにもならないのです。目の前の木こりを信じようと思いました。かつてデイヴィッドがそうしたように、この人の判断を信頼しなくてはいけないのだと。

「じゃあ、ドライアドのカーリオはどう？」セレスは質問しました。「私に毒を打ったのはあいつらなのよ」

「わしが君を見つけたときは、ドライアドなど影も形もなかったな」木こりが言いました。「樹液が地面に点々と続いていただけだよ、どこに続いているか確かめるような時間はなかったがね。だが、あんな連中にはもう何年も出くわしていないよ。ドライアドや、似たような種族は、みんなこの世から消滅してしまったんだ。もし君を襲ったのが本当にドライアドだとしたら、そいつはとても年寄りで、とてもひっそりと暮らしているやつだろう。だが、そんなにも長く隠れ続けられる場所があるものだろうか？　それに、どうして今さら再び姿を現したのだろう？」

木こりはもう一度、セレスの腕に付いた刺し傷を調べました。そこには六つの傷が付いていました。爪が残した傷跡がひとつずつ、そしてカーリオの手首の棘が付けた大きな傷です。この傷から毒が入ってセレスを動けなくしてしまったのだと、木こりは説明しました。傷跡の中心に垂直な切り傷が一本走っていましたが、それはナイフで切り開いて毒を抜いた痕なのだと木こりは言いました。

「だがこれは疑いようがない、ドライアドの仕業だ」木こりが唸《うな》りました。「この傷が心配だな。君があれだけ長いこと目を覚まさなかったということは、わしが毒をすべて抜ききらなかったのだろう。もっと知識のある者に見せるべきだろうが、そんな者は今やほんのごくわずかだ」

「元の世界に帰らなくちゃ」セレスが言いました。「あっちに娘がいて、私を必要としているの。この傷に何か問題があるなら、医者がなんとかしてくれる。いつまでもこんなところにいられないのよ」

「もう暗い」木こりが言いました。「このわしでも、わざわざ夜に森を抜けていこうとは思わんよ。もしまだドライアドが森にいたならば、そいつは――どういう意味かはともかく、そいつらというべきか――傷ついているばかりか、恨みまで抱いていよう。報復しようと企んでいるに違いないぞ」

「思い切り殴ってやったもの。もしかしたら死んじゃったかも」セレスが答えました。

「殺せるものかよ、石ころなどで。ドライアドは木と樹皮でできた生きものだ。石で殴れば傷がつくし釘を突き刺すこともできるが、それで命取りの傷を負わせるなんて無理な話さ。殺せるとしたら火だけだろうな。命あるものはみな火を恐れるものだが、ドライアドはことさら恐れるんだよ。ドライアドは傷が癒《い》えるのが早いから、そのカーリオとやらの傷もすでに塞がっているだろう。駄目だ、朝が来て、確実に安全だと分かるまでは外に出るわけにはいかない」

「でも、どうやって安全を確かめるの？」セレスは首をかしげました。「石が命中するまで、私にはほとんど姿も見えなかったのよ」

「なに、方法はある」木こりが言いました。「この自然には、ドライアドの帰還を歓迎しない者もいるわけでな」

ですが、セレスはもう聞いていませんでした。またフィービーのところに戻り、手を握りしめ、話しかけてやりたい衝動に飲み込まれていたのです。もし自ら作った決まりごと――病院に行き、話しかけ、物語を読んでやることです――を守らなければ、娘の核に宿る弱々しい輝きが永遠に消えてしまうのではないかと恐ろしかったのです。涙が溢れましたが彼女は悲しみに負けてなるものかと、それを払い落としました。もし本気で泣き出してしまえば、もう泣き止む自信がなかったのです。セレスは木こりに気づかれていませんようにと願いましたが、見抜かれているような気がしていました。この人に隠しごとをするのは、とても難しいように感じます。

「もしよかったら、物語を聞かせてあげよう」木こりが言いました。

「悪くないわね」セレスは答えました。「トランプのひと組でもあるなら話は別だけれど」

「探せばどこかにあるはずだが、なんなら探そうかね？」

「ううん。お話を聞くほうがいいわ。あっちに帰ったらフィービーにも話して聞かせてあげられるかもしれないし。でも待って、もしかしておとぎ話？」

「ああ、まさしくそんなところだね」木こりが答えました。

「もうおとぎ話が嫌いになりそうなの」

「そいつは悲しい話だ」

「どうして？」

「だって、君がその中に入り込んでしまっているからさ」木こりが言いました。

木こりが語ったひとつめの物語

むかしむかし、人里離れた海辺の村にモルジアナという名前の若い娘が住んでいた。背が高いが高すぎず、愛らしいが皆に羨《うらや》まれたりひどく自惚《うぬぼ》れたりするほど愛らしくはなかった。海辺であろうと海から遠く離れていようと人里離れたところに住む人々は往々にしてそういうものだが、彼女もまた、遙か地平に憧れを抱いていた――ともあれ賢者たちの言葉どおり地平とは常に遠くに広がるもので、どれだけ近づこうと思っても決して近づくことができないものであり、それは人生をかけて学ぶ経験でもあるのだがな。それでも娘はそんな村で慎ましく日々を生き、自分の農場の柵の中のことくらいにしか熱意も持たないどこかの農夫や、自分よりも海に夢中な漁師と結婚するなど、嫌でたまらなかった。

ある日、浜辺を歩いていた娘は、ひとりの騎手が馬で駆けてくるのに出くわした。白い装束に身を包んで白い馬に跨《またが》り、髪の毛までまっ白だ。とはいえ年老いて白いわけではなく、肌を見ると娘と変わらぬ年頃のようだった。娘は、そんなに美しい男を見たことがなかった。見た目が美しいだけでなく輝くほどに洗練されており、まるでこのうえなく純粋な大理石から彫り出された彫像のようだった。近づいてくる音は聞こえず、砂の上には蹄《ひづめ》の跡も見当たらない。まるで海から出てきたかのようだったが、騎手も馬もまったく濡れてなどいなかった。

「君の名前は?」騎手が訊ねた。まるで言葉のひとつひとつが音符となり、旋律を奏でるかのような質問だった。もしこの邂逅《かいこう》を目撃した者が誰かいたならば、きっと馬上の若者が発したのが音楽にしか聞こえなかったかもしれない。さらに用心深く抜け目のない者であれば、調律されていない楽器のような不協和音をいくらか聞き取ったかもしれない。

「私の名前はモルジアナよ」娘が答えた。

「僕はフェアラだ」

それが若者の名前だったのだろうが、もし彼が真実を言っているのであれば、なんとも妙な名前だった。この名前の由来を深く辿れば、嘲りだとか、もっとひどいものに行き着くのだからね。自分の話す言葉しか知らなかったモルジアナは若者の口から出る言葉をなんとも甘やかに感じた。どれほどひどい意味を持つ言葉だろうとも、その言葉ひとつひとつが唇《くちびる》から滴《したた》る蜂蜜みたいに感じられたことだろう。

「もう何日もずっと、君を見ていたんだよ」フェアラが言った。「毎日朝と夕方になると君はこの浜辺を散歩して、立ち止まっては、まるで来ることのない船を探すかのようにじっと沖を見つめるんだ」

「だって私、同じ村から歩いていける距離の中で生まれて、生きて、死んでいくなんて嫌なんだもの」モルジアナが答えた。「水平線の向こうには見知らぬ世界が広がるというのに、今の私はもう、時間が指の合間からすり抜けていくのを感じてしまっているのよ」

「時間は残酷さ」フェアラが言った。「与えてくれるものより、多くを奪っていくんだ。若さ、美しさ、そして夢すらも。時間はそれをぜんぶ盗み取って、最後には君を暗闇の中へと追い込んでしまうんだよ」

すでにモルジアナは若者の虜《とりこ》になっていたが、僕たちでも人でもなくわざわざ君という言葉を選ぶ話しぶりや、陽光を浴びた肌の煌《きら》めきや、漂ってくる若者の息の芳香に気づき、おやと思った。そして若者の正体に気が付いたのだよ。妖精の貴族か、はたまた王子か、若者の名前まで知ってしまった。若者は、彼女が出会った最初の妖精《フェイ》だった。というのもフェイは人間と距離を置いているものだからだよ。憎しみからという者もいれば、恐怖からという者もいるが、自分たち以外の生きものに対する愛情をほとんど持ち合わせていないからだという者がもっとも多かった。理由はどうあれ、人間ならば妖精たちとは関わり合いにならぬのが賢明というものだった。

特に女たちはそうだ。

「あなたも時間に何かを盗まれるの？」モルジアナは訊ねた。

「時間は誰からでも盗むさ。でも、他の人よりゆっくりと盗まれる者もいるんだ。僕と一緒に来ないか？　そうすれば、君のお仲間たちみたいに歳を取ることもなくなるんだ。一緒に来てくれるなら、あの海の向こうにあるもっと広い世界を見せてあげるよ」

フェアラはモルジアナに手を差し伸べたが、指が触れ合う寸前に彼女が躊躇った。

「村には大好きな人たちがいるの。永遠に捨て去っていくなんて、私できない。また家族や友達に会いに来たりできるの？」

「好きなときにいつでも帰ってこられるし、大事にしてやることもできるよ」フェアラが言った。

「約束しよう。お返しに、必ず僕の元に帰ってくると約束しておくれ」

モルジアナは約束し、その印にふたりは誓いのキスを交わした。彼女が手を取ると、フェイの王子は軽々と自分のうしろに彼女を引っぱり上げた。そして馬を海に向けるとそのまま走らせ、モルジアナとともに波間に消えていったのだった。

ここで、フェイについての真実を話しておこう。フェイは人間を嫌い、恐れているが、人間を欲してたまらぬ気持ちも持っているんだよ。激しく燃え上がる人間の命の炎に魅了されているんだよ。その炎を身近に置き、消えていくのを眺め、感じ、必要に迫られたり気が向いたりすれば消してしまいたいとさえ願うのさ。フェイは人を欺《あざむ》きはしても嘘をつくことは好まないが、連中がひとつの意味しか持たない約束をすることはほとんどない。連中と話をするなら細心の注意を払い、結ぼうとしている取引の内容をよくよく確かめておかなくてはならん。しかしモルジアナは経験も浅く警戒心も薄かったものだから——そしていかにも若者らしく、自分は人より賢いのだと思い込んでいたものだから——そんなことは何も知らなかった。

フェアラは約束をよく守った。自分の国にモルジアナを連れていき、しばらくの間、彼方の国からやってきた王族のように彼女を扱った。彼女はシルクのローブを与えられてそれを纏《まと》い、身を飾るためにダイヤモンドやルビー、それにエメラルドを授かった。彼女はいちばん上等な食べものを食べ、穏やかなフェイの森をそぞろ歩き、荘厳《そうごん》なフェイの宮殿を見て回ったが、背後でいつも笑い声がするのに気づいていた。そして振り向いてみればフェイの王女が笑いを堪《こら》えている姿や、フェイの王子がまるで丸々と太ったのろまな雌鳥《めんどり》でも見るような目で自分をじろじろと見つめている姿を見つけるのだった。

ほんの何週間かするとモルジアナはすっかり気が休まらなくなってしまった。シルクや宝石や異国の食器や森の静けさや豪奢《ごうしゃ》な宮殿に囲まれていても、すっかり退屈してしまったのだよ。フェイたちは、怠惰で気ままな暮らしを送っていたからな。彼らの存在にはなんの目的もなく、自分の歓《よろこ》び以上のものを求める者もひとりとしていなかったが、そんな状況を手に入れるのすら彼らはひどく苦労し、そしてすぐに放り出してしまうのだった。これは、長生きの呪いだった。人生にはろくな驚きがなくなり、自ら極端な行動に打って出ることのできる者だけが、単調な日々を打ち破ることができたのだよ。

そして、モルジアナには変化が起きていった。初めて妖精たちと過ごした一日の終わりに、彼女はそれまで一本も無かったはずの白髪を見つけた。翌日にもう一本見つけ、どんどん増えていった。目尻と額には小皺が現れはじめた。弾力のあった肌はたるみだした。妖精の王女の笑い声はどんどん大きく、どんどん頻繁に響くようになった。今やフェイはみな軽蔑の念を隠そうともせず、モルジアナと口をきこうとする者さえほとんどいなかった。だというのにフェアラの姿は見当たらず、どこにいるのか彼女に教えてくれる者もいなかった。

しかし何よりも悪いのは、モルジアナがフェイの真の姿を垣間見てしまったことだった。今までは人間の顔を象《かたど》った仮面をかぶっているかのように麗《うるわ》しき妖精の姿で隠していたが、ついにその下に潜む醜《みにく》い姿を顕にしてしまったのだよ。ときおりまるで地の底で人間の赤子があげる泣き声のような音が聞こえたが、聞こえるのはいつも決まって夜中で、それもすぐに止んでしまった。しかし、モルジアナはそれを自分の胸だけに秘めておいた。

やがて一ヶ月が過ぎるとフェアラがようやく帰ってきた。モルジアナはその前に立ちはだかった。

「みんなのところに行きたい」彼女が言った。「みんなに会いたいし、みんなだって私に会いたいに決まってるもの」

フェアラは突っぱねようとしたが、モルジアナは頑《がん》として譲らなかった。

「約束してくれたじゃない」彼女が詰め寄った。「あなた、帰りたくなったら好きなときにみんなのところに行っていいって約束したじゃない」

「約束なら君もしたろう」フェアラが答えた。「その代わりに必ず僕のところに帰ってくると、君が約束したんだ。約束を守らなければ、苦しみながら死ぬことになるぞ」

モルジアナはフェアラと一緒に行くなどと約束をしなければよかったと悔やみ、あの懐かしい暮らしを取り戻したいと何よりも願った。ですが、苦悶《くもん》の死があろうとなかろうと、彼女は約束を守る娘なのだった。

「みんなと過ごしたら、必ずまた帰ってくるわ」

それを聞いたフェアラは、警告するように人差し指を立ててみせた。

「悪いけど、そんなことはできないよ。君は今や僕たちと変わらないこの世界の住人だ。ふるさとに行けば、僕たちと同じように命取りになってしまう。たとえほんの一瞬でも一歩踏み込んだりしようものなら、崩れ落ちて塵《ちり》の山になってしまうんだよ」

「そんなことあなた、ひとことも言わなかったじゃない」モルジアナが言った。

「訊かれなかったからね」

「そうと知っていたら、あなたと一緒になんて絶対来なかったわ」

モルジアナはぼろぼろと涙を流していたが、フェアラは容赦しなかった。話をしながらもその姿が変化し、本当の姿が顕になった。あの美しさは影も形もなくなってすっかり荒れ果て、人間よりも悪魔のような姿になってしまったのだよ。

「悪いのは君さ、僕じゃない。それでも、お仲間のところに戻りたいのかい？」

「こんなに帰りたいと思ったことはないわ」モルジアナは答えた。

「それじゃあ僕の馬に跨ったまま、手も足も地面に触れないことだ。分かったかい？」

モルジアナは、態度に出しているよりも深く理解した。

「出かける前に、ひとつだけ質問させてちょうだい」

「言ってごらん」

「髪はどんどん白髪になって、肌もたるんで、母さんみたいに皺もできてしまったけれど、私ここに来てまだたった何週間かしか経っていないのよ。どうしてこんなことに？」

「君のお仲間たちみたいに歳を取ることもなくなるって言ったろう」フェアラが言った。「そのとおりになっただけさ。僕は、お仲間よりもゆっくり歳を取るなんてひとことも言っていないよ。君は、自分の聞きたいように聞くんじゃなくて、もっと注意深く聞いておくべきだったね」

「ああ、なんてひどいやつなの！」モルジアナは叫んだ。

「君もとんだ間抜けだね。でも契約は成立してしまったし、それを反故《ほご》になんてできないよ」フェアラは指先でモルジアナの髪に触れ、新たな色をしげしげと眺めた。「当然、君が死を選ばなければの話だけどね。ふるさとに着いたとたんに馬の上から飛び降りてしまえば、それっきり何もかも終わらせられるよ」

自害を促す彼を見て、モルジアナは自分が本当にそうしたらさぞかし喜ぶことだろうと思った。彼は、まるで飽き飽きしたペットのように、彼女にうんざりしていたんだよ。やがて美しき貴族たちはわざわざ笑うことすらしなくなり、彼女はみるみる惨めに落ちぶれ、ついに死んでしまうことになる。亡骸《なきがら》を厨房のごみの山に放り込まれ、残飯と一緒に腐っていくんだ。

けれど、モルジアナが迂闊《うかつ》だったわけではないよ。未熟ゆえに性急だったし、大してひどい目に遭わされたことのない者が往々にしてそうであるように、たやすく人を信じたがっただけなんだよ。それでもモルジアナはフェイと過ごすうちに多くを吸収し、ずっと賢くなった。どれもこれもつらい試練で得た教訓ばかりだった。しかし、最大の試練が訪れようとしていた。


馬に跨ったモルジアナがフェイの世界の境界に広がる海に入っていったのは、よく晴れた冬の朝のことだった。彼女の背後には、フェイたちが一日に二度歩く石畳の道が延びていた。フェイは浜辺で朝日を眺めながら蜂蜜を舐《な》め、夕焼けを見ながらワインを飲むことを習慣にしているんだよ。彼女は自ら命を絶つことで契約から解放されるのだと思うと強烈に心を惹かれ、ともすればもう二度とこの景色を目にすることはないのではないかと思った。頭の上まで海水にひたり、やがてようやくその海面が再びふたつに割れると、彼女は自分の国に戻っていた。遠くに目をやれば、海原を見渡す丘のてっぺんに彼女の両親の山小屋があり、その向こうには村の家々の屋根が連なっているのだが、いざ懐かしい我が家へと近づいてみると屋根がどこかに行ってしまっており、家具も住人もまったく見当たらなかった。彼女は村に馬を向けて進んでいったが、ふとある老人と行き合った。

「海辺の小屋に住んでいた一家がどうなったか知りませんか？」彼女は質問した。

「おかしなことを訊くね」老人が答えました。「あの小屋なら、わしがほんの子供のころから誰も住んじゃいないよ。そこに住んでた娘さんがいなくなっちまったんだが、きっと溺《おぼ》れ死んじまったんだろうってことになってな。可哀想にご両親とも、その悲しみから立ち直ることができなかったんだよ。ふたりともその年のうちに死んじまったんだが、あの小屋はすべての悪運の始まりの場所ってことにされたもんだから、腐って崩れちまうしかなかったんだよ」

モルジアナがさらに馬を進めていくと、村の様子もすっかり変わり果ててしまっていた。昔よりずっと大きくなっていて、どこを見ても見知らぬ顔や、失われた青春の影しか残っていない顔ばかりで溢れていた。だがどの老人もモルジアナのことなど憶えてはいなかった。なぜならフェイが己の痕跡を彼女につけ、彼女の姿をすっかり変えてしまったからだよ。

日が傾きはじめるころ、モルジアナは浜辺へと馬を向けた。怒りと喪失感で胸はずっしりと重かった。母も父もたったひとりの娘が溺れ死んでしまったと信じ、悲しみに打ちひしがれてこの世界から旅立っていったのだ。そしてかつて馴染みだった人々はみなもう死んだか、もうすぐ死んでしまうのだ。モルジアナはふるさとではよそ者になり、フェイたちの元に戻っても、目の前でだんだんと老いさらばえて彼らを喜ばせる慰《なぐさ》みものでしかないのだった。彼女は馬の蹄が砂を踏むのを感じ、目の前で砕ける波を見つめると、フェアラの言ったとおり砂浜に身投げして死んでしまいたくなった。

だが、いざ馬の手綱を離して金の鐙《あぶみ》にかけた足を外そうとしたそのとき、モルジアナは浜辺にひとりの少年がいるのを見つけた。少年は自分で獲った魚貝がいっぱいに入った大きな袋をふたつ運んでいたが、ふたつともあまりにもみっちりと入っていたものだから、引きずりながら歩くしかなかった。モルジアナの前に来ると少年は足を止め、彼女と馬の、鞍《くら》の装飾の、そして金の鐙と馬具の美しさに目を瞠《みは》った。少年が会釈し、モルジアナも会釈を返した。刹那、自決の思いは消えてしまっていた。

「ずいぶんよく働いたのね」彼女が言った。

「海が豊かな恵みを与えてくれるから」少年が答えた。

「その袋、私に譲ってもらえないかしら」モルジアナは言った。「でも袋だけよ。中に入ってる海の恵みは、持ち帰る方法があればそのまま持ち帰りなさい」

少年は、頭をどうかしたのかとでも言いたげな目で彼女を見つめた。

「でもこんな袋、ふたつ合わせたって大した値打ちなんてありゃしないよ」

「私にとっては、この馬具と同じくらいの価値があるのよ」モルジアナは答えると馬具を外し、少年に渡してしまった。そんなものがなくとも馬を歩ませられると知っていたからね。

「でも、僕が騙《だま》すかもしれないじゃないか」少年は、きらめく金の馬具を手に言った。

「前にも欺かれたことはあるけれど」モルジアナは答えた。「でもこの取引は、私が自分から進んでもちかけたものよ」

少年はそれを聞くと袋を空にして、彼女に手渡した。

「もうひとつ、あなたにお願いがあるの」モルジアナが言った。「両方の袋に、入るだけ砂を入れてほしいの。そうしたら鞍から吊るすことができるよう、まとめて縛り付けられるようなロープを見つけてきてちょうだい」

少年は頼まれたとおりにしてやった。どちらの袋も砂でいっぱいにし、砂山のとなりに引っぱり上げてある小舟から持ってきたロープでまとめて縛りあげ、それをモルジアナが跨っている鞍のうしろに吊り下げた。モルジアナは少年に礼を伝え、もう二度と帰らぬふるさとを後にする準備をした。

「あなたは誰なの？」少年が訊ねた。「こんな馬具を持って家に帰って、誰から貰《もら》ったかも分からないなんて言ったら、母さんに泥棒扱いされちゃうよ」

「モルジアナという名前の女から貰ったと言いなさい。何年も何年も前に丘の上の小屋に住んでいた人だって。そして、フェイとひどい取引をしてしまったけれど、私よりもひどい目に遭わせてやる方法を見つけたんだって、ご両親にも教えてあげてね」

そう言い残すやモルジアナは馬の横腹を蹴って波間に飛び込み、海の中に消えてしまったのだった。

やがて海が割れ、モルジアナが出てきた。目の前には、浜辺からフェイの宮殿へと続く道が延びていた。背後では、この世界の太陽もまた沈みかけていた。道に出た彼女は髪を留めていたピンを抜いて鞍のうしろに取り付けた袋に穴を開けた。すると彼女の世界から持ち帰った砂がこぼれ落ち、フェイの世界の砂と混ざりあい、すっかり見分けがつかなくなってしまった。

彼女は袋がふたつともすっかり空になってしまうまで、何度も行ったり来たりを繰り返した。

太陽が赤く染まるころ、モルジアナは浜辺に戻った。そして、フェアラがやってくるのを待ったのだった。


「なんて恐ろしい物語なの」セレスは、木こりが語り終えるのを待ってから口を開きました。

「恐ろしい話ほど、面白いものだろうさ」

「父がそれを聞いたらきっとうなずくわ。うちの娘もね」

フィービーのことを口にするとまた涙が込み上げてきましたが、セレスはぐっと堪えました。

木こりは暖炉の上からパイプを取ってくるとポケットから煙草《たばこ》袋を取り出し、パイプに煙草の葉を詰めた。

「健康に悪いわよ」セレスが言いました。

「そうなのかい？　それじゃあ君には勧めないでおくとしよう」

パイプをくわえて火を点けた木こりは、赤々とした光を放つ煙草を吸い込んでさも満足そうな顔をし、もくもくと濃い煙を吐き出しました。セレスには、まるで腐った木の上でくすぶる古い靴下のような臭いに思えました。腕組みをし、木こりを睨みつけます。

「君が十六歳の娘じゃないというのは、本当なのかね？」木こりが訊ねました。

「正真正銘」

「念のために確かめただけさ」

セレスは立ち上がりました。

「もう寝る」

「きっとそれがいいだろう。大変な一日だったろうからね」

「明日は私がうちに帰る方法を探すの、手伝ってくれるのよね？」

木こりが暖炉の炎を掻きました。

「もちろん手伝うとも」

ですがセレスはそれを聞いても、まったく心が休まりませんでした。

19

Ealdor-Bana
（古英語）

生命を破壊する者

ドライアドのカーリオは小屋に目を凝らしました。暗闇の中、小屋は輪郭もほとんど見えず、鎧戸《よろいど》の隙間からちらちらと見える灯りと暖炉から立ちのぼる煙の臭いがなければ、人が住んでいるのかも分かりませんでした。

カーリオは木の生えていない剝《む》き出しの地面に転がっている岩に腰掛けていました。ここを自分の土地とした木こりが自然を切り拓いてしまったせいで、目や耳として働いてくれるコウモリや夜更かしのフクロウも、身を守ってくれるツタも、すっかりなくなってしまったのです。カーリオは自分たちが近づくと植物がざわめきたつのを感じました。小屋に近づこうとする者をがんじがらめにして、木こりがやってくるのを待つつもりなのです。しかしカーリオは、木こりの正義に屈する気などまったくありません。

それにしても、なんという苦痛でしょうか！　もっと痛い目に遭わせて報復してやると、彼らは血をたぎらせていました。カーリオにこんな傷を負わせたセレスという、子供ではない子供に。頭を砕かれ、片目をつぶされ、擬態もまったくうまくいかなくなり、ほんの短い間周囲の景色に溶け込んだだけで、すぐに解けるようになってしまったのです。自分たちの身を隠す能力を奪われたカーリオは無防備ですし、こうして姿を曝《さら》け出してしまえば、あっさり何者かの餌食《えじき》になってしまいます。もっとも恐ろしいのは彼らが弱く、戻りし者はそんな弱さを絶対に許さないことです。セレスに報復を果たし、まだカーリオは使えるのだと彼らに証明しなくてはなりません。

だがあの侵入者は、木こりの庇護のもとにいます。身柄を奪うには戦うしかありませんが、今のカーリオではとても木こりに敵《かな》いません。もしかしたら後をつけ、見張り、手に入れた情報をみなと分かち合うだけでこと足りるのではないでしょうか。最後に仲間たちがこの世界を彷徨《さまよ》い歩いてからあまりにも多くの変化が起きていましたし、彼らが再びこの世界に馴染むには時間がかかることでしょう。それにセレスがやってきたことに彼らが気づいているとは考えにくいのです。

ですが、なぜあの娘はここに来たのでしょう？　この世界ではすべてに目的があるのですから、セレスにだってあるはずです。異界からの来訪者は初めてではありませんが、来訪者には二種類います。なんの計画もないまま飛び込んでくる者と、他の誰かの記憶によって連れてこられた者です。カーリオはどこに行けばいいかも分からず取り乱した様子を見て、セレスを前者だと値踏みしました。もし彼女が自分の世界からこの世界に旅をしてきたのであれば、他の何者かがそう願ったからに違いありません。ですが、そんな力を持つ者はごく限られているのです。

カーリオの残った目が、落ち葉の中で蠢《うごめ》く何かを見つけました。それは、夜の捕食者たちから身を隠しながら食料を探している、一匹の野ネズミでした。擬態はしていなくともカーリオが身じろぎひとつせずにいたので、安全だと勘違いした野ネズミがおびき寄せられてきたのです。カーリオは左足を突き出して野ネズミの体を絡《から》め取ると、長い爪を使って首から尻尾までひと息に切り裂き、命取りの傷を負わせました。

カーリオはとなりにひざまずいて野ネズミの鼻先に顔を近づけると、死にゆく野ネズミのエキスを吸い込みました。

小屋の中では木こりが、藁敷《わらじ》きのベッドで睡《ねむ》るセレスと暖炉の燃えさしを気にかけていました。炎の中に顔が見えます。ループの群れを率いていた、リロイの顔です——半分人間、半分狼で、両方の恐ろしい部分を兼ね備えた生きものです。それからトロルとハルピュイア、それにデイヴィッド少年の顔。そして最後にあのねじくれ男の顔が浮かび上がってきました。かつて影の中からこの世界を支配し、子供たちを操って自分の世界からおびき寄せて偽りの王や女王に仕立て上げ、恐れる心や弱さにつけ込み傀儡《かいらい》にしていた怪物です。

けれどセレスは子供ではありませんし——体は大人でなくとも、心は違います——王族が支配する世は終わったのです。睡りに就こうとした木こりが瞼を閉じたあのとき、この異世界は早くも自らを書き換えはじめており、新たに領主や女領主の秩序が生まれつつあったのです。それぞれが川や山、そして谷から力を授かり、彼らの合意によって境界線が定められたのです。とはいえほとんどの土地はすべての者のために残されたままで、ゴルゴンやサイクロプスを初め気性の荒い生きものたちが棲まうなわばりに入らぬ限り、誰もが自由に通ったり住み着いたりすることができました。ひとたび足を踏み入れたりしようものなら旅路は瞬《また》く間に、そして永久《とこしえ》に断ち切られてしまい、子供たちに語られる戒《いまし》めの寓話の題材になるか、家を瓦礫《がれき》の山に変えられたあげくに「たとえ見えなくとも、存在しないとは限らない」ということをのちに伝えるため、瓦礫の中に死体を放置されてしまうか、そんな運命を辿る羽目になるのです。

木こりはこの世界が変容している最中に——とはいえまったく不安定な状態だったわけではありませんが——立ち去り、戻ってきてみれば、未知の黒雲に包まれてしまっていたのでした。何世紀にもわたって姿を現したことのなかったドライアドがまた出現し、そのうえドライアドが人を襲うような気性を持っているとはおよそ聞いた憶えがありません。一方、問題の人間のほうはといえば、この世界の住人ではありません。自らの意志で訪《おとな》ったのではなく偶然彷徨い込んできたか、何者かに追い立てられて入り込んでくるしかなくなってしまったのです。では何者がセレスを連れてきたがったのでしょう？　どんな目的があるのでしょう？　それが分からないうちはあの娘が急いで出ていくことはない、と木こりは思いました。パイプから最後のひと口を長々と吸い込み、自分が彼女に聞かせた物語を、あのモルジアナとフェイの物語を胸に呼び起こしました。そしてこう思いました。**さて、あの物語はどこから来たのだろう？**

ドライアドの出現が答えを教えてくれているような気がしました。木こりが恐れている答えを。

20

Hleów-feðer

(古英語)

護りの翼；誰かを抱き、守る腕

セレスは散々な夜を過ごす羽目になりました。熱っぽくなり、ときおりあまりの熱さに自分の服を引き裂こうとして木こりに止められたかと思えば、小屋じゅうの毛皮を掻き集めても温めきれないほどの寒さに襲われ、それが交互に襲ってくるのです。双頭の、多頭の、それからまったく頭を持たない獣たちの幻影に苦しめられたセレスは、木こりには見えなくともあのカーリオが確かにおり、自分を闇の中に引きずり込む機会を窺いながら軒下《のきした》の影に潜んでいるに違いないと、どんどん恐ろしくなっていきました。左腕がひどく痛むせいでもたれることもできず、首が固まっているせいで動かす度《たび》に悲鳴が漏れました。木こりは己の休息を棚上げにして彼女の傍に腰掛け、熱の具合に応じて毛布をかけたりはだけたりし、湿らせた布で顔を拭き、カーリオに受けた刺し傷と闘うため最初にセレスに飲ませた煎じ薬を口からさらに流し込んでやりました。

夜明けを迎えるころになるとセレスの熱は下がっていましたが腕は腫れ上がったままで、首もどちらに動かすのもいちいち大変でした。もうひと晩これが続くならとても耐えられないと、セレスは感じました。

「わしの知識もすっかり尽きちまったよ」木こりがため息を

つきました。「ドライアドの毒をなんとか食い止めちゃいるが、解毒となるとわしの手には負えんよ」

「いいから家に帰して」セレスはすがるように言いました。「お願い。あっちの世界に戻りさえすれば、私を治せるお医者さんたちがいるんだから」

雲が重く立ち込め今にも雨が降り出しそうでしたが、厩《うまや》では木こりの馬が再び出かけられるのが待ちきれないようにいななないていました。鎧戸の隙間から様子を窺ってみると森はいつもどおり平穏そのものでしたが、木こりは安全を確実に確かめるためセレスを小屋に残して森の端まで歩いていってみました。そして片手をツタに差し伸べて指に巻き付くに任せながら、ツタが伝えてくる伝言を肌で読み取りました。そして、夜中に森に忍び込んできた侵入者があったこと、今はもう立ち去ったことを知ったのです。そして、彼方の地震の揺れのような地下の動きのことも――

何者かが掘っている。

木こりが手を引くと、巻き付いていたツタも離れました。

まさか。ありえない。木こりは胸の中で言いました。

小屋に引き返す自分の足音が、不安になるほど虚《うつ》ろに感じられました。ずっと昔に枯れた木のてっぺんの枝では隻眼のミヤマガラスが木こりの姿をじっと見張り、彼が小屋に入ってしまうのを見届けてから北へと飛び去っていきました。その嘴には、あの硬貨が光っていました。この硬貨は宝物であり、証拠です。

あの女がここにいるのです。

セレスの旅支度《たびじたく》には時間がかかりました。左腕の腫れがひどく靴紐も結ぶことができず、木こりが肩を貸して厩まで歩いていき、背に乗せてやるしかありませんでした。木こりは斧で武装し、セレスを背後から抱えるように馬に跨りました。普段ならば彼女をうしろに座らせるところですが、毒で弱った彼女が落馬してしまうことを恐れたのです。この姿勢ですと左腕を彼女の体に回して右手で手綱を取り、斧を鞍に横たえるようにしなくてはいけません。もし攻撃を受けたなら身を守るのもひと苦労ですから、道中の安全を確かめるにはツタに頼るしかないのです。

セレスがどうしてもと言うものですから、ふたりはまずあのせせらぎを訪れました。セレスは木こりの手を借りて馬を降りると、周囲に立つ木々を呆然と見回しました。

「どの木だか、まったく分からないわ」と、無数の巨木を示します。よろめくように木から木へと歩きながら、もしや中に空洞があるのではないかと幹を叩いてみるのですが、どの木からもがっかりするほど中が詰まった感触が届くばかりなのでした。木こりのほうを見てみましたが、木こりは馬に付き添い、首を撫でてやっているばかりです。

「手伝ってくれないの？」セレスが言いました。

「意味などあるものか。仮にまだ硬貨がそのまま残っていたところで、扉が開いているとは思えんよ。言ったろう。君がここに来たのはたまたまじゃない。今や物語がひもとかれはじめていて、君はその中で役割を持っているんだよ」

「でも物語の登場人物になるなんて、私嫌よ」セレスは首を横に振りました。「私は娘のところに戻りたい……戻らなくちゃいけないの」

「この世界は、あらゆる世界と同じように、君が何を望もうとそんなことは知らんのだよ。君が何歳だろうと、それが分からんほど若くはないだろう」

セレスは、木こりの言うとおりだと思いました。この新しい世界も元の世界と同じく、彼女になんの借りがあるわけでもありません。それでも、何かずるいことをされているような気分にはなるものなのです。

「私の五ペンスを盗むなんて、あの鳥、憶えてなさいよ」セレスはもう一度、鳥を見上げました。

「間違いなく、君を例の屋敷に導いた鳥なのかね？」

「隻眼のミヤマガラスのことなんてよく知らないから、絶対にそうだとは言えないわ」セレスは苛立ったように言いました。

ふらつき、転ばないよう馬にもたれかかる彼女を見て、木こりが水筒を差し出しました。セレスは水筒を受け取り、煎じ薬をひと口飲みました。もうこの味にはうんざりでしたが、飲むと気分がましになるのです。

「さて、これからどうするの？」彼女が訊ねました。

「その刺し傷を手当しなくてはいかん」木こりが答えました。「進んでいけばその道すがら、何が起きているかもっとよく分かるだろうし、そうしたら君がここに来た理由の手がかりだって見つかるかもしれない。そうすれば、君を元の世界に帰す方法が見つかる可能性も上がるのではないかな」

「何が起きているかって、何か起きてるの？」セレスは、また馬に乗るのを手伝ってもらいながら訊ねました。

「君がここに来てしまったこと以上に面倒なことがかい？　ああ、何かが起きているとも」

木こりはまだ朝露に湿ったままの地面を踵《かかと》で蹴《け》りつけました。子供の顔をした花々が、やめてくれと言わんばかりに顔をしかめました。

「わしの考えでは」木こりが続けました。「目覚めが始まろうとしている」

ふたりは小屋に引き返すと食料と水、それから旅路で使う寝具を荷造りしました。木こりはひと晩汗だくで過ごしたおかげで気持ち悪そうにしているセレスに、クローゼットを開けて何か適当な着替えを探すように言いました。

「あなたの服が私に合うわけないじゃない」セレスは言いました。

「それなら問題ないとも」木こりが答えました。「あの中にわしの服なんてひとつも入っちゃいないよ」

セレスが扉を開けてみると、クローゼットにはさまざまなサイズの服がしまわれておりました。彼女はシャツの袖やズボンの裾をめくって自分の体に合わせ、ひとそろいの着替えを用意しました。ついでに、自分の足にぴったりなショート・ブーツも見つけておきました。ずっと履いていたテニス・シューズは、もうすっかりぼろぼろになっていたのです。

「この服はどうしたの？　お子さんでもいるの？」

「この道を通っていったのは、君が初めてじゃないのさ」木こりが答えました。

「なんの初めてじゃないっていう意味？」

「人間でもなんでも含めて初めてじゃないっていうことだよ」

「ああもう」セレスはため息をつきました。「もし質問に分かりやすく答えてくれる人にこの世界で出会えたら、私きっと一生の友達になるわ」

木こりは矢筒の矢をさらに補充し、剣を納めた鞘《さや》を馬の鞍に取り付けました。斧は背中に背負っています。そして一瞬躊躇《ちゅうちょ》したのち、ベルトの付いた鞘に入ったとても小さな短剣をセレスに手渡しました。セレスが柄《つか》に手をかけ引いてみると、曇りひとつない鋭い刃が出てきました。

「これで私にどうしろっていうつもり？」セレスは訊ねました。

「尖ったほうから突き刺す」木こりが説明しました。「すると、残りもするりと入っていく」

「誰かを刺すなんて嫌よ。私が進んでそんなことをする人間に見えるの？」

「進んでドライアドを石で殴ったんだろう？」

「それは別の話よ」

「どのへんが別なのかね？」

「知らないわ」セレスは何秒か考えてみました。「でもナイフはずっと恐ろしいし、それに石よりも命取りだと思う」

「本来の使いかたをすればそうなるな」木こりはそう答えてから、表情を和《やわ》らげました。「でもな、そいつを見れば、君に害をなそうとする相手は動きを止める。それだけでことたりることも、少なくないんだよ」

ふたりは表に出て、いつでも出発できる状態でしたが、この小屋が安全地帯であることを思うと、本当に出ていってもいいのかセレスには自信が持てませんでした。

「前も訊こうと思ったのだけど。どうして壁にも屋根にもあんな棘をたくさん付けているの？」

「わしがやったんじゃない」木こりは答えました。「目が覚めたらああなっていたんだよ」

「じゃあ誰の仕業なの？」

「誰じゃなくて、何だな。この小屋が自分に必要だと決めたのさ」

「小屋がねえ」セレスは言いました。「ただの小屋でしょう？　何も決められっこないわ」

開きっぱなしのままだった小屋のドアが大きな音を立てて閉まり、重い閂《かんぬき》が掛けがねにかかる大きな音が中から聞こえました。もし家が咳払いをするものならば、この小屋は今、間違いなく咳払いをしているでしょう。

「さっきのは取り消す」セレスが言いました。

木こりは年齢にそぐわない、目を瞠るほどの力強さで鞍に飛び乗ると、身を乗り出してセレスに手を差し伸べました。

「私、うしろでいいわ」セレスは言いました。「なんで前に座らせようとしてるのかは分かるけど、ふたりとも不便だし、乗り心地もよくないの。目眩《めまい》がしてきたら、ちゃんとそう教えるから」

急いで荷物の配置を変えなくてはいけませんでしたが、すぐにセレスは木こりのうしろに座ると、落ちないよう彼のベルトを両手で摑みました。

「行き先で、馬も見つかるよ」木こりが言いました。「君にぴったりの馬を借りるか買うかするとしよう」

「馬を飼うほど長いこと、こんな世界にいるつもりはないわ」

「忘れてしまったのかい?」木こりは馬をどんどん速く駆けさせながら言いました。「そもそも君は、ここに来るつもりだってなかったろう?」

21

Stræl
（古英語）

閃《ひらめ》き、閃光、矢

セレスは家に戻る方法が見つからないのと、木こりから他に手ごろな解決策が出てこないのとで悶々《もんもん》とし続けていましたが、進んでいく馬の背から眺める景色にはどうしても興味をそそられてしまいました。

最初の何時間かはただ森が広がるばかりで、人の住んでいるような形跡もほとんど無く、せいぜいときおり廃墟が見えるくらいのものでした。生い茂るツタに覆われた小さな砦《とりで》が見えたかと思えば、今度はゆっくりと森に呑まれている木造《く》の住居が現れるのです。ウナギ池を通りかかれば、岸辺で朽ち果てている罠や、下生えに埋もれるようにしてほとんど見分けがつかなくなった漁師小屋が見えました。進んでいくうちに、ふたりは三軒の小さな家を通りかかりました。一軒めは焦げた藁《わら》の基礎しか残っておらず、二軒めは焼け焦げた木の骨組みだけになっており、三軒めはレンガ造りでしたがレンガはすっかり黒ずんでおり、丸焼けになった豚肉のものとすぐに分かる匂いが家から漂ってきていました。

「悪い狼の頭脳を舐《な》めちゃいかん」木こりが言いました。

太陽が空のてっぺんにかかるころ、右手に広がる森の中から地響きが聞こえ、馬の足元で地面が大きく揺れました。木こりが斧《おの》に手を伸ばしかけたその瞬間、イチイの大木が根から土を撒《ま》き散らしながら、セレスたちには目もくれずにどすどすと道を突っ切っていきました。するとい何秒かしてから今度はひと回り小さなイチイが大木を追いかけてきて、ほんの一瞬立ち止まってセレスたちのほうを向くと、また駆けだしていったのです。

「なるほど、歩くイチイね」セレスはそう口走ると、この世界にやってきてから初めて心から笑みを浮かべました。

やがて、セレスたちは巨大な塔にやってきました。塔は森の他の場所に立つ木々よりも幹が細く背も低い、若木の木立に囲まれて立っていました。セレスは馬を降りると脚を伸ばし、すぐ傍《そば》で木こりに見張ってもらいながら塔の周りをぐるりと歩いてみることにしました。塔のてっぺんにはアーチ形の窓が並んでいましたが、扉はどこにも見当たりません。石組みは新しめに思えましたが――何世紀というより、せいぜい何年、何十年程度のようです――こんな塔を建てるのにいったいどれだけの年月が必要なのかも、なぜこんな人里離れたところに建てられたのかも、セレスにはさっぱり見当がつきませんでした。

「ヤッホー!」頭上から大きな声が聞こえ、ひとつの窓から頭が突き出しました。ブロンドの髪を大きく高々と結い上げた、若い娘の顔です。娘は楽しげに、ふたりに向けて手を振ってみせました。セレスと肩をすくめた木こりが顔を見合わせます。娘が誰なのかはともかく、木こりにも心当たりがないのです。

「ええと、こんにちは」セレスはおどおどと手を振り返しました。

「私を助けに来たわけじゃないのよね?」娘が訊ねました。その両手にクロスボウが現れたのを見て、セレスは目が釘付けになってしまいました。

もう一度セレスが木こりの顔を見ると、木こりは窓に向けて大声で言いました。「助けてほしいのか?」

セレスは、なんと馬鹿な質問をするんだと思いました。若い娘が扉もない塔に囚われていて、どんなに長い梯子《はしご》を持ってきても届くかどうか怪しいところにしか窓がなく、道具も無いまま降りようと思えば死が待ち受け、石組みはガラスのようにつるつるで手足をかけるところも見当たらないのです。そのうえ当の娘は「助けて!」というのとはまた違う雰囲気で質問を投げかけてきたのも変ですし、両手でクロスボウを構えているという事実も見逃せません。ですが、木こりの質問への答えを聞いて、どうやら問題が見えてきました。

「違うわ、私なら大丈夫」娘が叫びました。「ちょっと確かめてみただけよ。用心にこしたことはないものね」

「でもあなた……囚われているんじゃないの?」今度はセレスが質問しました。「自分でこの塔を建てたというのなら話は別だけれど、でもどうして扉を作らなかったの?」

「ああ、そういうこと」娘はそう言うと構えていたクロスボウを下げて窓枠に腰掛け、片足をぶらりと外に垂らしました。「それが面白い話なのよ。あのね、ひとりの魔女がいたの、誰でも思いつくような魔女よ。何をするか分からないから恐ろしくて、頭にきたら本当にひどいことをする魔女。でね、うちの両親がその魔女の庭のことで、魔女本人と意見が食い違ってしまったの。すぐおとなり同士だったものだから、サラダに入れる葉っぱが欲しいときには魔女の庭からちょっと失敬するくらい当たり前だと言ってね。ママは美味しいサラダが大好きでね。そのために生きてると言ってもいいくらいにさ。他のものなんて何も食べなかったわ。すごく痩せてたの。横を向いたら鼻しか見えないくらいにね。

とにかく何年も経つうちにあれやこれやと積み重なってね——サラダの葉っぱが積み重なったと

思ってくれてもいいけど——それで魔女が、そのまんま言葉を借りるなら『あまりにも厚かましい』ってすっかり頭にきてしまったのよ。ママとパパは盗みを働いてるのは自分たちじゃないってずっと否定していたんだけど、しばらくすると隠し通すのも無理になっちゃってね。家じゅうが青臭い匂いでいっぱいだったし、レタスのせいで身動きも取れないほどなんだもの。ママなんて、光の具合によってはなんかの野菜みたいに見えるようになっちゃうありさまでさ。そしてついに魔女がふたりを現行犯で捕まえて、人に物を盗られる苦しみを教えるために私をこの塔に閉じ込めちゃったってわけ。パパとママったら、ママがいちばん好きな葉っぱから取って、私の名前をラプンツエル（日本では一般的にマーシュやコーンサラダと呼ばれるが、和名は野萵苣（のぢしゃ））にしたくらいだけど、そのせいで盗みがバレたっていうのもあるわね。ふたりとも、ろくに考えずに名前をつけたわけよ」

「なんてひどい話なの」セレスは首を横に振りました。

「でしょ！」ラプンツェルが叫びました。「ホウレンソウと大根を合わせた野菜の名前を子供につけるなんて、どこの親よ？　人道にもとるわ。法律で禁じるべきよ」

「塔のてっぺんに閉じ込めるなんてひどいって言ってるの」セレスは言いました。「名前のほうも、だいぶひどい話だとは思うけど」

「ああ、あの魔女もずっと閉じ込めとくつもりなんて無かったと思うわ。たぶん少しの間《あいだ》だけ……そうねえ、長くてもせいぜい一年ってとこだったんじゃないかしら。ママとパパに間違いなく恐怖を植え付けられる程度ね。なのに次にふたりの噂を聞いたと思ったら、家を売って野菜作りの仕事を始めたっていうじゃないの。まあ、ママはなんの役にも立たずにウサギみたいに食べてるだけだし、長続きなんてしないと思うけどね。

　でもまだ悪いことは続いて、誰かが魔女を殺しちゃったの。まあ、確かにあの魔女は公平に言ってちょっと厄介な人だったし、いつ殺されるか分からないのだって、魔女にとっては職業上の危険ってものだと思うわ。よくあることだものね。そう思うと、魔女なんてあんまりいい仕事じゃないわよね。本気じゃなくちゃできないもの。仕事というより天命っていうのかしら。愛がなくちゃできっこないわ」

セレスは、話を振らなきゃよかったと思いはじめていました。抱えているさまざまな問題はさておき、ラプンツェルはやたらと声の通る、競技レベルのおしゃべり好きなのです。なんとかしないと、いつまで話し続ける気か分かったものではありません。

「それじゃあ私たち、そろそろおいとましまして――」セレスが口を開いたとたん、ラプンツェルの手にまたあのクロスボウが現れました。つがえた矢が、ぴたりとセレスたちのほうに向けられています。

「動くんじゃないよ」ラプンツェルが、血も凍るほど穏やかな声で言いました。「まだ話は終わっちゃいないし、人の話の途中で帰ろうだなんて失礼なことなんだからね。そっちから話を聞かせろって言ってきたなら、なおさらってもんさ。不愉快な話だよ」

下生えの中に男がひとり横たわっているのにセレスが気づいたのは、そのときでした。軽装の兵士なのか胸当てをつけ、腕には腕甲を、脚にはもも当てを装備し、細いバイザーが付いた兜《かぶと》をかぶっています。ですがどうも、すぐに起き上がってくるようには見えません。というのもバイザーから クロスボウの矢が突き出しているのが見えますし、ということは矢尻のほうは頭のどこかに突き刺さっているに違いないからです。セレスは木こりの注意を引くために脚をつつき、できるだけさり気なく死体の存在を知らせました。

ラプンツェルにも男の死体のことを教えるべきかどうか悩みましたが、そもそもこの男に死をもたらしたのが彼女のクロスボウから放たれた矢である可能性が高いことを考えると、彼女が知らないとはどうにも思えませんでした。それに死体は隠してあるわけではなく、倒れたところにそのまま転がっているのです。セレスがうっかり何歩か進めばつまずいてしまいかねません。それでもセレスは、念のために訊いてみたほうがいいと思いました。

「ごめんなさい」セレスは、先生に許しをもらおうとしている子供のように、ラプンツェルに手を挙げました。「ここに死体があるの、知ってる?」

となりで木こりが天を仰ぎ、自殺願望を持つ誰かの道連れになってしまったかのようにため息をつきました。

「ああ、その人」ラプンツェルは、素っ気なく答えました。「名前を聞く暇もなかったのよね。騎士か何かだったと思うけど」

「あなたが……その……撃ったの?」セレスはおずおずと訊ねました。

「馬鹿なこと言わないで、その人は撃ってないわよ。その人のほうを撃ったの。だいたいその人がいるほうに向けてね。ぜんぜん違うわ。諦めさせようとしただけだったんだけど、自分で思ってたより私、腕がよくて……いや、腕が悪いのかもしれないけど。どっちかは見方によるわね」

諦めさせるのがラプンツェルの目的だったのなら大成功だ、とセレスは胸の中で言いました。なにせこの男には、もうこれ以上諦めようもないのです。

「でも、いったい何を諦めさせようとしたの?」

ラプンツェルは気まずそうに左手でくるくると髪を弄《もてあそ》びましたが、右手がしっかりとクロスボウを構えたままなのをセレスは見逃しませんでした。

「あのね」ラプンツェルが口を開きました。「そのときはもうここに来て二年だったんだけど、正直、もうすっかり退屈してきちゃっててさ。森を散歩したり、裸足《はだし》で草を踏む感触を想像したりすると、たまらない気持ちになってきちゃうの。だからそいつが来て助けてくれるって言うのを聞いて、大賛成したのよ。ろくに作戦があるわけじゃなかったんだけどね。足場はおろか、梯子ひとつ用意してこなかったんだもの。いろいろ考えてみても、頭のいい人じゃなかったわね。だって分かりきったことをごちゃごちゃ言ったり、顎《あご》をさすったりするばかりで、救出作戦なんてちっとも進まないんだもの。いつまで経ってもぶつくさ言ってるもんだから私すっかり嫌になっちゃってさ。それで髪をとかして暇つぶししてたんだけど、そこであいつがこの髪の長さに気づいたのよ。何年も切ってないんだもの。もちろん枝毛には気をつけてるけどね……だって、気をつけなきゃでしょ？　そうしたらすぐにそいつが凄いこと思いついたような顔をして、大声で叫んだのよ。

『ラプンツェル、ラプンツェル、君の髪をこっちにおろしてくれ』

『本気で言ってるの？』って答えたわ。あんまりいいアイデアには思えなかったしね。だってそいつ、今の姿からは想像できないだろうけどだいぶぽっちゃりしてて、そのうえ鎧《よろい》まで着てるわけよ？　大好物のパイを食べ続けて生きてきた男って感じだったわね。

で、そいつがまた言ったの。『ラプンツェル、ラプンツェル、君の髪をこっちにおろしてくれ』ってね。あまりにしつこいもんだから私も、いいわ、やってみようじゃないのって気になったわけよ。でも成功しないと思うって警告したのよね。私が離せって言ったら手を離しなさいってね。だけど、そこまでそいつがどれだけちゃんとこっちの話を聞いてくれてるのか、私まったく分からなかったのよ。私の経験では男の人が頭の中で何かを閃《ひらめ》いたら、忘れさせるのってものすごく大変なの。ついでに、その考えがひどければひどいほど、男の人ってもっとしつこくしがみつくものなのよ。最後に悲劇さえ待ってなければ、それでも笑えるんだけどね。

手短に説明すると、私が髪を垂らして、そいつが両手で太くまとめた髪を摑んでよじ登りはじめたわけなんだけど、どうなったかは想像つくわよね？　太っちょ男が金属の鎧を着て、か弱い女の髪の毛にぶら下がってるのよ？　体から首が抜けちゃうかと思ったけど、まだそいつの片足は地面についたままだったのよ。両足が壁につくころには、もうこっちは窓から引きずり出されそうだったわよ。だからもう絶対無理だからやめてって言ったんだけど聞いてくれなくて、しょうがなくクロスボウを持って、ね」──彼女が肩をすくめてみせました──「そいつが登るのをやめたってわけ。登るのっていうか、まあ、何をするのもやめたっていうか。最初は悪いことしたって思ったわ……特に風がこっちに吹いてきて、そいつからひどい臭いがしてきたときはね。でも、もうずっと前の話よ。正直、あなたが来るまで私、そいつのこと完全に忘れちゃってたのよね」

「もう助けてほしくないと思ってるのは、そのせいなの？」セレスは訊ねました。

「そんなとこね。その人のおかげで男がどれだけ頭悪いか思い出したから、もうここにいるほうがいいって思ったわけ。塔の下には井戸があるし、巻き上げるのに時間はかかるけど水を汲むバケツもあるし。トイレだってあるわよ……壁から抜けてく隙間が石組みの間にあってさ、それでなんとかなるの。それに本はどっさりあるし、クマネズミさんたちのおかげで食べものにも困らないわ。クマネズミさんってほんと気さくでさ、ハツカネズミや野ネズミと違って、ちゃんとお話に付き合ってくれるんだから」

セレスはもう確信していました。人殺しの件を棚に上げたとしても、ラプンツェルはだいぶ頭がどうかしていると。そして、塔のてっぺんにある部屋の中、どこかに行ってしまいたいと思いながら虚《うつ》ろな目で彼女を見つめているクマネズミの群れを相手に、延々としゃべり続けている彼女の姿を思い描きました。

「ちょっと失敬、通りますよ」とつぜん、下から声がしました。

セレスが見下ろしてみると、緑と赤のベストを着た大きな灰色のクマネズミが、おそるおそる彼女の脚の間を進んでいくところでした。半分に切ったパンとベーコンの塊《かたまり》を頭に載せており、その上では革表紙の付いた薄い本がなんとかバランスを保ちながら揺れています。

セレスはクマネズミをまじまじと見つめました。クマネズミが彼女をまじまじと見つめ返しました。

「どうされた？」クマネズミが言いました。「私に何か付いているのかな？　だとしたら勘弁してほしいものだがね」

クマネズミは丹念に自分のベストを調べ、毛皮を調べ、尻尾を調べ、ピンク色の肉球を調べました。そして、不快なことは何も起きていないようだと満足すると、またセレスに注意を向けました。

「では失礼」と、釈然としない口調で言います。

すると、ブルーベリーを入れた小さなバスケットを持った別のネズミが、セレスの横をすり抜けました。バスケットを放り投げ、羽根飾りの付いた帽子を行儀よくセレスに上げてみせます。

「こんにちは」二匹目のクマネズミが言いました。「いいお天気ですね、まったくもって」

「ええ、とてもいいお天気ね」セレスはどぎまぎと言葉に詰まってから、ようやく答えました。

二匹のクマネズミから、どうしても目が離せません。今までの経験を思えば、言葉を話すネズミくらいでなぜそんなにもびっくりしているのか分かりませんでしたが、それでもこれは驚きでした。もしかしたら、自分の世界でもクマネズミはよく見かけますが、あちらでは断じて話などしないからかもしれません――もし話せたとしても人間の見ていないところで話しているのでしょうが、そうだったのかもしれないと思うとセレスは狼狽《うろた》えずにはいられませんでした。

二匹が目配せを交わしました。最初の一匹が意味ありげに指先で右のこめかみを叩きます。頭がどうかしている人を前にしたときに使う、世界共通の合図です。

「ああああああ」二匹目が、すっかり腑《ふ》に落ちたように言いました。「まったくいろんなのがいるもんだな」

「言うのも気は進まんのだがね」一匹目が、塔の根本に開いた小さな穴に向かって歩きながら続けました。「どの家族にも一匹はいるものだよ。君んちにはいないと思ってるなら、君がそれだとも」

「私、正気ですけど」セレスは、遠ざかっていくふたつの背中に向けて言いました。

片方のネズミが、分かっているとでも言いたげに手を挙げてみせました。

「ああ、そうだろうさ」と言ってから、言葉を続けます。「みんなそう言うんだ」

「乱心の最初の兆候であるな」もう一匹が言いました。「もしくは、乱心してふたつめの兆候か」

セレスは何を言う気も完全に失いました。

「もう行くわ」ラプンツェルに声をかけます。「お話できて、とても楽しかった」

「こちらこそ楽しかったわ」ラプンツェルが答えました。「私に会ったこと、絶対誰にも言っちゃ駄目よ？　嫌になることなんて滅多にないし、このままのほうがいいんだから。騎士だのなんだのがやってきて、また私を助けるとかしつこく言いはじめたら、私たぶん……分かるね？」

「不愉快になる？」セレスが答えました。

「大正解」ラプンツェルはさも愛しげに、クロスボウを撫でました。「不愉快になっちゃう」

「すべて忘れて、人に訊かれたら知らないと答えるとも」木こりがいかにも本心から言いました。

「それがみんなのためよ」ラプンツェルが微笑《ほほえ》みます。

三人は、別れを告げ合いました。セレスがまた馬に跨《また》がり、木こりは塔とは反対側に馬を向けました。そして森に差し掛かったその瞬間、一本の矢が飛んでくると木こりの頭をほんの数インチでかすめ、木に突き刺さりました。

「忘れるっていうの、忘れないだろうね？」ラプンツェルの怒鳴り声が響きます。

「まさか」セレスは、鞍《くら》の上で凍りついたまま答えました。「絶対に忘れないから」

「念のためよ。じゃあああねえええ！」

ラプンツェルはそう言うと白いハンカチを振りながら塔の中に引っ込みましたが、ようやくクロスボウの届かないところに逃げ延びるまでは、セレスも木こりも生きた心地がしませんでした。

22

Völva
（古ノルド語）

女性に関連する魔術を使う者

塔が視界から遠のいていき、関わった全員がほっとしました。森の木々がまばらになって、代わりに丘や草地が姿を現しました。あちこちの畑の境界には石垣が延びており、まるで地面に投げかけられた網の繊維のようでした。点々と農家も見え、中には何軒か寄り添っているものもありましたが、村や町と並ぶほど大きなものは見当たりません。

「人殺しの話に持っていったのはまずかったが」木こりが口を開きました。「総じて考えたなら、君はとてもうまくやったと思うよ」

「プライバシーをそれはそれは大事にしてる女を相手にしたことを考えたならっていうこと？」

「そう、それを考えたならだ」

「それはどうも。それにしても、ひどく静かにしてたわね」

「あの娘と最後に話した男が頭を射抜かれたことを鑑《かんが》みて、そうするのが得策と思ってな」

「話したからじゃないわ」セレスは訂正しました。「話を聞かなかったからだもの。男にありがちな失敗ね、私に言わせれば」

「あの男は、自分を正す機会をろくに与えてもらえなかったんだよ」

「あんな歳になるまで話を聞くことを学んでいなかったのなら、自分を正せるとはあんまり思えないけど」

「どうも君はあの男の運命に、まったく胸が痛まぬようだね」

「胸が痛まないんじゃなくて、ただ意外じゃないだけ。私の話になんて耳も貸してくれない男も、私が言うことならどんなことでも否定する男も、生まれてこのかた何人も相手してきたんだもの……どの男もそうだったわけじゃないけど、パターンや性癖《せいへき》がはっきり分かるくらいにはね。しまいには、誰かが度を越しちゃう。当然のことだわ。男はぜんぜん分かってないのよ、女がどれだけ時間を使って男に腹を立てたり、その腹立ちを抑えたりしてるかをね」

セレスは右腕だけで木こりに摑まっていました。左腕は上げるのも痛かったし、首のこわばりも背中まで広がりつつあったのです。馬の背に揺られることに不慣れだったのも災いしていました。不満を口にしたくなどありませんでしたが、あいにく木こりは察しがよく、隠し通すのは不可能でした。

「傷の具合はどうだね？」

セレスには、ごまかす理由が思いつきませんでした。

「いいとは言えないわね。我慢できる範囲。でも、なんだって我慢できなくなるまでは我慢できる範囲でしょ？」

「煎《せん》じ薬の残りを飲んでおきなさい。宵闇が降りる前には目的地に着くし、そうしたらもう薬も必要なくなるんだから」

セレスは水筒に口を付けましたが、木こりの言いつけは聞かず、念のため飲み干さずにおきました。母親としての経験から、自分も子供も荷物を空っぽにせず、常に何か蓄えを持っておかなくてはいけないと学んでいたからです。煎じ薬の効能と馬の揺れとが組み合わさって彼女の眠気を誘い、残りの旅路はほとんどがぼやけたまま過ぎていきました。ですが、歪《ゆが》んだ煙突から煙を吐き出している、ブリキの屋根が付いた大きな黒いブーツを――夢だったのかもしれませんが――見たのです。それに行く手に川が現れたときには、木の厚板を敷き詰めた巨大なガラスの靴の橋を渡っていったのでした。

やがて、日が傾きはじめるころ、ふたりは木造の小屋を見下ろす小山の頂《いただき》にやってきました。小屋はふたつの野原に挟まれており、一方には穀物が植えられ、もう一方は家畜用の柵で囲ってありました。セレスが見てみると、片側では鶏たちが土を突っつき、もう片側では二頭の豚が泥に鼻先を突っ込んでいます。豚の囲いのとなりには厩《うまや》があり、低い扉の上から一頭のポニーが顔を出しています。そして厩の裏手には牧草地があり、一頭の雌牛《めうし》が憂鬱《ゆううつ》そうに鳴き声をあげておりました。ですが他に聞こえる音は無く、ひんやりとした空気を引き連れて夜が近づいているにも拘《かか》わらず、小屋には炎も灯らず、ドアも半開きになっているのでした。木こりは背負っていた斧を鞍の上に横たえてから馬を軽く叩き、前に進ませました。

「わしのベルトをしっかり摑んでいるんだよ」木こりが言いました。「逃げなくちゃいけなくなったら、風のように飛ばさにゃならんからな」

ふたりは小屋に近づいていきましたが、誰も迎えに出てくる様子はありませんでした。木こりがふたりの到着を知らせても、やはり静まり返っているのです。

「ミストレス・ブライス」木こりは大声で呼びかけました。「木こりが来たぞ」

すぐ傍でひと粒のトウモロコシを巡って雄鶏《おんどり》と雌鳥《めんどり》が喧嘩をしていましたが、セレスが見る限り他の穀物はもうどれも食べ尽くされてしまっており、残った餌《えさ》はそれだけでした。いったい家畜たちがいつから餌を貰《もら》えていないのか、セレスは不思議に思いました。小屋の中はドアと壁の細い隙間からしか見えませんでしたがとても暗く、セレスには誰かが住んでいる雰囲気が感じられませんでした。木こりはそのまま小屋の正面に広がる土の庭に馬を進ませ、斧を手に地面に降りました。

「君は鞍で手綱を取るんだ」木こりは、セレスに声をかけました。「わしの口笛を合図にその馬は開けた野原めがけて駆け出し、疲れるまで足を止めん。背に伏せて馬に任せるんだ。そうすれば君は無傷で済む」

「でもあなたはどうするの？　置いてくわけにはいかないわ」

「自分の身くらい守れるとも。君の安全は安心して、この老いぼれ娘に任せるとしよう」

木こりがそう言って軽く尻を叩くと、馬は小走りで小屋を離れていきました。木こりは壁を盾にして身を守りながら、小屋のドアをいっぱいに押し開けました。

「誰かいるか！」と呼びかけて返事がないのを確かめてから、中に入っていきます。

小屋の中には、乱れた様子もありませんでした。テーブルには大人用の椅子がふたつ置かれており、その間に子供用の高い椅子が用意されています。ドアの右は小部屋のように奥まってダブルベッドがひとつ置かれており、人目か光を遮《さえぎ》るためなのか、カーテンが引かれていました。ベッドのすぐ横には、夜中でも母親がすぐに我が子の世話ができるよう空のゆりかごが置かれていました。天井のフックからは乾燥したハーブや植物が吊り下げられており、棚には食料の蓄えが見当たらず、軟膏《なんこう》や飲み薬の瓶が並んでいました。暖炉には焦げて冷え切った薪が残っており、その上にシチュー鍋がかけられていました。その横には牛乳の入った水差しが置いてあります。木こりは牛乳に指を浸して、味を確かめてみました。一日前か、いや、もっとか……。木こりは続けてベッドと、開きっぱなしの引き出しにしまわれた衣服、それから床に散らばっている私物らしきものを調べて回りました。ここに住んでいたのは大人がふたり。年寄りがひとりと若者がひとり、それから赤ん坊がひとり……ゆりかごに残された毛糸の人形からすると、女の子でしょう。ですが、みんなどこに行ってしまったのでしょうか？

背後で物音がしたので、木こりは斧に手をかけて振り向きました。しかしそこにいたのはセレスでした。抜いたナイフを手に、戸口に立っています。

「馬に乗っていろと言ったはずだぞ」木こりが言いました。

「そうだったかしら」セレスはそう言って、小屋の中を見回しました。「ここに何人住んでるの？」

「ふたりだったよ、わしが最後に訪れたときにはね。ミストレス・ブライスと、娘のゴルダさ。今はゴルダにも自分の子供がいて、ミストレス・ブライスも年老いているのだろう。しかし、ここに男がいた形跡はひとつも見当たらん」

「じゃあ、みんなどこに行ってしまったの？」

木こりは暖炉の横に立てかけられた一本の杖を指さしました。そのとなりに革を継ぎ合わせて作った小さな袋が置いてあります。

「それは分からんが、旅に出るのにわざわざ杖を置いていく年寄りもいないだろうし、その横にあるのはミストレス・ブライスの薬袋だ。出かけるときは必ず携えていたものだよ。さらに、ゆりかごの横には赤ちゃんの抱っこ紐もぶら下がったままだし、鍋には料理が残っていて、牛乳も最低でも一日は経っている」

「もしかしたら、急いで出かけなくちゃいけなかったのかも」

「さもなくば、無理やり連れ出されてしまったか……」

木こりはあたりの臭いを嗅ぎました。

「どうしたの？」セレスが首をかしげました。「何か臭うの？」

「お香か、何かそんなものの臭いだ」

「してもおかしくないわね」

セレスは、ハーブやスパイス、樹皮、油、樹脂などが入った瓶が並んだ棚を調べはじめました。混ざり合うさまざまな匂いを深々と吸い込みます。どれもこれも、薬草の材料です。中にはいくつか、母親から教わって見分けがつく材料もありました。ニンニク、エキナセア、ナツシロギク、オオアザミ。肌の塗り薬にするオトギリソウ、生理痛を和《やわ》らげてくれるメハジキ、疝痛《せんつう》の治療に使うヒイラギなどがそうです。木こりがミストレス・ブライスのところにセレスを連れてきた理由がよく分かりました。あいにく当のミストレスはどこにも見当たりませんが、一冊のノートが残されており、植物、花、根の絵、そして材料のリストでびっしりと埋め尽くされていたのです。腐りかけのヒトヨタケが盛られたボウル、チョウジを入れた瓶、それと水の注がれた水差しのとなりにノートは置いてありました。分解されていくヒトヨタケから滲《にじ》み出る液体を、水とチョウジと混ぜ合わせる準備はすっかり整っていました。そうして、ノートの横に置かれた羽根ペンのインクを作るのです。

ミストレスと娘の小さな鏡は曇っていましたが、セレスはあのせせらぎで眺めて以来、初めて自分の姿を目にしました。最初に感じたのは、歳を取ってから若いころの自分をこんなふうに見つめるのはなんと妙なものなんだろう、という気持ちでした。でもたぶん、自分が年々歳を取っていくのを見ている彼女の中の子供のほうが、よほど妙に感じていることでしょう。

木こりはいつしか空のゆりかごの横で毛布を手に取り、鼻を寄せていました。それをまたゆりかごに戻した木こりの顔が、さらに不可解そうに歪みます。

「今日はここを宿にしよう」彼が口を開きました。「わしらが馬小屋に泊まってもミストレス・ブライスは咎《とが》めやしないだろうが、お留守の間により暖かい小屋で寝かせてもらおうと何も言うまいよ」

「探さなくていいの？」

「ミストレスたちが徒歩《かち》で出たのなら、後を追うのは難しい。この暗さだ」

「ふたりの身に何かあったと思ってるのね？」

木こりはドアに向かいました。

「鶏は餌も食っていないし、雌牛も乳を搾《しぼ》ってほしくて鳴いている。ミストレス・ブライスは、自分の家畜を苦しめたり飢えさせたりしたまま留守にするような人じゃない。わしらが世話してやらねば。乳搾りをしたことは？」

セレスは首を横に振りました。乳搾りはおろか、牛を撫でたことさえありませんし、できれば牛の乳の搾りかたなど知らないまま人生を終えたいと思っているくらいなのです。

「では鶏に餌を撒いて、それが済んだら豚の世話をしてやってくれ。わしは馬を繋いでポニーの面倒を見るから、それから一緒に牛に取り掛かるとしよう。君をひとりきりにはしたくない。ここで何が起きたかを突き止めるまではな」

セレスは彼と一緒に庭に出ると、厩へと馬を引いていく木こりを見守りました。そして木こりが馬を落ち着かせ、ポニーの分も一緒に餌と水を与えている間に、鶏の囲いに向かいました。柱の一本にはバケツがかけられており、そこに野菜の皮や林檎《りんご》の芯などキッチンの残りものをトウモロコシやオート麦と混ぜ合わせたものが入っていました。セレスがその半分を囲いの中に撒いてやると、雌鶏たちがさっそく群がってきました。あのクマネズミと会ったせいで、もしかしたら雌鳥たちからお礼を言われるのではないかと半分疑っていましたが、どうやらこの雌鶏たちにはあのネズミたちの半分も会話能力が無いようです。

次にセレスは、頑丈な木の柵で囲まれた豚たちのところに行きました。中の二頭は空腹を満たすのに夢中で、セレスには目もくれません。それを見たセレスはふと豚たちが何を食べているのかに気づき、悲鳴をあげました。

23

Banhus
（古英語）

骨の家、肉体

セレスは木こりの両腕の中に飛び込み、胸に顔を埋めました。悲鳴は止まっていましたが震えは止まらず、口の中に酸っぱいものが込み上げてきています。それ以上ひどいことにならなかったのは、食欲が無かったおかげでした。セレスは昼間にほとんど何も食べておらず、木こりの荷物から例の煎じ薬と、ナッツを少し口にしただけだったのです。

ようやく声が戻りました。

「あれ……ここにいた人たちなの？」消え入るような声で言います。

「分からん」木こりは首を横に振りました。「君は小屋に入ってドアに鍵をかけておくんだ。わしの声がするまで絶対に開けるんじゃないぞ。分かったか？」

けれどセレスは、いっそう強く木こりにしがみつきました。腕をほどいたり、胸に埋めた顔を上げたりするのは嫌です。顔を上げればもう一度、泥にまみれた軀《むくろ》を見なくてはいけなくなるかもしれないのです。

「あなたはどうするの？」

「あれをここから運び出す」

木こりはそっと体を離すと、セレスの視界に豚の囲いが入らないようにしながら小屋の玄関のほうを向かせました。

「暖炉に火を入れておいてくれよ」木こりは声をかけました。「今夜は冷えそうだし、暖かくしないとだからな」

セレスはよろよろと小屋の中に戻りました。あんな光景を目《ま》の当たりにしたあとでは、火や暖かさなどという言葉などなんの意味もなく、凍てつくようにすら感じられました。今まで死体を見たことなど一度しかなく、それも病院のベッドで安らかに睡《ねむ》る父親のものだったのです。生前はいつでもきちんと身だしなみを整え、死してもそうしたいと願うに違いない父親のために、看護師たちがささやかな配慮として髪をとかしてくれていました。ミストレス・プライスとその娘はそんな慈しみも受けられず、投げ捨てられて動物の餌にされてしまったのです。そして赤ちゃんは――

けれどセレスは、そんなことを考えたくもありませんでした。気を紛《まぎ》らわそうと、セレスは火格子を綺麗に掃いて新しい薪を積み、よく燃えるよう干し藁をそこに載せました。石組みの隙間に楔《くさび》状の火打石がひとつと鉄片が見つかりました。何度か失敗して指に擦《す》り傷をひとつ付けたものの――それもこれも具合の悪い左腕のせいです――なんとか炎を熾《おこ》せるだけの火花を散らすと、小屋を包み込む寒さも虚ろさもすぐに少しだけましになりました。セレスは窓辺で木こりを待ちましたが、だんだんと深まる夕闇のどこにも姿が見えませんでした。ですが雌牛の鳴き声は止んでいましたし、餌を食べているはずの豚たちが鼻を鳴らす音もうめき声も聞こえません。セレスは滅多に肉を食べませんが、もしも肉が好きだったとしても、二度と豚肉やベーコンには触れたくないと思ったことでしょう。

ノックの音がして、木こりが彼女の名前を呼ぶころには、もうすっかり暗くなっていました。閂を外し、中に招き入れます。彼は牛乳の入った桶を持っていました。両手は綺麗なのに服が血と泥にまみれているのを見て、セレスは彼が素肌から何を洗い落としてきたのかを悟りました。木こりは背中に、片方の鞍袋《サドルバッグ》をかついでいました。ふたりの食料と自分用の着替えが入っている袋です。木こりは床にバッグを下ろすと、着替えている間にセレスがばつの悪い思いをしないようにベッドの横のカーテンを引きました。そして、また部屋に出てくると、丸めて縛り上げた服を脇に置き、暖炉の前にいるセレスのところにやってきました。

「あのふたり、どうしたの？」セレスはおそるおそる訊ねました。

「埋葬してきたよ」木こりが答えます。「あそこにいたのはミストレス・ブライスと娘さんだけだった。赤ん坊は一緒じゃない」

「もしかして……その……あの豚たちが……？」

セレスには、どうしても口に出すことができませんでした。

「違うな」木こりが答えました。「あのふたりが殺されたあと、ここから連れ去られたんだと思うよ」

「誰がそんなことを？」

「この世界はひたすらむごいところなんだよ、他のどんな世界とも変わらんさ」

木こりは、セレスの額《ひたい》に触れようと手を出しました。彼女はその手がついさっき何をしてきたのかを思い出して咄嗟《とっさ》にあとずさりましたが、すぐに自分を恥じました。

「ごめんなさい。さあ、どうぞ」

木こりは手のひらで、彼女の肌に触れました。

「また熱が上がっているな。傷跡を見せてみろ」

セレスは袖をまくり、怪我をした腕を見せました。炎の灯りで照らされ、ひどく化膿《かのう》してしまっているのが見えます。肉は赤く腫れ上がり、手首から首にかけて黄色い膿《うみ》の筋が何本も走り、指を動かすのも大変なのです。

「明日になったら出発して、どこか他に治療できる場所を探すとしよう」木こりが言いました。

「それまでは、ミストレス・ブライスが残したものでなんとかするとしよう」

棚からすり鉢《ばち》とすりこぎを持ち出し、木こりはタマネギ、生姜《しょうが》、ニンニク、ターメリック、そしてユーカリとタンポポを混ぜ、そこにパンと牛乳を加えて湿布薬を作りました。彼がそれを傷跡に貼り付けると、セレスの傷跡からひんやりとした感じが広がっていきました。そして何分かするとまた指を伸ばせるようになり、まっ赤だった肉がくすんだピンク色に変わったのです。

「ずいぶんいいわ。ありがとう」セレスが言いました。

それからふたりは一緒に食料庫を漁り、ジャガイモ、カブ、ニンジン、そしてタマネギを見つけ出すと、それを使ってスープを作りました。鍋に入っていたシチューは、古い牛乳と一緒に木こりが捨ててしまいました。ミストレス・ブライスを殺めた何者かにおかしなものを入れられているかもしれないからです。動物にさえ、食べさせられません。

ふたりは黙ったまま食事をしました。食料庫で見つけたハーブやスパイスを入れたのもあってスープはびっくりするほどの美味しさでしたが、セレスは搾りたての牛乳に苦戦していました。クリーミーすぎて好みに合わず、とてもぬるくて吐き気がするほどなのです。家ではせいぜい低脂肪乳より重いものは冷蔵庫に入れることがありませんでしたが、それもフィービー用で、セレス自身は無脂肪乳が好みだったのです。ですが休む様子もなくもう三杯めをマグに注いでいる木こりを見て、セレスはそうした事情はどれも説明しないでおこうと心に決めたのでした。木こりは、バーテンダーが見ていない隙にこっそりディスペンサーからビールを注いでしまう客のように、マグを手に牛のところに戻って直接乳房から牛乳を搾りそうな勢いです。

ふたりの背後の玄関はしっかりと鍵をかけ、閂をかけてありました。窓枠には鉄でできた大きな鍵が置かれていましたが、家と安全の象徴であるその鍵を見たとたん、セレスはミストレス・ブライスとその家族のことを思い胸が締め付けられました。一家の住まいの中で彼女たちが手作りした家具や、ささやかながらも大切にされてきた持ちものに囲まれていると、もうあの人たちは自ら手入れした土地に埋められてしまったというのに、セレスは彼女たちと知り合いはじめたような気持ちになるのでした。

「ここを襲ったやつが戻ってきたらどうするつもり？」セレスは訊ねました。木こりは空っぽになったボウルを置き、しないわけにはいかない食後の一服のためポケットのパイプを取り出そうとしていました。セレスには最低の習慣にしか思えませんでしたが、木こりが強いられたつらい作業を思うと、今は咎める気など起こりませんでした。

「戻ってこないさ」

「なんでそんなこと分かるのよ？」

「戻ってくる理由がないからな。女はもうこの世にいないし、赤ん坊も手に入れた。他に盗っていくものなんてないだろう？　ましてやわざわざ戻ってきてまで」

「お金とか？　宝石とか？」

「ミストレス・ブライスは宝石など持っちゃいないし必要としてもいない。それに犯人が金銀を欲しがっていたのなら、ここを引っ掻き回していっただろうさ。わしの考えているとおりだとすれば、連中の目的は殺しだけだろうが、ミストレス・ブライスには敵はおろか殺したいほど憎んでいる者もいなかったし、ゴルダにしたってわしの知る限りじゃあ母親そっくりの気立ての持ち主だよ」

「もし赤ちゃんが狙いだったとしたら？」セレスは言いました。「そんな人たちの手に渡したまままになんてできないわ」

「人たちだなんて、誰が言ったね？」

それじゃあいったい何者なのかとセレスは質問しかけましたが、これまでにもせせらぎの精やドライアド、そのうえ話すクマネズミや自力で歩くイチイの木にまで出会ってきたことを思うと、そんな質問をするなど馬鹿馬鹿しく感じたのでした。

「それでも、人の子を渡すわけにはいかないわ」彼女は言いました。「たとえ相手が何ものだろうとね」

木こりは平らに伸ばした釘のような小さな金属の道具をポケットから取り出し、パイプにあてがいました。鋭い先端をシャンク（ボウルから伸びている軸のこと）に差し込んで中をほじくり、それから穴に息を吹きかけ、剝《は》がれ落ちた屑《くず》を吹き払います。それから木こりは道具の平たいほうの端を使い、パイプに残った灰のかすや燃えた煙草《たばこ》の葉をすっかり取り除きました。そしてパイプに新しい葉を詰めると、指を使って中に押し込んだのです。セレスは、大した見返りもないのにそんな面倒なことをするなんてと口を挟みたい誘惑に駆られましたが、一連の作業を通してパイプを吸うという最後のステップへと向かっていく木こりを眺めていると、そこに彼の安らぎを感じてしまうのでした。木こりにとってこれは、複雑ではなくとも慣れ親しんだ決まりごとのなかに安息を見出すための、儀式のようなものなのです。彼女も、家でフィービーと何かをしながら同じような気持ちを感じたものでした。エンドウ豆の皮を剝《む》くのも（ふたりとも採れたてのエンドウ豆が好きで、お菓子のように食べるのです）、パンを焼くのも、寝る前に絵本を読んであげるのもそうです。そんなささやかな行いの、そんな素朴な歓《よろこ》びのおかげで日々を耐えてこられたというのに、フィービーの事故があってからというもの、あまりにも多くの歓びが奪い去られてしまったのでした。

煙草に移すために小枝に火を点けている木こりを見ながらセレスは、家族に降り掛かったできごとを耐え、ただ存在するのではなく生きていくためには、物語を読んであげることも含め、さまざまな儀式から得られる充足を取り戻す方法を見つけ出すしかないのだと覚悟しました。元の世界に戻ったらフィービーに読んであげた古い物語たちに新たな命を吹き込み、さらには新しい物語も見つけ出すのです。その物語をとおし、フィービーとふたりで新たな旅に出るために。人が書いた物語に飽きたなら、自分で作ればいいのです。作れると、自分でも知っているのですから。どうしてそんなことができたのかは我ながら分かりませんが、すでに何もないところからふたつの物語を彼女は生み出しています。無だったところに物語を作り出すのは、まるで錬金術のようなものでした。そしてあらゆる魔法と同じく、生まれてくる道筋をあまりじっくり調べたりはしないほうがいいのです。彼女の父親はよく、声音の秘密を探ろうとヒバリの喉を切るようなものだと言ったものでした。理解したいと思っているそのものを、殺してしまうということです。

ですがまず、家に帰る道を探さなくてはいけません。なのに今はあの大森林から馬で一日も離れてしまいましたし、ミストレス・ブライスと娘が殺されてしまった今となっては、さらに遠くまで旅を続けなくてはいけなくなりそうです。木こりはもう一度、自分には傷の手当こそできても癒《い》やすことはできないのだと念を押すと、セレスをこの世界に連れてきたものが何かを突き止めない限り元の世界に戻ることはできないと、改めて言って聞かせました。それに、連れ去られた赤ちゃんのことも考えなくてはいけません。セレスはなんとかしなくてはいけないと知りつつも、自分に、そして自分たちに何ができるのかは想像もつきませんでした。

「君は休まなくては」木こりが言いました。

「あまり疲れてないし、まだ起きてるわ」セレスは答えました。「もうひとつお話を聞かせてくれたら嬉しいのだけど。でも今度は、妖精の話じゃないやつ。そうね、あなた自身のことを話してくれるっていうのは？　あなたのことは名前くらいしか知らないし、それにしたって名前というより職業なんだもの」

彼女はもう一度、『失われたものたちの本』の記憶を辿《たど》りました。あの中で語られていたひとつの物語が……赤ずきんの物語が心に残っていたのです。子供のころにも、赤ずきんは大のお気に入りだったものです。

「よし」彼女が言いました。「あなたとループの話を聞かせて」

木こりは遙か昔の罪悪感が滲んだため息をひとつ漏らすと、語りはじめました。

木こりが語ったふたつめの物語

むかしむかし、まだわしが若く、今よりも恐れを知らなかったころ（人は歳を取るほど怯えやすくなり、子供だったころの自分に還っていくものだからな）ひとりの農夫がわしの小屋を訪《おとな》い、何日も行方が分からなくなっている娘を探すのを手伝ってほしいと言った。木の実採りをしようと森に入り、それっきり戻らなかったそうだ。農夫と妻は娘を探し回ったが、骨折り損だった。もしや動物に襲われたのではないかと夫婦は怯えたが血の痕も見つからず、何者かに連れ去られたのかもしれぬと思ってはみたものの、馬の足跡ひとつ見つからなかった。別れの言葉も無しにふたりの元から消えるような不幸せな子でもなかった。農夫の話では、持ちものもひとつも欠けることなく家に残されていたし、世の娘という娘に劣らぬほど愛されていたという。

そんなにも苦悶《くもん》する農夫に背を向けるわけにもいかず、わしは一緒に探しに出ることにした。人の不幸を前にして何もせずにいれば、そもそもその不幸を招いた何者かと大して変わらぬことになるし、それに己への迷惑と人の苦難とをきっちり秤《はかり》にかけることができてこそ、傑物というものじゃないか。

わしは農夫の住む村を訪れて娘を知る者たちに話を聞いてみたのだが、みな一様に父親の言うとおりだと首を縦に振るばかりだった。気立てのいい若い娘で誰からもよく好かれ、両親とは互いに深く思いやり合っていたとな。村人たちも捜索に加わってくれたのだが、父母同様、運には恵まれなかった。とはいえいかにも手際が悪く、そのせいで娘の行方を示す手がかりを見つける邪魔になっていたところもあった。折れた小枝だとか、苔《こけ》に残った痕跡だとか、そんな些細なものに命がかかっているかもしれないのにだよ。

夜明けとともにわしは森に入った。わしの目は村人たちのそれよりも鋭く、そのうえそうして森に分け入るのも初めてではなかったものだから、娘を連れ去った何者かの痕跡をちゃんと見つけることができた。石だらけの川底で不自然に転がる石をひとつ、そして泥の中に付いた足跡をひとつ見つけた――ずっしりと重い何者か、はたまた何か重い荷物をかついだ何者かが残したような深いやつだよ。だが、困惑せずにはいられなかった。なにせ人間の足と同じくらいの大きさで、踵《かかと》も足の裏も素足だというのに、爪先には鉤爪《かぎづめ》の跡があるんだよ。もし人間が残したものだとしたら、そいつはひどく風変わりなやつだ。そしてもし動物のものだとすると二本足で歩き、川の流れを利用して逃げるほどに悪知恵の働くやつだ。

だが、臭いがした。そうなればもう、このわしから隠れることなどできやせん。わしは、やつが川から上がった場所を突き止めた。森の中でもいちばん古い、いちばん深いところさ。そして茨《いばら》の茂みに引っかかっている布切れを見つけたんだ。薄紫の布で、さらわれた娘が着ていた服のものだと思った。もう宵闇が降りてきていたが、わしはさらに奥に行ってみた。すると、どこからか泣き声が聞こえてきたんだよ。

するとちょっとした窪地《くぼち》があり、そこに五つの洞穴が口を開けていた。窪地のまん中には三人の娘たちが横たわっていた。三人ともツタで手脚を縛られ、いちばん幼い娘は薄紫のドレスを着ていた。三人の向こうに、三つの影があった。半分人間、半分狼のな。わしが身を隠したまま様子を見ていると一匹の人狼がかがみ込んで、薄紫のドレスを着た娘の顔を舐めた。するといちばんでかくて屈強なやつが手を振り上げ、その人狼に向けて切りつけた。相手の胸に何本か、血の滴《したた》る筋が付いた。

「そいつは俺のだ！」一匹めが言うと、二匹めは唸《うな》り声をあげながらもあとずさった。

すると、洞穴のひとつから女の声がして、ぼろぼろの赤いマントを纏った女が外に出てきた。となりに巨大な灰色狼を従え、愛しげにその毛皮を指で撫でていた。

「喧嘩はおやめ、息子たち」女が三匹を見回した。「それぞれにひとりずつ、妻とするに申し分のない人間を連れてきてやったのだからさ——たとえいい妻にならなくとも、別の欲を満たすには使えようさ」

だがその声には、警告するような響きがあった。もし勝手にいがみ合いを続けるのなら、あの女もただの警告では済まさなかったろうし、連中だってもっとひどい目に遭うことになったろうな。

「母さん、私には？」

もう一匹の化けものが出てきた。他の三匹よりも小さい、雌《めす》の個体さ。

「お前は待っていなさい、娘や」女が言った。「男ってのは捕まえるのが難しいけれど、手懐けるのは簡単なものだよ。約束するよ、お前の番はちゃんと来るからね」

わしは連中の風下で、身動きひとつせぬようじっとこらえていた。獣とは感覚が鋭敏なものだが、目の前にいるのは狼ども……いや、狼よりもっとたちの悪い連中だ。ブランシェットの噂なら、わしも耳にしていた。何年も前、ずきんの付いた赤いマントをはおって森に入ったまま消えてしまった娘さ……それっきり、なんの痕跡も見つかっていないという。それからというもの、南から東から噂が伝わってな、一頭の狼を横に従えて森を駆けていく赤いマントの人影を見たとか、狼どもと暮らすと他では得られぬ歓びを味わえると言って、同じ女が他の女たちを誘惑したとか、そんな噂さ。どうやらブランシェットは、息子たちのために甘言を弄《ろう》して花嫁を連れてくるのに疲れ果て、いっそさらってくることにしたらしい。

傍《かたわ》らには喉笛を切り裂かれた、若い牝鹿《めじか》が転がっていた。ブランシェットは家族と一緒にその亡《なき》骸《がら》に舌鼓を打った。彼女も狼の夫や半人半獣の息子どものように、血の滴る生のままの牝鹿を喰らった。わしの目の前で牝鹿はすっかり骨になり、その骨を砕かれたうえに骨髄《こつずい》まで吸われてしまったのだ。それも済んでしまうと一家はすっかり満たされ、そろいもそろって何もする気が起きなくなって、そのうち睡《ねむ》りに落ちてしまった。もう目も覚まさぬと確信してからわしは抜き足差し足で横たわる娘たちのところまで行って、静かにしているよう合図を送り、手脚を縛るツタを切って原っぱから連れ出してやった。娘たちは軽やかに進んでいったが、うっかり者はわしのほうだった。隠れていた枝を踏んづけてしまったんだ。その瞬間、ブランシェットの夫の大きな灰色狼がぱっと目を覚ましてしまった。わしは弓に矢をつがえ、ひと息にそいつの心臓を射抜いてやった。灰色狼は死んだが、最後にあげたひと鳴きのせいで子供たちもブランシェットも、これはただごとではないと飛び起きてしまった。わしが二本目の矢を放つと、三兄弟のまん中、つまり娘を舐めて兄に傷をつけられたあの狼に命中した。命取りの傷を受けて狼はよろめき炎の中に倒れ込むと、そのまま焼け死んでしまった。

残った連中が追いかけてきたが、ひとりきりで戦わなくちゃいけなかったわけじゃない。薄紫のドレスの娘が加勢しに来て、弓矢を貸してくれと言ったのだよ。わしは弓矢を渡し、自分は斧を握った。娘はまだ幼く、わしのように弓を使うことこそできなかったが狙いは正確で、彼女に狙いを定めていたブランシェットの娘はすぐにそれを悔やむことになった。鋭い悲鳴が聞こえたので見てみると、狼娘が、矢尻を腕に残したまま木の幹に押し付けて矢を折っていた。

一方、生き残った二匹のうち小さなほうはわしらを背後から襲ってやろうと走りだしたが、残った娘の片割れは連中が思っていたよりずっと強くてな。自分の髪からピンを一本抜き取るとそれで狼男の片目を突き刺してしまったのだよ。狼男は半分視界を奪われて、うしろに退《しりぞ》くしかなくなった。だがわしらは疲れはじめていたし、迫りくる狼どもの咆哮《ほうこう》が四方八方から聞こえてきた。半分狼の血を引く血族に呼ばれ、戦いに来たのだ。このままではあっという間に追いつかれ、娘たちは元の運命に引き戻され、わしは群れの餌にされてしまう。

そのとき、角笛《つのぶえ》の音が響き渡った。闇のあちこちにちらちらと松明《たいまつ》の炎が、そして男たちや女たちの姿が見えた。村の者どもがわしの後を追い、間一髪で助けに来てくれたのだ。わしはそのまま娘を安全なところまで走らせると、その場に立ちはだかった。

わしの前には敵の姿が三つあった。狼男、末の狼娘、そしてブランシェットだよ。片目の狼男も情けない声を漏らしながらわしらの周りをうろついていたが、近づいてこようとするものは一匹もいなかった。風向きが変わってしまったのを察していたのさ。わしはブランシェットが何か言うのを待ったが――呪いか脅《おど》しか、はたまた復讐の誓いか――口を開いたのは無傷の息子のほうだった。

躊躇《ためら》いがちで口ごもるような話しぶりだったが、わしにはやつの話がちゃんと聞こえた。

「木こりよ、お前を知っているぞ。お前は俺の父を殺し、兄弟を殺したが、俺たちを殺しそこねた。決して忘れんぞ。今宵命を落とした俺の家族ひとりひとりにつき、千の命をもらう。そいつらの血が、お前のその手に染み付くのだ。新たな秩序が生まれようとしている、狼の秩序がな。俺たちが――俺と我が一族が――頭に立ち、そのうちすべての覇者となるのさ。人間の力などでは俺たちに立ち向かえないのだからな。さあ俺を見ろ。俺の名を憶えておけ。俺はリロイ、いずれ王となる者だ」

そしてわしひとりを残し、連中は逃げ去っていった。

それがループと、連中から始まる歴史の黎明だ。


セレスは暖炉の前で椅子にかけたまま膝《ひざ》を抱え、物語にすっかり聞き入っていました。恐ろしい物語ですが、終わってほしくない気持ちでした。

「ブランシェットはどうなったの？　雌の人狼と片目の兄弟は？」

「末の妹はリロイに処刑されたよ」木こりが答えました。「片目のほうもな」

「どうして？」

「妹が女王の座を望んだからさ――なんでも、母親のブランシェットにそそのかされたという話だがな。そして片目の兄は妹に味方してリロイと対立し、二匹そろって代償を払わされたというわけだ。王に、そして王になろうとする者に反抗するための鉄則はただひとつ。絶対にしくじるなかれ、だ」

「ブランシェットはどうなったの？」

木こりはくわえていたパイプを離しました。物語の途中ですっかり冷えてしまっていましたが、もう一度火を灯そうとはしませんでした。木こりが立ち上がりました。もう睡《ねむ》らなくてはいけません。

「あの女も死んだよ」木こりが答えました。「子供の誰よりもあの女のほうがよほど狼だったが、息子の手にかかったのさ」

24

Oncýðig

（古英語）

何か、もしくは誰かを欲することから生じる苦悶

あくる朝、微かな温もりを引き連れて太陽が昇りました。夜の間セレスの腕はどうしようもなく痛むというより圧痛がある程度だったので、彼女は清々しく目を覚ましました。ですが黄色い膿の筋は残ったままでしたし、首や背中のこわばりも和らいではくれませんでした。木こりは暖炉の脇で睡《ねむ》りつつ部屋が冷えぬよう炎の世話をしていましたが、自分の手作り湿布薬の効き目を見て満足すると、傷に着せる新たな湿布薬を用意しました。けれどセレスが体を綺麗にするまで待ってほしいと言うので、木こりは金属のたらいになみなみと水をはってそれを火にかけ、やがて湯気が立ってくると床に下ろし、セレスが身だしなみを整えられるよう表に出ていきました。

セレスは体を洗うための布を一枚と、体を拭く粗いタオルを一枚、そして獣脂石鹼《せっけん》――動物の脂肪と灰汁《あく》を混ぜたものです――らしき棒状のものを一本見つけました。そしてミストレス・ブライスの食料庫から持ち出したペパーミント、ラヴェンダー、そしてローズマリーを少しお湯に加えました。それからタオルの上にひざまずいて顔を、髪を、胴体を洗い、それからたらいの中に立って体――といっても自分の体、少なくとも以前と同じ自分の体ではありませんが――を隅々まで綺麗にしました。心のほうも隅々まで以前の自分と同じではありません。まるで自分自身の内面が変化して、肉体に起きたあの変化が心にも反映されているかのように感じました。こんなにも表面近くに思春期の経験が残っていることも、こんなにも一瞬のうちに再び表面に現れてきたことも、彼女には驚きでした。あのばつの悪さ、そして戸惑い。火も点いていないのに爆発する花火のように、いきなり押し寄せてくる感情。そしてまるで自分の身体組織が混乱して自分に反乱を起こし、己の肉体に言うことを聞かせることもできなくなってしまったようなあの感じ。それまで平らだったところが膨《ふく》らみ、つるつるしていたところに毛が生え、血が出て痛み、なんの前触れも無くいきなり自分の肉体に宿った受胎能力のせいで味わったあの恥ずかしさの記憶。ティーンエイジャーのころ、一時期ホラー小説に夢中になったのも不思議ではありません。残忍であればあるほどのめりこんだのです。思ってもいなかったところにいきなり毛が生え、自分の肉体に止められない突然変異――ときに流血を伴う変異です――が起きたなら、吸血鬼や狼男、モンスターたち、そして変身や変態の力を持つ怪物たちの物語を読みたくなるのが当然でしょう？　なにせ、どれも自分の同族だと分かったのですから。

　そのようなわけで、セレスは喜ばしい気持ちとともに――そしていくつかのぞっとするような物語とともに――そんな時期を後にして、それっきり愛情を持って振り返るようなこともほとんど無かったのです。それが今こうして思春期に立ち返ったセレスは、大変だったことだけでなく、良かった面も思い出しているのでした。感情の純粋さも激しさも、妥協の無さも、そうしたものが作り上げてくれた友情も。関節痛や、要らない脂肪や、そして――何よりもありがたいことに――扁平《へんぺい》足《そく》や、出産による骨盤底の損傷もない、まだ大人として送った人生のせいで擦り切れていない肉体を手に入れた歓びも。足取りまでも軽くなりました。それもそのはず、以前に比べて体重が大々的に軽くなったのですから。

ですが肉体が新しく、まっさらになっても、セレスの心には大人時代の不平不満がそのまま残っていました。恋人たちの、中でも特にあの子供じみた浪費家、フィービーの父親の裏切り。父親を失った悲しみと、地中に降ろされていく父の棺《ひつぎ》の姿と、棺の蓋《ふた》にかかる土が立てた音。母親が年老いて弱っていき、いずれ訪れるさだめに――新たな葬式と新たな墓穴に――怯える姿。そしてフィービー……肉体から抜き出され、手の届かないところに行ってしまった彼女の精髄《せいずい》。どれもこれも成熟への道すがら背負い込んだ重荷であり、自分を自分たらしめてきたものばかりです。たとえわずかな間であろうと、ティーンエイジャーのセレスにそれらを記憶の中から一掃され、若き自分に支配されてしまわないよう気をつけなくてはいけません。同じ状況を――若い肩から生える大人の頭を、大人としての知恵と経験が若者の力強さや生命力と結びつくことを――夢見る人もいることでしょうが、そんな都合のいい関係は永遠に続いたりはしません。ふたつの自分の間には強烈な緊張が張り詰めているのです。どちらか片方が勝利するさだめですし、もうこの戦いにセレスはうんざりしているのでした。

セレスはたらいから出て体を拭きました。下着は大人の女性向けにデザインされたものでしたから、もう本来の役割を果たしていませんでしたが、彼女はどうしても捨てる気になれず、畳んで木こりからもらった袋の中にしまうことにしました。ひとまずブラとパンツをたらいで洗って、暖炉の前に干します。汚れた下着を持ち歩くのは、身につけるのに劣らず嫌なのです。死んだミストレス・ブライスの持ちものを漁り、少し工夫すれば体に合いそうなシャツを二枚、それから男性用に作られた素敵な乗馬用ズボンを二本――たぶん、消えた赤ちゃんの父親のものだったのでしょう――そしてずっしりとした牛革のジャケットを選び取りました。もう一度ズボンの裾をまくりあげ、長い紐をベルト穴に通して自分の姿を確かめると、ずっと見栄えがよくなっていました。ベッドの傍に、長い黒髪が絡《から》み付いたままの櫛《くし》をひとつ見つけました。セレスは取り除こうともせず、黒髪をそのままにして自分のもつれた髪をとかしました。鏡の中から幼い自分が、見慣れた他人が見つめ返してきていました。

「鏡よ鏡」セレスは声に出して言いました。「この世でいちばん可愛いのはだあれ?」

十六歳のあなたじゃないわ。と胸の中で言います。**もっと食べなきゃいけなかったし、もっと笑えばいいのに滅多に笑わなかった。それに、恥ずかしくたって本当に死んだりなんかしないって教えてくれる人が誰もいなかったものだから、不器用でシャイだった。誰か教えてくれたとしても、信じたりしなかったでしょうけどね。**

櫛を置くと、自分の髪が他人の髪と仲良く絡み合っていました。荷造りをしたセレスは、木こりを探しに行きました。木こりは表で鶏たちに穀物を撒いてやっているところでしたが、セレスがやってくるのに気づいて手を休めました。

「これはこれは……清潔な匂いだ」彼はそう言いましたが、他の言葉を見つけようとしていたのがセレスには見え見えでした。まったく心の籠《こ》もっていない響きなのです。

「あなたもたまには体を洗いなさいな」セレスが答えました。「馬と油と汗の臭い。それから賑《にぎ》やかなことに茹でキャベツの臭いまでしてるわよ」

木こりは顔をしかめ、自分の体に鼻を近づけました。さらに険しい顔になります。

「そんな臭いなど――」そう言いかけて、木こりはセレスの顔に浮かんだ表情に気が付きました。

「引っかかった」セレスが言いました。「でもせっかく昨日体を水で流したのに、汗まみれになっちゃったわね」

彼女は左の袖をまくって、新しい湿布薬を見せました。

「上手く貼れてるでしょう？　すごく楽になったわ。腫れも引いてくれたみたい」

木こりは確かめてみましたが、湿布薬は見事に貼れていました。セレスはまた袖を下ろし、小屋の庭に生えた野の花を摘みはじめました。

「どこに埋葬したの？」彼女が訊ねます。

木こりは、厩の傍に作った墓を指さしました。セレスはそこに行くと新しい土の上に花を置き、立ったまま頭を下げました。大して信心深いわけではなく、少なくとも足繁く教会に通うようなことはありませんでしたが、それでもこの宇宙に人間よりも大きな力か意識が存在する可能性は信じていたのです。ともすれば、自分の住む世界を超えた別の世界、死後の命すら信じていたのかもしれません——

セレスが顔を上げました。木こりはふたりの魂と語らうひとりの女に敬意を払い、距離を取って立っていました。

「私、死んだの？」セレスが木こりの顔を見ました。「ここ、そういう世界なの？　あの木から出てきたときに頭でも打って、誰かに見つけてもらえないまま失血死してしまったの？」

「死人にはちと見えんな」木こりが答えました。「痛みも熱さも冷たさも感じているじゃないか。だろう？」

「まだどれもこれも感じるわ」

「じゃあそういうことだよ」

彼女の心の動きを眺める木こりがうっすらと笑みを浮かべたのに、セレスは気づきました。もう一度、墓に向き直ります。

花を添えたおかげでいくらか華やかですが、それもすぐに枯れてしまうでしょう。

「ここを異世界って呼んでいたわね」セレスが言いました。

「そう呼ぶ者もいるが、名前がたくさんあってな」

「そうでしょうね」

私の中にも名前があるのよ。ここは狭間《はざま》の世界。

ここは辺獄《リンボー》。

25

Beorg
（古英語）

塚、もしくは埋葬の場

　深い草むらの中でドライアドのカーリオは、小屋の前庭を突っ切り厩の横にいる木こりのところへと向かうあの少女をじっと見ていました。厩の傍《かたわ》らには盛り土がひとつ。ふたりの女たちを一緒に埋葬した場所の印です。木こりが穴を掘り、亡骸の成れの果てを運んできてその穴深くに休ませている間、カーリオはこそこそと傍をうろついていました。木こりは厩から持ち出した袋でひとりずつ包みましたが、月明かりの落とす影よりもなおどす黒い血が袋から透けていました。豚たちがひと働きしたあとですから、カーリオには女たちがそれほど重いとは思えませんでした。木こりはわずかに残されたもののために、あの動物たちと戦ったのです。木こりはそれを穴の底に並べて横たえると何度か土をかぶせ、動物たちに骨を掘り起こされたりしないようその上を石で覆ってから墓穴をすっかり埋めました。

　ミストレス・ブライスの死も、娘が道連れになったことも、カーリオには嬉しいことでした。忌々しいあの老婆は古《いにしえ》の知識に浸りきり、それを己の子孫に教え込んでいました。カーリオの考えが正しければ、木こりはミストレス・ブライスなら癒やせるのではないかと願ってあの娘を連れてきたのでしょうが、もう手遅れでした。もうセレスを治せる者などひとにぎりしか残ってはいませんが、その彼らの運命とて、もはや風前の灯《ともしび》なのです。娘を助けようとしてあの木こりは治癒者たちの戸口を訪れ、そうすることによって知らず知らず人間の治世の終焉《しゅうえん》に、より崇高な支配の復活に手を貸すことになるのです。その支配のもとでカーリオは、誉《ほまれ》と安泰の場を手に入れるのです。そうなれば、彼らはもうこんな孤独から解放されるでしょう。

カーリオは、木こりが気に入りませんでした。あの男は有能すぎますし、男であることを思えばなおさらそうです。それに老いていて、見た目よりも遙かに老いているはずなのに、それでも死なないのです。いずれ時が訪れない限りは誰にもあの男を殺すことはできないのだと囁《ささや》く者もいますが、カーリオは、その噂が本当かどうかを確かめるための試金石になる者を知っていました。いくら長い命を持っていようとあの木こりも睡《ねむ》らずにはいられませんし、睡眠を要する生きものは無敵でなどありえないのです。

どうせまた足音を見つけて追えばいいのだと、カーリオは木こりと娘を残して小屋を離れることにしました。低地を選んで進みます。娘に付けられた傷はまだ完全には癒えておらず、擬態《ぎたい》の能力は二度と元通りになることはないのです。周囲に溶け込むことこそできてもほんの束の間だけで、しかもくたくたに疲れてしまうのです。この能力はどうしても必要なときのために取っておき、力を温存するのが賢明というものでしょう。

カーリオは何マイルもずっとこそこそ姿を隠しながら進み、やがて人の手の入っていない野原にぽつんと立つ塚に辿り着きました。側面にはとても古い石が垂直にはめ込まれています。彼らは塚の周りをぐるりと進み、いちばん大きな石の裏に口を開けた小さな穴のところにやってきました。彼らの拳の大きさしかない、小さな穴です。カーリオはそこに口を付けると、唄いだしました。

すると塚の奥深くから、別の歌声が返ってきたのです。

26

Feorm
（古英語）

旅路の食料や物資

　木こりは出発する前にもう一度牛の乳を搾《しぼ》り、豚や鶏が一日二日は腹をすかせずに済むくらいの残飯を用意してやりました。家畜として引き取ってくれそうな近所の農場を、いくつか知っています。死んだ母と子のためには、それがいちばんの親切というものでしょう。

　木こりはそれからセレスを乗せるため、ミストレス・ブライスのポニーに鞍《くら》を取り付けました。ぶち模様をした人懐こく小さなポニーで、セレスは乗る前に、切った林檎《りんご》を手から与えたり、自分の声や姿に慣らしたりしてやりながらしばらく一緒に過ごしました。彼女は、自分のポニーを欲しがるような女の子ではありませんでした――両親に買ってあげると言われたことがあるわけではありませんが、思春期の彼女が両親に対してどんな複雑な感情を抱いていようとも、ポニーを買ってくれなかったことが原因であるものはひとつとしてなかったのです。奇妙にも、そうしてティーンエイジャーのころに抱いた恨みもまた、胸に蘇《よみがえ》ってきていました。父親に何か質問すれば、答えの途中からいつも決まって説教になったこと。ときどき父親が陰鬱《いんうつ》そうにひとりでいると、母親が忍び足で回り道をしたこと。父親の映画や音楽の趣味が保守的なこと、そして母親がクイズ番組やメロドラマを除いてどんな大衆文化にも興味を示さなかったこと。そしてふたりそろってセレスの価値観を理解しようとしないし、親として犯したいくつもの過《あやま》ちを受け入れようとしないこと。そんな古い苛立ちが再び浮かび上がってくるのを、セレスは感じていました。木こりにさえ、苛立ちを感じるようになってきているのです。**まったく、なんてひとりよがりなやつなの……。**

「気分はどうだ？」出発の準備をしながら、木こりが声をかけてきました。

「大丈夫」セレスは答えましたが、自分の声の中に、まるでネズミの首を絞める罠のようなきつい響きを感じました。「なんでそんなこと訊くの？」

「だって、まるでこのわしに言われてイラクサの汁を舐《な》めたような顔をしているじゃないか」

ろくに考えずに本心を出してしまって、セレスは気まずさを覚えていました。二十歳になるころまでは彼女の機嫌は周囲からもすぐに察しがつき、特に父親にはひと目で見抜かれたものでしたが、それも無理からぬ話です。子供のころのセレスは父親が何か魔法のような力を持っているのだと思い込んでいましたが、実をいうと父親はただ、彼女が思っていたよりもずっとセレスに注意を払ってくれていたのです。大人でも子供でも、わざわざそんなことをする人が本当に少ないのは、なんともおかしな話です。人の話を聞くのではなくちゃんと耳を傾けること、ちゃんと人に注意を払うこと。こうしたことの大事さを人は軽く見て、おろそかにしているのです。セレスはすぐに、死んでしまった父親と木こりへの態度を改めました。**まったく、ホルモンのせいだわ！**　体内を激しくホルモンが駆け回っているというのに、彼女が知り合いの半分に戦争を仕掛けることもなく成人を迎えられたのは奇跡というものです。そして今彼女は再び、同じ忍耐を強いられることになったのでした。

「また十六歳になっちゃうなんて、最悪だわ」セレスがため息をつきました。

「そのうち慣れるさ」木こりが言いました。「そう祈ってるよ」

「ちょっと！」

ですがもう木こりは馬に拍車をかけており、どんなに考え抜いた言葉を返そうとも彼の背中にぶつかるだけなのでした。セレスは手ずから置いた花に彩られた墓に、最後の会釈をして通り過ぎました。そういえば、ブライスがどんな姿をしていたのかまったく想像できないことに、彼女は気づきました。セレスが元いた世界ならば、ああいう家には住んでいた人の子供のころや、大人になってからの写真や、ともすれば肖像画まで飾られているものです。ですがミストレス・ブライスと娘にはそんな思い出の品はひとつもなく、ハーブやスパイスや薬品と床に散らばった私物、そして実用的な服がひとそろいあるだけなのでした。セレスは小屋から、少しだけ物を持ち出していました。新しい湿布薬の材料、髪をとかすのに使った櫛《くし》、そして今身につけている乗馬用ズボンとシャツとジャケットです。盗んでいるようには感じませんでしたし、相手が死者であるような気すらしませんでした。それよりも、ふたりを偲《しの》び、自分の旅にふたりの一部を連れていくような気分でした。そうすればセレスの胸にはふたりが残り続けるのです。


そして木こりと一緒に、消えた赤ちゃん探しもしなくてはいけません。

ぶちのポニーは木こりの馬より小さくとも足は速く、そのうえ荷物も少ないものですから、木こりに楽々と付いていきました。木こりは、先に話していた農場にすぐには向かおうとせず、まずはブライスの敷地を見回ることにしました。だんだんと大きな円を描き、螺旋《らせん》状に進みながら調べるのです。木こりは地面を睨《にら》みつけながら人殺しが残していった痕跡を探しましたが何も見つからず、しまいには諦めてしまいました。

「やれやれ、先を急ごう」木こりが言いました。「ドライアドの毒もそうそう長くは食い止めておけんし、湿布薬も日が暮れるまで持ちはすまい。蜘蛛《くも》や蛇《へび》に嚙まれたのとはわけが違う。ドライアドの毒には魔法がかけられているからな」

「でも赤ちゃんはどうするの？」

「居場所が分からぬものは取り返しようがない。ブーツの足跡も、馬の蹄《ひづめ》の跡も見つからんのだ。赤ん坊をさらった何者かは、どうやら徒歩《かち》で来たわけではないようだな」

「じゃあ、飛んできたとでも言いたいの？」セレスは首をかしげました。

「この場所のことは、君もデイヴィッドの本で読んだろう。狩りをして殺す、翼持つ者たちの住処のことを」

セレスは頭の中で本をめくりました。

「ハルピュイアのこと？」

昔読んだギリシャ神話によると、ハルピュイアとは半分女、半分鳥の翼獣です。デイヴィッドが遭遇したのは女と蝙蝠《こうもり》を合わせたような姿の、まるで陽光すらものともしない吸血鬼みたいな恐ろしい怪物でした。

「プライスを殺《あや》めたのはハルピュイアどもじゃない」木こりが言いました。「やつらは軀《むくろ》を自分たちで喰らう。豚に残してやるような真似はせんよ。それに、賊がもし赤ん坊を殺す気だったのなら、母親や祖母とともに殺してしまっていただろうよ。ということは、わしらにもまだ時間はあるということになる」

ですが、それでもセレスは不安でした。赤ちゃんを殺さずとも怪我をさせることはできますし、人間だろうがそうでなかろうが、母親を殺した獣《けだもの》と赤ちゃんを一緒にいさせるわけにはいきません。とはいえ、自分と木こりに何ができるのかも分からないのです。今のふたりにできるのは、偉大な叡智が出現してくれるよう祈りながら前に進むことだけなのでした。

27

Eotenas
（古英語）

巨人

二時間進み続けたふたりは、石壁と藁葺《わらぶ》き屋根の円形住居に辿《たど》り着きました。同じような形の小さな家がいくつか、この家にくっついて立っています。まるで大きな泡にくっついた小さな泡のようでした。

「こんな場所は知らんぞ」木こりが訝しげな顔をしました。

ですがセレスは、同じような建造物を以前にも見たことがありました。復元されたものや、父親が趣味で見物に行っていた発掘調査——呼ばれて加わることもありましたが——の現場で出土した基礎を見たことがあるだけですが、円形砦《とりで》にそっくりです。大きな建物が母屋で、それから家族が大きくなったり物置や家畜小屋が必要になったりするたびに、母屋にどんどん付け足されていくのです。

と、母屋から背丈九フィートか十フィート、幅はその半分ほどもある巨大な老人がひとり、のっそりと出てきました。あまりにも背が高く体が大きいものですから、頭をぶつけないよう腰をかがめ、体を横向きにしないと戸口からも出てこられません。セレスは、老人の額《ひたい》に横一本、治りかけの傷があるのに気づきました。どうやら、出入りするときにかがむのを忘れてしまうことがあるのでしょう。長い灰色の髭《ひげ》がへそまで伸び、お腹は膝《ひざ》まで垂れ下がっています。遠くまで走れるようにも速く走れるようにも見えませんが、両腕の筋肉は木こりのそれと比べても、木こりとセレスの腕ぐらいの差がありましたし、両手はセレスの頭をすっぽり包み込めるほどに巨大です。両目は優しいようには見えませんが、かといって冷徹にも見えません。セレスは、きっと厳しいが公正な人に違いないと感じました。

老巨人が右手を上げました。するとまだ若い巨人がふたりと小さめの女巨人がひとり、隠れていた茂みや壁の陰から出てきました。みんなまだ十代くらいです。全員背丈は七フィートを超えていましたが老巨人と比べればほっそりしていました。そんなにも大きな体だというのに三人は身につけたマントの色にも手伝われて見事に姿を隠しており、あのカーリオすら感動を覚えそうなほどでした。三人とも狩りに使う巨大な弓を持っており、老巨人が合図をしてそれを下げても、矢はつがえたまま、弦《つる》の張りも軽くしか緩めませんでした。

「そなたたちは何者だ？　ここに何をしに来た？」老巨人が言いました。その深い声音に、セレスの体の芯が震えました。

「わしらは旅人で、谷向こうの村に行くところだ。私は木こり、連れはわしの子だよ」

ですがセレスは、家に近づいていく馬の上で、木こりがまた斧《おの》のベルトを外して鞍の上に置いたのに気が付きました。

「木こりにしては装備を固めておるな」老巨人が言いました。「それに子も正体を偽るのならば、ハーブ湯に入れて借りものの服を着せるだけじゃあ足りんぞ。姿が見える前に臭いがしたし、この地の者でないこともお見通しだ」

きゅうりと同じくらい長く太い指が、木こりの斧に伸びました。

「そのおもちゃだがな」老巨人が続けました。「もし我々が殺すつもりなら、お前はもう死んでいる。あとで殺すつもりだとしても、結果は変わらんよ」

木こりは老巨人の言葉の意味を受け取ると、また斧をベルトに繋ぎました。

「わしが木こりなのは本当だが、今はこの娘の護衛だよ。セレスという名前の娘でな」

「私はゴグマゴグだよ」老巨人が言いました。「お前がいるのは私の敷地だ」

セレスは顔を輝かせ、短い叫びをあげました。ゴグマゴグといえば古代アルビオンに暮らしていた偉大なる巨人で、伝説によればブリテン島に住み着いた最初の巨人族です。父親に教わった物語では、トロイから逃れたブルータスと仲間の兵士たちがアルビオンに辿り着き、国を守るために巨人たちと戦ったといいます。最後の巨人であるゴグマゴグはトロイの豪傑コリネウスによって崖から投げ落とされて最期を迎えたと言われていますが、鎖に繋がれてロンドンへと連れていかれ、街の守護者となったという説もあります。そのゴグマゴグと同じ名前の巨人が目の前にいるのです。ですがセレスは名前が同じだけでなく、本物のゴグマゴグだという確信がありました。森の塔にラプンツェルが住んでいるのですから、まだ始まったばかりの彼女の物語の中にゴグマゴグが登場したところで、なんの不思議もないではありませんか。

「娘、私を知っているのか?」ゴグマゴグが、セレスの表情に気づきました。

ゴグマゴグは得意気な顔をしてみせました。

「噂を聞いたことがあって」セレスは答えました。「私の国で、あなたは伝説的存在なんです」

「ほらな、今のを聞いたか?」老巨人は子供たちに声をかけました。「私は有名だと言ったろう?」

ですが子供たちは、面倒な父親を持つ子供たちなら誰もがそうであるように、あからさまに白けた顔をしていました。

「ここにはいつから住んでいるんだね?」木こりが訊ねました。

「憶えていないほど昔からだよ」ゴグマゴグはそう答えましたが、セレスはその顔が刹那《せつな》、困惑に曇るのに気が付きました。「私たちが憶えていないほど昔からだよ」巨人がそう言い直すと、子供たちも巨人と同じ表情になりました。ゴグマゴグの背後の戸口に、別の巨人が出てきました——巨人の妻です。腕にはセレスと同じくらい大きい赤ちゃんを抱いています。

「私の妻だよ」ゴグマゴグが言いました。「インゲボルグといってな、抱いているのはちびのゴーラムさ。そして他のは息子のブランダーボアとコーモラン、それと娘のグリーラだ。他の子らは薪《まき》集めに出かけているよ」

まるでその言葉に応えるかのように、西に広がる森で木が一本倒れ、その振動を受けた仲間の木の頂《いただき》が戦慄《せんりつ》するかのように震えました。その間《あいだ》じゅうインゲボルグはずっと、浴室のタイルみたいに大きく四角い歯を見せながら、セレスに歓迎の笑みを浮かべ続けていました。

「ミストレス・ブライスのことを何か知らんかね？」木こりが質問しました。

「あの人は私たちに本当によくしてくれたよ。いや、それ以上だな」ゴグマゴグが答えました。「末の息子は難産だったんだが、妻をよく助けてくれてな。私たちはそのお返しに、よき隣人であろうと心を尽くしてきたんだ」

セレスはインゲボルグに同情しました。フィービーのときさえ大変で、もうたくさんという気持ちになるほどだったのです。巨人の赤ちゃんを産むのがどれほど痛いかなど、考えたくもありません。となりに立つ木こりの顔から緊張が消えましたが、代わりに悲しみが、悪い報《しら》せを伝えなくてはいけない悲哀が浮かびました。

「ミストレス・ブライスは亡くなったよ。娘さんもだ。一緒にいた赤ちゃんは消えてしまった」

「死んだだと？」ゴグマゴグが身を乗り出しました。「どうしてだ？」

その顔に浮かぶショックは本物だと、セレスは思いました。子供たちも弓を緩め、まったく同じ表情をしています。

「殺されたんだ」木こりが答えました。「亡骸《なきがら》は豚に食われていた。わしは残った軀を埋葬して、今は消えた赤ん坊を探しに行くところなんだが、連れ去った者が手がかりひとつ残しておらず、追うことができずにいるんだよ」

ゴグマゴグの妻は夫の腕に手を触れ、視線を交わし合いました。ゴグマゴグが、分かったといったようにうなずきます。

「妻は私よりも鼻が利いてな」ゴグマゴグが、また木こりのほうを向きました。「それに私もどんな犬よりも鼻がいい。お前よりも私たちが探すほうがよかろう。ひとつ農場に行って、様子を見てこようじゃないか」

「ミストレス・ブライスのところの動物を、誰かに世話してもらわなくてはいけないんだ」木こりが言いました。「おたくの家畜小屋に入れちゃくれんかね?」

「喜んでそうしよう」ゴグマゴグはうなずきました。そして、インゲボルグが初めて口を開くと夫と同じくらい深い声で、旅に必要なものはないかセレスたちに訊ねました。ですが、ミストレス・ブライスの物置から持ってきたもので、準備はじゅうぶんです。

「谷を渡ってからは、よく気をつけるのよ」インゲボルグが言いました。「向こう側では諍《いさか》いが起きているらしいから、聞いた話だけれど」

「貴族どもが争っておってな」ゴグマゴグが説明しました。「なんでも領地が奪われ、土地を荒らされているという噂だよ。いかにも人間の仕業《しわざ》だ、自分の取り分よりも多くを求めるのは決まって人間だからな」そう言うと彼は森の端を指さしました。するとそこから巨大な息子がふたり現れました。ひとりは肩に木の幹をかつぎ、もうひとりは木こりの斧が華奢《きやしや》に見えるほどの斧を一本持っています。「私たちはオーク一本を伐《き》るが、人間は森を丸ごと欲しがる。わがままで野放図な連中だよ」

「そして森を手に入れたなら」インゲボルグが続けます。「今度は自分の兄弟の森に目をつけるの。自分の森でないのが気に入らないから、兄弟にその森が本当に必要なのかどうかも関係ない。自分のものでなければ気が済まないの」

「だから私たちはときおり、無礼者を食っちまうのさ」ゴグマゴグが締めくくりました。

いきなりそんな告白をされてセレスはどう答えればいいのか分かりませんでしたので、とにかく何も言わずに黙っておくのが賢明だと決めました。この巨人たちに失礼なことをしなくて本当によかったと思いながら。

「セレス」木こりが彼女の顔を見ました。「すまないが、ゴグマゴグさんとふたりきりで話をさせてくれんかね」

セレスはうなずきました。ことを荒立てたところで意味などありませんし、知りたいことはそのうち分かると思ったからです。けれど、もし自分が男だったり、かつて少女だったころの自分ではなく大人の女の姿のままだったなら、木こりが同じようにしてくれたかセレスには疑問でした。ラプンツェルには間違いなくしないでしょう。言葉を言い終わらないうちに、クロスボウの矢を避けるはめになっていたはずですから。

ふたりの話はすぐに終わりましたが、そのころにはゴグマゴグは見るからに怒り顕《あらわ》でした。ですがそれはセレスや木こりを含め、彼女が知っているものに向けられているわけではありませんでした。ゴグマゴグの怒りの原因がなんであれ、彼女たちではなかったのです。木こりは戻ってくるとゴグマゴグ一家にお礼を言い、セレスとともに再び出発しました。

「あの巨人のことを知っていたんだな」誰にも聞かれぬところまで離れてから、木こりが言いました。

「名前だけだけどね。私がいた世界には、ゴグマゴグという伝説的な巨人がいてすごく有名なのよ」

「ということは、あの人がその巨人だな」木こりが答えました。「君がゴグマゴグさんをここに連れてきたわけじゃないが、あの人がここにいるのは君が来たからだ。前にも話したことだが君の存在によってこの世界は再構築され、君を迎える用意をしていたのさ。ゴグマゴグさんも、それに気づいていたよ。たぶん自分の記憶がまるで誰か他の者からの借りものみたいで、真実味を感じられなかったんだろうよ。たぶん、わけもよく分からぬままこの姿の異世界に長いこといたんだろう。おそらく君と会ったことで、その戸惑いも和《やわ》らいだのではないかな」

「それで、あなたの記憶はどう？」セレスは訊ねました。「やっぱり借りものみたいなの？」

「いや、わしの記憶はわしのものさ」

「なんで断言できるの？」

「それはな」木こりは少し間を置いてから言いました。「すべての別れを憶えているからだよ」

28

Weem
（スコットランド英語）

人の住まう洞窟や洞穴

ふたりは着実に馬を進めていきました。休むのは食事をしたり宿で休んだりするときだけでしたが、宿ではあまりにも好奇の視線を注がれるものですから、長居する気にはなりませんでした。なにせその好奇の視線のほとんどは、自分たちも含め万人に対して害をなすような、そしていずれ必ずや訪れる運の尽きを迎え、法の手によって吊るし首になったり誰かもっと危険な連中に串刺しにされたりして一巻の終わりを迎えるような連中のものだったのです。宿の横の空き地で、鉄のスコップと象牙の棒を手にマンドラゴラを掘っている男と、彼を手伝う耳の聞こえない息子をふたりは見かけました。息子は見つけた根を引っこ抜く役目でしたが、これは引き抜かれるときにマンドラゴラがあげる悲鳴を聞いた生きものは例外なく命を落とすとされているからです。やがて円形に並んだ立石に差し掛かると、数えてみなさいという声が風に乗って聞こえてきましたが、セレスは絶対に数えないようにしました。

「君にも聞こえたか？」木こりが訊ねました。

「ええ、でも誘いに乗るほど馬鹿じゃないわ」

立石を数えてはいけないと、父親に言われたことがありました。石たちは正確に数えられないように抗《あらが》い、数えようとする者の正気を奪ってしまうのです。延々と時間をかけて何度も数えているうちに朝が訪れ、そうすると輪の中に新たな石が出現していることもあるというのです。

午後のうちにふたりは大渓谷に辿り着きました。広く深く、霧に包まれているせいで底も見えません。刹那、恐ろしい鳴き声が響き渡ったかと思うと翼の怪物が一匹、止まっていたところから飛び立ち、不用意な鳩を宙で捕まえるのが見えました。

「ハルピュイアだわ」セレスが言いました。「そうなのでしょう？」

「楽しそうな声だな」木こりが答えました。「いや、嬉しそうですらある。あのブルードどもが君を餌食《えじき》に狙いでもしたら、そんなに嬉しそうになどしてられんぞ」

ふたりは渓谷の縁《ふち》に沿って南に一マイル下っていきました。下るにつれて岸壁と岸壁の間は狭くなり、やがて橋が見えてきました。木材と金属の橋は断崖の岩に立てた脚で支えられており、渡る者を攻撃から守るため鉄格子が張られています。橋の入口には高いアーチが造られていて、干からびたハルピュイアの軀がひとつ、逆さまに吊られていました。その胴体には銛《もり》が一本突き刺さり、切っ先が胸から突き出したままになっていました。

「こいつは警告さ」木こりが口を開きました。

「誰への？」

「他のハルピュイアどもへ、ってとこだろうな。かつてはトロルが銛でハルピュイア狩りをしていたもんだが、どうやらトロルどもはもういないらしい。だが何者かがハルピュイアに目を光らせているのは間違いない」

ハルピュイアの首に、一枚の札が付けられていました。そこには「護国卿　ボルウェインの命による」と記されていました。

「卿とはな、これはまた」木こりが言いました。「あやつを見てそのようなことを考えるなど、いったいどこの御仁やら」

「知ってる人なの？」

「なに、昔ちょっとな。だがボルウェインは護国だろうがなんだろうが、卿などと呼べるようなやつじゃない」

セレスは左のほうに、小さな岩山のようなものがふたつあるのに気が付きました。ポニーをそちらに向かわせてみると、それは地面に倒れた二体の醜《みにく》い石像でした。どちらの顔もグロテスクで風化してぼろぼろになりながらも、大きく口を開けて苦悶《くもん》に歪《ゆが》んでいます。妙なことに、どちらの石像も両手と両脚が、地面に深々と打ち込まれた杭《くい》に鎖で繋がれていました。

「これ、いったいどういう意味なの？」セレスは、あとからやってきた木こりに訊ねてみました。

「こりゃあ橋守《はしも》りのトロルだな」木こりが答えました。「いや、だったたな。ともあれ、こいつがトロルたちの成れの果てってことさ」

「このトロルたちも、昔は生きてたっていうこと？」

「そのとおりだとも。だがどうやら、ボルウェインの作った新法に、ハルピュイア同様馴染めなかったらしいな。あの男、きっと太陽が出ていればどうなるか知っていて、トロルどもに見張りを命じたに違いないぞ。トロルも少しならば陽光を耐えられるのだが、延々と晒《さら》されるのは駄目でな。おかげで二匹とも石になってしまったわけさ」

「なんて恐ろしいことを」セレスはぞっとしました。

「気休めになるかは分からんが、ボルウェインも手下をたくさん失ったろうよ。トロルを従わせるなど、容易ではないからな」

「自分の手を汚したりはしなかったんでしょうね」

「わしの知っているボルウェインなら、わざわざ見物すらしないな。あいつにとっては純粋に実際的な、できるだけ早く効率的に解決すべき問題でしかなかったはずだ」

　ふたりは石になったトロルたちの元を立ち去り、橋を渡りはじめました。すると二頭の馬の重みで橋がうめきはじめたものですから、セレスは踏み板が割れてふたりとも虚空に投げ出されてしまうのではないかという予感に襲われました。谷底に墜落して死ぬよりもずっと早くハルピュイアたちに捕まり、助かる見込みなどとてもありはしません。セレスはまっすぐに前だけを見つめ、向こう端に立つさっきのと同じアーチに集中しました――こちらにも、ハルピュイアの軀が吊るされています。セレスは、ボルウェイン卿のことが心底嫌いになりました。どんなに危険な存在であろうとも、ハルピュイアもトロルと同じように知性を持つ生きものなのです。それを二匹も橋に吊るすなど、なんと残酷なことをするのでしょう――それにこれは、愚かしい行為でもあるのです。なぜなら恐怖というものは、憎悪にとても似た感情なのですから。

　まじまじとハルピュイアを観察する機会は、すぐに訪れました。橋の中ほどを過ぎたあたりで、旅人の姿を拝んでやろうと一匹のハルピュイアが上昇してきたのです。コウモリの翼を持ち爬虫類の鱗《うろこ》に体を覆われていますが、顔立ちは人間の女性と同じ。ですが両目と牙は蛇そのものです。ハルピュイアは手足の先から生えた黒い鉤爪《かぎづめ》をセレスの頭上の木枠に突き立ててそこに止まると、彼女に付きまといはじめました。銀色の長い羽毛が風にそよいでいるのが見えました。まるで何年も掃除をしていない鳥かごのような臭いがします。

「あいつ、何してるの？」セレスは声を殺して訊ねました。

「君を怯えさせようとしてるのさ」木こりが答えます。「君を喰らう前の序曲代わりにな」

「まあ、最初のほうは大成功ってとこだけど、ふたつめまで言われるままにする気はないわ。さっさと帰れって言ってやったらどう？」

「無視するのがいちばんさ」

とはいえ、言うほど楽なことではないと木こりは思いました。なにしろ、今や以前のように盤石《ばんじやく》とはいえない鉄格子越しに、ハルピュイアが睨みつけてきているのです。そのうえこの怪物は腹をすかせているだけでなく、悪意に満ちています。全身から波となり、憎悪が伝わってくるのです。セレスはまたしても、ハルピュイアのひどい扱いについてボルウェイン卿と議論してやりたくなりました。頭上の一匹は姉妹の軀からなんの教訓も学んでいるようには見えません。仇《かたき》を討たぬ限りは満足しないのです。

前方にそびえるアーチをくぐって向こうに出てしまえば、もう守ってくれるものはありません。ですがセレスたちが橋の終点に差し掛かるやいなやハルピュイアはぱっと飛び立ち、断崖で休んでいる姉妹の元へと帰っていきました。セレスが見つめる先でハルピュイアが断崖の割れ目に飛び込み、それを迎えるかのように甲高《かんだか》い鳴き声がいくつも響き渡りました。

「なんで橋を抜けた私たちを攻撃しなかったの？」セレスは不思議そうに木こりを見ました。

「この谷は連中のものだが、谷の先は違うからな」木こりが答えました。「そういう魔法が連中を縛り付けているのさ。昔は、橋を渡るためには連中に通行料を渡さなくてはならなかったんだよ。たいていは食いもので、通る者の人数によって量が決まった。やがてトロルが橋守りになると、謎かけに答えぬ限り通してもらえなくなり、答えられなかった者だけがブルードの餌食にされるようになった。そして今はボルウェイン卿が、ハルピュイアには何かを与える約束もせず、橋の守りだけをがっちりと固めてしまったのだよ」

木こりは馬を止め、今来た道を振り返りました。

「ごらん」

いつの間にか十数匹のハルピュイアたちが渓谷の縁で上昇気流を利用し、宙に留まりながらばさばさと羽ばたいていました。一匹だけ高いところで羽ばたいているのは、さっきセレスを追いかけていたハルピュイアでした。まるで檻《おり》の中から鉄格子を破ろうと引っ掻く獣のように、宙に爪を走らせていいます。

「ボルウェインは古の契約を破ってしまった」木こりが言いました。「つまり、ハルピュイアどもを渓谷に閉じ込めていた魔法が弱まった可能性があるということだ。連中の飢えは、そいつを打ち破ってしまうかもしれんぞ」

木こりが拍車をかけると、馬はひと息に全速力《ギャロップ》で駆けだしました。セレスの小さなポニーが、その後を必死に追いかけていきました。

29

Venery
（中英語）

狩り、もしくは性欲による追跡

セレスと木こりは、獲物を探す獣に見つからないよう常に森の端を避けながら、渓谷から続く道を進み続けていました。生きものの姿はほとんど見かけませんでしたが、あるとき森の開けた先にセレスが目をやると、シャベルやツルハシを背負って遠くの丘を登っていく小さな人影が七つ見えました。そのうちひとりが丘のてっぺんからセレスたちのほうを向きました。挨拶するように手を挙げるのを見て、セレスも手を振り返しました。それだけで小さな人影が消えてしまったものですから、セレスは言いようのない寂しさを胸に覚えたのです。

これはかつてデイヴィッドが進んでいった道なのだと、セレスは知っていました。最初はひとりきりで、それからはぐれ騎士のローランドと一緒に。やがて日が暮れて夕方が訪れると、セレスはいよいよ確信を深めました。野原に打ち捨てられている戦車を見つけたのです。あの物語のデイヴィッドは第一次世界大戦の戦車を見つけたと書いていましたが、目の前の戦車はもっと近代的で、ロシア軍の装甲であることを示すZの文字が書かれていました。セレスは少し考えると、すぐ理由に思い至りました。第一次、そして第二次世界大戦はデイヴィッドの戦争です。片方が終わって十年もしないうちにデイヴィッドが生まれ、彼がまだ子供のころにもう片方が始まったのです。セレスの戦争は、別の戦争なのです。

「あれ、私の世界から来たものよ」セレスは木こりに教えました。

「近づいて見てみるかい？」

「ううん」セレスは首を横に振りました。「むしろ近づきたくない」

木々の間から一羽の鳥が舞い上がって宙を旋回すると、ふたりから見えるところに舞い降りてきました。もしや隻眼《せきがん》のミヤマガラスではないかとセレスは思いましたが、ブナの木の枝に止まったのは少年の頭が付いた一羽のフクロウでした。またもや『失われたものたちの本』のおかげで、セレスは目の前に広がる森はあの女狩人の住む森なのだと気が付きました。子供と動物の体を使って新しい獲物を作り上げ、デイヴィッドとの遭遇のあと、自ら生み出した生きものの手で殺されてしまった女です。フクロウ少年はとても歳を取っているのでしょうか、それとも女狩人の実験の生き残りが子孫を産んだのでしょうか。

フクロウ少年は枝を飛び立ちセレスのほうに滑空《かっくう》してくると、彼女の手から手綱を奪ってポニーを道から引きずり降ろそうとしました。セレスは手綱を奪い返そうとして綱引きになりましたが、フクロウ少年はすぐに降参すると最初に休んでいた枝に飛び帰り、彼女に向かって陰鬱に鳴いてみせました。

「付いてきてほしいみたい」セレスは言いました。跨《また》がっているポニーは今や後ろ脚を道に残して前脚は外に出ており、いかにも取り残されたポニーらしくしょんぼりしていました。

ですが木こりは、すぐに応じようとはしませんでした。

「確かに、ここで狩りをしていた女は死んだかもしれん。だがあの女の邪《よこしま》な記憶はしぶとく残っている――わしの恐れが正しければ、記憶以上のものもな」

「女狩人があのフクロウに取り憑いているとでも？」

「何か悪しきものがだよ。道からはずれないほうがいい。わしの行かぬほうには決して君も行くなよ」

セレスは、とりあえず何かが取り憑いているというのは木こりが言うとおりだろうと思いました。このあたりの木々は幹も枝もほとんど黒と見紛《みまが》うほどに色が暗くまるで炎に清められた森のようで、葉は深く影を帯びたような緑色で赤みがかっているのです。それを見ているとセレスは元の世界で小屋を飲み込みはじめたツタを思い出し、そこからあの屋根裏部屋でツタの中に見た顔を連想するのでした。あのときは気づきませんでしたが、あれはこの世界では別の力が働いていること、そしてその力は彼女を庇護者から引き離そうとするであろうことを警告していたのです。

ですがセレスはまた、木こりに対する新たな苛立ちが沸き起こってきているのも感じていました。**わしの行かぬほうには決して君も行くなよ。まったくもう！**　前にも考えたことですが、セレスがもし少年だったとしても、木こりはこんなに偉そうに、こんなに過保護にするのでしょうか？　若い女が若い男とは違うさまざまな意味で脆《もろ》いのは確かですが、セレスはそんなものに人生を左右されてたまるかと、長いことずっと抗ってきたのです。きっとこの木こりはそのうち、馬には跨らず横向きに乗れだとか、男女同席の場では足首より上を見せてはいけないとか言い出すに決まっています。

フクロウ少年は、もうひとりきりではありませんでした。いつの間にか他の生きものたちが隠れ場所から出てきていたからです。ウサギの頭が付いた女の子、狼の体の男の子。お爺さんの顔をした熊、そのとなりには黒と白の毛皮とおそろいの髪を生やしたアナグマ女がいます。それからセレスと同い年くらいの少女の頭が付いた山猫もいます。昔何かと戦った勲章か、両頰にはむごたらしい爪痕が残っています。みな言葉を話す力は失っていますが——前は持っていたとすればの話です——熊男は片手を挙げて大きな肉球を見せると、セレスを手招きしてみせました。どんな意味かは考えるまでもありません。こっちに来いと言っているのです。どの動物からも敵意は感じられず、感じられるのはただ悲哀ばかりでした。

「私たちに何かしようとしてるようには思えないわ」セレスが言いました。

「わしが恐れているのは連中ではないよ」

「助けを求めていたらどうするの？　あなたが自分で言ったんじゃないの、人の不幸を前にして何もしないのは不幸を招いた何者かと同じだって。あの動物たちに背中を向けたりして、自分のことを善良だなんて言える？」

「だが、わしら自身の身の危険を顧《かえり》みず、他の者への義務を果たすべきなのか？」

「もしかしたら、違うかもしれない」セレスは、しばし考えてから答えました。

「だが、時には果たさなくてはならんことがある。答えを出すのは簡単ではないし、正解があるのかすらも分かりはしない。だが、君の言うとおりだよ。助けられるのであれば、助けなくては」

そこでふたりは道をはずれ、獣たちのところに行きました。熊男が先頭に立ち、馬がいちばん歩きやすいよう道を選んでいきます。生い茂る木の葉の中に鳥たちの姿があるのにセレスは気づきましたが、どの鳥もまるで注意を引くことを恐れてでもいるかのように、しんと静まり返っていました。そして小型の哺乳類たちは巣穴や茂みから顔を出しはするものの逃げたり付いてきたりはしようとせず、まるで見知らぬ誰かの葬式に不意に出くわした通りすがりのように、冷めた好奇心を顔に浮かべて行列を見守っているのでした。

一行は、境に深いブラックベリーの茂みが広がる狭い谷に出ました。谷底には一頭の牡鹿《おじか》の姿が見えました。赤と銀の交ざり合った毛皮で、二十五から三十に枝分かれした大きな角を生やしています。鹿の王です。老鹿は自ら流した大きく深い血溜まりの中に横たわり死んでいましたが、あたりには蠅《はえ》の一匹も飛んでおらず、腐肉を漁る動物も見当たりませんでした。腰から後方には丸い傷がぽつぽつとあちこちに付いていましたが、逃げることができないよう後ろ脚の腱《けん》も切られてしまっています。セレスは、血を流し切って儚《はかな》くなるまでずいぶんかかったに違いないと思いました。こんな気高い動物に、なんとむごたらしい死を与えるのでしょうか。

セレスは地面に降り、老鹿の首に手を触れました。周りに獣たちが集まってきます。普通の獣も、人の首を持つ獣も、どちらもです。獣たちがセレスと木こりに見せたかったのは、これだったのです。木こりも馬を降りましたがすぐに老鹿に近づこうとはせず、代わりに狭い谷間を細かく調べはじめました。地面に目を凝《こ》らし、踏まれて平らになった草や朽《く》ちた切り株に、そして半分齧られたブラックベリーに指で触れてみます。

「賊はここに腰掛けて、その鹿が死ぬのを見ていたんだ」木こりが言いました。

「でも、何時間もかかったはずよ」セレスが言います。「そんなふうに動物を苦しめようなんて、誰が思うの？」

「この賊にとっちゃあ、苦しめることこそ大事だったのさ」

木こりは彼女の横にやってくると地面にひざまずき、腱の切り口を、そして腰や脊柱《せきちゅう》に開いたいくつもの穴を調べました。

「猟師なら……本当の猟師なら、動物を狩るのにこんなところを狙ったりはしない。食べるために狩るのは当然として、記念品代わりに頭を持ち帰るときだって、できるだけ傷を付けず、できるだけ手早く仕留めようとするはずだ。時間をかけずに殺すなら、心臓か肺を狙うだろうよ。

だがこいつは……」木こりは傷を指さしました。「どれもただ苦しませるためだけに付けられた傷だ。賊は食料が欲しかったわけでもあるまい、もしそうならさっさと解体されていただろうからな。そして頭が無傷のまま残っているのを見ると、記念品を集める輩《やから》とも違う」

木こりは傷跡のひとつに指先で触れ、直径を測り、その傷を付けた矢の大きさを仮定してから、次の傷跡と比べました。それまで大型の矢尻が肉に付ける傷を見たことなど一度もなかったセレスにさえ、ふたつの傷跡の違いは一目瞭然でした。

「茂みの中を調べてくれ」木こりがセレスに言いました。「賊どもは何か、正体を示す手がかりを落としていったかもしれない。だが、あまりうろつき回るんじゃないぞ」

本当にそんなものがあるのなら、木こりの鋭い目ならばさっき調べたときに見つけているはずだとは思いつつも、セレスは言われたとおりにしました。木こりの姿を視界に入れたまま適当にあたりを探していると、木こりがナイフを取り出して矢尻が開けた穴のひとつを切り開いているのが見えました。それが済むと木こりは最後に右手の指を二本、傷に突っ込みました。そして血まみれの指を引き抜くとそこには何かの破片が挟まれており、木こりはそれを手のひらに隠してからポケットにしまい、草で手を拭《ぬぐ》ったのでした。

セレスは藪《やぶ》を掻き分けて、谷から離れていきました。血の臭い、命ある動物と死んだ動物のものが溶け合った臭い、さらにブラックベリーの臭いまでもが混ざり合った臭気に、セレスは吐き気が込み上げてきました。誰もいないところで新鮮な空気を吸わないと、どうにかなりそうです。木こりが自分から何かを隠そうとしているのは分かっています。ゴグマゴグとの話を聞かれたくなかったのと同じように、木こりは牡鹿を調べる様子も、躯から取り出したものも、セレスに見られたくなかったのです。木こりを信頼していないわけではありません――信頼していなかったなら一緒に旅をしたり、手の届く距離にいたりはしません。彼に信頼されていないのだ、何も隠しごとをしないほどではないのだと思うと腹が立ったのでした。

と、セレスは足を止めました。自分を呼ぶ声が聞こえたのです。とても小さな声ですが、それが苦悶の叫びであるのが確かに分かったのです。木こりにも聞こえたか確かめに行こうと咄嗟《とっさ》に思いましたが、振り向いてみれば、もう谷を囲んでいる茂みも、ふたりを案内してくれた獣たちの姿も見えなくなっていました。大して歩いていないのですから、どこか近くにいるのは確かです。声が、さっきよりも大きく聞こえました。女の声です。間違いなく助けを呼んでいます。

セレスが歩いていくと、やがて古びた小屋が見えてきました。壁には分厚く蔓《つる》が這い、窓は茨《いばら》に覆い隠されており、ひと目で長らく放置されているのが見て取れました。ドアは片方の蝶番《ちょうつがい》だけでだらしなく開いています。声の主は中にいるのでしょうが、声は弱々しく、まるで得るものも無いまま延々と懇願し続けているかのようでした。

セレスは短剣を抜きながら、ゆっくりと進んでいきました。もし何者かに襲いかかられても自分にそんなものを使えるとは未だにとても思えませんでしたし、柔らかな肉に鋭い金属の刃を突き立てることを思うと、吐き気がいっそう激しくなりました。弓や刃が肉や骨にどんな損傷を与えるのか、ついさっき目《ま》の当たりにしたばかりなのです。相手が人であろうと動物であろうと、あんな怪我を負わせたいとはとても思えません。

いつの間にか、ドアの前に立っていました。つんと鼻を突く薬物のような臭いが中から漂ってきており、昼も夜も病院でフィービーのベッドに付いていたことを、そして自分がどれほど強く娘との再会を願っているかを彼女に思い出させました。この世界にいる彼女は今、もはや母親ではありません。ですが母親でないのなら、いったい何者なのでしょうか？　かつての恐怖が怒濤《どとう》のように舞い戻ってきました。わずかに残されたフィービーの残滓《ざんし》すら取り上げられてしまったら、どうなってしまうのでしょう？　かつて娘を持ち、かつて親だった者に付ける名前など、どこかにあるのでしょうか？

あの子がいなかったら、私は何者になってしまうの？　なんにも、なんにもなれやしない。

「たす……けて……」

声はあまりにもか細く、森を歩いていたセレスに届いたのはもはや奇跡でした。まるで聴覚よりも精神を通して繋がり、苦難のうちにある女の意識が他の誰かに届いたかのようです。

セレスは黄昏《たそがれ》から足を踏み出し、悪夢の中へと入っていきました。

30

Droxy
（コッツウォルズ）

朽ちた木

橋のたもとでドライアドのカーリオが、別の皮をかぶった妹とも言っていいハルピュイアたちとやり取りをしていました。カーリオの頭上では、ボルウェイン卿の命により吊るされた死体がゆらゆらと揺れています。カーリオは慈しむように手を上に差し伸べ、死んだハルピュイアの髪を指でなぞりました。その夜最初の月明かりがその髪を捉えると、命の抜けたハルピュイアの顔に月光が生気を与えました。

「ある男が君をこんな目に遭わせたんだよ」カーリオは、まるで命ある生きものを相手に説明するかのように話しました。「君がそいつの言いなりになろうとしなかったからね。我々が必ずや、そいつに後悔させてやるよ」

カーリオの前では、ブルードでも最長老の銀髪のハルピュイアが、橋の鉄格子に摑まっていました。今やごくわずかしか残っておらず、みなひどく痩せこけて弱り、もう種の存続を確かにする卵を産むことすらもできなくなっています。ハルピュイアは単為生殖で繁殖します——要するに、雄《おす》の精子がなくとも卵を作ることができるのです——が、それでも健康でなくてはいけません。ボルウェインは洞窟の中にいるハルピュイアを攻撃できず、そのうえ餌《がし》での攻撃も効率が悪くてうんざりしていたものですから、餓死させてしまうことにしました。そのおかげで今ハルピュイアという種は、絶滅の危機に瀕《ひん》しているのです。

　橋に摑まるハルピュイアはカーリオが己の血族であることを感じ取りましたが、その繫がりは太古の種の記憶でしかありません。最後にドライアドがこの渓谷を訪れてから、もう何世代にもわたってブルードたちは生き、そして死んでいくほどの時が流れていたのです。ハルピュイアはつい何時間か前にセレスの後をつけたように、橋を渡っていくカーリオを追いましたが、これは攻撃のチャンスをもたらしてくれる橋のほころびを探そうと思ってそうしたのではありません。カーリオに付いていったのは、彼らが唄う歌のせいだったのです。これもまた、世界が老いてはいても人々がまだ幼かったころから残る、ブルードたちの太古の記憶です。かつてこの歌を唄っていたブルードたちが人間の前から姿を消してからというもの、誰の耳にも届くことがなかったのです。

「あんたたちは、どのくらい残っているのさ？」ハルピュイアが訊ねました。

「現在過去、すべてが我々の中に」カーリオは答えました。

　もしセレスがこの会話の場にいたならば、彼女ですらドライアドに憐れみの情を抱いたことでしょう。カーリオの声にはそれほどまでに強烈な悲嘆が滲《にじ》み、その顔にはそれほどまでに深い絶望が刻まれていたのです。

「声を聞けば分かるよ」ハルピュイアが答えました。「みんなお前さんの中にいるんだってね。合唱か、それとも木霊《こだま》を聞いているようさ」

「ひとりひとりが死ぬたびに、その魂が我々のところに来たんだよ」カーリオが言いました。「そのみんなの記憶が我々の中に残っている。だから我々はひとりきりでも、みんなななのさ。我々が消えれば、もう世界からドライアドはいなくなってしまう」

「みんなどうやって死んだの？」

「病に倒れた者。朽ち果てた者。伐り倒され、燃やされた者もいる。残りの者たちは分からない。我々も最期を見てはいないから」

「復讐したいんだね」ハルピュイアが言いました。

「そうだよ。戻りし者が我々を助け、復讐が済んだら安全な場所を与えてくれるはずだ」

「私たちも復讐したい」

「それなら、そうすればいい」カーリオが言いました。

「ここに閉じ込められているんだもの」

「自分たちで壁を壊すんだよ。君たちを閉じ込めているのは、自分の恐怖心だけなんだから」

「私たちは見捨てられてしまった、忘れられてしまったと思っていたわ」

「見捨てられても、忘れられてもいないよ」カーリオが言いました。「でも今は、時が悪い」

「じゃあ、いつならいいの？」

「我々の前にこの橋を渡った者がいたね。木こりと一緒に旅をしていたはずだ。あの娘が必要なんだ」

「子供じゃないか」ハルピュイアは、くだらないことを言うなというように答えました。

「前にも子供がこの世界を変えたことがあるんだよ」

ハルピュイアは亡骸を指さしました。「世界が変わり、私たちが報《むく》われたと？」

「まだ世界の変化は終わってない。悪しき支配が終わって、支配する者のない混沌が訪れた。それを元に戻さなくちゃいけないんだ。あのよそ者が鍵なんだよ。あの子は求められて……必要とされて来たんだよ」

「誰にさ？」

「ねじくれ男に」

その名前を耳にしたハルピュイアは、威嚇《いかく》するように牙を剝《む》きました。あらゆる生きものたちと同様、ハルピュイアたちもねじくれ男にはひどい目に遭わされてきました。だからねじくれ男が死んだという報せを聞いたときも、ブルードたちはなんとも思わなかったのです。

「もういないじゃないか。死んでしまった」ハルピュイアが言いました。

「いいや」カーリオは首を横に振りました。「まだ完全に死んではいないさ」

31

Chaffer
(中英語)

合意に向けた交渉

壊れたドアの隙間から月明かりが射し込んではいても、小屋の中は仄暗《ほのぐら》く、隅や軒《のき》は黒々とした影に包まれていました。小窓がとても小さいものですから木々に邪魔をされなくとも暗い小屋だったのですが、日が暮れだすと全体に朽《く》ちた雰囲気がいっそう強くなりました。セレスが見回してみると、ベッドも、長く使われていない暖炉も、机も椅子も蜘蛛《くも》の巣まみれになっており、椅子などは背もたれが壊れて床に転がっているありさまでした。

部屋の中央には大きな台がふたつ置かれており、どちらもずっと昔に血が染み付き、今はくすんだ茶色になっていました。どちらの台にも、ギロチンの刃のような鋭い刃物が組み付けられています。台のとなりには何本ものナイフや手術器具が置かれたラックがあり、床にはさらにたくさんの道具が散らばっていました。どれも錆《さび》と血で茶色く変色しており、瓶やチューブなどは分厚く埃《ほこり》をかぶっています。天井からは、滑車《かっしゃ》とロープが吊り下げられていました。そして棚には黄色い防腐液の入ったガラス容器や瓶がところせましと並べられており、それぞれ体の一部が保管されていました。耳の入った器に、眼球が詰まった瓶。そして三つ目には、ぴくりとも動かない心臓がひとつ入っていました。

そして壁という壁には、かつて死の家であったこの小屋の主人、女狩人の餌食《えじき》となった子供や動物たちの頭が飾られていました。どの頭にもガラスの目玉がはめ込まれていましたが、セレスにはまだその目に最後の瞬間の記憶が焼き付き、かつての自分や想いを馳せた未来に取り憑かれ続けているかのように見えました。

「助けて」またあの声が聞こえました。「お願いだから」

声は、暖炉の上の壁から聞こえてきていました。他の頭とは別に、一枚板に飾られた頭がセレスに話しかけているのです。セレスは暖炉に歩み寄り、頭を見上げました。子供でも動物でもなく、黒髪と白髪と銀髪の交ざりあった長い髪を生やした大人の女の頭です。眼窩《がんか》にはガラス玉ではなく、女自身の眼球がはまっていました。頭は首の根本で胴体から丁寧に切断されており、剝《む》き出しの肉が赤く光っていました。

「私にどうしてほしいの？」セレスは訊ねました。

「水を。水をちょうだい」

セレスは暖炉の横に、半分だけ液体が入ったバケツがあるのを見つけました。液体を指先につけて舐《な》めてみたところ、少ししょっぱいもののおかしな臭いはしませんでした。壊れた椅子の上に乗って女の唇《くちびる》に柄杓《ひしやく》をあてがい、そして傾けてやります。女が水を飲み込みました。すると切断された食道からこぼれましたが、それでも干上がった口を潤《うるお》して、話すのを楽にさせるにはじゅうぶんでした。

「あなたは、ここに住んでいた女狩人ね？」セレスは椅子を降りながら言いました。

「ええ、そうよ」女が答えました。「でも今は何者でもないわ、あなたと同じでね」

私の言葉が聞こえたんだわ。セレスは胸の中で言いました。**私の心が読めるんだ。気をつけなく**

ちゃ。

「せっかく水を飲ませてあげたのに、ずいぶん失礼なことを言うじゃない」

「大したことではないでしょう？　一瞬の用事だもの」女狩人が答えました。「でもあなたの言うとおりね。失礼なことを言ったわ、ごめんなさい」

「誰にこんな目に遭わされたの？」

「誰だと思うね？　外にいる獣たち……私の子供たちと、そのまた子供たちにだよ」女狩人の目が、ちらりと左を見ました。暖炉の上に設えられた石の棚に、透明な水薬の瓶が一本置いてあります。

「まったく、あんなに賢いとは思わなかったよ。あんなに惨《むご》たらしいともね。あの子たちときたら、私の首を胴体から切り離したんだ……あの子たちに命を与え、人間と動物のいいところを組み合わせてやろうと思ったこの私の首をだよ。そして傷口にあの水薬を塗ったもんだから、私はこうして生きながらえているんだ。まったく、なんの呪いか知らないけれど、あの瓶は決して空にならなくてね、おかげで私は死ぬこともできないんだよ。あの子たちが死んでいいと言ってくれるまでね。もっとも」女狩人はやや間を置いてから言いました。「そんなこと言うはずないのだけれど」

「あの子たちが惨たらしいのだとしたら」セレスが言いました。「それはあなたから学んだことよ」

「確かにそうかもしれない。化けものを作った者ならば、こんな目に遭わされたとしても不思議じゃない。でも私はあの子たちが私にしたみたいなひどい仕打ちは決してしなかったし、こんなことをされるいわれはないんだよ。あの子たちの苦しみは短かったし、殺すにせよ、一瞬で終わらせてあげたんだ。なのに私への責め苦はあまりにも長くて、果ても見えやしない。あなたが救ってくれるならば、話は別だけれどね」

「なんで私がそんなこと？」

女狩人が笑みを浮かべました。

「それはね、私が優れた狩人たちと同じように、自分の狩り場の臭いを嗅ぎ、音を聞き、変化を感じ取るすべを身につけているからだよ。この小屋の基礎は深く、そして古い。私の頭を壁にかけている金具は壁に打ち込まれていて、その壁は地面に立っている。私は他の連中が知らないことだって知っているし、あんたの名前だって聞いたことがある。セレス、そうだろう？」

セレスは否定しませんでした。「誰に私の名前を？　私をここに連れてきた誰かから？」

「なるほど」女狩人が言いました。「どうやら私は、あんたが欲しい情報を持っているようだ。さて、あんたは引き換えに何をくれるのかい？」

「あなたと取引はしないわ」セレスは首を横に振りました。「信用できる相手じゃないものね」

「でも家に帰りたいんだろう？　また娘に会いたいんだろう？　ああそうとも、娘のことだって知っているさ。あんたがこんなところでぐずぐずしてればしてるほど、あの子はどんどん衰えていくんだよ。本を読んでくれる声も、愛していると言ってくれる声も、どうか戻ってきてとお願いする声も、あの子には無いんだからね。あの子は、自分なんて要らないんだ、邪魔だからあんたが捨てたがっているんだって思うだろうさ」

「要らないわけがないでしょう、嘘つかないで！」

「私はあんたを信じているとも」女狩人が言いました。「他の連中はどうか分からないがね。けれど、凍てついた肉体に閉じ込められてしまったあんたの娘に、その恐怖は本物じゃないなんて、誰が教えてあげられるんだい？　あんたがいない世界には、あんたと同じくらいあの子を愛する者も、あんたと同じくらいあの子が愛する者も、いやしないだろう？　あんたの世界じゃあ、あんたは母親だし、あの子はあんたの娘だとも。だけどこの世界じゃあ、あんたなんか虫けらさ。ひどい言いかたかもしれないが、それでも嘘じゃない」

女狩人が発する言葉のひとつひとつが、ざくざくとセレスを切りつけました。真実がそこにないのなら、傷つくはずがありません。

「もう一度訊くわ」セレスが言いました。「私にどうしてほしいの？」

「私は、森の子らにしてやった親切を自分にもしてほしいんだよ」女狩人が言いました。「動物の体とくっつけて、逃してほしいんだよ。何者かの餌食となって牙や爪に倒れるのも、矢や槍《やり》に倒れるのも厭《いと》わないが、けどね、この苦しみを終わらせてしまいたいんだよ」

背後で物音が聞こえたかと思うと、木こりが小屋に入ってきました。一緒に熊男とアナグマ女を連れています。ですが、彼女の無事を知ってほっとした顔の木こりとはうらはらに二匹の獣人たちは、セレスが小屋にいることに、さらに正確に言うならば、自分たちをこんな体にした本人と話をしていることに不快感を顕《あらわ》にしました。

「うろつき回るなと言ったはずだぞ」木こりが叱責しました。

「うろついてなんていないわ」セレスは言い返しました。「声を追いかけてきただけ。この人の声をね」

彼女は女狩人の首を指さしました。女狩人はすっかり静かになり、これから何が起きるのかを待ちながら、どうすれば自分に有利になるのかを考えていました。

木こりは、記念品の首がずらりと並べられた壁を見回しました。

「当然の報《むく》いじゃないのかね？」そう言って手を挙げ、無数の失われたものたちの首を示します。

「この女が狩りの名のもとに生み出した苦悩を見るがいい」

セレスは木こりから熊男とアナグマ女に、そしてその先にいる獣人たちのほうに向き直りました。

そして深い敬意と思いやりを込め、よどみなく語りかけたのです。

「この人がしたのは本当にひどいことだし、あなたたちの苦しみが消えることはないわ。目を見れば分かるのよ、だって鏡を見るたびに自分の目に同じ苦しみが浮かんでいるんだもの。私もある男に、本当にひどいことをされてね。愚かで身勝手なその男は私から娘を奪い、そして娘からはあの子が誰にも邪魔されずに生きていくべき人生を奪い去ってしまったわ。私はとても許す気になんてなれないけど、そいつがどんな酷《ひど》い過《あやま》ちを犯そうとも、どれほどの苦しみを生み出そうとも、私や娘と同じ苦しみを味わわせたいだなんて思わない。相手が誰だって、そんなこと望んだりしないわ。望んだりしたら、私が私じゃなくなってしまうもの。

この女狩人の首をこうして壁に飾って苦しみを長引かせ続けている限り、あなたたちはこの人の虜《とりこ》なのよ。毎日嫌でもこの人の泣き声を聞いて、苦痛が終わったりしないよう毎日水薬を塗りに来る。でもそうして拷問することで、あなたたちは自分をさらに苦しめているのよ。どんなにそれが正しく見えようと、あなたたちがしていることは、あの人の手でここに連れ込まれ、そして刃に切り裂かれて弓矢に貫かれた動物たちや子供たちにしたことと大して変わらないわ。でもみんなはこの女とは違うの。もっと善良で、優れているのよ。この人がいくら腐っていようとも、それを忘れちゃ絶対に駄目なのよ」

熊男もアナグマ女も何も言いません。セレスはもしかしたら言いすぎたのかもしれないと思い、口を開いたことを早くも後悔しはじめました。いったいなんの権利があって、彼らがしたことは過ちだなどと言えたというのでしょう？　確かに自分自身の苦悩は理解していますが、それは獣人たちのものとは違うのです。これは、不幸というものが持つ呪いでした。生きとし生けるものはみな苦しむ運命にあります。苦しみとは人生の一部だからです。ですが、人の苦しみを完全に理解することは誰にもできはしません。私たちひとりひとりが、それぞれ別の苦しみを抱いているのですから。ですが、だからといって誰かを慰《なぐさ》めてはいけないことにはなりません。たとえ失敗しようとも、私たちは慰めるべきなのです。

「君と女狩人の話がちらりと聞こえたよ」木こりが口を開きました。「この女、助けてくれれば見返りに君を助けてやると言っていたな」

セレスは肩を落としました。くたくたでしたが、これは肉体の疲れではなく、魂の疲れのせいでした。女狩人との話をほんの少しでも聞かれてしまったのはあいにくでしたが、あの申し出を忘れようとしたからこそ疲れ果てていたのです。

「そんな約束、私にはどうでもいいことよ」セレスが言いました。「たとえあの人がもう私に口を聞いてくれなくなっても、私の意見は変わらないわ。こんなことはもう終わらせなくちゃいけないの。間違ってるわ」

「この子たちはどうするんだ？」木こりが訊ねました。「あの女狩人までこの子たちのようにして、狩らせ、殺《あや》めさせるのかね？　獣を一匹刃にかけ、女狩人の生まれ変わりを生み出そうというのか？」

「そうじゃない。あの水薬の瓶を割ってしまってほしいのよ。かつてはあの水薬がどれほど人の役に立ち、どんな癒《い》やしの力を持っていたとしても、ここで起きたできごとのせいで永遠に汚されてしまったわ。水薬さえなくなれば、女狩人は死んで、こんなことはすべて終わる――忘れ去られるわけじゃない。忘れ去られるべきでもない。ただ、ついに終わりを迎えるのよ」

年老いた熊男は木こりを押しのけるようにして、セレスの目の前に立ちました。なんと大きな歯と（彼女など噛み砕いてしまいそうです）、なんと大きな爪でしょうか（彼女など八つ裂きにしてしまいそうです）。さすがの木こりも何が起きるのか分からず、斧を握りしめました。セレスは思わずあとずさりましたが、熊男は彼女の前も通り過ぎると手をひと振りし、暖炉の上の棚に置かれた薬瓶を薙《な》ぎ払いました。薬瓶が床に落ち、粉々に砕け散ります。壁にかけられた女狩人の首が、長いため息を漏らしました。首の傷がみるみるうちに干上がり、肌に皺《しわ》が刻まれ、肉が腐りはじめました。両目が濁《にご》り、髪が白く色を変えてばらばらと抜け落ちました。

「ねじくれ男さ……」女狩人は、舌がまだ動くうちに言いました。「あいつが帰ってきたんだ」

32

Galstar
（古高ドイツ語）

歌、もしくは呪文

女狩人の死は、彼女が生み出した生きものたちを束縛から解放しました。獣人たちはセレスと木こりに手伝ってもらいながら、小屋の壁に飾られた首をひとつひとつ敬意を込めて下ろし、燃え盛る松明《たいまつ》の炎の中、柳の木の下に掘ったばかりの墓穴にそれを埋葬しました。あの老いた牡鹿《おじか》の亡骸《なきがら》は、獣人たちを見守ることができるように、そして彼らに見守ってもらえるように、一緒に埋めてやりました。ふたつめの墓穴には女狩人が集めていた内臓や四肢が入れられました。それもまた、人間や動物の一部だったに違いないからです。女狩人の頭はもうすっかり頭蓋骨だけになっていましたが、小屋の裏にあるごみ捨て穴に放り込まれました。なんの墓標も立てられず、いずれは雑草や茨《いばら》に覆い尽くされてしまうことでしょう。そして動物たちを苦しめた手術道具の数々は、刃物も、ノコギリも、そしてメスも、一緒に埋められました。最後に木こりが手術台をふたつとも斧で叩き割り、その残骸《ざんがい》は家具を含め小屋にあったすべてのものと一緒に穴に捨てられ、燃やし尽くされました。木こりはそれから小屋の屋根を外し、早育ちのツタを持ってきて、それを植えました。そうしておけば森が小屋を飲み込み、その姿を永遠に隠してしまうことでしょう。

　セレスと木こりが言葉も交わす時間も惜しんでせっせと働いても、これには夜中までかかりました。ようやく話をするころにはもう起きているのはふたりだけで、穴の底で女狩人の持ちものを燃やしている炎の温もりが足元深くから立ちのぼってきていました。火葬の悪臭が立ち込めており、セレスは炎の中に亡霊の姿が見える気がしました。

「ねじくれ男が生きてるだなんて、どうしてそんなことが?」セレスは木こりに訊ねました。「デイヴィッドが自分の目で、滅びるところを見たのよ?」

「あの女狩人め、もしかしたら嘘を言ったのかもしれん」

「でも嘘をつく理由がないわ」

　木こりは反論しませんでしたが、明らかに受け入れがたい顔をしていました。ねじくれ男が生きているなど、とても歓迎できなかったのです。

「だがあやつが君に、なんの用があるというんだ?」木こりが言いました。「君を女王にしたいとしても、君がそれを受け入れるとはとても思えんぞ」

「セレス女王か。今言われて気が付いたけど、悪くない響きだわ」

　木こりは彼女の顔を見て、片方の眉《まゆ》を吊り上げてみせました。

「ただの冗談よ。ずっと前から、王族なんて退屈なだけじゃなくて、きつい仕事だと思ってるもの」

　彼女はそう言って笑うと、野イチゴを齧りました。森の獣人たちがナッツや果物を持ってきてくれましたし、熊男が川に行って、南へと泳いでいく新鮮な鱒《ます》を捕まえてきてくれたのです。ふたりの周りでは炎の灯りに照らされながら、動物たちや獣人たちが睡《ねむ》っていました。周りで目を覚ましているのは黒い瞳に炎を映した熊男だけでしたが、木こりはアナグマ女が夜行性の獣人たちを引き連れて森の見回りをしていると言ってセレスを安心させてくれました。セレスたちは、しっかりと守られていたのです。

「あの年老いた鹿を殺したのが何者なのか、まだ教えてくれないのね」

「わしにも確かなことが言えんからな」

木こりはそう言いながらも、セレスと目を合わせませんでした。

「他のみんなにも、何が起きたか分からないの？」

「わしの調べたところじゃあ、連中が目覚めたのは死体が出てからなんだ」

「でもあの鹿が死んだときに全員が睡《ねむ》りこけてたなんてありえないわ。だって、ここには夜行性の生きものがいるってあなたが言ったんじゃない。たとえ暗くなってからだったとしても、起きてた動物が絶対にいるはずだわ」

「理由は分からんが、そろって睡ってしまっていたんだよ」木こりは首を横に振りました。「鹿の王を苦しめて死に至らしめた何者かは、邪魔が入るのを嫌ったのさ」

「魔法を使ったの？」

「魔法どころじゃない。じゃなきゃ、ただの魔法なんかじゃない」

「魔法かどうかは別として、ねじくれ男が絡《から》んでいる可能性は？」

「やつにできない芸当ではないな」歯切れの悪い答えを聞いたセレスは最後のイチゴを炎に投げ込みました。蒸発する音を立て、イチゴが溶けていきました。

「どうして嘘をつくのよ？」セレスは睡っている動物たちを起こすまいと、必死に声を抑えました。

「どうして正直に答えられないの？」

「嘘なんて言うものか」木こりは静かに答えました。「疑いを抱いてはいるが、自分で確信が持てるまで人に話したくないだけだよ。そのためにも、これまでわしらが目にしてきたことについて、賢者の意見を求めねばならん。ミストレス・ブライスと娘の死、消えた赤ん坊、殺された牡鹿……そして君の腕の傷もそうだよ。その傷もまた、ここで起きていることの一部なのだからな」

セレスは傷跡に指を押し当ててみましたが、痛みは少ししか感じませんでした。貼り付けた湿布薬が、今のところよく効いてくれているのです。熊男とアナグマ女にした説教が胸に蘇《よみがえ》りました。すると、ひどい偽善者のような気持ちになりました。自分だってもし隙さえあればカーリオの頭を壁に叩きつけ、そのまま朽ち果てさせていたに違いないのです。

セレスは鞍袋《サドルバッグ》を枕代わりにして地面に寝転ぶと、木こりに背を向けました。

「分かった。好きにするといいわ。どうせ下らない秘密に決まってるもの」

最後にこんな子供じみたことを言ったのはいつのことだか、自分でも思い出せませんでした。

33

Sefa

（古英語）

精神、心；理解

セレスと木こりが森の住人たちに別れを告げるときが来ました。熊男はセレスを胸に抱きしめ、アナグマ女が鼻を擦《す》りつけてきます。フクロウ少年は彼女の肩に止まって優しい鳴き声でさよならを告げ、ナマケモノ少女はセレスの足元で丸くなってそのまま睡《ね》むってしまいましたが、仲間たちに起こされてそのまま運び去られると、またすぐ睡りに落ちたのでした。獣人たちがふたりを道まで案内し、そこからまた旅が始まりました。前の晩、セレスはなんとか数時間ほど睡りましたが、ぐっすり睡ることができず夜明け前に目が覚めてしまいました。湿布薬はすっかり乾いていましたし、また体のあちこちがひりひりと痛み、少し熱が出ていたのです。

「目的地まで、そう長くはかからないだろうさ」木こりが言いました。

出発してからというものふたりはほとんど口をききませんでしたが、セレスはまた木こりに怒りを抱くことを諦めていました。抱いたところでしょうがないのです。苛立ちを向けようとも、木こりを滑《すべ》り落ちていってしまうだけなのですから。まるで壁に飾られた肖像画を相手に言い合いをしているようなものなのです。ですが彼女が黙っていたのはしゃべると喉が痛いせいもありましたし、そのうえ胃の具合がひどく悪かったのです。まるでカーリオの毒が新たな復讐心とともに、愚かにも自分に抵抗を試みた報いとして、セレスの肉体に攻撃を仕掛けてきているかのようでした。鞍《くら》に跨《また》がったままぐらぐらしている彼女を見かねた木こりがポニーから抱え上げて愛馬に移し、自分の前に横乗りさせましたが、それでもセレスは文句ひとつ言いませんでした。木こりはセレスが落ちないことを確認するとポニーの手綱を伸ばし、自分の鞍頭にゆわえて並走できるようにしました。

「つらい」セレスが消え入るような声で言いました。「つらくて死んじゃいそう」

瞼《まぶた》がぴくぴくと痙攣《けいれん》し、今にも気を失いそうなのが木こりにも分かりました。

「しっかりするんだ」木こりが声をかけます。

ですが、セレスが言っているのはドライアドに受けた刺し傷の痛みだけではなかったのです。

「帰りたいの」セレスが続けます。「あの子にまた会いたいのよ」

木こりはセレスを抱き寄せましたが、何も答えませんでした。彼女の気持ちを楽にしてやる言葉など、ひとつもないのです。そのときセレスが取り乱した目をして、彼のシャツを摑みました。

「あいつは死んだはずよ。本にそう書いてあったもの！」

それでは、本が間違っていたということだ。と、木こりは胸の中で言いました。

セレスがぐったりと、木こりに体を預けました。焦点の合わない虚《うつ》ろな目で。

「その子をしっかり押さえてなさい」

「頑張ってる」

セレスは無意識と意識の狭間《はざま》を行ったり来たりしていました。とても暗い肌の美しい女がひとり、必死に顔を歪《ゆが》めながら彼女を見下ろしていました。セレスの腕の痛みが一気に強くなりました。どうしたのかと思って目をやると、自分の前腕が切り開かれ、そこから赤い肉が覗いているのが見えました。黒い肌の女はピンセットを手に剝き出しの肉に向かい、挟まれてミミズのようにもがいている黒い糸を引っぱっていました。

「やめて」セレスは声を絞り出しました。「お願い、やめて」

「目を覚ましたぞ」

木こりの声がしました。

「じゃあまた薬で睡《ねむ》らせなさい」女が命令しました。

「本気で言ってるのか？」

「さっさとして！」

別の声がしました。年老いた男の声です。「やりすぎると死んでしまうよ」

「やらないと手術で死んでしまうのよ」女が答えました。

セレスの口と鼻を湿った布が覆いました。酸っぱい臭いがします。今にも窒息《ちっそく》しそうになり、セレスは布を振り落とそうともがきました。

「息をするんだ」木こりが声をかけました。「落ち着いて息をするんだ」

セレスは言われたとおりにしました。そして気を失いました。

光が見えました。揺らめくような光でした。ちらちらと躍る朧《おぼろ》な光が、影に抗《あらが》っていました。

抗い、負ける。

果てる。

セレスは地下深くの洞窟にいました。光は前方の洞穴から漏れてきていました。今度は何か聞こえてきました。赤ちゃんの泣き声です。そしてその赤ちゃんが光を発しているのでした。赤ちゃんの周囲でいくつもの輪郭がゆらゆらと形を変え、光に歪められています。彼らは唄っていました。互いに唄い合い、自分たちが喰らう赤ちゃんをなだめるために唄っていました。彼らは美しく、蜘蛛のように美しく、鮫《さめ》のように美しく見えました。

死の女神そのもののような美しさでした。

カーリオもそこにいました。離れたところに立ち、手を出さずに見ていました。セレスはドライアドの胸の痛みや、拒絶された悲しみを感じ取っていました。何かが起こったのです。何かが起こり、カーリオは孤独のうちに取り残されてしまったのです。そしてまた、猛烈な、暴力的な憤怒《ふんぬ》を感じていたのです。

歌声がやみました。様子ががらりと変わりました。捕食者たちは招かれざる客に気づいてはっと顔を上げて動きを止めると、侵入者の正体を探してあたりを見回しました。カーリオも、死にゆく赤ちゃんを横目に、うっすらと存在を感じつつも姿の見えぬ何者かの居場所を求めて視線を走らせました。セレスは無数の顔を見ようとしましたが、とても見分けが付きませんでした。赤ちゃんが死んだことで光も尽きてしまいましたが、まったき闇に飲まれてしまうよりも先に、セレスは捕食者たちがそれぞれ浮かべた表情に、怒りに、憎悪に気が付きました。

あの怪物たちは復讐心に燃えています。それが襲ってこようとしているのです。

「セレス。セレス、起きなさい」

「動いてないぞ」

「でも息はしてるわ。だから大丈夫よ」

「だから薬が多すぎると言ったんだ。この子はまだほんの子供なんだぞ」
「違うわ、子供なんかなものですか。セレス！　セレス！」

セレスは木の大枝にかけていました。となりには五位鷺《ごいさぎ》が止まっており、眼下の地面を包む仄明かりの底にはカーリオがへばりついていました。彼らの頭に付いた傷跡が見えました。頭蓋骨に窪《くぼ》みが残り、その上に開いたままの傷口はまだ樹液で湿っています。カーリオが木の下で足を止め、見上げました。その視線がセレスではなく、五位鷺にぴたりと定まります。

ああ、私には見えるけれどそっちからは見えないのね。直感は鋭いけれど、見えないものが見えるほどではないんだわ、少なくとも今はまだ。

五位鷺が飛び立ちました。

賢い子。隙を見せればあいつらに殺されたかもしれなかったものね。あなたが死ぬところを眺めて、命の抜け落ちていくあなたを喰らう。他のやつらがあの赤ちゃんにそうしたようにね。あのときの牡鹿だってそう――だって、それがあいつらの生業《なりわい》なんだもの。違う？

カーリオは不愉快な虫の羽音から逃れるかのように首を振り、また進みはじめました。

でもあいつらはあなたとは違うわ、カーリオ。だからあいつらに追い出されたんでしょう？　だからあなたはそんなに惨《みじ》めなんでしょう？　あいつらは違う。もっと優れてる。そう思ってるものだから、あなたにそれを思い知らせることにしたのよ。でも実際には、あいつらもあなたと大して変わらなかった――違ってはいても、優れてなんていなかった。

いいえ、あいつらはもっと、ずっとひどかったの。

「セレス」木こりの声が聞こえました。「セレス、どうか戻ってきておくれ」

あと少しだけ。居心地がいいのよ。

迷宮と、そして図書館と。語られた物語や語られるのを待つ物語たちの本が織りなす複雑な宇宙。そうした本を収めて超然とそびえる本棚には、新たな本がどんどん加えられていきます。それは、ひとつひとつの人生はいくつもの物語からできているからです。物語に次ぐ物語、そしてさらにそれに次ぐ物語が人生を作っているからなのです。本が紙とインクと厚紙だけでできているわけではないのと同じように、人もまた、ただ肉と血でできているのではありません。私たちはみな、物語とおとぎ話の生きものなのです。私たちの存在は物語です。私たちはそのように世界を理解し、自分のこともそのように理解されるべきなのです。

その迷宮を抜けて——迷路とは違います。迷路とはいくつも違う道が選べるものですが、迷宮では中心部へと続く道が一本しか存在しないからです——ひとりの精霊が蠢《うごめ》いていました。形を持たず、絶え間なく形を変えてめまぐるしく移ろいながらも、消えてしまうことはありません。迷宮と変わらず確かに存在しているのです。この迷宮は己の心を映す鏡であり、本はそこに記された記憶の化身なのです。

本とは、破壊できるものです。燃やすこともできれば、細かく破り裂いて風に散らしてしまうこともできますし、紙がパルプに戻ってインクが水を黒く染めるまで沈めてしまうこともできます。ですが誰か大切にしてくれる人や憶えていてくれる人がいる限り、本の中身やそこに込められた思想は不滅なのです……。

読者の中に残るのです。

そして、物語を壊してしまうこともできません――壊そうとした人は過去にもいましたが、これは人を壊さぬ限りはできないことなのです。

物語の迷宮。語られた物語と、これから語られる物語と、これから生まれようとしている物語。**私にも見える。**セレスは胸の中で言いました。

「わしにもお前が見えるぞ」ねじくれ男が言いました。

セレスが目を覚ますと、木こりの顔が見えました。木こりは微笑《ほほえ》みを浮かべ、セレスが帰ってきた嬉しさに、彼女の手をきつく握りしめました。セレスの左腕はシーツの外に出ており、肘《ひじ》まで白い麻布が巻かれていました。鈍い痛みがありましたが、耐えられる程度です。木こりの傍《そば》には、あの黒い肌の女がいました。セレスと同じくらい疲れ果てている様子です。彼女は、赤と黒に染まった布をかけたボウルを手に持っていました。

「よく戻ってきたな」木こりが声をかけました。

セレスは、水が飲みたいと言いました。木こりは陶器のカップから彼女に水を飲ませ、こぼれた水を拭いてやりました。

「あいつらを見たわ」カップの水を飲み干し、セレスが言いました。「地の底でね。赤ちゃんの姿も見たし、泣き声も聞いたの。あいつら赤ちゃんを喰らって、命が尽きてしまうまで吸い尽くし、そして殺してしまった……。あいつら、何者なの?」

木こりは笑みを消し、女と視線を交わしました。

「しばらくは休んでいろ。話はあとにしよう、約束だ」

木こりは手を離そうとしましたが、セレスは強く握って引き止めました。

「休むのはあとよ。その前に、私の質問に答えて。あいつらは一体何者なの?」

有無を言わさぬ口調でした。

「フェイどもだよ」木こりが答えました。「『隠れし者たち』がこの世界に帰ってきたのだ」

34

Dökkálfar
（ノルウェー語）

ダークエルフ

　幼いセレスが父親の膝《ひざ》に乗っていました。ふたりの前では暖炉の炎が燃えていました。父親はパイプを口にくわえて煙を吹いていましたが、これは彼が満たされている印でした。幼いころのセレスは父親が吸う煙草《たばこ》の煙の匂いが好きでした。煙が部屋に広がって自分の服にも染み付くと、まるでどこに行くにも父親の一部を連れていくようでとても愛しく感じたものでした。父親は自信に満ちた人物で、自宅の庭にいても図書館で書架に囲まれていてもそれは変わらず、そんな彼の匂いはたとえわずかでも、父親の強さや自信をセレスにももたらしてくれたのです。

　彼女が煙草に対して逆の態度を取るようになったのはずいぶん後、病魔が父親に取り憑いてからのことです。パイプ——一日に十六回か十七回も吸い、極度の集中力が必要となる仕事をしているときにはもっと吸いました——は彼に口腔癌《がん》と食道癌を引き起こし、物語を語って聞かせることをこよなく愛するこの男からまず声を奪い、それからゆっくりと、しかし確実に、残りの部分を奪い取っていったのです。彼の死後も、セレスの中に残る子供らしい部分は父親と煙草の匂いを結びつけており、それは今日に至るまで変わることはありませんでしたが、怒りと喪失感のせいで父親の記憶は複雑に入り乱れてしまいました。そうしたいくつもの感情に人生を傷つけられてきたというのは、なんとおかしな話なのでしょうか。おかしいとはいえ、まったく笑えない話なのですが。

ですが今、セレスは五歳か六歳になって彼と一緒にいるのです。彼は人生の盛りで、お気に入りのズボンとセーターを着ています。セーターのほうは服というよりもむしろ毛糸でなんとか繋がっている穴の集合体というほうが正しいくらいで、蜘蛛がセーターというものを想像したらこんなだろうか、というような具合でした。ズボンのほうは茶色いモールスキンで作られた仕立て屋の奇跡の技か、それとも――こちらの可能性のほうが高いですが――セレスの母親がそのズボンの手入れにかけた労力の証か、これを穿いて出かけた彼がどれほど汚したり泥まみれにしたりしようとも、一日二日もすれば新品同様のぴかぴかになって父親のところに戻ってくるのでした。彼は、もうこんなズボンなど誰も作っていないと言い、あの世の研究をするのにこんなにぴったりの服は想像すらできないから、自分を埋葬するときはこいつとこのセーターを着せてくれとセレスと母親に念を押したものでした。そして、履き心地の悪い靴で永久《とわ》を過ごすなどごめんだから、そのときには必ずや、いちばん最後まで使っていた靴を履かせてくれと頼むのでした。さらには、愛用の古い革のナップサックに新品のノートとシャープペンシルを二箱入れて、それも一緒に埋めろというのです。すると母親は、そんなに入れたらもう棺桶はいっぱいだから、あなたの背中にくくりつけて埋めるしかないわねと言ったものでした。ですが終わってみれば、何もかもすべてちゃんと棺《ひつぎ》に収まったのでした。病と死が父親を無惨に痩せ細らせていましたから。

私をあのころに引き戻すのはやめて。せめて少しの間《あいだ》だけでも、ありのままの父さんといさせて。

炎。パイプ。足に履いたスリッパと、スリッパを枕にする犬の頭。ココという名前のこの雌犬《めすいぬ》は鳴きかたを憶えるのに一年以上もかかったのですが、ひとたびそれを憶えると、そんなにも素晴らしい音を生み出す力を自分のささやかな肺が備えていることへの果てしない畏怖を覚え、何かにつけ好きに吠えることを、そして吠えると必ず愛情深い飼い主に褒めてもらえることを、すっかり気に入りました。ココが飼い主に悪さを働くなどありえないことでした。父親が飼ってきたどの犬も、いいや、どんな人が飼っているどんな犬も、悪さなど働きやしません。なぜならあらゆる失敗は飼い犬たちではなく飼い主が犯すものだからです。セレスの父親に言わせれば悪い犬などというものはどこにも存在せず、その持論を証明するため自分が愛した雑種犬たちをずらずらと挙げることもできました。彼が大好きな詩の中で作者のJ・アルフレッド・プルフロックは自分の人生をコーヒー・スプーンで測りましたが、父親は自分の愛する犬たちで測りました。愛犬が一頭死ぬたびに彼は一日じゅう人目も憚《はばか》らず深く嘆き悲しみ（そして生涯の思い出に刻み）、翌日の朝に次の犬を引き取るために出かけていき、いつでも最高の犬を――少なくとも彼にとって最高の犬を――連れて帰ってきました。そしてセレスと母親は、父親が家族の友として選んできた野良犬や捨て犬たちの気まぐれや臆病に付き合わなくてはいけなくなったのです。

「一頭だけじゃなくて、すべての犬を愛さなくちゃいけないよ」父親はよくセレスに、そう説明しました。「一緒にいられる時間は短いんだからね。お前にとっては短い間でも、犬にとっては一生なんだよ。同じ犬は一頭たりともいないのだから、それぞれありのままを愛してやるんだ。けれど同時に犬らしさというものを……犬がお前の人生や世界にとってどんなものなのかも愛してやらなくては駄目だよ。そうして愛された犬は一冊の本の中で、お前が日々を費やして作り上げた章になる。お前はその本に『犬』という題名をつけるんだ」犬たちは父親にとって、あまりにも早く歳を取っていく姿を見守るべき存在であると同時に、自ら記して思い出とする、彼の本でもあったのです。

隠れし者たちも同じように私たちの、あまりにも早く歳を取っていく姿に見入っているんだわ。

「妖精のお話をして」セレスが言いました。

「もう百回だって話してあげたろう?」父親は答えましたが、これは本当ではありません。確かに十回かそこらは話してくれたのですが、父親の迫真の語りのおかげでセレスはどれだけ聞いていてもまったく飽きませんでした。そんなにも本当らしく語ることができるのは、彼にとっても妖精は本当のものだったからです。

「忘れちゃったんだもん」セレスが言うと父親は、娘の失態におののいた振りをしてみせました。

「忘れるとはなんたることだ!」父親はそう言うとセレスを引き寄せて、誰にも盗み聞きされないように声を落としました。「忘れたり、いないんじゃないかと疑ったりしてはいけないぞ。そんなことをしたら妖精たちが——お前をさらいに来ちゃうんだぞ!」

父親は素早く、そして力強く彼女の腕を握りました。そして彼女は恐怖と歓喜の悲鳴をあげました。ですが、父親はすぐにまた真面目な顔に戻りました。

「でもね、僕たちは妖精なんて呼びかたはしないんだよ。彼らが気に入っていないからね。そして彼らが何か気に入らないことがあるのなら、刺激したりしないように、よくよく気をつけて行動しなくてはいけないんだ。『妖精』という言葉を聞いて、トンボみたいな羽を生やした小さな生きものを思い描くような、馬鹿な子供になってはいけないよ。妖精は生まれつきずる賢いものだけれど、自らそうしようと選んだときには優しく親切にしてくれる。小さな杖を振ってガラスの靴を出してくれたり、本物の人間になりたいっていうピノキオの願いを叶えてくれたりね。自分たちになんの害もないときは、の話だけどね。彼らはひとりとして存在しないし、存在したいとも思っちゃいない。僕たちとは似ても似つかないんだよ。僕たちのようにものを考えないし、僕たちのことだって好きじゃない。まったく、これっぽっちもね。だから彼らは、僕たちを殺せるときに殺してしまおうとするんだよ。

だから僕たちは『妖精』とは言わないんだ。エルフもブラウニーもホブゴブリンもなにも、分けて考える必要がないからね。だってみんな同じで、ひとつの種族の違う種類っていうだけなんだよ。まあ、僕の考えではね。だから彼らの味方でいたい人たちは『善き人々《グッド・ピープル》』だとか『優しき仲間《ジェントル・フォーク》』なんて呼ぶんだよ。嘘でもそう呼べば本当になるとか、そう呼べば怒りを鎮《しず》めて親切になるとか、そんなふうに考えてね。僕は昔っから『隠れし者たち』という呼びかたが好きだけど、『フェイ』っていうのがもっと好きでね。でもそんな名前で呼んだり、そう呼ぶ原因を作ったりしてはいけないよ。連中、きっと召喚されたと思って出てきちまうに違いないし、そうしたらあとが大変なんだからね」

パイプが赤く光り、煙が立ちのぼりました。父親はセレスと一緒にいながら遙か彼方にいて、秘密の共和国の裏道を歩いていたのです。

「学者の中には、連中を元素だと信じている人たちもいるんだよ」父親が続けました。「水と火、火と土からできているんだってね。でも、もしそうだとしたら連中にも血が流れてるってことになる。もっとも、冷たくて青い血だけれどね。他にも古《いにしえ》の神々だという学者がいるけれど、本当に自然の神様だったら、命ある生きものにあんなに残酷になれるわけがないよ。さらには、この世で最初に死んだ人々が命ある者への妬《ねた》みに飲まれた亡霊になって、自分の身の上に怒り狂っているんだって考える人もいる。自分の運命を――一度も人に触れることなく命を落としてしまったことを――受け入れられず、抗おうとしているんだとね。フェイは人類より早くから存在していたと考えていることを付け加えておくけど、それとは別に、死の精霊がフェイの中に根ざしていたとも僕は思っているよ。死者は地底の住人だし、フェイは自分たちが住まう冥府《ハデス》において死と半ば恋に落ちた。彼らが暗闇をとても好む理由は、おそらくそれさ——そして、なんとしても炎と鉄を取り除こうとする理由もね」

「どうして炎と鉄を？」

「炎は、命ある者ならみな恐れるからだよ。そして鉄は人の作りしもので、自然界のものではないからさ。フェイは、銅と銀、火打ち石と宝石で作った武器で狩りをするんだ。フェイが作り、そして振るうものより美しい武器で命を落とす人間なんていやしないよ。それが命を奪われた者にとってせめてもの慰めとなればいいのだけどね」

犬が睡《ねむ》りながら走っているのでしょう、身じろぎをしました。追いかけているのか、それとも追われているのでしょうか。

「騎士と白き死の貴婦人《ペール・レディ・デス》の話は、してあげたことがあったかな？」父親が、セレスの顔を見ました。セレスは首を横に振りました。父親の話してくれる物語ならば、一度しか聞いたことのない話でもぜんぶ憶えています。憶えているはずです。ですがこの題名は初めて耳にしたのです。

父親は背後を確かめましたが、母親は電話で話をするのにすっかり夢中でした。母親はときどき、セレスが父親から物語を聞くのに渋い顔をしました。セレスが悪夢を見ると思ったのです。ですがセレスが見る悪夢はほとんどが学校のものか、両親が自分の元から消えてしまう夢なのでした。実際に起こったものであれ起こりえるものであれ、現実世界の恐怖は、父親が彼女のために選んでくれるおとぎ話などよりも遙かに恐ろしいのでした。

「よし」父親がうなずきました。「お前の歳なら、もう聞かせてあげてもいいだろう。もしフェイが自分の死を意識した最初の存在だとするならば、おそらく死《デス》はフェイが持つイメージの中で形作られたものだろう。みんなはそれを知らないんだよ。いいかい、フェイは私たちにとっての死だ。けれどデスもまたフェイなんだよ」
そうして父親は、物語を話しはじめました。

父親の語った物語

むかしむかし、何年もずっと異郷で戦い続けた騎士が祖国に帰ってきた。その騎士は名誉と栄光を勝ち取るためにはるばる戦いの地に赴《おもむ》いたんだが、かつて旅立った多くの騎士たちと同様、ほんのわずかの名誉しか得られず、栄光などはまったく手に入らなかった。名誉や栄光なんていうものは、老人たちが自分のために若者を戦わせるために広めたでっちあげなのさ。騎士は戦場に血を流した。自分の血も、人の血もね。そして自分の従者の亡骸もそこに残したが、自分の魂もほんの少しそこに残してきた。かつてのような自分ではなくなり、世界は彼にとって、まるで亡霊のようになってしまった。

何ヶ月も自分の足で旅をした騎士は、岸辺の凍りついたある湖に辿《たど》り着いた。すると、乙女がひとり岩に腰掛け、黄色い骨で作った櫛《くし》で長く赤い髪をとかしているのが見えた。騎士は初め、ずいぶんと若い乙女だと思った。間違いなく自分よりは若いと思ったんだが、乙女の目は年老いていた。短い間にあまりにも多くのものを見てきたようなその目を見て、騎士はもしや自分の目も同じなのではないかと思い、ぎくりとした。乙女は青いドレスに緑のマントを羽織っており、騎士には波ひとつない湖の水面に映る彼女の姿が見えた。乙女の纏うドレスとマントが水と水草の色合いと呼応し、まるで暗く冷たいステュクス川（ギリシャ神話で地底を流れるとされる川。生者と死者の世界を隔てる川とされる）の川底から集めてきたものでできた怪物であるかのように見えた。

乙女は美しくも、ぞっとするほどに青白かった。櫛が動くのを見ていなかったなら、騎士はもしかしたらあれは湖から引き上げられた死体で、自然に還すためにあのまま腐らせるのかもしれないと思っただろう。服の他に、飾りを身につけてはいなかった。指輪もはめていないし、首にはペンダントもかけていないし、髪に宝石も飾っていない。見つめれば見つめるほど、彼女にはそんなもの必要ないのだと騎士にはよく分かってきた。宝石や飾りなどでは乙女の美しさを引き立たせることはできなかった。乙女は飾られる必要などなく、この世の宝を自分の財産に加えたいという欲望も持っていなかった。乙女自身がこの世の者ではなかったからね。もしやこの人は隠れし者たち、フェイではないかと騎士は想像した。

櫛が動きを止め、乙女が騎士の目を見つめた。騎士はその目に決まった色がなく、絶え間なく変わり続けているのに気づいた。まるで陽光の遊ぶ海原のように、瞳の色が薄くなり、深まり、絶え間なくうつろい続けていたんだ。昔読んだ詩人たちが女の瞳に溺《おぼ》れると書いているのを読んで比喩《ひゆ》だと思ったものだが、騎士はそこで初めて、その言葉の持つ本当の意味に気づいた。波が砕けるような音が騎士を包み込み、彼はそこに死《デス》の囁《ささや》きを聞いた。

乙女の唇が動き、騎士に話しかけてきた。だが聞こえてくる言葉と唇の動きが噛み合わないものだから、騎士は頭が混乱してしまった。乙女の声はまるで彼方から届く鈴の音のようで、言葉だか旋律だか区別もつかないほどだった。これが、古い物語に語られている魅惑だよ。フェイが男たちを意のままに操るために使う、蜘蛛の糸のように強くしつこい呪文のことさ。

「恐れないで」乙女が言った。騎士の頭の中で、恐れよ、と声が聞こえた。

「恐れはしない」騎士はそう答えたが、乙女は私は恐れているという声をそこに聞き取った。

乙女が手招きをした。騎士の体にゆっくりと巻き付く見えない糸を手繰《たぐ》り寄せた。そして騎士は乙女に近づいていった。

「私にいくつか、贈りものをちょうだい」乙女が言った。「そうしたらお返しに、私も贈りものをあげるから」

「やれるものは何もない」騎士が答えた。「戦争から帰ってきたばかりなのだ。馬が一頭と金貨の入った小さな財布がひとつ。あとは剣と逞《たくま》しい腕だけだ。そのどれかが欲しいと思うのか？」

「私が欲しい贈りものはどれでもないわ。欲しいのは頭に載せる茨の冠《かんむり》と、首にかける蔓《つる》の首飾り、それから手首につける蕾《つぼみ》のブレスレットなんだもの」

「それでそなたは、お返しに何をくれるのだ？」騎士が訊ねた。

「贈りものをふたつあげる」乙女が答えた。「ひとつは私の愛、けれどたったひと晩の愛。ふたつめはこの世界からの逃げ道よ。だってこの世界があなたをひどく苦しめているのが分かるんだもの。そして、この世界があなたを捨てたように、あなたがこの世界を捨てたがっているのもね」

騎士には否定できなかった。大事なものは何もかも異国の戦場に埋もれてしまい、もう二度と戻りはしないのだ。なのに今、どんな人生が残されているというのだろう？

「そなたの望みどおりの贈りものを持ってこよう」騎士は答えた。「交換してくれ」

そして騎士は茨を、蔓を、蕾を集め、日暮れとともに贈りものを作りはじめると、茨の冠と蔓の首飾り、そして蕾のブレスレットを用意した。乙女のところに戻り、冠を載せ、首飾りをかけ、ブレスレットをつけてやると、凍てつくほどに冷たかった乙女の素肌がだんだんと温かくなり、頬には薔薇《ばら》のような赤みが差し、それまでは感じられなかった鼓動も騎士の親指にとくとくと伝わってきた。

乙女が騎士を引き寄せ、口づけをした。

「これが私の贈りものよ」乙女が言った。夜闇がふたりを包み、雲が星々を覆い隠した。

やがて騎士が目覚めると侘《わび》しい丘肌に立っていたが、ひとりではなかった。騎士の目の前に、青白い顔をした大勢の国王や王子たちが列をなして立っていたんだよ。飢えた唇と取り憑かれたような目。となりにはすっかり姿を変えた恋人が立っていた。色を失い、温もりも、命も失っていた。無慈悲なるすべての支配者、ペール・レディ・デスの姿だった。

「ほら、これがふたつめの贈りものよ」彼女が騎士に声をかけた。

騎士は呪われた者たちの列に加わるため、足を踏みだした。

35

Cumfeorm
（古英語）

見知らぬ人へのもてなし

　テーブルにはずらりと料理が並べられていました。野菜のロースト、焦がしタマネギをまぶした長粒米、緑と紫の葉野菜を使ったサラダ。そしてごちそうのまん中には、濃厚なシチューがいっぱいに入った鍋が置かれています。匂いを嗅いだセレスは、きっとマトンか山羊《やぎ》のシチューに違いないと確信しました。椅子や長椅子にかけた家族の面々や客人たちの中、セレスは木こりと並んで板の端に座っていました。夕食の席を司《つかさど》る上座にはセレスの傷を手当してくれた黒い肌の女が座っていました。あれから知ったことですが、名前はサアダというようです。まだセレスは自分が療養している家の調度品しか見ていませんが、彼女は村の長でした。

　木こりから聞いた話では、村には四百人が暮らしているそうです。テーブルに着いている面々から判断すると、いろんな人種の人々がいこそするものの住民たちのほとんどは黒人で、みなサアダに従っているようです。特に夫のタバシはそうで、子供たちに――息子のバアコ、そしてその妹のイメです――手伝ってもらいながら調理と給仕を監督しています。タバシは自分の食事にはほとんど手もつけず丹念に妻に目を配り、妻に必要なものがあれば彼女が手を伸ばすと同時に、もしくは手を伸ばすよりも早く、まるでテレパシーのようなもので彼女の欲求を把握したかのように応じてみせるのです。サアダの左手が微かに動けば彼女の皿にパンがひときれ現れ、彼女の頭がわずかに傾けばカップになみなみと水が注がれました。

ですがセレスが見る限り、タバシの行動や態度には義務やごますりからそうしている様子はまったくありませんでした。妻には空になったカップやパンの在処などよりも、もっと重要なことがあるのだと理解している男の振る舞いだったのです。サアダに村を治める力があるとするならば、その力の行使に彼女がより深く集中できるようにしているのがタバシなのです。

食事の間、会話は絶え間なく続きました。どの話もサアダが先導したり、サアダが介したりしていましたが、ほとんどはセレスが聞いたこともない言葉ばかりでした。客人たちの視線がちょくちょく自分たちのほうを向くものですから、セレスには自分と木こりが話題の中心なのだと察しが付きましたが、サアダは折に触れ食事が口に合うかを確かめるときを除き、セレスと木こりの好きなように飲み食いさせました。

「あの人たちが話してること、なんか分かる？」セレスが小声で訊ねました。

「ひとこと漏らさずな」木こりが答えました。「彼らのほうでもわしが理解してるのは知ってるが、一から十まで君のために翻訳するというのはわしらふたりにとっても退屈な話だし、彼らに対しても失礼というものだろう。まあ、君にも要点くらいは察しがつくだろう——わしらと、なぜわしらがここに来たかだよ——なにはともあれ、詳しいことは食事のあとにもっとはっきりするとも」

みんなおしゃべりしながらぐずぐずしていないでさっさと食べ終わってくれたらいいのに、とセレスは思いました。フェイのこと、そしてブライスのさらわれた娘のことで、頭がいっぱいなのです。行動に出るのが遅れれば遅れるほど、赤ちゃんが生き残る確率は低くなってしまうのです——とはいえそれも、赤ちゃんがまだ生きていればの話でした。怪物たちに食われてしまった赤ちゃんがそうだったのか、セレスには自信が持てなかったのです。彼女はもう一度、影のようないくつもの存在がおくるみの中の赤ちゃんから光を吸い取っている様子を思い出しました。彼女の思いを察したかのように、木こりがセレスの左腕に触れました。

「今は耐えるんだ。この村で状況は好転するんだよ、それも君が思うよりも早くな」

木こりが意図的にカーリオの刺し傷を覆う包帯に指を触れているのに気づきましたが、セレスはほとんど動じませんでした。サアダが用意してくれた軟膏のおかげでむくみも霜降りのような模様も消え、ドライアドに襲われたあのとき以来、こんなに頭がすっきりしているのは初めてのことでした。まだすっかり元気になったわけではなくとも――傷口周辺の微かな圧痛に加え、感染して汚染されたぼんやりとした感覚がまだ残っていたのです――具合はずいぶんとよくなっています。

タバシは全神経を妻に傾けていましたが、彼の息子がセレスに注ぐ視線もそれに劣りませんでした。セレスの姿に目を奪われるあまり、バアコは一度ならずスプーンを口に入れそびれてしまい、おかげでシャツはシチューまみれになっています。

「どうやらいたく気に入られたようだぞ」木こりが、手にしたスプーンでバアコを指しました。バアコは気づかれたのを悟ると、ふたりからは見えませんがボウルの中に何か面白いものを見つけたような振りをしてみせました。

「ちょっと、やめてよ」セレスが顔をしかめました。「まだせいぜい十四くらいじゃない」

ですがどうやらバアコの耳は、目と同じくらい鋭かったようです。

「十五だよ。もうすぐ十六になるんだ」

セレスはこの情報だけを受け入れ、情報源のほうは無視しました。まるでティーンエイジャーのころに身につけた能力が睡《ねむ》りに就きながら、再び役立つ完璧な瞬間を待ってでもいたかのようです。

「うわ」セレスはテーブルをじっと見つめ、若者から顔を逸《そ》らしました。「じゃあもっと最悪だわ」

「年上好きかもしれんぞ」木こりが小声で言いました。

「ほんとに気持ち悪いこと言うわね。となりに座ってるだけでも気分悪いのに」

しかし彼女は、苦笑いせずにはいられませんでした。少年の気持ちが報われないであろう理由を細かく説いて聞かせるのは簡単ではないでしょうが、どれほどこの滞在が短くあってほしいと願ったところで、その間ずっとあの少年に色目を使われたのではたまりません。もしあまりにもしつこいようなら彼の母親と女同士の話をし、そしてセレスの苦境について木こりから事情を知らされているサアダに説明を任せてしまえばどうでしょう。そうすればサアダが息子を説き伏せようとしてくれるはずです。ですが、もしそれで炎を煽るようなことになったら、どうすればいいのでしょう？　セレスはごく平均的な十五歳の少年の頭の中身がどうなっているかなど考えたくもありませんでした――下劣という言葉も、おそらくもっとも控えめな程度でしょう――が、自分と同い年くらいの娘の肉体に成熟した女性が閉じ込められているという想像に、あの少年が余計に掻き立てられてしまうこともじゅうぶんにありえるのです。

みんなが食事を終えるとすぐ、タバシとふたりの子供たちはテーブルの上を片付けてお湯で拭き、それから乾拭きしました。それが済むと水が下げられ、アルコールが少しと炭酸の入った飲みもの――木こりの話では、馬の乳を発酵させて作るそうです――が出てきました。バアコとイメは酒を注いだらすぐ出ていくように言われましたが、バアコはこれから始まる話の場から追い出されるのが気に入らないこと、そして同じくイメも気分を害している様子であることが、セレスにもありありと分かりました。おそらくふたりは、セレス――彼らから見ればほんの少し歳上なだけです――が残ることを許されているのに、自分たちだけのけものにされるのに苛立っているのです。バアコは抗議しようと口を開けましたが、母親にぎろりと睨《にら》みつけられるとその場から出ていきました。

残念でした。セレスは胸の中で言いました。**あとでボスと相談しなさい、うまくいくといいわね。**

バアコとイメが出ていってドアが閉まると、サアダと客人たちがいっせいに木こりのほうを向きました。

「私たちの中には」サアダはそう口火を切るとゆっくり手を振るようにして、一緒にテーブルに着いている男たちや女たちを示しました。「フェイが戻ってきたかもしれないと聞けば、受け入れたくない者もいるでしょう。ドライアドはさておき――絶滅したと思われていたけれど、証拠の刺傷を見れば疑いの余地はないわ――隠れし者たちは千年以上にもわたって姿を消していたのよ。どうやら落ち着きのない種族だということで、大昔には季節の始まりごとに塚から塚へと移動していく姿が目撃されたものだけれど、そんな姿ももうすっかり見られなくなったわ。ここではほとんどの人が、絶滅してしまったのだと思っているわ。人間を恐れるあまりに姿も現せず、立ち向かうような強さもなく、巣穴に閉じ籠《こ》もり続けているうちにしぼんで消えてしまったんだってね」

サアダの声の調子も、そして顔に浮かぶ表情も、彼女が疑り深い人ではないことを、そしてテーブルに着く面々よりも事実を受け入れる心構えができていることを物語っていました。それを見たセレスは、木こりとサアダはどんな過去を共有しているのだろうと思いました。ふたりの間には何か睦《むつ》まじいものがあり、それが古い仲ゆえの敬意なのか、はたまた愛情なのかは分かりませんが、夫のタバシに嫉妬を抱かせるようなものとも、彼が気持ちよく公認できるようなものとも違いそうです。

「フェイが人間を恐れたことなどありはしない」木こりが言いました。「せいぜい用心深かっただけさ。フェイは人間を憎んでいたし、世界を分かち合おうとも思っていなかったが、恐れてはいなかった。人から見えんところに引っ込んだのも降伏したからでも、弱さの印でもない。あれはわざと戦略的にそうしたのだよ。そして、かつては頼りない戦略だったかもしれんが、今も同じとは限らんぞ。連中の戦略は長い時間をかけたものだよ、そしていつだろうとそれは変わらん」

「だが、時間がかかりすぎではないのかね？」テーブルにかけた男がひとり笑いました。「戦略とやらは失敗に違いないぞな」

髪は白く、白内障で視力を失いかけてはいても、自分のカップを手に取り発酵した牛乳酒を一滴たりともこぼすことなく飲める程度にはまだ見えています。食事の間じゅう、サアダがほとんどずっとひそひそ声で議論をしていたのが彼でした。反対派のリーダーがいるとしたら、この男です。

「フェイではなく、人間のような考えかたをするのだな、アバンシよ」木こりが言いました。「お前は齢八十にしてこの地では尊敬を集める年長者だが、フェイにしてみれば、まだ子宮から出てきたばかりの赤子にも満たんだろうよ。連中の時間はひどくゆっくりと流れ、そのうえとても忍耐強い。人間の世代が十、二十と移ろおうとも、フェイにとっては生を授かって成熟を迎えるにも足りないくらいなのだぞ」

「それが真実だとしてもじゃ」アバンシは言い返しました。「たかだか何人か殺したり森に呪文をかけたりだったのが、いきなり古の脅威の復活とは、ひどい飛躍じゃないかね」

木こりは言葉で答える代わりに右手を開き、そこに持っていたものをテーブルに出しました。松明の灯りを受けたそれは、光を緑色に変えて木のテーブル上に撒《ま》き散らしました。そこに置かれていたのは粗くカットされ、磨き上げられた翡翠《ひすい》の矢尻でした。セレスは、イングランドに持ち帰ったならどれだけの価値があるだろうと思いました。いや、この世界でももの凄い価値があるのかもしれません。セレスに分かるのは、こんなにも巨大な宝石を見たのは生まれて初めてだということだけでした。

「年老いた鹿の腰で、こいつを見つけてな」木こりが言いました。「フェイの作ったものであることは疑いようがない」

木こりは矢尻がサアダに回るよう、夫の手に渡しました。サアダは矢尻の先端や角に触れないよう気をつけながらじっくり吟味し、それからテーブルに置いて今度はアバンシの手元に滑らせました。それを手に取った老人が、まるで宝石の鑑定をする宝石商のように右目に近づけます。

「確かにこいつは、隠れし者たちの手によるものだわい」アバンシは、渋々といった顔で降参しました。「あやつらの冷気が宿っておる」

アバンシは矢尻をテーブルの上に戻すと、近くに置いておくのも嫌だといったように押しやりました。

「もしかしたら、鹿の王を殺すために誰か他の人が使ったのかもしれないわ」アバンシのとなりにかけた若い娘が言いました。

「本気でそう思うのか?」木こりが娘の顔を見ました。「猟師たちは、いつから翡翠の武器を使い、倒した獲物にそのままくれてやるような金持ちになったんだね? 呪文については、動物一頭や人間ひとり、なんなら一家まとめてかけてしまうことだってできるとも。だが森のほぼ全域に――それぞれさまざまな能力を持つ多種多様な動物たちの住処に――かけるとなるとひどく強力な魔法でなくちゃならん」

木こりはそう言うと、別の矢尻を取り出しました。今度の矢尻は石英でできており、セレスの父親がときどき発掘調査で掘り起こし自分のコレクションに加えていたものと似ています。

「これも、同じ老鹿から取り出したものだよ。賊は石の種類など気にも留めなかった。そいつにとってはどの石の価値も同じようなもので、つまりどれも等しく価値がなかったのさ。人間なら、そんなふうに考えたりはしない」

木こりはふたつめの矢尻をまっすぐアバンシの手元に滑らせました。アバンシはそれを、先ほどの矢尻と並べました。老人の疑念が崖っぷちに立たされているのが、セレスにも見て取れました。

「ミストレス・ブライスと娘を殺したのも、同じフェイなのかい？」サアダが訊ねました。

「その可能性がもっとも高いな。赤ん坊を連れ去ったのもそうだ」木こりがうなずきました。

木こりはいつから気づいていたのでしょうか？　セレスは考え込みました。どんなに早くともあの矢尻を老鹿から取り出してからでしょうが、そのときにはすでに疑いを胸に抱いていたに違いありません。初めて木こりの小屋で過ごした夜に聞かされた物語が、胸に蘇りました。モルジアナとフェイの貴族の物語です。おそらく木こりは、カーリオが己の存在を明かしたその瞬間から、ドライアドの出現がどんな未来を暗示しているのか、恐れを抱いていたのです。

「ひと月前、ここから一日のところにある村で、ある女が幼い息子を盗まれてな」アバンシが言いました。「捜索したんだが、男の子の痕跡は何ひとつ見つからなかったんじゃ」

「その罪を問われて、ふたりが吊るし首になったわ」サアダが言いました。「どちらも放浪者だったけれど、無実だったのかもしれない」

アバンシが肩をすくめました。「連中はごろつきよ。あの子をさらわなかったとしても、どうせ過去に同じくらいの悪さをしていたに決まっておる。わしも連中を吊るすのに立ち会ったが、ふたりとも手に血の跡があったよ。結局、当然の報いを受けたってことさね」

テーブルに、賛同の囁きが広がりました。アムネスティ・インターナショナルの一員であり、新聞に死刑反対の投書をしたこともあるセレスは、頑張って口を閉ざしていました。何を言おうともこの場にいる人々の心根は変えられないと、確信があったのです。

「仮にフェイが再びこの地上に現れたのだとして」サアダが木こりに言いました。「なぜ今なの？　何が変わったの？　自分たちが有利でない限り、帰ってくるはずなどありはしないのに」

アバンシが顎《あご》をしゃくり、セレスを示しました。

「こいつだよ。この娘が変化なんじゃ」これもまた歓迎しかねるとでも言いたげな声で、アバンシは言いました。

木こりはその場にいる全員にもはっきり見えるように、セレスの肩に手をかけました。この子は自分が守っているのだと。

「セレスは今や起こりはじめていることの一部かもしれんが、原因ではないよ。いきなりやってきたのだからな。フェイに予測できたはずがない」

「その子を連れてきたのがフェイか、連れてきた者とフェイが手を組んでいるのなら話は別だ」

声の主は、これまではただうなずいたり笑ったりするだけで話すのを妻に任せっきりにしていたタバシでした。木こりはいきなりタバシが割って入ったことに、驚いた様子も咎《とが》める様子もありませんでした。サアダも同じでしたが、彼女がこの乱入を楽しんでいる気配がセレスにも伝わりました。大人として長年にわたりさまざまな夫婦と時を過ごし、彼らの力関係を見抜くことができるようになっていたセレスは、これもまたタバシとサアダの関係を支える材料のひとつなのだと気づきました。妻の心の動きを知り尽くしているタバシは時として、彼女が用心から口にしなかったり、外交的な理由から言えなかったりすることを、自分が言葉にして口に出すことがあるのだと。

「わしが最後にここを訪れてから、この世界に起きたもっとも重要な変化はなんだね？」木こりが質問しました。

「ねじくれ男の死だね」サアダが即答すると、その場にいた全員がうなずきました。

「フェイどもですら、ねじくれ男に逆らおうとはしなかったからな」アバンシが言いました。「あの男ただひとりが、狡猾《こうかつ》さと残虐《ざんぎゃく》さをもって連中を凌駕《りょうが》していたんじゃ」

「ならばフェイどもが引っ込んだのは、人間と同様ねじくれ男のせいでもあったわけだ」木こりが言いました。「対決を避けるべきふたつの敵、一度に両方となるとさらに悪い。だがねじくれ男が滅び、連中も自分たちに風が吹いてきたと受け止めたのかもしれん。そこで、大規模な戦略が成功を収めるかどうかを見極めんとして、危険を冒してまで地上に出てきたんだろう」

「子供をさらったのはそれが理由というわけね」サアダが言いました。「地底で睡《ねむ》っている間は、フェイたちも栄養なんてほとんど必要ないものね。けれど地上で活動するとなれば、食わないわけにはいかない」

「まさしくそのとおり」木こりはうなずきました。「だがもしかしたら連中か、それともわしらが何か重要な勘違いをしているのかもしれない」

「勘違い？」

「ねじくれ男の生存だよ」

この短いひとことにテーブルは騒然となり、サアダがそれを必死に収めようとしました。そして握りこぶしでテーブルを思い切り叩き、ようやく秩序を回復させたのです。

「ねじくれ男は死んだのよ」サアダは声を荒らげました。「己の手で自分を引き裂いてね。デイヴィッド少年がそれを目撃したし、私たちだってこの目でちゃんと証拠を見たんだ。崩壊した城も、崩れたトンネルも、囚われの身から解放されて安息を手にした霊魂たちも。何より、あれっきりねじくれ男を見た者は誰もいやしないんだよ。もし生きているなら力を取り戻して新たな自分になろうとしたに決まっているのに、私がほんの子供だったころからこの世界になんの悪さもしちゃいないんだ」

セレスには、サアダは三十代の後半くらいに見えましたし、デイヴィッドが本に書き記したできごとからはもう八十年の月日が流れています。もしかしてサアダは見かけより歳を取っているのでしょうか？　それともフェイたちの他にも違う時間の流れを生きている者がいるのでしょうか？

「ねじくれ男が生きている証拠を、何か持っているのか？」タバシが訊ねました。

「それはこの子に話してもらうとしよう」木こりはそう言って、話に加わるようセレスに合図しました。「どうやってこの世界に来たのか、みんなに話して聞かせてくれ。頼む」

彼女は言われたとおりにしました。フィービーのことを、あの古屋敷のことを、そしてツタの中に見えた恐ろしい顔のことを話しました。そして女狩人が最期に残した言葉をみんなにも話し、サアダの睡《ねむ》り薬が効いていたときに見たあの本の迷宮と、あそこで語りかけてきた声のことを説明しました。セレスが話し終えると、証言を聞いたみんなが深刻な顔をして考え込んでしまったものですから、彼女はまるで自分に敵意を抱く陪審団が評決を下すのを待っている被告のような気持ちになりました。

「女狩人が嘘をついたのかもしれん」最初に口を開いたのはアバンシでした。

「なんのために？」セレスが訊ねました。「嘘をついてもあの人にはなんにも得がないわ」

「邪悪な女だったからでは？」サアダが言いました。

「確かに邪悪な人だったわね」セレスが答えました。「その証拠もこの目で見たわ。でも最期には、ようやく死ねると安堵していたはずよ」

「わしもセレスに同意するよ」木こりが言いました。「いまわの際、あの女狩人に嘘はなかった」

「でもねじくれ男がこの子に……あなたに何を望むというの?」サアダは質問の的を木こりからセレスに変えながら訊ねました。

「それは私にも」セレスは首を横に振りました。「でもきっと、私の心が彷徨《さまよ》っている間にねじくれ男と行き交ってしまったんだと思うの。私からは見えなくともあっちからは私の姿が見えて、あのとき聞こえた声だって、私が家で聞いた声とまったく同じだったんだもの」

「もしそれが本当だとしたら」アバンシが言いました。「あの男の願いは新たな玉座に新たな女王を据え、傀儡《かいらい》を通してまた支配者となることだろうな」

「この世界は、もうそんな世界とは掛け離れているわ」サアダが言いました。「ねじくれ男がこの世界の始まりから存在していたにせよ、あの男が作り上げたものは何もかも、デイヴィッドに打倒されたときに崩壊してしまっているんだもの。セレスを女王にするつもりだったとしても、せいぜい無の国の女王様にしかなれないのよ。ねじくれ男になんの得があるというの?」

陰謀の駒にされると思うと、セレスはいい気分ではありませんでした。どんな陰謀なのか誰にもはっきり分からないのならばなおさらです。

「あの男のやりかたは狡猾じゃ」アバンシが口を開きました。「いや、狡猾じゃった。いやはや、またあやつめがこの国に取り憑いているなど、とてもやすやすとは受け入れられんよ」

「だとしても、経緯《けいい》はどうあれ生きているとみなさねばならん」木こりが言いました。「そして、よくよく用心しなくてはな。もしわしらが間違っていたら——そうであってほしいものだが——警戒が徒労に終わるだけで済むが、もし正しいとするならば、ねじくれ男が何を企んでいてもいいようしっかり備えることができる——フェイどもも相手にも無駄にはなるまいよ」

「お前さんの言うとおりだとしたら」アバンシが言いました。「地の底にうんざりした意地汚いフェイどもが、ひとつ悪戯《いたずら》でもしてやろうと徒党を組んで地上に出てきただけかもしれんぞ」

ですがセレスは彼がテーブルの上、目の前に置かれた矢尻から白濁《はくだく》した目を逸らしているのに気が付きました。この老人の目が悪いのは確かですが、どうやらそのうえ目が悪い振りもしているようだとセレスは推理しました。

「いくら被害者が少ないとはいえ、女をふたり殺して赤ちゃんをさらったのだから、ただの悪戯では済まないわ」サアダが反論しました。

「軽く聞こえたのなら、そんなつもりじゃないよ」アバンシが言いました。「だがただの侵入と生存の危機は、同じじゃないだろう」

「侵入に対処せずにいると、すぐに生存の危機が訪れるぞ」木こりが言いました。

「私たちはどうすれば？」サアダが木こりの顔を見ました。

「全員にひとつ、役割がある。セレスとわしは、ボルウェインに危機を知らせに行かなくてはならん。あの男が指導者を志し、庇護者として痩せ衰えたハルピュイアたちを虐殺する以上の器を持つのならば、それを証明する機会を与えるとしよう。そしてここ、この小屋の中ではサアダ、お前さんを守るのが最優先だ」

「どうしてさ？」

「わしの考えじゃあ、フェイどもがミストレス・ブライスと娘を殺《あや》めたのは、あの親子がフェイの毒と呪文に対抗する力を持つ古の薬学に精通した、最後の名手のうちのふたりだからよ。そしてセレスを相手に証明してみせたように、もうひとりがお前さんさ。ということは、お前さんを消したならフェイどもは安泰ということになる。ゴグマゴグ一家にも似たような警告をしてきたんだ。巨人が鍛えた鉄には特別な力が宿るのは古くから知られている話だし、もし一家の竈《かまど》から炎が消え、それと一緒にゴグマゴグの命の火も消えたなら、フェイどもはさぞかし喜ぶだろうからな」

「準備できる時間はどれだけあるんだ?」タバシが質問しました。「数日か、それとも数週間か?」

木こりは首を横に振りました。

「数時間だ」

36

Frumbyrdling
（古英語）

初めて髭《ひげ》を伸ばしている少年

サアダの村は、住人たちにサラアマという名で呼ばれていました。「安全な場所」という意味です。村の北側は岩だらけの急斜面で守られており、砂利にゆるく覆われたその山肌は危険で歩きにくいものですから、この方角から近づくものがあれば村の住人たちはすぐに気づきました。そして南、東、西は、どんなに逞《たくま》しい馬であろうと流されずに対岸まで泳ぎきるのは困難なほどに深く流れの速い川に囲まれています。川には荷馬車一台が渡れるくらいの幅の橋がひとつかかっているだけで、両岸に衛士《えじ》が立ってそれを守っていました。橋から村の正門へと続く一本道は鋭く尖った杭《くい》と茨《いばら》の壁に囲まれていました。夜になると橋の衛士たちも安全な壁の中に退《さ》がり、門も閉ざされます。

ですがサラアマはループたちの時代から一度も攻撃を受けたことがなく、近隣とも良好な関係を築いてそれを享受してきました。その結果村人たちはすっかりくつろぐようになり、警戒心さえ忘れ、見張り番たちも夜になると躊躇《ちゅうちょ》なく持ち場で居睡《いねむ》りするようになってしまったのです。

サラアマはもはや、侵略されるのを待つ砦《とりで》でした。

セレスは夜気を吸いに出ており、フェイに対抗するにはどうするのがいちばんいいか、彼女抜きで話し合いが続いていました。この村の長は確かにサアダかもしれませんが、村の維持や物資の調達、そして警護を含め日常的な業務の多くはアバンシ――ほとんど目が見えないのか、そうでないのかは不明ですが――が取り仕切っていました。言い換えるなら、最終決定がサアダに委《ゆだ》ねられてはいても、権力と影響力を持っているのは彼だったのです。何かすべきことがある場合には、アバンシの力添えが欠かせませんでした。それがなくては仮にやり終えたとしても、悲惨な結果になるのがおちなのです。フェイについて――そして、そうです、ねじくれ男について――彼が納得せずにいる限り、脅威に抗《あらが》うためにどんな努力を払おうとも失敗に終わる定めなのでした。

夜気には村を照らす松明《たいまつ》が燃える臭いと、丸い家々を暖めている炎の臭いがしていました。家々はゴグマゴグの円形砦と似たりよったりの形をしていました。石や木の柱に網枝や漆喰《しっくい》で作った板を組み合わせ――中には網藁《あみわら》や丸太の壁の家もいくつかありますが――その上に丸い茅葺《かやぶ》き屋根を載せているのです。ちょうど、鉄器時代の訪れまでブリテン島の人々を風雨から守っていた家々によく似ていました。週末、雨の降る午後に父親と連れ立って、吹きさらしの荒野に復元された先史時代の住居を訪れたことを、セレスはよく憶えていました。母親はそれに付き合わず車の中に残り、小さくなってBBCラジオ4を聴いているか、場所に恵まれたなら手近なパブで雨宿りしていました。きっと父親がサラアマに来たら大喜びしたでしょう。茅葺き屋根の隙間からは煙が漏れ出し、目抜き通りに敷かれた細かな砕石が、まるで空から落ちてきた星屑《ほしくず》たちのように月明かりを反射していています。ティーンエイジャーのセレスはよく、父が人生のほとんどを往古《おうこ》の探求に没頭することに費やし、かつての光景を想像し、再現しようとしてばかりいる姿に悲しみを覚えたものでした。そんなことをしていたら今の素晴らしさをろくに味わえなくなってしまうのではないかと、不安になったのです。やがて歳を重ね、自分の背後に伸びる人生が長くなっていくにつれて、過去と折り合いをつけるのがいかに大事なことかにセレスは気づいていきました。いずれ、自分がこよなく大切にするものがすべて、思い出の中にしかなくなってしまうのですから。もしかしたら、今彼女の元に残されているフィービーはすべて思い出であり、これから先もそのまま何も変わらないのではないでしょうか？

　とつぜん物音がしてセレスがはっと顔を挙げると、自分をじっと観察しているイメがいました。サアダの娘です。

「こんばんは」セレスは初めて、少女に声をかけました。

「こんばんは」イメが答えます。「こんなところで、ひとりで何してるの？」

「考えごとをね」

「考えごとって、どんな？」

「私の家とか、父さんとか、娘のことよ」

　イメは不思議そうに首をかしげました。

「娘さんがいるような歳には、とても見えないけど」

「見た目より歳を取ってるからね」

「娘さんはおいくつなの？」

「あなたよりちょっとだけ歳下かな」

「嘘つかないで。そんなはずないでしょ」

「本当よ。そんな大事なことで、嘘なんてつかないわ」

　イメが近づいてきました。

「娘さんのお名前は？」

「フィービー」

「いい名前。どんな意味があるの？」

「明るいっていう意味よ。きらめく光みたいにね」

「あなたがいないのに、誰が娘さんと一緒にいるの？　お父さん？」

「もうあの子の父親とは住んでないのよ。ふたりきり」

「じゃあ、あなたのお母さんとお父さんは？　娘さんの面倒を見てくれないの？」

「父さんは死んでしまったし、母さんは外国に住んでいるからね」

イメは、すべての家族やすべての友人が石を投げれば当たるような距離の社会で暮らしているので、セレスの話すような身の上がなかなか想像できませんでした。その口から、苛立ちのため息が漏れます。

「じゃあ、誰が娘さんのお世話をしてるの？」

「フィービーは病気なの」セレスが言いました。「今は病院にいるわ……あなたのお母様みたいな人たちが子供たちの世話をしてくれるところにね。私の代わりにあの子を見てくれているのよ」

「娘さんの病気、治るの？」

「どうかしら」

セレスは声を震わせましたが、そのとたんにイメの興味はもっと差し迫った問題に飛び移りました。

「兄さんがあなたを好きみたい」

「本当に？　だったら、悪い報《しら》せを伝えなきゃいけなくなるわね」

　ですがイメは、簡単に諦める気はないようです。

「あなたと結婚したいんだって。朝になったら木こりのおじさんと話して、取引をするつもりなんだから」

「え……どういうこと？」

「話をまとめるにはいくつか細かいことを決めなくちゃいけないけど、兄さんはそんなに時間はかからないだろうって。たぶん木こりのおじさんは雌牛《めうし》八頭で手を打ってくれると思うけど、兄さんは六頭までしか出す気はないの」イメは、指のささくれを齧りました。「でも雌牛六頭だってすごくたくさんなんだから。あなたは四頭でいいと私は思うわ」

　セレスはむっとしました。

「私、雌牛六頭なんかより価値あると思いますけど」と反論します。

　雌牛指数的に見ればあなたは自分を高く見積もりすぎだとでも言わんばかりに、イメは肩をすくめてみせました。

「あなたの妹になるの、あたしは歓迎よ」彼女が話を続けました。「兄さんとの間《あいだ》に最初の娘ができたら、あたしの名前つけていいから」

　セレスは、どうも面倒な話になってきたと感じ、さっさと終わらせてしまうことに決めました。

「そんなことは絶対に起きないから」

「どうして？　イメはいい名前だと思うけど」

「素敵な名前よ。でも私はお兄さんとは結婚しないし、娘の名付けなんて必要にならないから。家父長制って聞いたことある？」

「ないと思う」

「じゃあ教えてあげる。お兄さんの頭をばっちり支配してるみたいだしね。あの木こりさんは、私を花嫁として差し出すような立場の人じゃないの。キリスト教圏の雌牛をぜんぶ持ってきたって無駄よ。だから結婚して幸せになりたいなら、バアコ君は他のところで相手を探さなきゃ駄目ね。そして相手が見つかったら、雌牛の数をケチろうとこそこそ作戦を練るよりも、まずはその前に相手の女の子と知り合って相手も同じ気持ちかどうかを確かめることを強くお勧めするわ」

「そんなの上手くいくわけないよ」イメが答えました。「だって、順番がまるっきり逆だもん」

「あなたのお母さんはどうなの？　そんな馬鹿馬鹿しいこと、絶対させたくないと思ってるはずよ」

「お母さんは結婚のことについては考えが古くてね。あと、雌牛の価値もよく知ってるわ」

あなたと違ってね、という声がセレスには聞こえるようでした。

「やれやれ……青銅器時代の家に住んでるからって、生きかたまで青銅器時代のまんまじゃなくていいのに」セレスは憤慨《ふんがい》したように――ですがどこかぎごちなさを醸《かも》しつつ――言いました。

「青銅器時代って何？」

「ああ、それは別に――」

そのとき松明という松明がすべて消え、ふたりは闇に包まれました。

37

Wæl

(古英語)

大量殺戮《さつりく》、大虐殺

　この殺戮が終わったあとで、セレスは心を奮い立たせて、目の前で起きた、あまりにも自分とは掛け離れた、そしてあまりにも血みどろのできごとの断片を繋ぎ合わせなくてはならなくなるでしょう。ですが今はまだ暗闇の中、いちばん傍《そば》の松明をまるでバースデー・ケーキの蠟燭《ろうそく》みたいにさっと吹き消した冷たい突風を肌に感じていました。その風はチョウジとお香、そして——そう、彼女ははっきりと分かりました——サフランの香りを運んできましたが、その下から確かに鼻を突く腐敗臭が漂っていました。まるで嫌な客人に出す前に、腐った肉に香辛料をまぶしてごまかそうとしたかのようです。そして炎が誰かに吹き消されたようにセレスが感じたのも、どうやら間違いではなかったようです。どこか彼女の傍から息を吸い、吐く音が聞こえ、まるでふたりの若い娘の周りを誰かが、何かがゆっくりと回っているように、その音が左から右へと移動しているのです。

　セレスはイメを自分の傍に引き寄せ、鞘《さや》から短剣を抜きました。炎が消えたことに気づいた村人たちが調べに出てきてくれるよう祈りましたが、誰も姿を見せません。みな安全な自分の家で、我が家の炎に身をぬくめているのです。セレスは影に潜む脅威の正体を確かめてやろうと目を細めましたが、照らす松明の灯りを失った夜闇は、なおも黒々と濁《にご》っていくのでした。その闇のあちこちにとぐろを巻いた影が蠢《うごめ》き、どんどん深まりながら近づいてくるのを見たセレスは、水に落ちたインクが形を変え、水を曇らせ、支配していく様子を連想しました。そしてこの闇は、太陽にも、月にも、そして星にも触れられたことのない真の闇だと感じました。地獄の闇、墓穴の闇なのだと。

大声を出して村人にもこの脅威を知らせようと口を開けましたが、彼女がどんなに頑張ってみても、言葉は何も出てきませんでした。まるで、幼いころに見た夢の顕現でした。目を覚ますと見知らぬ侵入者が部屋にいる夢です。目に見えず手を触れることもできないけれど確かに幽霊がそこにいて、セレスに害をなすことだけを願っているのです。けれどセレスが両親を助けに呼ぼうとしても囁《ささや》き声すら出てはくれず、そうしている間にも幽霊はどんどん近づいてくるのです。幽霊には、形がありません。なぜならその幽霊は、名前のあるものも、そしてまだ名前を持たぬものも含め、彼女が抱く恐怖や畏怖の——人生の苦しみや、いずれ訪れる喪失の——象徴だからです。

イメがしがみついてきました。セレスがおそるおそる下を見てみると、イメは口を大きく開けて声にならぬ悲鳴をあげていました。ふたりを見ていた者が、ついに姿を現したのです。

それは男でした。いや、男に似たものでした。とても背が高く、黒い髪を頭のてっぺんでゆわえており、耳があるはずのところには何もありません。細長い猫のような目は顔の正面ではなく頭の側面に近いところに付いており、そのせいで男の顔には、さまざまな獣たちの要素を組み合わせた捕食者を思わせるような獰猛《どうもう》さが備わっておりました。森の緑色をしたチュニックと苔《こけ》の茶色に染めたズボン姿で、踵《かかと》のない革のブーツを履いています。不意に物音を立てたり光を反射させたりして獲物を警戒させることがないよう、なんの装飾品も身につけず、服には金属でできたボタンや留め具のひとつも付いていません。手にしている剣までくすんだ灰色で、柄《つか》も黒で覆われているのです。柄を握る手は手袋に包まれており、わずかに指先だけが覗いていました。進んでくる男を見て、セレスはその理由を悟りました。爪が長く、黒く、とても鋭く、まるで武器そのものだったのです。

　ですが一見、美しい男でもありました。恐ろしさこそあるものの、身のこなしがぞっとするほどに優雅だったのです。そして、あのスパイスと腐敗臭の入り混じった吐息が再び彼女の元まで漂ってくるや、手を伸ばせば届く距離まで男が近づいてきました。破滅的なその姿が、セレスにもさらにはっきりと見えました。その顔には無数の亀裂や皺《しわ》が刻まれていました。若者の姿を描いたものの古くなって乾燥した膠《にかわ》のせいでひび割れ、歪《ゆが》み、美しさと醜《みにく》さの同居する奇妙な姿になってしまった油絵の肖像画のようなのです。白目は黄ばみ、剝《む》き出しの歯茎は下がり、薄い髪の間からは、ところどころ頭蓋骨が覗いています。まるで人生の盛りに命を失い死体のまま蘇《よみがえ》り、避けられぬ腐敗に抗っている死者のようでした。セレスは父親の言葉を思い出しました。**彼らは死と半ば恋に落ちた……。**そして自分は今フェイの目の前にいるのだと悟ったのです。

　それでもまだセレスは叫ぶことも、そして体を動かすこともできませんでした。手にした短剣はずっしりと重く、その場に凍りついてしまっていました。彼女にできるのは瞬《まばた》きと呼吸だけ――ですがもしフェイが意のままにしたなら、すぐにそれすらもできなくなるでしょう。彼が話すのが聞こえました。どれもセレスには意味の分からない言葉ばかりでしたが、おそらく松明の火が消えてからずっと聞こえていたのだとセレスは気づきました。そのとき、男の魅惑が彼女とイメを包みはじめました。囁きが美しい旋律のように流れ、彼の深紅の唇《くちびる》が――腹を満たしたばかりのヒルのように、異様にぽってりとした唇です――奏でる言葉は、狙いを知っているはずのセレスの耳にも魅惑的に、甘やかに響きました。その狙いとは、やすやすと殺《あや》めることができるよう彼女に催眠をかけてしまうことなのです。

しかし、フェイが手を伸ばした先にいたのはセレスではなく、イメでした。彼はイメの髪を鷲摑《わしづか》みにして自分のほうに引き、その生命を今にも奪おうと、剣を振り上げました。そしてフェイが思い切り剣を振り下ろそうとして深く息を吸い込んだその瞬間、奇妙な舌が口から突き出しました。その矢筋肉と血ではなく、杉と鉄の舌です。フェイの背後から一本の矢が猛烈な勢いで頭を貫き、その矢尻が、滴《したた》る青黒い血とともに唇から六インチほども突き出していました。フェイは刹那《せつな》、混乱を顔に浮かべて立ったまま固まっていましたが、すぐに膝《ひざ》から崩れ落ち、顔面を泥に埋めるようにしてどうと倒れました。その衝撃で矢羽根が、かつてその羽根の主であった鳥の最後に残されたわずかな記憶が取り憑いたかのように震えました。

フェイの死とともに魅惑が解けると、セレスの喉に詰まっていた警告の叫びが解き放たれました。

「来たわ！　フェイが来た！」セレスが叫びます。

それに続けてイメの悲鳴が響いた瞬間、セレスは命を救ってくれた射手に気づいたのでした。男は新たな矢を弓につがえ、次の標的を探していました。最後に撮られた写真よりも若く見えますが、セレスはひと目見て正体を悟りました。

「デイヴィッドさん……？」

「話はあとだ」男が答えました。「その短剣、使えるかい？」

「どうだろう。まだ使ったことがなくて」

「なるほど、早くこつを摑んだほうがいい」

セレスが言葉を続けるよりも早く、男は去ってしまいました。村じゅうの家々から、手に手に武器を持った村人たちが駆けだしてきており、あとから松明で闇を照らしながら付いてくる人々も見えました。中央に立つ円形住居からは、サアダとタバシ、そしてアバンシをすぐうしろに従えて木こりが現れました。木こりは斧《おの》を、他の三人は足ほども大きさのある穂が付いた槍《やり》を持っています。男も女も武器を手に、あとから次々と出てきています。

木こりはサアダとタバシを従えたまま、セレスとイメに駆け寄りました。

「怪我はないか?」

ふたりが首を横に振ると、タバシが侵入者の軀《むくろ》を仰向けにひっくり返しました。突き刺さったままの矢がぽきりと折れました。

「間違いなくフェイだな」タバシが唸《うな》りました。「だがこの矢は僕たちのものとは違う」

「殺したのはデイヴィッドさんよ」セレスは木こりに言いました。

「デイヴィッドがここに?」

ですがセレスには、詳しく話す間もありませんでした。すぐとなりでアバンシが宙に浮き上がりながら、苦しげな悲鳴を放ったからです。首に巻き付いたロープで屋根に向けて引っぱり上げられ、アバンシの足が地面を離れます。フェイたちの魔力が生み出す闇の中、屋根に身をかがめる毛むくじゃらの影がかろうじて見えました。男たちはアバンシの脚を摑もうとしましたがすでに手は届かず、上半身はもう屋根の縁《へり》の先へと消えてしまっていました。誰かが闇に向けて矢を放ったので、サアダはアバンシに当たると言ってすぐに止めましたが、それも頭部を失った彼の亡骸《なきがら》が地面に落ちてくるまでのことでした。アバンシを傷つける心配がなくなった村人たちは槍や弓矢での攻撃を雨あられと放ちましたが、アバンシを殺《あや》めた何者かはすでに姿を消してしまっていました。

木こりがサアダの腕を摑みました。

「家の中に戻るぞ。お前さんの身に何かあってはならん」

「でも村人たちを放っておくなんて。みんなが戦い死んでいるときに、隠れているわけにはいかないわ」

「フェイどもはお前さんを殺しに来たんだぞ。連中の狙いどおりにお前さんがいなくなれば、苦しむのはここの民だけでは済まなくなるんだ」

「この人の言うとおりだよ」タバシが言いました。「君がいなくなったら僕たちはみな弱くなってしまう――それに僕は」やや間を置き、彼は言葉を続けました。「僕は生きていけない」

サアダは木こりの意見の正しさと、夫の言葉に表れる愛情の深さに、申し出を受け入れました。すぐに剣や槍を構えた戦士たちの一団が彼女とイメを取り囲み、安全な長の住まいまで退却を始めました。

「君も一緒に行くんだ」木こりがセレスに声をかけました。

「やだ、あなたと一緒にいるわ」そう答え、短剣で素振りをしてみせます。「じゃなきゃせっかくのこれも、ただの飾りになっちゃうもの」

木こりはもう、説得すらしませんでした。そんな時間などありはしません。フェイの手にかかり、村人たちが命を落とそうとしているのです。

「闇の中ではあいつらと戦えんぞ」木こりがタバシに言いました。「もっと灯りが要る」

「松明を！」タバシが命令を放ちました。「ありったけ持ってくるんだ！」

あっという間に周りで次々と新たな炎が上がり、フェイの闇は焼けるのを恐れる動物のように消えていきました。

「小さな集団を保つんだ」木こりが大声で命じました。「忘れるなよ、わしらにとって松明は鉄と同じだ。炎は武器であり、その灯りは味方なのだ」

セレスの横には、火の点いていない松明の山がありました。一本を手に取り、火鉢から炎を移します。フェイの闇に包まれていて何も見えませんが、あたり一面から混乱と狼狽《ろうばい》の叫びが聞こえてきています。彼女の右のどこかで甲高《かんだか》い叫び声があがり、続けて「やめて！　やめて！」という女の悲鳴が聞こえました。すぐ傍から聞こえているようです。セレスは木こりを見やると、タバシともうひとり男を連れて、声の主の救出に向かいました。一行の行く手から濃厚な暗闇が退《しりぞ》いていきます。逃げ遅れた闇の端が炎に焦がされる微《かす》かな音が何度か聞こえ、火の点いた火薬のような臭いが遅れて漂ってきました。

一軒の家の戸口から、倒れた老人の上半身だけが出ているのが見えました。一匹のフェイが、その上にそびえ立つようにして立っています。セレスを襲ったものより小型で色も薄く、顔にも体にも男と女両方の性質を備えています。彼らは右手で赤ちゃんの片脚を握っていました。赤ちゃんは頭に血をのぼらせ、もう紫色に変色していました。女がひとり――おそらく赤ちゃんの母親でしょう――フェイを捕まえており、フェイは必死にその手を振りほどこうとしていました。女が漁網を投げてフェイの左半身を覆っており、それが肩から脚まで絡《から》まっているものですから、フェイはなかなか剣を振るえずにいました。女は左腕を伸ばして剣を持つフェイの腕にしがみつきながら、小さなナイフで革の鎧《よろい》に切りつけていましたが無駄なことで、逆に身を捩ったフェイの剣に網を切り裂かれてしまいました。網を振り払ったフェイが難敵めがけて弧を描くように、下から剣を振り上げます――

セレスは両手で自分の短剣を握ると渾身の力を込め、フェイの腕を手首のところで叩き斬りました。ヴァイオリンの調律を忘れたまま同じ旋律を辿《たど》るオーケストラのような苦悶《くもん》の叫びをフェイが放ちましたが、木こりの斧の一撃とともにそれも途絶えました。新たな首なし死体が転がり、アバンシの死に正当な報《むく》いが成されたのです。死んだフェイの手が赤ちゃんから離れ、地面に倒れていた母親が我が子を腕に抱きました。セレスは戸口に横たわる老人の様子を見に行きましたが、彼の苦しみはもはやほとんど終わりへと近づいていました。もうすぐ、土の歓迎を受けることになるのです。先ほどの女が赤ちゃんをしっかりと抱き、老人の傍に付きました。

「私が見ています。さあ、行ってください。みんなを助けてあげて」彼女が言いました。

セレスは村人たちのところに駆け戻りましたが、みんなの目はある女たちの一団に釘付けになっていました。棒切れや槍や熊手を手にした女たちが、侵入者の一匹を切り立った山肌に追い詰め、そこから動けなくしていたのです。木こりは群衆を掻き分けて進んでいきました。セレスが目を凝《こ》らすと、村人たちが捕まえているのはかがんで身を丸めた毛むくじゃらの獣でした。大きさはマウンテンゴリラを優に超え、ぼさぼさの茶色い毛並みの上に青白い禿頭《とくとう》が乗っており、顔はひどい潰瘍《かいよう》のせいですっかり歪んでしまっています。

「あれはロウヘッドだな」木こりがセレスに教えました。「ホブゴブリンだよ」

ホブゴブリンの目は黄色く、奇妙で無表情な邪心がそこに浮かんでいましたが、もはや疑いようはありませんでした。片手に斬り落とされたアバンシの頭を持っているのです。敵意を剝き出しにした女たちに取り囲まれようとも、おいそれとは渡したくない記念品というわけです。セレスにもその理由がよく分かりました。ホブゴブリンの纏う鎧には黒ずんだ人間の骸骨の肩章が付いていましたし、革には一見真珠のようなものがたくさんはめ込まれているのですが、よく観察してみるとどれも人間の歯だったのです。怪物の両肩にはアバンシを捕らえるのに使った細い紐がかけてあり、右手には石英や翡翠でできた鋭い棘《とげ》が何本もついた、木の棍棒《メイス》が握られていました。

木こりが近づいていくとホブゴブリンは新たな、そしてさらに手強い敵を認めて牙を剝きましたが、木こりはただの目眩《めくら》ましに過ぎません。ホブゴブリンが彼のほうを向いて棍棒を振り上げたとたん、無防備な脇腹が顕《あらわ》になりました。刹那、群衆からタバシが飛び出してその脇腹に槍を突き立て、切っ先が心臓に届くまで思い切り押し込みました。そしてホブゴブリンはがくがくと身を震わせ、死んでしまったのでした。

「敵が逃げるぞ！」遠くで誰かの叫び声があがりました。セレスは夜が明けはじめ、闇が晴れていくのに気づきました。フェイたちが逃げ去っていきます。

「門を固めろ！」誰かの声が響きました。「あいつら、子供を捕まえてるんだぞ！」

セレスは村人たちとともに門に走りましたが、せっかくの警告も手遅れで、損害はすでに深刻でした。開いたままの門から、村人たちが夜を睨《にら》みつけました。その顔を橋の炎が照らしています。撤退を確実なものとするためフェイたちが火を放ち、橋は凍てつくような青い炎に包まれていたのです。

ですがフェイ自身や、フェイたちが盗んでいった子供たちは、影も形も見当たりませんでした。

38

Wæl-Mist

（古英語）

戦場と軀を覆う靄

サラアマは、惨憺《さんたん》たるありさまでした。七人が命を落とし、その倍の負傷者が出たうえに、男の子と女の子、ふたりの赤ちゃんが消えてしまったのです。すでに何人かの村人たちがフェイを追うため小舟の準備をしていましたが、木こりはなんとかそれをやめさせようとしていました。

「闇夜にフェイを追うなどとても無理だ。昼間でも追うのは難しいし、もしミストレス・ブライスと娘を殺したのが同じ連中なら、足跡ひとつ残していないはずだ。そのうえ連中はお前たちよりもずっと目と耳がきく。いいカモにされるのがおちだぞ」

　ですが村人たちは聞く耳を持とうとはせず、さらわれた赤ちゃんの家族たちはなおさらでした。セレスは、責める気になれませんでした。赤ちゃんをさらわれてしまった親の気持ちは痛いほど分かるのです。フェイと赤ちゃんが手の届かないところに行ってしまおうとしていると知りながら、夜明けの訪れまでただ手をこまねいているなど、とても考えられないでしょう。あのサアダですら、追跡をやめろと説き伏せることができなかったのです。

「行かせてあげましょう」サアダは木こりを見て、悲しげに首を横に振りました。「私たちには止められないわ」

「**いや、お前なら止められる**」木こりが言いました。「日の出まで待つよう命令を出せ」

「その結果赤ちゃんたちが死んでしまうことになったら、二度と許してなんてもらえないんじゃなくて？」

「赤ん坊たちにすぐ危険が訪れるわけじゃない」木こりは答えました。「フェイどもは赤ん坊を生かしたまま、少しずつ光を喰らいたがるだろうからな。活動を続ける力を蓄えるために」

「でも、食ってしまうことにしたら？」サアダが木こりの顔を見ました。「そしたらどうするの？」

「そんなことにはならんよ。味方から犠牲を出しながら、なんとか連れ去った赤ん坊たちだ。それに襲撃の目的であったお前さんは殺しそこねたし、今後は奇襲もできなくなってしまったのだからな」

「だとしても、一刻も早く赤ちゃんを追いかけたい家族たちを止められないわ」

ふたりには、武装した男女の村人たちを満載した三艘《さんそう》の小舟が川を渡っていくのを、見送ることしかできませんでした。小舟を降りた村人たちが川岸の土手を登り、夜闇に飲み込まれていきます。そしてサアダは、苛立ちながらぶつぶつつぶやいている木こりをひとり残し、他の村人たちとともに負傷者を手当し戦死者を埋葬するため、壁の中に退いていったのでした。

「あなたには理解できないわ」セレスが静かに声をかけました。「血を分けた子供がいないんだもの」

「君に何が分かるんだ？」木こりが答えました。その顔によぎる怒りに、セレスはぎょっとしました。木こりはまだ何か言いたげでしたがぎゅっと唇を噛みしめると、どうか付いてきてくれるなと言わんばかりに足音も荒く門をくぐり帰っていきました。

セレスの傍で、別の声がしました。

「君は勘違いをしているよ。あの子たちはみんな、木こりのおじさんの子供なんだ」

声の主はデイヴィッドでした。セレスは最初のフェイを殺したあのときから彼と話していませんでしたが、木こりと親しげに短い言葉を交わし合うのを目にしてはいました。彼は川岸に腰を下ろし、左手にできた小さな傷に包帯を巻いているところでした。セレスもとなりに腰を下ろします。

「どういう意味？」

「あの人はこの場所を司《つかさど》る世話人なんだよ。いや、ここだけじゃない。僕の考えでは、ここはたくさんある世界のうちのひとつでしかないか、さらに正確を期すとすれば、ひとつの同じ世界が見せるさまざまな姿のうちのひとつと言おうか。あの人は、すべての喪失を感じ取っているんだ」

「だけどそれは、母親とか父親になるのとは違うことだわ」セレスが言いました。

「そうかい？」デイヴィッドは包帯を縛ると、手を握ったり開いたりしてちゃんと結べたか確かめました。「もしかしたら、君の言うとおりかもしれない。でも、あの人のほうがずっとつらいのかもしれないよ」

「どうして？」

「なに、ただのひとりごとさ。聖書に『人《ひと》その友《とも》のために己《おのれ》の生命《いのち》を棄《す》つる、之《これ》より大《おほい》なる愛《あい》はなし』という一節があるだろう？　僕はずっと、これは間違いだと思ってるんだ。もっとも大いなる愛とは、見知らぬ者のために命を投げ出すことだよ。人が我が子を愛するのは、自分の血を分けた子供だからだ。他人の子供が苦しんでいれば可哀想に思うけれど、同じ気持ちじゃない。気持ちの深さが違う。同じなわけがない。だけど木こりのおじさんはそうじゃなくて、僕たちとは違うのさ。あの人にとっては、すべてが等しいんだよ」

「フェイは別だけどね」セレスが言いました。

「フェイのことだって、傷つけたくはないのさ。けれど強き者が弱き者を迫害するのを黙って見てるような人じゃないんだよ」

デイヴィッドは横に置いた鞄《かばん》から水筒を取り出し、セレスに差し出しました。

「これは？」

「ブランデー……みたいなものだよ。自分の家で手作りするんだ。まずくはないよ。最初は燃えるようだけど、すぐに慣れる」

「ブランデー、好きじゃないの」

「いいから飲みなよ。君はアドレナリンが切れかけているし、そうなればすぐに肉体からその罰を受けることになるぞ。ブランデーが力になってくれる」

セレスは水筒を受け取り、躊躇《ためら》いがちに口を付けました。デイヴィッドの言葉は嘘ではありませんでした。中身の酒は彼女が好きではないサクランボの味で、喉を焦がしながら胃袋へと降りていくのです。彼女は、甘く濃い紅茶ならよかったのにと思ってはいましたが――彼女もフィービーも、これがお気に入りなのです――体が温まり気持ちが落ち着いてくるのは否めませんでした。

「ところで、私はセレスよ」

「ああ、そう聞いたよ。何歳だい？　十六？」

「三十二。八歳の娘がいるわ」

デイヴィッドは笑いましたが、信じていない笑いではありませんでした。

「初めてここに来たときに若返っちゃったのかい？　きっとびっくりしただろうね」

「また十六歳に戻るなんて最低よ。思春期を振り返っても最悪の一年だったもの」

セレスはブランデーをもう一度口いっぱいに含むと、今度は落ち着いて飲み込みました。

「私のずっと前にここに来たんでしょう？　正確に、ここはいったいどこなの？」

「正確にかい？　ここはそういうはっきりした場所じゃないよ。妻と子と再会を果たしたときには僕もここは天国かと思ったけど、フェイみたいな人殺しを受け入れるのであれば天国なんかであるわけがない。それでも深く苦難していようとも強く夢に見さえすれば、ここを訪れて自分が味わえなかった人生を送れる人もいる……そういう場所なんだと思うよ。じゃなきゃ、死の間際に脳内で活性化する小さなニューロンが見せる夢だということも考えられるけど、そんな空想はまったく楽しくなんてないだろう？　まあ、自分が死ぬかもしれないなんて君が考えるのは、まだ先なんじゃないかって話さ。違うかい？」

「ええ、そうかもね」セレスはうなずきました「死んでしまおうか悩んだことはあるけどね」

「昔の僕もそうだったよ。でもこれは違う、死なんかじゃない。でも近いんだよ、普通の人生なんかよりもずっと近いんだ。もしちょっと道を間違えれば、死とはどんなものかをあっという間に思い知らされてしまう。そしてこの世界は永遠でもない。僕も妻や子のように、歳を取っていく。いつの日か、僕たちもこの世界を去り、どこか次の場所に行かなくちゃいけない時が来るんだ。その日を自分で選べるのかどうか僕には分からないけれど、どっちにしろ、来るべきときにその日は訪れるんだ。あっという間で、苦痛も味わわずに済むよう祈るだけさ。けれど、後悔することはないよ。昔の人生では僕も後悔や悲しみを抱いてはいたけれど、今の人生では違う。ここでの暮らしで味わうひとつひとつの瞬間を、すべて愛しているからね」

「奥さんと息子さんは今どこに？」

「妻は家にいて安全だよ。森がしっかりと守ってくれる。息子は自分の物語を歩んでいるんだ。愛する女性と、じきに生まれる子供とともにね。この世界が変わったとき、僕はふたりの元から立ち去った。世界がゆらめくのを見て君の来訪を感じ、探しに来たんだよ」

「どうしてそんなことを？」

「好奇心と、そして不安からだね。ここ何週間か正体も分からず説明もつかない影に付き纏《まと》われているんだ。不吉な予感、とでも呼ぶとしようか。近づきつつある自分の終わりを僕が感じているからというだけの理由じゃないよ。たぶんあのフェイたちも関係していると思うけど、でもそれだけじゃない。まだ何かある」

なんておかしな人生になってしまったのだろう、とセレスは思いました。何をどう考えても死んだはずの人間と――彼がどんな理屈を持ち出して反論しようとも死んでいるはずの人間と――話をしているのです。ですが、今セレスは、デイヴィッドが幼いころに味わった試練へと再び彼を引き戻そうとしています。ですが、デイヴィッドは自分の本のいちばん最初に真実を書き記していたのではないでしょうか？　私たちは自分の幼少期を、いい部分もそうでない部分もまとめて、大人になっても変わることなく持ち続けます。そう考えると人はみな、かつて子供だったころの自分からそう遠くまで離れることはできないのです。

「私、心当たりがあるわ」セレスが言いました。「きっとねじくれ男よ」

39

Choss

（登山用語）

危険で手足をかけられない、緩い岩

木こりはパイプに煙草《たばこ》を詰めようとしては失敗していました——それは彼の気持ちが波立っている確かな印でした。

この世界は他のあらゆる世界と同じようにほぼ無数と言っていいほどの個々の意識で成り立っており、そのひとつひとつが己の自由意志だけでなく、知っている者も知らない者も引っくるめた他者の意志とも折り合いを付けながら答えを出さなくては成り立ちません。ですが積極的に同胞《はらから》に害を加えたがる者はほとんどいないとはいえ、ときおり愛や恐怖、妬《ねた》み、怒り（正当なものも不当なものも）、そして恥辱から——とにかく刹那、何らかの感情に行動を支配され——人に傷を負わせてしまう人もいるのです。たまさか人を傷つけたり、逆に傷つけられたりすることなく、人生を隅々まで生きて人と交わり合うことはできません。心はなよらかで傷つきやすいものですが、それでも人が思うよりも早く回復するものです。

ですがごく稀《まれ》に人は、積極的な、そして計画的な悪意に出くわします。邪悪な者が邪悪たらんとして邪悪を働くのです。ですがそうした存在は例外であり、必ずいるわけではありません。あのフェイにしても木こりが知っている限り、あれこれと悪事を働くことがありこそすれ、生まれついての悪では

ありません。フェイたちはこの世界は当然自分たちのものであり、自分たちこそ人間よりも優れた管理者だと信じているのです――それが間違いだと、誰に言えましょう？　サアダは木こりに、ボルウェイン卿が東の森をすべて伐《き》ってしまったことを、竈《かまど》の燃料や倉に溜め込む金を掘り出して開けた無数の穴のことを、そして川やせせらぎに流した汚物のことを、あれこれと話して聞かせました。木こり自身も、ボルウェインに殺されたハルピュイアたちの姿を目にしていました。たったひとりの成り上がり貴族が己の目的にそぐわないとして、尊い契約に従うことを拒み、そして虐殺した、人と同じかそれ以上古くから存在する種族の生き残りの亡骸をです。確かにフェイは幼子をさらい、そして喰らいます。ですがフェイたちが人間を劣等種とみなすのは、人間がほとんど躊躇うことなく動物を殺して喰らうのとほとんど変わらないことなのです。

今や人間とフェイは、なんらかの協定が結ばれぬ限りさらに血塗られるしかない道を歩んでいますが、木こりにとっては果たしてそのような妥協案が見つかるのか疑問でした。フェイは遙か太古から存在しており、自分たちこそ優等種なのだという信念はあまりにも深く根付き、自分たちを我とみなすその結束は揺るぎなく、何ひとつ譲歩したりはしないでしょう。ですが人間も、フェイより若いとはいえ大して変わるものではありません。そのうえ人間はフェイよりも数が多く、日々さらにどんどん増え続けています。フェイの世は終わったのです。あらゆる理論と証拠がそう言っています。なのに何かがフェイたちに、そんなことはないという確信を抱かせているのです。

木こりは不安でした。なぜフェイたちはあんなにもやすやすと村への攻撃を諦めたのでしょう？　確かに赤ちゃんの誘拐には成功しました――フェイたちの手でその光を消されてしまう前に、取り戻さなくてはいけません――が、彼らにとって最大の目的は間違いなく、ブライス親子と同じようにサアダと娘を殺してしまうことだったはず。ですが、フェイたちはそれに失敗したのです。いや、むしろほとんどそこに力を注いですらいなかったのです。

木こりはパイプに葉を詰める手を止めました。サアダと、そのとなりにいるタバシの姿が見えます。ふたりともおろおろしながら人混みの中に誰かを探したり、びくびくした顔で死体の顔を確かめたりしていました。彼女の息子の名を呼ぶのが聞こえました。バアコがいないのです。

木こりは戦慄《せんりつ》しました。危険が迫っているのです。木こりは村の裏手に目をやると、自分を見下ろすようにそびえる急斜面を見上げました。そして石だらけのその斜面の上へ上へと視線を移し、そこに不自然な暗闇をひとつ見つけたのです。山の頂《いただき》を隠してしまっている暗闇を。木こりは胸の中で心臓が太鼓のように鳴り響くのを感じ、なぜフェイたちが目的も達さぬまま攻撃を投げ出してしまったのかを悟りました。フェイたちは、サアダ襲撃の主力ではなかったのです。

「サアダ！」木こりが怒鳴りました。「家に入るんだ！」

山頂の闇から、矢のような速さで三つの影が降りてきました。そのうちふたつが、サアダを囲んでいる戦士たちを引き離して彼女を孤立させ、三つめの影が――あの橋で木こりとセレスの前に現れたあの銀髪の老ハルピュイアが――まっすぐサアダに狙いを付け、まるで隼《はやぶさ》のような物凄い速さで飛びかかったのです。ハルピュイアの足が恐ろしいほどの衝撃で骨を砕きました。ハルピュイアはサアダの肉に深々と鉤爪《かぎづめ》を突き立て、死にゆく女の体重などものともせずに再び舞い上がり、麓《ふもと》めがけて降りてくる影に飛び込んでいきました。あとの二匹も姉妹を追って舞い上がりました。そして山頂めがけて飛んでいく二匹を包み込むと、影は触手のように姿を変えて夜空に溶けていったのです。

40

Aelfscyne
（古英語）

フェイのように美しい

　フェイが現れたのは、バアコが物思いに耽《ふけ》りながらひとりきりで歩いていたときのことでした。夕食の席であんなにもきっぱりと自分を跳ねのけた、あのセレスという女の子のことを考えていたのです。振られたことに苛立っているのかもしれませんが、まだ諦めてしまう覚悟などありません。彼の部族では結婚相手が誰かに決められるのが普通なのですが、最初はお互いにぜんぜん合わなかったものの、長年を過ごすうちに共に歩んでいけるようになった夫婦をバアコはたくさん知っています。せっかく結ばれたものの最初はどちらかが相手に抵抗があり、時間をかけて愛するように――もしくは我慢できるように――なった夫婦もです。もちろん、両者ともに延々と不幸で、一緒に過ごす日々が続けば続くほどさらに悲惨になっていく夫婦も彼は知っていましたが、バアコは明るい面だけを見たほうがいいと思っていました。なにせ上手くいかない夫婦のほうが少ないのですから、彼とセレスが幸せに結ばれる確率のほうが高いのです。

　ただし、気をつけなくてはならないことがあります。それはバアコが、もうこの世とのお別れが迫っている（というよりも、頭と体のお別れが迫っている）アバンシと長く過ごしすぎたということです。アバンシは、自分は――そして全員とは言わないまでも多くの男たちは——女よりもよくものを知っており、たとえ女が頑《がん》として我が道を行こうとしていても、ときとしてそれを正しき方向に導いてやることも男の背負う義務の一部である、という主義の男でした。アバンシはバアコに、こんな忠告をしたものです。女というものは自分のやりかたが間違っていたと気づき、自分が受けた男性の導きが正しかったことを悟れば、だんだんと穏やかな満足感の中に落ち着くようになり、たとえ将来同じような状況になってもだんだんと頭に血がのぼらなくなるものだ。

アバンシは妻を亡くしてひとり暮らしをしていました。妻が死んだのはもう何年も昔のことでしたが、アバンシには富も権力もあるというのに、彼女の後釜に就こうとする女はひとりもいませんでした。それに、アバンシがサアダに抱いている恨みは誰もが知るところでしたし、彼女の夫——アバンシは、妻の言いなりのうじ虫だと思っていました——を見下しているのも周知の事実だったのです。バアコは、子供なら父にも母にも腹立ちを抱きがちな難しい年頃だったこともあって、この狡猾《こうかつ》な老人の影響を受けやすくなっており、よもや自分がサアダの権威を失墜させるためにアバンシに操られようとしているなどとは夢にも思いませんでした。

ともあれ今バアコは、あの一風変わった異界の娘を花嫁として迎えることしか考えられませんでした。もし木こりを説き伏せてセレスを差し出させることができたなら、自分の優れた資質は——我ながら完璧だと自画自賛する資質です——すぐに彼女にも明らかになるはずです。黙々と思案しながら歩いているうちに彼は村の門をくぐり、睡《ねむ》りこけている門番たちも通り過ぎていました。岸辺から漂ってくる夜咲きの花の香りに引き寄せられ、橋を渡ります。バアコは、とりわけ綺麗な花をいくつか摘んで、セレスのドアの前に置いておこうと思いました。もし機会に恵まれさえしたならば手ずから渡しすらしたでしょうが、村での生活で得てきた苦い教訓から、何か人に見られたくないようなことをしようと思えば、必ず近所の人がその場にやってくるのをバアコは知っていました。こうした小さな社会ではどれだけからかわれ、どれだけ語り継がれるか、分かったものではないのです。

バアコは月見草やジャスミン、虫取撫子《むしとりなでしこ》、待宵草《まつよいぐさ》を摘みながら川沿いを歩いていきました。そしてほどよい花束が作れるくらい摘み終えると水辺に腰を下ろし、花を傷つけることなく楽に運ぶことができるよう整理しはじめました。そして、もし門番が目を覚まして、大きな花束を持っているのを見つかったらどうなるかをしばらく考えてみて、バアコはいつでも花束を包み隠せるようマントを脱いで準備をしておきました。

そのとき川面を影が渡り、お香と腐肉の混ざり合った臭いがするのにバアコは気づきました。原始的な生存本能が、絶対に動くなと彼に警告します。夜闇に隠れさせてくれる自分の肌の色に、バアコは感謝しました。生い茂る草陰にうずくまります。川の流れと水面に揺れる月明かりがあれば目眩ましになってくれるでしょうし、相手がどんなに目がよかろうとも、動きさえしなければそう見つからないはずです。生まれ持った体臭さえも、隠せていました。今日は延々と母親の家の食堂にいたおかげで彼の体からはほとんど薪《まき》の煙の臭いしかしませんでしたし、村の周辺は夜になるといつでもその臭いが濃く立ち込めているのです。バアコは身動きひとつしないまま、川面に映る影の正体を見極めようとしました。

彼の世代の人々も、今は亡き先人たちもそうですが、バアコもフェイを見たことなど一度もありませんでした。しかし幼いころには、子供たちの胸を躍らせたり、楽しませたり、そして悪いことをしないよう諌《いさ》めたりするために、フェイたちの物語が毎日のように語られたものでした。いいか、日が暮れてから食料庫の食べものを取ったりすると、フェイが食べものとお前の臭いを嗅ぎつけてくるぞ。いいか、親に嘘をついたりすれば、フェイに舌の先を切り落とされるぞ。いいか、家の手伝いを途中で放り出したりすればフェイが代わりにそれを終わらせ――連中は中途半端が嫌いだからな――それからお前をさらっていって奴隷にしちまうんだ……ほんの少し怠《なま》けたせいで、長くつらい報いを受けることになるんだぞ。いいか、いいか、いいか。母親と父親の話が本当だとするならば、フェイたちは悪い子たちを更生させるのにものすごい時間をかけており、他に何をする暇もないのではないかと思えました。

成長するとバアコはフェイなんて本当にいるのだろうかと疑問を持つようになりましたが、村の子供の中でもとりわけ疑り深く大胆な子たちでも、キノコの輪（「妖精の輪」とも呼ばれる、キノコが環状に生える現象。輪の中で妖精が踊ると言われる）に足を踏み入れたり、フェイが睡《ねむ》ると言われる古い塚に近づいたりしようとはしませんでした。ですが何度も物語を聞かされてきたおかげで、目が横に付いており耳のないフェイの容姿はみんな知っていたのです。今目の前にいるフェイはすっかり頭が禿《は》げており、歪んだ顔を象《かたど》った複雑なタトゥーがいくつも入っていました。フェイの戦士がすぐ傍にいるものですから、バアコには月明かりのおかげでタトゥーの細部までよく見えました。まるで月光のいたずらが命を吹き込んだかのように、ぐるぐると目が動き、口が開いたり閉じたりしているのです。フェイは一本の柳のところで進むのをやめました。手には黒い長弓を持ち、石の矢尻が付いた矢をつがえています。フェイは、一匹だけではありませんでした。弓の弦《つる》にかけていた手を離して挙げ指で合図を送ると、さらに二匹のフェイが音もなく目の前を通り過ぎ、橋のほうに向かっていったのです。その二匹と一緒に、曲がった腰と歪んだ頭の影がふたつ駆けていくのが見えましたが、バアコはこちらも物語で聞いたことがありました。人の骨を集めて回る怪物ロウヘッド、ホブゴブリンです。

村に知らせなければ、とバアコは思いました。大声を出せば睡りこけている門番を叩き起こせるかもしれませんし、夜の空気を吸いに出ている者がいれば声が届くかもしれません。ですが、それをするには問題がふたつありました。ひとつめは、バアコがすっかり震え上がってしまっており、しゃがれ声を出すのが精一杯だったこと。そしてふたつめは、声を出せばその瞬間にフェイの餌食になってしまうであろうことです。選択肢はふたつ。じっと息を潜めて生き残り、大切な人々や大切な物をすべて犠牲にする。もしくは大声を出し、自分を犠牲にするかです。

バアコはほんの少しだけ躊躇ってから、決断を下しました。禿頭のフェイが少し遠くまで離れるのを見届けてから肺が楽になるよう姿勢を直し、川の向こうまで届く大声を出すべく深々と息を吸い込んだのです。息を止め、大声を放とうとしたその刹那、鋭い不協和音のような調べが聞こえました。彼の前のほうで、禿頭のフェイがぴたりと足を止めています。その後頭部に彫られたタトゥーの顔がひとつ、まっすぐにバアコを見つめています。フェイはくるりと振り向くと同時に矢を放ちましたが、ぬめった川岸で足を滑《すべ》らせました。矢がわずかにはずれ、バアコの左足のすぐ傍に突き刺さります。フェイが矢筒から二の矢を引き抜いたその瞬間を、バアコは見逃しませんでした。

「フェ――」

囁きにも一音節にも満たない声。氷のように冷たい手がその口を塞《ふさ》ぎ、逞しい腕が背後から彼を羽交い締めにしています。

「静かにしろ、少年」女の声が聞こえ、バアコはこんなに恐ろしい声を聞いたことがないような気持ちになりました。人類誕生以来のすべての死者たちの最後の叫びがすべて響いているような声だったのです。冷気が顔に、首に広がり、みるみる肩と胸も包み込み、標的に迫っていきます。

「目を閉じるんだ」女が命令しました。「私のほうを見るなよ」

バアコは女と、そして自分に従い、瞼《まぶた》を閉じました。

しくじっちまった。大事なときにはいつだってしくじるんだ。

女がまるでバアコの心を読んだかのように「そうだよ、しくじったのさ」と言ったその瞬間、獰猛な、そして凍てつくような炎がバアコの心臓を摑みました。鼓動がゆっくりになり、バアコの感覚が麻痺《まひ》していきます。

優しさと見分けがつかぬ感覚とともに。

41

Uht
（古英語）

夜明け前のひととき

　タバシは、どれだけ役に立つかは分かりませんが、剣を握りしめていました。周りにはすぐに動けるよう装備を固めた男たちや女たちが集まり、空を切り裂くようにそびえる山を見上げ続けていました。悲嘆に顔を歪《ゆが》めた女がひとり、セレスと木こりに歩み寄りました。服の前が血に染まっていましたが、それは彼女の血ではありませんでした。

「あんたたちのせいだよ」彼女が言いました。「あんたたちがここにフェイを呼び寄せたんだ。あいつらは、あんたらを追ってきたんだ。そのおかげでこっちは、仲間の死体を埋めなきゃいけなくなってしまったよ」

　木こりは答えませんでした。深い分別を持ち、悲しみで胸がはち切れそうな彼には、とても返す言葉が見つからなかったのです。タバシは自ら喪失の痛みと格闘しながらも、代わりに口を開きました。

「レヘマ、それは違うよ。この人たちは私たちに警告するために来てくれたんだ。その後何が起きようとも、この人たちのせいじゃない」

　レヘマと呼ばれた女は言い返す気満々の顔でしたが、そんなことをしても無駄だと悟ったのか、それともタバシの言うとおりだと思ったのか、諦めました。理由はともあれ、まるで体じゅうの怒りが抜け落ちてしまったかのように無表情になったのです。そしてがらりと様子が変わったとたん、気を失いかけてしまいました。倒れかけた彼女を、セレスが慌てて支えます。レヘマは意識を持ち直すと自分の腕にかかったセレスの右手を見つめ、ついさっきまで己の悲しみの元凶として責めていた若い娘の大胆さに愕然としました。

「ごめんなさい」セレスはさっと手を引きました。すぐに村の女たちがレヘマを取り囲みました。さらなる苦痛から彼女を守ろうと集まるマント姿の女たちは、まるで花びらのようです。

「サアダを取り戻さなくては」タバシが口を開きましたが、セレスにはその声が、絶望のあまりひび割れているのが分かりました。

「サアダは死んだ」木こりが、努めて穏やかに言いました。

「まさか、そんなことが」

ですがセレスは、知っていたのだと感じました。サアダを鷲摑《わしづか》みにしたハルピュイアが最後の命を搾《しぼ》り取りながら舞い上がったあのとき、彼女の目から光が消えるのを全員が目撃していたのです。背骨が折れる鈍い音すら聞こえたように思えましたが、セレスには確かには思い出せませんでしたし、思い出したくもありませんでした。

「タバシ、わしを見るんだ」木こりが言いました。

悲嘆に暮れる夫が、木こりのほうを向きました。

「サアダは死んだ」木こりが続けました。「だが古い言葉を忘れてはいかんぞ。フェイとハルピュイアが跋扈《ばっこ》する夜に足を踏み入れても、死体を増やすだけだ」

「分かってはいるが、確かめなくては」タバシが答えました。「サアダが死んだのなら、亡骸《なきがら》を連れ帰ってちゃんと埋葬してやらないと。骨を谷底に放り捨てられてたまるものかよ。だが、日の出までは待とう」

　タバシがどのようにしてブルードたちの洞窟からサアダの亡骸を取り戻すつもりなのか、セレスには見当も付きませんでした。ロープを使ったとて降りていくのは命がけですし、ハルピュイアがなわばりの守りを固めていなくとも危険どころではありません。ですが、もしほんのかけらしか持ち帰ることができなくとも、タバシは大人しくなどしていられないのです。なんと、なんとひどい話なのでしょうか。

「よし、今は力を回復させるとしよう」木こりが言いました。「フェイどもが戻ってくるとは思えんが、念のために見張りを立てたほうがよかろう」

　しかし、ハルピュイアの襲撃のおかげでフェイたちは目的の一部を達成したのだとは、わざわざ付け加えませんでした。そして、ハルピュイアたち自身のことも口にはしませんでした。貪《むさぼ》り喰らう軀のひとつもない村には戻ってくる必要もないのだとは。

「バアコはどうした?」タバシは息子の姿を求めて人だかりを見回しましたが、どこにも見当たりませんでした。「誰か姿を見た者はいないか?」

　誰もが首を横に振りました。

「夜明けを待ち、バアコも探すとしよう」木こりが言いました。

「あいつら、ぶっ殺してやるぞ」タバシが歯ぎしりしました。「一匹残らず皆殺しにしてやる」

　木こりは何も言いませんでしたが、セレスには考えずともその胸の内が手に取るように分かりました。**ならばお前もフェイどもと大して変わらんな。**

　傍《そば》にデイヴィッドが立っていました。これほどまでに危険と悲しみに満ち溢れたこんな世界を、なぜ彼は愛したりできるのでしょうか?　ですがセレスはふと、元の自分の暮らしを思い出しました――彼女はあそこを現実と呼びたいと思ってはいますが、何が現実で何が非現実かなど、いったい誰に分かるというのでしょう？　ならば、古い世界と……彼女の古い人生と呼ぶことにしますが、あの世界にも、人がひとりで負いきれぬほどの悲しみが存在していました。フィービーがその証です。中にはとてもそれを抱えきれなくなってしまう人たちもいて、セレス自身もそんな気持ちになりかけることがありました。それでも彼女を進ませ続けていたのは娘への愛情と、娘を捨ててはいけないという責任感だけでなく、人生の苦難を耐えて足を前に運ぶ力を与えてくれる、たとえ儚《はかな》くとも誰にでも与えられる平穏で美しい瞬間でもありました。デイヴィッドがこの恐ろしい場所の――この異世界の――むごたらしさを受け入れられるようになったのは、受け入れればまた妻と息子とともに生きることができるからです。森羅万象の悪しき側面だけに目を向けてしまうとそれしか見えなくなってしまうものですが、何もかもがどれほど荒涼としていようとも、それがすべてであることなど断じてないのです。

侘《わ》びしく、取り乱したまま立ち尽くしているタバシの元に、母の死に涙しながらイメがやってきました。タバシが我が子を抱くと、ふたりの苦悩がひとつになりました。セレスは打ちひしがれたふたりを残してその場を立ち去りましたが、ふたりがすっかり孤独になってしまったわけではありませんでした。

進まなくちゃ。セレスは声に出さず言いました。**それしかできないからじゃない。そうするのがいちばんいいのだから。**

再び旅立つ前に一時間でも二時間でも睡《ねむ》っておこうと思いながら、サアダが用意してくれた寝室にセレスが重い足取りで歩いていると、表で大声があがりました。

「バアコだ！　バアコが来たぞ！」

タバシと木こりの先導で川へと向かっていく人混みに、セレスも加わりました。向こう岸、焼け落ちた橋の残骸《ざんがい》の横にバアコが立っています。四人の村人たち――漕ぎ手ふたりと見張り番がふたりです――が乗り込んだボートが彼を連れ戻そうと、もう川を渡りだしていました。手際よくバアコを乗せ、また引き返してきます。ボートの舳先《へさき》が岸に触れるやいなや彼の父親が真っ先に迎えに駆けつけ、ざぶざぶと水に入って息子を抱きしめましたが、感極まった父親にバアコはほとんどなんの反応も見せず、両腕もだらりと体の横に垂らしたままでした。無傷ではありましたが、セレスの目には完全にショック状態であるように見えました。彼の身を温めるため毛布がかけられると、バアコは虚《うつ》ろな表情のまま父親に手を引かれて家に向かいました。村人たちがあとに続きます。家の前ではイメが待っていました。ですが兄の名を呼んでもバアコはなんの反応もしませんでした。

「今は混乱しているんだ」年配の男がイメに説明しました。

食事のときにイメが彼のことをおじさんと呼ぶのを耳にしていたので、セレスはきっと血の繋がりがあるのだろうと思いましたが、木こりが説明してくれたところによると、この村では「おじさん」や「おばさん」という言葉は若者たちが年配の人々に親しみを込めて口にする言葉で、血の繋がりがなくとも使われるのだという話でした。「この子は何か、茫然自失になってしまうほど恐ろしいものを目にしてきたんだよ。安全な家で、ゆっくり休まなくちゃいけない。そうすれば、すぐに正気を取り戻すとも」

ですがイメは納得できない様子でした。木こりも不安げにバアコを観察していましたが、セレスには彼が疑念を抱いているようにすら見えました。セレスはもう目を開けているのもやっとだったのでベッドに入ろうとしましたが、木こりがその腕を掴むと、誰にも立ち聞きされないよう彼女を隅のほうに引っぱっていきました。

「君が寝ているところは、扉に閂《かんぬき》がかかるか？」木こりが声を殺し、訊ねました。

「確かあったと思う」

「よし、しっかりかけておくんだ」

42

Utlendisc
（古英語）

奇妙

まだ暗いというのに、ドアを引っ掻く音がしてセレスは目を覚ましました。どのくらい睡《ねむ》っていたのかは分かりませんでしたが、まだ枕に頭を乗せたばかりのような気持ちでした。木こりに言われたとおりベッドに入る前にドアには閂をかけ、小さな窓だけを開けて部屋に空気を入れていました。

「中に入れて」女の子の声がしました。イメの声のようです。

「お願いセレス、中に入れて」

セレスは短剣を鞘《さや》から引き抜いて脇に構え、すぐに開けると答えました。そして閂を外しましたが、表にいる何者かが少しでも簡単には部屋に入ってこられないよう右の膝《ひざ》と足でドアを押さえながら細く開けました。ですが隙間から覗いてみても、イメの姿しか見えません。セレスは彼女を中に引っぱり込むと、またしっかり閂をかけ直しました。

「イメ、何かあったの？」

「バアコが……バアコがおかしいのよ」

セレスはイメの前にひざまずきました。

「川であの子に何があったのかも分からないし、あの子が何を見たのかも分からないわ」セレスが声をかけます。「今は様子がおかしくても、バアコはきっと元に戻るわ」

「そんなこと言ってるんじゃないのよ」イメは首を横に振り

ました。「あれはバアコじゃないわ」

セレスは困惑しながら、イメの顔を見つめました。

「バアコじゃないって、どういうこと？　今は混乱しているけれど、時間が経てば回復してくれるはずよ」

「そういうことじゃないんだってば。バアコは左利きなの。何をするのも左手なんだよ。なのに、今は右手を使ってるの。部屋で自分の荷物を調べているのを見たの。あれこれ右手で持ち上げて、まるで初めて見るような顔でじっと見てたんだから」

医師やセラピストたちを相手にフィービーの治療について延々と話し合ってきたセレスは、それなりにトラウマについては知っていました。頭部に怪我をすると新しい能力を発揮するようになる人がたまにいるのですが、セレスの考えでは、中には手の使いかたが変わるようなケースもあるはずです。ですがバアコの場合は村人やセレスたちに見える限り怪我をしているようには思えませんし、あんな大変なできごとがあったばかりなのですから、イメの動揺がなかなか収まらずにいても不思議ではありません。母親がさらわれるのを目の当《ま》たりにしたわけではなくとも、そんなのは気休めにもなりません。今セレスの目の前にいるのは、トラウマをかかえた幼い娘なのです。

「あとで木こりのおじさんに相談しましょう」セレスが言いました。「でも今は、もう少し睡《ね》りたいの。じゃなきゃ倒れちゃいそうよ。あなたも私と寝たら安心できそう？」

イメがうなずきました。彼女は小さな子でしたので、ふたりで少し身を縮めればちゃんとベッドに収まりました。イメはセレスに纏わりつくようにして胸を枕にすると、じきに睡りに落ちていきました。セレスは睡れませんでしたが、さっき聞いたばかりのバアコの話が気になっていたわけではありませんでした。自分にくっついている少女の感触がフィービーを思い出させるものですから、それを味わっていたかったのです。フィービーもかつては同じベッドでセレスの胸に頭を休ませて添い寝し、まだお腹の中にいたころからずっと知っている心臓の鼓動に包まれながら睡《ねむ》りに落ちていくのが大好きでした。

だからセレスはとなりにいるのはフィービーで、またこうして一緒に睡れるのだと空想しました。そして睡っている少女に、愛と喪失を唄った歌詞なき歌をハミングしてやると、自分の声が記憶に残っているよりも甘く、そして高く響いて聞こえるのでした。ずっと歌は得意ではなく、音程を取るのもうまくありませんでしたが、今はどちらもきちんとできています。まるでフェイの魅惑を聞いているようだと、セレスは思いました。

ベッドのとなりには、短剣が置いてありました。木こりに言われたとおりに鞘に戻そうかとも思いましたが(「使うときだけ鞘から抜くんだぞ。そうでないときは刃をしまっておけ」と教えられたのです)、どうしてもバアコの姿を思い描いてしまうのです。ひとり部屋で虚ろな目をして、すっかり慣れ親しんでいるはずの自分の持ちものを利き手ではない手で持ち上げ、まるで見知らぬもののように調べている姿を。

同じ人じゃない……バアコじゃない……。

セレスは短剣の刃を出したまま、睡りに就こうと瞼《まぶた》を閉じました。

43

Cræft
（古英語）

能力

　セレスはとなりで睡《ねむ》るイメとともにベッドの中にいる、自分の姿を眺めているのに気づきました。ぐっすりと睡っているはずの自分から離脱して、いつの間にか見る者、見られる者の両方となり、自分が見ている夢の中をひとりの観察者として自由に歩き回っていたのです。

　いや、夢ではないのかもしれません。夢と呼ぶには、あまりにもリアルすぎます。セレスは、カーリオの毒を体から取り除く手術をしたときと同じあの幻視の状態になり、漂い、見回し、探索していたのです。地底にいるバアコの姿が見え、周りにはカーリオや、たくさんのフェイたちの姿がありましたが、怪物たちの注意は――そしてバアコの注意までもが――他のところに向いていました。彼らの視線の先には人影がありましたが、霧に覆われていてよく見えません。その霧のせいか、睡っているセレスの全身に鳥肌が立ち、息が白く曇り、唇《くちびる》が紫に変色しました。フェイたちが霧に包まれた人影の前でひざまずき、おじぎをしました。遅れて倣《なら》おうとしたバアコが殴られ、無理やり膝を折らされます。

　ですがバアコは今この村にいるのですから、地底になどいるはずがありません。

　幻想の中、カーリオが顔をしかめ、抜け目のないその目を闇の中に走らせました。セレスは、カーリオの唇が自分の名をつぶやいたような気がしました。

44

Hamfaru

（古英語）

住処にいる敵を襲撃する

子供とベッドを共にするというのがどんなことなのかすっかり忘れていたのを、セレスは思い知らされていました。イメはあちこちに寝返りを打ちながら、拳や足をセレスの顔や体にぶつけてきます。ベッドというよりも、まるでボクシングのリングにいるような気分でした。さっきはあんなにも添い寝に切望を抱きましたが、こんなにもくたくたになっていなければ、きっとそんな気持ちなど鼻で笑っていたことでしょう。しまいには、イメのとなりにいたのではまったく休まらないとセレスは降参して枕を摑み取り、できるだけ寝心地のいいところを探して床に寝転がりました——言い換えるとすれば、寝心地はさておき、疲労と組み合わせればなんとか睡《ねむ》りに落ちられるような場所を探したのです。

目を覚ましたのは物音がしたからではありませんでした。物音などまったくしませんでしたし、他の感覚を刺激するようなものも何ひとつありませんでした。ですが瞼を開いた刹《せつ》那《な》、彼女には危険が迫っているのが分かったのです。セレスはベッドとすぐ傍の壁の間《あいだ》に、足をドアのほうへ向けて寝ていました。目覚めたときには寒さのあまり、頭から爪先まで毛布をかぶったままベッドのほうを向いており、すぐ傍に寄っても捨てられたボロ布と見間違われてしまいそうな姿でした。

ベッドの先にある壁の高い位置には、せいぜい高さ十八インチ、幅一フィート程度の窓がありました。そして、そんなにも小さな窓だというのに、ひとりの男が無理やりくぐり抜けてこようとしていたのです。二本の手が壁を摑み、続けて頭と肩が入ってきます。骨を折ったり関節を外したりせずに入ってくるのは不可能なようにセレスには思えましたが、骨の折れる音も、窮屈《きゅうくつ》そうなうめき声も、まったく聞こえてはきませんでした。むしろ男は骨がないミミズのような体の持ち主か、それとも柔らかくてどんな形にでもなる骨を持つ軟体の魚かに思えました。男はなんとも窮屈そうに窓枠にはまっていましたが、ひとたびそこを抜けてしまうとまた元通りに膨《ふく》れはじめました。顕《あらわ》になった裸の上半身が窓から垂れ下がり、筋肉が大きく膨張《ぼうちょう》と収縮を続けながら、残りの部分も少しずつ部屋に入ってきています。そして、顔と胴体の他に性別を示すようなものはなく、臍《へそ》から下には何も付いておらずつるつるなのでした。

重力に引きずり降ろされてもおかしくないというのに、男は落ちてきませんでした。乾いて色を塗られた壁に、頭を下にして体ごと張り付いているのです。男は身をよじるようにしてベッドのほうに視線を向けましたが、そのころにはもうセレスには男の正体が分かっていました。窓枠にかかる長い爪を見た瞬間、もう気づいていたのです。バアコです、しかしバアコではない何者かです。汚染された沼の水面《みなも》のような緑がかった黒の両目は、顔の正面から側面に移っていました。頰の中ほどにまで裂けた口がにんまりと笑い、そこから長く黄ばんだ歯が剝《む》き出しになりました。歯茎が後退し、歯根まで見えてしまっています。ベッドの中にイメの姿を認めても、侵入者は驚いた顔ひとつしませんでした。むしろ子供の姿に視線を釘付けにしたままおぞましい笑みをさらに顔じゅうへと広げながら音もなく床に滑《すべ》り降りてくると、右手を広げ、摑んで貫こうとしているかのように爪を構えながら、イメの横で体を起こしたのです。

その瞬間、セレスは右手に短剣を握りしめて毛布を跳ねのけました。イメに襲いかかろうとしていたバアコ――いや、バアコの皮をかぶった怪物というべきでしょうか――が動きを止め、初めて音を立てました。警戒心と動揺の入り混じった、蛇《へび》のように鋭い威嚇《いかく》音を発したのです。しかし、すぐにまた新たな声色がそこに加わりました。セレスがイメの顔からわずか数インチ上をかすめて短剣をひと振りし、長い刃物のような怪物の指を拳から斬り落としたのです。怪物の威嚇が愕然とした咆哮《ほうこう》に変わります。イメはその声に飛び起きるとすぐに怪物からあとずさりしてベッドから落ち、セレスのとなりの床に転がりました。

切断された怪物の指から青黒い血が吹き出し、切断された付け根が泡立ちながら煙を立ちのぼらせました。怪物は無事な左腕を振り回してセレスに切りつけてきましたが、それは彼女を寄せ付けないために繰り出す防御の一撃でした。すでに逃げ道を探しながらあとずさりはじめていたのです。怪物は自分を引きずり上げるため腕を二倍も長く伸ばして窓枠を掴みましたが、セレスはベッドに飛び乗ると、肘《ひじ》のすぐ下でその腕を切断してしまいました。拳が音を立てて床に落ちると同時に怪物はもう一度大声で吠えました。二重に怪我を負ってはいても、まだまだ危険なのです。怪物はもう退路は断たれたと悟ると、どうせ死ぬなら道連れにしてやると覚悟を固めました。大口を開け、セレスの顔面に噛み付いてやろうと飛びかかります。恐ろしいほどの速さで一瞬のうちにセレスの鼻先に鋭い牙が迫りました。吐き出す息の湿気を肌に感じるほどです。

ですが怪物はそれ以上迫ることも、呼吸をすることもできませんでした。セレスの短剣が根本まで心臓に突き刺さっていたからです。命が尽きたその瞬間、まるで蛇が脱皮するかのようにバアコの名残がすべて剝がれ落ち、その下に隠れていたフェイの姿が顕になりました。強欲な両目にほんの一瞬、青白い光がちらつきました。最初、セレスは自分の姿をフェイが映し出しているのかと思いましたが、怪物の顔は女でありこそすれ、セレスの顔とは違いました。それはもっと年老い、聡明で、危険な女の顔でした。殺《あや》めた相手を覗いてやろうと、瀕死《ひんし》のフェイに刹那宿った見知らぬ存在だったのです。女の顔は出現したときと同じく瞬《また》く間に消え去り、それとともにフェイの命も肉体から抜け出していきました。セレスが短剣を握りしめていた手を離します。フェイはシーツの上に倒れ込み、その頭が枕の上に落ちました。

そのとき寝室のドアが内側に吹き飛び、木こりが飛び込んできました。タバシと戦士たちの一団も、続けてなだれ込んできました。イメが父親に駆け寄ります。父親はふたりの部下に彼女を任せ、まだベッド上の怪物を警戒していました。

「大丈夫だ。死んでいる」

木こりはそう言うと、今度はセレスのほうを向きました。

「私なら大丈夫」彼女が答えます。

ですがその目は木こりにではなく、死んだフェイに向けられていました。自分が手にかけたのです。

でも、またやってみせる。イメのためなら。他の子供たちのためなら。

木こりは斧《おの》の刃を使い、亡骸から灰黒色の皮膜を持ち上げました。その皮膜には、失われた少年の名残がありました。

「バアコにそっくりだったのよ。最後の最後まで」セレスが言いました。

「取り換え子《チェンジリング》だな」木こりが静かに言いました。「イメを殺《あや》めるためによこされたんだ」

タバシは、木こりの斧についたままの皮膜をじっくり観察しました。

「これで、連中がバアコをさらったのがはっきりしたぞ」木こりがみんなに声をかけました。「そして、まだ生きていることもだ。フェイどもは、死者になりすますことができないからな」

「だが、今後も生かしておくだろうか？」タバシが不安げに言いました。

「生かしておくほうがやつらにも都合がよかろう。よくも悪くもまだ若く、男とはいえまだ子供だからな」

「つまり、息子を喰らうと？」

「あの子は強い子だよ、母親と父親譲りだな。食われずに生き延びてくれるとも」

「生き延びるとは、いつまでの話だね？」

「運が味方をしてくれるなら」木こりは間を置き、続けました。「わしらが見つけるまでだ」

45

Skyn
（古ノルド語）

知覚

必死に駆け回る者、地味な作業をする者。サラアマは大忙しになっていました。サアダの亡骸を取り戻しに行く捜索隊は食料や装備を掻き集めていますし、他の村人たちは死者を埋葬する準備をしています。

セレスはじっくりとあたりを見回しました。タバシは彼の留守中、アバンシの代わりに監督者に任命されたカヤという女性を呼ぶと、見張りにしっかり仕事をさせ、イメにも信頼できる護衛を付けて安全を守らせるよう念を押しました。前夜に持ち場で居睡《いねむ》りをして侵入を許してしまった門番たちはフェイの刃にかかって死んでしまっており、すでに絶対的な刑が下されていました。けれどもし生き残っていたとしても、タバシが厳しく罰することはなかったでしょう。長年にわたりたるんだ防衛をしてきた責任は、彼にもサアダにも、そしてアバンシにもあったのですから。タバシと妻は何度も、夜に居睡りをしている門番の前を素通りして村を抜け出し、川を散歩しに行ったものでした。帰りがけに見張り番と言葉を交わしたり、翌日になってからアバンシに何か言ったりすることはありましたが、せいぜいその程度だったのです。そうしてすっかり気を抜くようになってしまった村人たちに、ハルピュイアの助けを借りたフェイがツケを払わせたのです。

サアダの死が確認されたなら、彼女の後任として村長を誰に任せるか、決断を下さなくてはいけなくなります。とはいえいくら夫でも、ずっと女家長制度で成り立ってきたこの村では、タバシに妻の後を継ぐ権利はありません。おそらく村人たちはカヤを選出するのではないかとタバシは考えており、適任だとも思っていましたが、今はまだカヤもタバシに任せているのでした。

フェイを追跡している村人たちが夜に放った伝令が、村に帰ってきました。フェイは歩いて移動してもそうそう痕跡を残したりしませんが、バアコのような人間になるとしっかりと足跡が残ります。その彼の足跡が川の傍で見つかったのですが、それを何時間か辿《たど》っていった結果、フェイが大渓谷に向かったことが判明したのでした。これを聞くとタバシも他の者たちも――セレスと木こりもです――バアコを救出できるかもしれないと希望を抱き、捜索隊はよりいっそう意気軒昂として出発することになりました。すでに待っている先発隊と合流し、大きな戦力でハルピュイアとフェイを叩こうというわけです。

デイヴィッドは、参加しないほうを選びました。セレスからねじくれ男のことを聞かされてからずっと静かにしていましたが、自分の目的に専念することにしたのです。木こりの横でセレスがポニーに跨《また》がると、デイヴィッドはポニーを撫でてやりました。木こりは旅の荷物と武器の他に、メロンくらいの大きさの何かがひとつ入った布袋を携えていました。袋は鞍《くら》にくくりつけられており、セレスはそれが自分に触れないようひたすら気をつけていました。

「あなたはどこに?」セレスがデイヴィッドに訊ねました。

「あいつが死んだ場所にさ」彼が答えました。「というより、死んだと思う場所かな。城に戻ってみるよ。ねじくれ男の最期を見た場所にね」

木こりは引き止めようとしませんでした。

数時間のうちにふたつの捜索隊が合流し、合計で四十人ほどになりました。そして、会議が開かれました。どうやらその合流地点でフェイがふたつの集団に別れた様子だったのです。ひとつは北東に向かい、もうひとつ――バアコを連れているほうです――は渓谷のほうへ向かったようですが、最初の一団の痕跡はわずか半マイルのところで途絶えてしまっていました。

「僕たちは引き続き西に向かう」タバシがみんなに言いました。

「だが、子供たちはどうなる?」木こりが訊ねます。「君の村から消えた子供たちだよ。フェイとともに渓谷に向かったのか、わしらには知るよしもないのだぞ」

「別の痕跡があれば部隊を分けるところだが、どこにも見当たらないんだ」

これには議論の余地もありませんでした。タバシの指摘どおり、頭を悩ませなくてはいけない他の選択肢などひとつもなかったのです。

「じゃあ残りのフェイたちはどこに消えたの?」セレスは木こりに質問しました。

「ハルピュイアどもが手を貸したのだろうよ。でなければ――」木こりは、言い終えるのを躊躇《ためら》うように首を横に振りました。

「私たちに追わせるために、わざと痕跡を残したか」セレスは、彼の代わりに続けました。

「もしかしたらわしらは連中を、邪悪なものと思いすぎているのかもしれんな」木こりが顔をしかめました。

「フェイに限ってそんなことある?」

村人たちは、すでにまた動き出しています。木こりは踵《かかと》で馬を叩きました。

「何ごとにも初めては付きものさ」

ふたりは捜索隊のしんがりに付きました。村人たちがバアコの足跡を見失い、引き返さなくてはいけなくなるかもしれないからです。捜索隊のあとにぴったり付いていけば、痕跡を消してしまう危険もありません。セレスと木こりだけが、馬に乗っていました。他の人たちはみな自分の足でしたが全員が休むことなく走り続けており、何時間も過ぎ太陽が空の頂《いただき》を通り過ぎてもなお、まったく疲れを見せないのでした。一帯は起伏が激しく木々は生えていませんでしたが、長い草が生え、地面はところどころ泥でぬかるんでいるせいでバアコの足跡もはっきり残っていたので、セレスは自分ひとりでも後を追えそうだと感じました。サアダに傷の手術を受けた痛みは楽になってきていましたが、今は新たな痛みがそこに加わっていました。この日の任務が始まってからというもの、夢に出ていたイメージに延々と取り憑かれ続けているのと同じように、この痛みに悩まされていたのです。

空高く、一羽の鳥が孤独に飛んでいましたが、遠すぎて種類までは分かりませんでした。なんのため、どこに行くのかも分かりませんが、とにかくその鳥も西に向かっていました。ですがセレスが地面に視線を戻そうとしたその瞬間、もっと大きな鳥――隼《はやぶさ》か鷹《たか》のようです――が突如、さらに上空に現れました。太陽を使って身を隠し、孤独な鳥めがけてみるみる急降下していきます。セレスが見失いかけるほどの速度で、空気抵抗を殺すために折りたたんだ翼をぴったりと体に付けていいます。そして最後の最後にようやく翼を大きく広げると、獲物を攻撃するため鉤爪《かぎづめ》を大きく広げたのです――

しかし最初の鳥は、もうそこにいませんでした。間一髪のところで横に飛び出して死を逃れたばかりか、いつの間にか強敵の頭上にまで舞い上がっていたのです。攻撃をしくじった捕食者が、あっという間に獲物へと変わりました。成り行きを見守るために足を止めているセレスたち一行の前で、短い戦いが始まりました。そして彼らが立っている場所のほど近くに、大型の猛禽類が落ちてきたのです。セレスは鳥の死体を調べようとポニーを向かわせました。大きな鳥の胸は鋭い嘴《くちばし》で何度も穿《うが》たれており、首は折れ、眼球が両方ともなくなっていました。勝利者は蒼穹《そうきゅう》を旋回していましたが、あまりにも高くてはっきりとは姿が見えませんでした。

「ワタリガラスかミヤマガラスのようだな」タバシもやってきました。「だが鷹を殺すカラスなど、一羽たりとも見たことがないよ。群れたところでせいぜい敵を追い散らす程度のもので、殺したりはしないものだ」

セレスは何も言わず、旋回し続ける鳥を見つめながらタバシとともにみんなのところに帰りました。木こりの傍に戻り、口を開きます。

「私をつけてきたお友達が、また現れたみたいね」

「何者かの手先として働いているのだと思うか？」

「あなたはどう思うの？」

木こりは空に目をやりました。

「あれだけ毅然とした生きものだ、適当な当て推量はできんな」

午後に入るとすぐバアコの足跡が途切れ、捜索隊がどれだけ必死に探しても、もはやなんの痕跡も見つからなくなってしまいました。他の者たちが休憩して食事を摂っている間、木こりとタバシは追跡長のモシと、そしてセレスとともに話し合いをしました。

「ハルピュイアの臭いがしますぜ」モシが言いました。「微かだけど、この臭いは絶対に間違えようがない」

「足跡が消えたのも、それで説明がつくな」木こりがうなずきました。「それに足跡が渓谷に向かっていたのも納得できる」

タバシはひどい落ち込みようでしたが、これは無理のない話でしょう。すでに妻をブルードに殺されているというのに、息子まで失ってしまうことになるかもしれないのです。

「ならば二倍の速さで進もう」タバシが言いました。「もうのんびりしていることはない。あいつらがバアコをどこに連れ去ったか、分かっているんだからな」

セレスが口を挟みました。

「私は、ハルピュイアがバアコを連れてったなんて思わないわ」

モシは大らかな笑みを浮かべましたが、彼女の提案に気を悪くしているのは明白でした。

「ハルピュイアはここにいた」彼が言います。「俺が間違えるはずがない」

「疑ってなんてないわ」セレスは答えました。「あなたの能力だって、これっぽっちもね。見えない痕跡や印を見つけながらはるばるここまで来たの、私ぜんぶ見てたもの。あなたの力の物凄さには、本当に驚いてるのよ」

木こりはセレスの外交術を目の当たりにして引きつった笑みを口元に浮かべました。この追跡長の機嫌を損ねたところでなんの得もないので、セレスは逆だった羽毛を綺麗に撫でつけてやったのです。

「じゃあ君はなぜ、私たちの追跡が間違っているなどと言うんだ？」タバシがセレスの顔を見ました。

セレスは考えをまとめてから口を開きました。

「まず第一に、フェイがバアコの姿を真似できるのは、みんな知ってるとおりよ。村でも一度化けてみせたし、私たちにバアコを追ってると信じ込ませるためにもう一度化けたって不思議じゃないわ。それにカーリオに刺されてから私、フェイたちの幻視を見るのよ。それからも度々《たびたび》見ているの。いちばん奇怪な幻視はサアダに毒を抜いてもらったときに見たものだけど、それからも度々見ているの。いちばん最近は昨日の夜よ。幻視で地底にいるバアコが見えて、さらわれた他の子供たちも一緒だったの」

セレスは、下らないことを言うなと一笑に付されるものと思ってモシとタバシの顔を見ましたが、ふたりとも深刻な顔で話に聞き入っていました。

「たぶんだけど」セレスは続けました。「私を刺したとき、カーリオが自分の一部を私の中に残していったんだと思うの。それで、私たちの間に結びつきができているんじゃないかしら」

「第二の目か」モシが言いました。「フェイやその同類どもと行き交って生還した者たちの中では、語られぬ話ではないな」

「それが事実だとしたら、カーリオにもその力があるはずよ。私が近くにいるときにはあいつもそれを感じているけれど、まだ何がどうなっているのかちゃんと分かっていないか、それとも感じたところでどうしたらいいのか分からずにいるのかもしれない。理由はともかく、カーリオはそれをフェイたちに言い出せずにいるんじゃないかと思うのよ。あのドライアドは私にちゃんと毒を打ちそこねたし、さらうほうは完全にしくじったわ。だから、フェイにそれがばれたらツケを払わされるんじゃないかって恐れてて、それを私も感じるのよ。他のフェイたちに知られたくないとカーリオが思っているのなら、私たちには有利だわ」

セレスはそう言うと、また言葉を切りました。カーリオのことを話すだけで傷跡が疼《うず》き、もしかしてあのドライアドもどこかで、セレスの名を口にするたびに何らかの痛みに耐えているのだろうかと思ったのです。

「昔、こんなお遊びをよくしたの——娘と一緒にね」セレスがまた口を開きました。「〈熱いか冷たいか《ホット・オア・コールド》〉っていうお遊びよ。何かを隠して相手に探させるのだけど、出せるヒントはふたつだけ。相手が遠ざかったら冷たくなると教えて、近づいたら熱くなると教えてあげることだけなの。村を出発してから、私はどんどんカーリオから離れてるわ。つまりね、冷たくなってるの。私たちはあいつからどんどん離れていて、居場所は分からないけれど、子供たちとバアコもそうだわ。ハルピュイアと渓谷はここから西の方角だけど、カーリオと子供たちはどこか他のところにいるって私にははっきり分かるの」

「そのお遊びと同じようにして、ドライアドの居場所を特定できないか？」木こりが言いました。

「ええ」セレスがうなずきます。「できるはずよ」

タバシは、意見を求めるようにモシに視線を送りました。

「どんな決断を下しても、危険は付き纏うな」モシが言いました。「渓谷に急ぐのをやめれば、バアコも子供たちもハルピュイアどもの餌食《えじき》にされちまうかもしれない。だがこのまま突き進むとすれば、できるだけ大勢の戦士を掻き集めなくちゃならん。今の戦力では、救出している間にブルードを抑えきれるかどうかも怪しいからな」

「モシの言うとおりだ」木こりがうなずきました。「率直に言うとしよう。ただし、もしサアダが死んでいたとしても、君は彼女の亡骸を引き上げる責任がある。そしてもしバアコが彼女と一緒にいるのなら、生きたまま連れ帰ることができるかもしれん。セレスの話で計画を変更したりすれば、君は疑念を抱くだろうし、抱くのが当然というものだ。だから私とセレスは別行動を取って、ともにカーリオを見つけ出すとしよう」

「たったふたりきりで行ってどうなるというんだ?」タバシが訊きました。「フェイと対決したところで、希望などありはしないぞ」

「必要ならば助けを探すとも」

「ずいぶんと自信ありげだな」

「正しきは正しきを呼び寄せる。それが常というものさ。正しき者の勝利を信じること。希望とは、それ以外の何ものでもあるまいよ」

一行は、短くも心の籠《こ》もった別れを交わし合いました。セレスと木こりは踵《きびす》を返して東へと向かい、タバシと部下たちは西への追跡を続けるのです。タバシたちは先ほどまでよりもぐんと速度を上げ、ものの数分ですっかり視界から姿を消していきました。

「わしらの向かっている方角で間違いないんだな?」木こりがセレスの顔を見ました。「わずかでも間違えば、貴重な時間を無駄にしてしまうことになるぞ」

「承知してるわ」セレスが答えました。

奇妙な話ではありますが、カーリオと離れたことで肉体的な痛みは和《やわ》らいでも、セレスの胸には不快感が立ち込めていました。フィービーがひと晩かそれ以上いなかったときに感じた気持ちが蘇《よみがえ》ってきます。友達の家にお泊りに行ってたったひと晩留守にしただけでも、セレスはとてもこらえきれずに娘が——特に彼女の声の音色が——恋しくてたまらなくなったのです。あの事故が起きてからの数ヶ月がひたすらつらいのは、その静寂なのでした。

そしてセレスにはもうひとつ、分かっていることがありました。たとえ今、一本の木が目の前に現れ、その幹に元の世界へと続く……フィービーへと続く通路が口を開けたとしても、まだくぐったりはしないということです。あれだけ頑張っても、そしてあれだけ願い、祈っても、我が子を連れ戻すことはできないかもしれません。ですが今行動すればもしかしたら他の子供たちを助け出すことはできるかもしれず、そうすれば彼らの親たちが自分と同じ苦しみを抱かずに済むのです。

背後に沈む夕陽を浴びながら、セレスと木こりが進んでいきます。

46

Attercope
（古英語）

毒の器、蜘蛛《くも》

　陽光がなくともセレスにはカーリオを追うことができましたが、ふたりは宵闇が降りるまで進むと休むことにしました。彼女は今や自分の幻視がどんなものなのかを悟り、傷と心臓に訪れる疼《うず》きの満ち欠けを理解しており、長きにわたり感じたことがなかったほどの自信に満ちていました。娘を守れなかった己の失敗を思い、自分を見る目はすっかり変わっていました。よくない方向に変わったのです。しかし今の彼女には、目的意識が、使命感が芽生えていました。もしかしたら、だからこそこの世界に呼ばれたのではないでしょうか。失われた子供たちを取り戻し、自分にはそれができる力があるのだということを、そして救い出して回復させる力があるのだということを知るために――

　いや、それは彼女の考えすぎというものです。確かにそのとおりである部分もあるかもしれませんが、自ら選んでこの世界に来たわけではないのですから。女狩人は信用できるとするならば、セレスの来訪はねじくれ男の仕業《しわざ》だったのです。ですが日々が過ぎてフェイたちに襲われる危険が強まるにつれて、ねじくれ男の脅威は薄らいでいきました。ねじくれ男は本当にどこかにいるのでしょうか？　どこかにいるのなら、なぜセレスの前に姿を現さないのでしょうか？　生きていればセレスの何かを求めているに違いなく、そうでなければ彼女の世界からここまで追いかけてきたりするはずがないのです――木こりが正しいとするならば、元の世界からこちらの世界までセレスが逃げてくるよう仕向ける必要もなかったのです。

最初の冷たい雨粒が、痛いほど彼女の顔に落ちました。ふたりは平原を出て、また森林に戻ってきていました。

「どこかで休まなくては」木こりが言いました。

「疲れてなんてないわ」セレスが答えました。「それに闇の中でもカーリオの居場所は分かるのよ」

「ドライアドの居場所が分かろうとも、わしらはふたりとも夜目が利かん。そうなれば、闇を見通すことのできる他の難敵の餌食《えじき》にもなりかねんよ」

木こりは雨風をしのげそうな木立ちに守られた野原に馬を進め、そこで降りました。セレスもそれに倣《なら》い、ふたりで一本の木に馬を繋ぐと、馬に足かせをかけました。馬が森に迷うような心配はふたりともしていなかったのですが、夜更けに何かに驚いて逃げ出してしまってはいけないので、念のためにそうすることにしたのです。夜闇の中、姿の見えない鳥が飛び立つのが聞こえました。セレスは正体を確かめようと音が聞こえたほうに足を向けましたが、何も見つかりませんでした。死んだ鷹《たか》と、鷹を殺したミヤマガラスの姿を彼女は胸に呼び起こしました。雨雲が垂れ込めはじめたのは、セレスと木こりが村人たちと別れて一時間ほどしてからのことですが、あの曇り空に紛《まぎ》れてふたりの視界から姿を消し、後をつけてきていたのかもしれないとセレスは思いました。

「あまり訝《いぶか》らないほうがいいぞ」木こりが言いました。「羽音がするたびに疑っていたのでは身が持たんよ」

「あの独特な羽音、不気味なほど頻繁《ひんぱん》に聞こえるようになってきてるわ」セレスが答えました。

「ミヤマガラスにつけられるなんて普通じゃないようにも思えるけど、今私たちは、ラプンツェルがクロスボウで撃ってくるような国で人殺しの妖精を追っているんだもの。何があっても不思議じゃないはずよ」

「ミヤマガラスはワタリガラスのように、分け前をもらうために狼の獲物を追跡することで知られている」木こりが言いました。「かつてはループどものために働いていたし、その習性を利用するために飼い慣らしていた男までいたよ。ある宿の主人などは、カラスを訓練してトランプを憶えさせたっていう話だ……それで、イカサマを手伝わせたそうな。その苦労の甲斐なく、何者かに殺されてしまったがね」

「カラスが？」

「宿の主人のほうさ。カラスは賢くてな、飛んで逃げたって話だ」

「念を押しておくわ。弓矢を持っているときにチャンスがあったら、あのミヤマガラスを射落としてしまわなくちゃいけないと思うのよ」セレスが言いました。「賢いかどうかはともかくね」

「だが、どうやって同じ鳥だと見分けるんだね？」木こりは不思議そうな顔をしました。

「隻眼のカラスだもの、見れば分かるわ」セレスは答えました。


地の底深く、暗闇に包まれた古《いにしえ》の場所で、人には計りしれぬ無数の洞窟の先で、その存在は待っていました。それは、地上の世界から隔絶された地下洞窟を、そこに連なる洞穴や穴ぐらをよく訪れ、壁が崩れて、ちょこまか駆け回る小動物たちの小さな出入り口が口を開けている場所も、ネズミやイタチが本気で引っ掻けば崩れてしまうほど表層が薄い場所も、この地下洞窟のことなら知り尽くしていました――

そこにいたのは、一羽のミヤマガラスでした。

こんな地底には光など存在しないはずでした。網のように走る洞窟や岩屋は地上からの明かりなど差し込まないほど複雑でしたが、それでも光はありました。ぞっとするような光が。これは契約の報《むく》いにフェイたちから与えられる光でした。もし恐れ知らずの採掘者がこの地下洞窟への——それぞれ別の物語を持つ千の洞穴が広がるこの場所への——入口を見つけ出したならば、あのねじくれ男がここに記した、この世界の秘めた歴史を目の当《ま》たりにすることになるでしょう。ですがそんな旅人などひとりもおらず、いるのはただ一羽、慣れ親しんだ道を行く隻眼《せきがん》のミヤマガラスだけなのでした。

ミヤマガラスはガラスのケースがずらりと並んだ穴ぐらを滑空《かっくう》していきました。それぞれのケースには濁《にご》った黄色の防腐液が入っており、淀《よど》みの中にひとつずつ死体が見えます。何年も前に薬品は効力を失って中身の死体は朽《く》ちはじめていましたがまだ顔は見えており、その素性が世間の記憶から消えて久しいにも拘《かか》わらず、人間であることは明確に見て取れました。

すぐ傍《そば》にはびっしりと蜘蛛の巣が張った洞窟があり、地面にはかつてその巣を作った蜘蛛たちの干からびた残骸《ざんがい》が無数に散らばっていました——いえ、本当に残骸なのでしょうか。蜘蛛のことが確かに分かる人などいはしません。蜘蛛の隠れ家の北に続く洞窟の先には衣装部屋がありました。衣装部屋には装飾が彫り込まれた子供の大腿骨《だいたいこつ》で作られた櫛《くし》が置かれた椅子がひとつと、頭蓋骨の眼窩《がんか》にぴったり収まるくらいの大きさをした鏡張りの球体がありました。椅子もその下に敷かれたタイルも粉塵《ふんじん》と灰をかぶっていました。かつてこの球体を目とした女が残したものは、それがすべてなのでした。そのふたつの目玉にはまだ力があり、それを覗き込めば自分自身が死ぬ瞬間がそこに映し出され、いつどのように死ぬのかを本人に知らしめ、残された年月が、日が、そして分《ふん》が、影で包み込まれてしまうのです。ではこの女は、自分の死を知っていたのでしょうか？　確かなことは誰にも言えません。女自身にも言えやしません。なにせねじくれ男が両目だけでなく、舌も奪い取ってしまったのですから。ついに塵《ちり》となって崩れ去るその瞬間は女にとって祝福だったのではないでしょうか。いや、女はねじくれ男が己の犠牲者たちに見つめさせるとにっこり笑ったという話ですから、もしかしたらそうではなかったのかもしれません。

となりの部屋には物がさらに少なく鏡が一枚あるだけでしたが、それも石床に倒れて砕け散っていました。これは、嘘と欺瞞《ぎまん》を顕《あらわ》にする鏡でした——鏡を覗き込んだ者の嘘や欺瞞ではなく、その人が愛する誰かの、愛を汚してしまった嘘や欺瞞です。ねじくれ男はいつでもガラスや静かな水面など、反射するものをとにかく好みました。そこに映り込むもの自体がひとつの世界になりえることを、そして鏡面や水面が窓や扉と同じ役割を持っていることを知っていたのです。だからねじくれ男がこよなく愛した広間の中にはプールしかない部屋があり、それぞれの水面が国の別の場所を映し出し、ねじくれ男が飛び込めばあっという間にその場所に出現できるのでした。ですが今やそのプールも淀み、鬱蒼《うっそう》と藻《も》が浮いていていました。

ミヤマガラスは、地下墓地の中心部に近づいていていました。ですが、子供たちの小さな頭蓋骨がいくつも飾られた部屋に差し掛かると、そこで足を止めました。それぞれの頭蓋骨には名前が彫られていました。というのも、ねじくれ男にとってはひとつひとつが誰のものだか思い出せなくては無意味に等しいものの、本人にも頭蓋骨を見分けるのがとても難しかったのです。犠牲者たちの苦痛はねじくれ男には甘露《かんろ》でしたが、子供の苦痛はことさらに甘やかなのでした。ミヤマガラスはひとつの頭蓋骨の前に立つと、その鋭い爪で骨をかりかりとこすりました。同じような引っかき傷が、細密な模様のようになっています。触れるのは、これが初めてではないのです。なぜ頭蓋骨が山ほどあるのに、このひとつを選んだのでしょう？　棚の低いところにしまわれているので、特に落書きしやすい位置にあるわけでもありません。額《ひたい》には名前が彫られていましたが——ピーターという名です——これといって珍しい名前ではありませんでしたし、ねじくれ男本人でさえ、この少年と彼の死のどこが他と違ったのかを思い出すのには苦労するでしょう。

ですが、ミヤマガラスはちゃんと憶えていました。優しくしてくれたことも、仲睦《なかむつ》まじく過ごしたことも。教えてもらった言葉も、かけてもらった言葉も。ミヤマガラスは、とても歳を取っていました。親よりも、子供たちよりも、そのまた子供たちよりも、さらにそのまた子供たちよりも長生きしているのです。本来の寿命の八倍も生きているというのにまだ死ぬことを拒んでいるのか、それとも世界が、まだ死ぬことは許さぬと定めでもしたのでしょうか。気の遠くなるほど長い年月が流れても、ミヤマガラスは怪我を負った雛鳥《ひなどり》だったころから育ててくれた少年を忘れてはいませんでした。ねじくれ男にはどうでもよくても、自分にはすべてなのです。

ミヤマガラスは休息から、そして回想から自分を引きずり出し、ねじくれ男が生きていた日々を物語る巨大な砂時計が置かれた大きな部屋に入っていきました。下半分が砕け、砂粒の代わりに入っていた無数の頭蓋骨がこぼれ落ちており、砂時計はもうかつての力を失っていました。たとえガラスを元に戻したところで、もはやかつての姿を模した記念碑としてしか役に立たないでしょう。ここは死したものたちの場所なのです。

大部分は、ではありますが。

ミヤマガラスは、黄ばんだ骨の山に舞い降りました。目の前には、緑というよりも赤に近い色をしたツタの壁が立っていました。陽光も届かないこんな地底でツタが育つはずなどないのですが、洞窟の壁を照らしているのと同じ輝きに力を与えられ、確かに育っているのです。

無数の枝が波打ち、よじれ、生い茂る葉で顔を作っていました。「話せ」葉のざわめくような声で、顔が言いました。そしてミヤマガラスはしゃがれた声で報告を始めたのでした。

47

Draumur
(古ノルド語)

夢

木こりは火を熾《おこ》し、その上でアナウサギを焼いていました。彼がウサギを仕留めるところをセレスは見ていました。生きて地面を離れたウサギを中空で矢が貫き、ウサギは死体になって落ちてきたのです。ウサギは一度だけ体を痙攣《けいれん》させ、あたかも永久《とわ》の旅路に就く前にもう一度だけこの世界の匂いを嗅ごうとでもするかのように、鼻を微《かす》かにひくつかせました。セレスはひどく空腹で、肉の香りに唾液が湧き出してきましたが、果物と、そして村を出発するときに渡されたパンとゆで卵しか口にしませんでした。アナウサギの苦しみはほんの短い間《あいだ》だけでしたが、このところあまりにも多くの死を目の当たりにしてきたセレスには、その死が重くのしかかっていたのでした。

森の奥深くから、キツネたちが交尾する騒々しい声が聞こえていました。赤ちゃんの泣き声にも似たそれを聞いたセレスは一瞬のうちに、フィービーのことだけを気にかける若き母親へと立ち戻り、願い、祈っていました。やめて。泣かないで。母親になって最初の一年余り、どれほどくたくたになるまで疲れ果てたことでしょう。自分が産み落とした小さな、そして泣き散らしてやまぬ生きものとなんとか心を通わせようと、どれほど苦心したことでしょうか。もしセレスの家の玄関に見知らぬ誰かが現れ、赤ちゃんを連れていくからお前は休むといいと申し出たならば、相手が祝福と呪いどちらを持ってきたかも考えずに、そうしてくれと即答しかねない夜はいくつもありました。牢獄に閉じ込められて何日も睡《ねむ》らせてもらえない囚人たちが殺人を認める虚偽の自白に署名してしまう気持ちが、彼女にはよく分かりました。睡ることを許してさえもらえるのであれば、そうした囚人たちはどんな書面にでも署名するのです。

ですが、またフィービーの泣き声を聞くために、何を差し出せばいいのでしょう？　今まで帰れずにいるのは、何を差し出していないからなのでしょう？

ときどきセレスは、そんな想像すら――たったひと晩ぐっすり睡るためだけに、フィービーを誰かに渡してしまう想像です――後に起きるできごとの種蒔《たねま》きになってしまったのではないかと恐ろしくなりました。あの事故も、そして茨《いばら》に囲まれた褥《しとね》で睡り続けたおとぎ話の茨姫のように我が子を終わりの見えない睡りに就かせてしまったことも、自分の仕業だったのではないだろうかと。この宇宙には悪意をもって人々の運命を歪《ゆが》めるためだけに、私たちのもっとも邪《よこしま》な願いを聞き届けようとする、見えない力が働いてでもいるのでしょうか？　**ほら、お望みの静寂だよ。これもまたおとぎ話の定石というものだろう？　己の願いにはよくよく気をつけて、言葉はよく選びたまえよ。悪用されかねない抜け穴ひとつ、自分に不利な議論の火種となりえる条項ひとつ残さず書類を作る弁護士のようにね。**要するに、フェイとの取引には気をつけろ、ということです。

ですが確かに、それは物語のからくりにしか過ぎないのです。どのような形のものであれ、人の願いが契約で結ばれることはなく、疑念の内にいるときにこそ人はもっとも人間らしくなるものなのです。セレスとフィービーの身に降り掛かったできごとはまったく不公平ですが、同時に不公平でありはしません。それに腹を立てたり絶望したりしたところで、何も変えられやしないのです。

過去が人を虜《とりこ》にすることはありません。人が己の身を虜として差し出すのであり、また、牢獄の扉を開けて自由に出ていく道も人は選ぶことができるのです。たとえ扉に錠前がかけられていようとも、鍵はすぐ近くにあるものです。なぜなら人は常に、自分でその鍵を持っているからです。ちゃんと鍵の入っているポケットを探れるかどうか、それだけなのです。

「まるでよその世界にでもいるような顔をしているな」木こりがそう言って、追憶の魔法を打ち破りました。

「それ、冗談のつもり?」思ったよりもぶっきらぼうな口調になったので、セレスは謝りました。「ごめんなさい。でも私、本当によその世界にいるでしょう? それに――」

セレスが言葉を切ります。

「続けて」

「私、だんだん自分を失っていってるような気がしているのよ……古い自分をね。伝わるかどうか分からないけれど、ここに長くいればいるほど昔の自分が遠のいていってしまうような気がしているのだけど、もう失ってしまうのを怖いとは思わないの。古い私は、もう何もかも諦めてしまう瀬戸際だったわ。フィービーのお見舞いに行くことも減ってきていたのよ。ワインを何杯か飲んで、運転できないから病院に行けないって自分に言い訳をしてね。たまにひどく落ち込んでるときにはあの子がいない日々だって想像したわ……嘆き悲しんではいても、ふたりとも運命の虜ではなくなった日々をね。今の私は、そんな日々がどんなかを仮に味わっているようなものだけど、こんなもの欲しいとは思わないわ。二度とフィービーの声が聞けなくたって、あの子には私の声が聞こえてるって信じなくちゃいけないのよ。あの子をひとりになんてさせたくないし、私だってあの子を失いたくないのよ。

だからあの子の元に戻ったら——戻ることができたなら——どうすればいいか、はっきりと分かったのよ。変な話に聞こえるでしょうけど、ここで過ごしてるうちに安らぎのようなものを見つけたの。それは諦めだと言う人もいるだろうけど、そんなものじゃない。私、もう怒っても苦しんでもいないもの。悲しいのは相変わらずだけど、それはいいわ。悲しくないほうがおかしいし、悲しみを抱いていても私は生きていけるもの。だけど怒りや苦しみや後悔はどう？　そんなものを持っていれば最後には自分の身を滅ぼしてしまうし、そのせいで娘も苦しむことになるわ」

木こりの顔で、炎の灯りが揺らめきました。アナウサギは満足のいく焼け具合に仕上がり、木こりは炎の傍を離れて柔らかな苔《こけ》の上に座ってそれを食べていました。セレスから少し離れたせいと炎の揺らめきのせいで木こりの姿は朧《おぼろ》になり、彼女には顔つきが変わったように思えました。そしてその顔にもう一度、別の人生で愛した者の面影がちらりと見えたのでした。

「この世界も、他の世界と何も変わりはしないよ」木こりは口元の脂《あぶら》を拭《ぬぐ》いながら言いました。「いちばん大切な教訓こそもっとも得難いという意味ではな。本当に食わないのか？　とんでもなく美味いのに」

「たった今本心を話したばかりだというのに、その私にウサギを食べろっていうの？」セレスが答えました。

「極上のウサギだぞ」

「だからあなた、友達がいないのよ」

「そいつは傷つくな」木こりは、まったく傷ついてなどいない声で言いました。セレスはナッツをひとつ投げつけましたが、命中しませんでした。いいえ、ただはずれたのではありません。セレスには木こりの額に間違いなく命中する確信があったのに、ナッツがまったく別の方向に軌道を変えてしまったのです。木こりは握りしめていた左の手を開き、セレスにはまったく瓜ふたつとしか思えない別のナッツを見せました。

「今のどうやったの？」

「それを言っちゃあ面白くないだろう」木こりはナッツを投げ返し、すっかり骨だけになったウサギのももを脇に置くと、急に真顔になりました。「カーリオのほうはどうだ？」

セレスは手を上げ、東を指さしました。

「引き返しはじめてから腕の疼きが強くなった感じからして、あっちのどこかね。せいぜいあと一日ってとこかしら——そんなとこであってほしいわね。このむかつく刺し傷、今でも嫌になるくらい鬱陶《うっとう》しいんだもの」

「カーリオの夢には気をつけるんだぞ」

「見る夢を選ぶことなんてできないわ」

「いや、今はできる、できるはずだ。君の中にカーリオの一部があるのだとすれば、君の想像しているとおり、カーリオの中にも君の一部がいるということだ。君の血と彼らの血が混ざり合い、君が彼らを感じ取ることができるなら、彼らにも君が感じられるんだ。もしかしたら連中はそれを、君の不利になるように使わないとも限らん」

セレスにとってカーリオとの結びつきは、相反するふたつの意味を持っていました。この結びつきが彼女に見せるイメージは不快なほどに鮮明で、囚われた子供たちの生命のエキスが薄れていく様は、飢えた子供たちや戦場から逃げ出す難民たちのニュース映像を見たときのような義憤をセレスに感じさせせます。ですがその一方でこの結びつきは、彼女が決して無力ではないことの証拠でもありました。バアコを含め囚われた子供たちを命のあるうちに救い出すには、カーリオとフェイを見つけ出せさえすればいいのです。

「カーリオを可哀想だと言ったら、私を馬鹿だと思う？」彼女は訊ねました。

「よほどのことでもない限り、君を馬鹿だなどとは思わないよ」木こりは首を横に振りました。

「私、彼らの孤独を感じるのよ。なんでカーリオが自分のことを単数形ではなく複数形で呼ぶのか、理由が分かりはじめているの。まるでたくさんの亡霊を引き連れているように、カーリオはたくさんの同胞たちの、そしてその同胞たちが持つ記憶の集合体なんだわ。死んだドライアドたちが一匹残らずカーリオの中にいるのに、魂には話すことができないから、いったい何が起きたのかを説明することができないのよ。そうした魂が痛みを閉じ込めた泡のようになって、たったひとつの体に閉じ込められている……そして時が経つにつれて泡がやぶれ、中身が漏れ出し、その痛みが宿主にも染み付いていくんだわ。それがカーリオを狂わせたんだと思う」

「同情しても、あやつらの危険から目をそむけてはならんぞ」木こりが険しい顔をしました。「カーリオはフェイどもと手を組んでいるが、フェイは害悪しかもたらさないのだからな」

「違う。カーリオはもうフェイと手を組んだりなんてしてないわ。むしろ、カーリオもフェイには腹を立てているのよ。カーリオはすべての存在に、すべてのものに怒っているのよ」

「ならばカーリオは理性を失い、さらに危険な存在になったということだ」

「それに、ねじくれ男はどうなの？」セレスは訊ねました。「どうしてまだ一度も姿を見せないの？」

「確かに、過去のあやつならばもうとっくに現れているだろう。デイヴィッドがここにいたら、きっと同じことを言うだろうとも。だがミヤマガラスの話が君の言うとおりならば、ねじくれ男め、わしらをずっと見張りながら、待っているのかもしれんぞ」

「待つって、何を？」

「絶好の機会をさ。君がとことん弱り、とことん怒り、とことん怯えたその瞬間をさ。そうした瞬間に人は都合よく利用され、他人の意に屈してしまうのだよ。自分の世界から大人として旅立った君が子供となってこの世界に入ってきた理由は、おそらくそれだろう。ねじくれ男はまだ混乱して半人前で人格の定まらないままの君が欲しかったのだ。だから君が、常に最善の君でいることが重要なんだよ。だけど、憶えておくんだ。やつが目の前に現れたなら、桶一杯の真実の中に嘘がひとつ紛れ込んでいると思うことだ。狡猾《こうかつ》な詐欺師とはそういう手を使うものだからな」

「もしねじくれ男が家に帰してくれると言ったら？」

「そいつは間違いなく高くつくことだろうよ。払うも払わんも君次第さ。わしが決めていいことじゃない」

その言葉の意味を考えているセレスを横目に、木こりは串に張り付いたウサギ肉の残りを剝《は》ぎ取り、鞍《くら》に取り付けてある革袋の水筒から使い古してでこぼこになった金属のボウルに水を注ぎ、それを火にかけました。そして湯がぶくぶくと泡を立てはじめると、黒い粉を入れて棒で掻き回しました。木こりは粉がすっかり溶けたと見て取るやセレスにカップを出せと言い、ボウルの中身を半分そこに入れました。セレスはいきなり口を付けずに臭いを嗅いでみましたが、すぐにうっとりとため息をつきました。ホット・チョコレートのような香りがし、味のほうも違いが分からないほどよく似ていたのです。味はビターで砂糖が欲しくなりましたが――マシュマロも悪くないでしょうし、ホイップ・クリームを入れてもいいでしょう――それでもセレスは温かくなり、ティーンエイジャーの少女だったころに家で過ごした楽しい夜を思い出しました。ホット・チョコレートを好きになったのは、その当時だったのです。今の自分はまたティーンエイジャーに戻って当時とは違う炎の前に腰掛け、かつて自分が今の自分のようだったころを思い出しているのです。なんだかややこしくて、セレスは頭がくらくらしました。

カップの中身を飲み干してとなりに置くと、彼女は横になりました。地面はごつごつと固く、鞍と折りたたんだ毛布があっても大して枕の代わりにはなりませんでした。おまけに夢を見るのも、夢の中で目にするであろうものも恐ろしく、睡《ねむ》るのなどまったく楽しみに思えません。

運がよければうとうとするくらいはできるでしょう。まったく睡らないよりはましなはず。

そう思った次の瞬間、セレスはもう睡りに落ちていました。

セレスは五人の赤ちゃんたちを見下ろし立っているカーリオの姿を見ていました。ひとりの赤ちゃん——性別は分かりません——は、もはや老人のような姿でした。顔はしぼんでしわくちゃになり、果汁をすっかり搾《しぼ》り取られた果物みたいです。額と頬からは皮膚《ひふ》が剝がれており、呼吸はひどく浅くなっていました。赤ちゃんは微かに、影に溶け込んでいました。おそらくミストレス・ブライスの娘か、村から——サアダとタバシたちの村の傍にある別の村から——連れ去られた赤ちゃんのひとりに違いないとセレスは思いました。無実の罪でふたりの男たちが吊るされた事件です。他の赤ちゃんたちは元気そうに見え、今のところ輝きもほとんど衰えてはいませんでしたが、最初の赤ちゃんと同じ運命を辿《たど》るのも時間の問題でしょう。赤ちゃんたちの間をフェイが歩き回り、ときおり足を止めては子供たちから光の筋を吸い取っていました。一度吸い込むたびに、獲物を少しずつ弱らせながら。

カーリオは遠ざかっていました。セレスは彼らを追いかけて地下洞窟を抜けると、やがてたくさんの松明《たいまつ》に照らされた一本の廊下に出ました。壁はタペストリーや美術品で飾り立てられています。

声が聞こえたほうをセレスが見やると、カーリオが人目につかぬよう壁のアルコーブに身を隠すのが見えました。そこへ、水差しやボウルを載せた銀のトレイを手に、三人の召使いたちがおしゃべりをしながらやってきました。その召使いたちが通り過ぎたのを見届けるとカーリオがまた進みはじめ、セレスは彼らの安堵を微かに感じ取りました。**私が負わせた怪我のせいであいつは擬態《ぎたい》の力を失いかけてたのに、今はそれが戻りかけてるわ。**カーリオは自分の目的に気を取られているのか、セレスに気づいている様子は微塵《みじん》もありませんでした。**いや、傍にいるのに気づいてるはず。気づいてない振りをしているだけだわ。まるで私にもこれを見せたがっているみたい。**

カーリオは、等身大の男が描かれた肖像画がかけてあるアルコーブの前で足を止めました。黒と金の乗馬服を纏い、血のような赤い幕を背にして描かれています。幕と幕の間から、夜に向けて開け放たれた窓が見えていました。セレスが見つめていると、絵に描かれた窓枠の中に二本の手が現れ、続いて、両脇に黒い目の付いた頭がひとつ出てきました。絵画の男の背後、一匹のフェイ——小剣《スティレット》のように細く危険な女のフェイです——が部屋に這いずり込んでくると、男を素通りして額縁の縁《へり》まで進み、廊下に降りてきました。カーリオが初めて背後を振り返りました。まっすぐにセレスを見つめるかのように。

カーリオがぱちんと指を鳴らし、幻視が消え去りました。

木のとなりで木こりも睡《ねむ》っていましたが、夢を見てはいませんでした。睡りは浅く、静かな馬のいななきや、穏やかなセレスの息づかいよりも大きな音が聞こえれば、いつでも飛び起きる心構えです。しかし草木のざわめきについては、足音やハルピュイアの羽音が一緒に聞こえてこない限りは目を覚ます様子もありませんでした。ですから、自分が身を横たえている木陰を覆うツタの中から顔が生まれるのにも、自分の先で身動きひとつせず睡りこけているセレスを葉っぱの目が見つめているのにも、まったく気づかなかったのです。

怪物は、温存していた貴重な体力を少しだけ使い、大人少女がちゃんと近づいてきているのを己の目で確かめにきたのです。

48

Leawfinger
（古英語）

人差し指、もしくは裏切りの指

人々を、そして彼らを行動へと駆り立てるものは何かを理解するのに、とても重要なことがあります。それは、物語の中にも実際の人生にも脇役などいないということです。私たちひとりひとりは例外なく己の宇宙の中心で、他の人々は私たちの周りで軌道を周回する星々や月、つまりそれぞれの持つ重力によって離れたり引き寄せ合ったりする天体です。そしてその明るい星々は時として、刹那《せつな》的にか恒久的にか、私たちの双子星となるのです。

物語の——たとえば今あなたが読んでいるこの物語の——焦点を変えてみると、それは別の人の物語へと変わります。巨人ゴグマゴグ。死んだサアダの娘、イメ。心優しく献身的なせせらぎの精。あの女狩人でさえそうです。彼らから見れば木こりもセレスも己の人生を通り過ぎていく些細な登場人物で、彼らだけが主役である舞台にたまたま現れた存在なのです。周囲の人々は自分のように重要ではないと思ったり、彼らの恐怖、願望、欲望は自分のことのように気にかけなくともいいのだと思ったりするのは間違いです。そんなことをすれば、私たちが念入りに立てた計画にも失敗の目が出てきてしまいます。最初から誤った前提を土台にしてしまっているからです。自分は重要だが他の人々はそうではなく、物語に関わるすべての人々はその認識を受け入れている、という前提です。

　そこで、睡《ねむ》りの中にいるセレスも、うとうとしている木こりも、さらにはあの抜け目ないツタの顔の怪人もさておき、あの私たちと気の合う隻眼のミヤマガラスのように夜闇を抜け、城の地下に広がる牢獄へと行ってみるとしましょう。地下牢は、もう使われていませんでした。床はがたがたで、壁と天井にはひびが入っています。この地下牢は城がずっと古いころのもので、遙か昔にある女王が造ったものでした。女王のものなど何ひとつ、名前すらも残ってはいないほど昔のことです。地下牢は女王の後継者たちに脈々と受け継がれ、使われ続けましたが、やがてデイヴィッド――彼自身の物語の主人公です――のせいで王と女王の血筋が途絶え、ねじくれ男が滅ぼされ、あの怪物の傀儡《かいらい》たちが己の治世の間に増築を続けた巨大要塞はついに崩壊したのです。

　ですが地下深くに造られた地下牢はそこから連なるいくつかの部屋とともに崩壊を免《まぬが》れ封印されたものの、完璧に封印されたわけではありませんでした。錠前と閂《かんぬき》で閉ざされた扉は、錠をかけた者にこそ打ち捨てられてはいても、ほんの少しの工夫と労力を払いさえすれば、本来ならば中に足を踏み入れることが許されぬ者でも開けてしまうことができそうです。もちろん、たまさか鍵を手に入れたとしても、それを人に知られてはいけません。

　地下牢に敷き詰められた敷石のひとつが地下道の入口を隠していましたが、まだこの牢獄が使われていたころには、どれほど必死に逃げ出そうとしている囚人ですら見つけるのはとても難しいことでしたし、仮に見つけたとしても、仕組みがあまりに複雑すぎて開けることなどできなかったでしょう。この地下深くにあるさまざまなものと同じく、この入口もまたねじくれ男が作り出したものだからです。ねじくれ男が消滅すると同時にこの地下道についての知識もすべて一緒に消え失せてしまったものの、古い城が崩れたときに地下牢も衝撃を受け、そのおかげで敷石が一インチほど浮き上がっていたのです。そして何十年もしてから入口を探しに来た何者かの指が敷石の裏を探ってこの仕掛けの正体を突き止め、解除し、すんなり地下道に入れるようにしたのでした——そして敷石を元の位置に戻し、もう誰にも見つからないようにしたのです。

地下牢の中、蠟燭《ろうそく》の灯りだけが照らす暗闇にカーリオが座っていました。たったひとりしかいない、この由緒正しき種族の末裔は、遠からぬ血族であるはずのフェイに見捨てられてしまったのでした。フェイが世界に背を向け安全な塚の中へと引き下がり、ひとり取り残されたのです。そこでフェイたちは仲間の一匹に休むことなく見張りをさせながら夢と現《うつつ》の間に己を保ち、頭上の野原に軽率な子供が彷徨《さまよ》い込んできたり、ほんの一瞬母親が目を離している間に気を引こうとして泣き出す赤ちゃんの声が聞こえたりするのに聞き耳を立て、そのときだけはさらってくるため、危険を冒して地上に出るのです。ですがとりわけ素晴らしいのは、両親が養いきれずに捨てられたり、子供を宿したことを家族に隠していた思春期の母親に捨てられたりした、生まれたての赤ちゃんなのです。辱《はずかし》めを受けたり家族に追い出されたりするのを恐れるあまり、彼女たちは木陰や岩陰に隠れ、出産の苦痛を抑えようと棒切れを嚙み締めながら子供を産み、そのまま自然の中に置き去りにしたのです。そうして捨てられた赤ちゃんたちは、フェイにとっては楽な獲物でした。母親のほうも、若くて疲弊《ひへい》しきっていれば、ときとして同じように楽な獲物となりました。

カーリオも子供をさらいますが、それは友とするためでした。人を喰らうことを好まないカーリオは、フェイのようにさらった赤ちゃんを食べたりはしません。喰らうのは悪しきことだと感じていたのです。ひどく弱っているときには雌牛《めうし》や繁殖用の牝馬《ひんば》に歌を唄って落ち着かせてやり乳を吸うこともあれば、死ぬほど空腹なときや病に苦しむときにはクマネズミや野ネズミの命を吸ったりもしましたが、それ以上の捕食はしません。

さらってきた子供たちについて言うとすれば、カーリオは子供たちが欲しがるものを与えようとし、丁寧に手をかけてやらないと花開くことができない繊細な草花に水やりをするように、水や食事を与えてあげたのです。しかし何を食べさせてもその甲斐なく最初のひとりが死に、それを見たカーリオは、人間の赤ちゃんは灌木《かんぼく》のように簡単には育てられないのだと悟ったのでした。子供たちの死を嘆き悲しんだ彼らはそれからというもの、さらった子供たちをほんのしばらくの間だけ自分の手元に置いてから、同じ種族の者たちに見つけてもらえそうな場所に置き去りにするようになったのです。

ですがやがて、そんな束の間の拝借も大きな危険を伴うようになってしまいました。カーリオは、人間に捕まりたくはありませんでした。ドライアドもフェイと同じく、人間の記憶から姿を消すしかないようです。さもなければ人間たちが、彼らを狩ると決めてしまいかねないからです。フェイとの結びつきのあるものは、命を持っていようとなかろうと人の心に恐怖と怒りを呼び起こしてしまいます。妹のひとりが村人たちの松明で焼かれるのを隠れ場所から見つめていたことは、あまりにも恐ろしくて忘れられませんでした。割って入れば自分まで燃やされてしまうと思い、カーリオは止めに入ることができなかったのです。人間たちは笑いながら、炎に包まれたドライアドを取り囲んでいました。そして延々と燃え続けた挙げ句、カーリオに閉じ込められた魂たちの中に、新たな魂が加わったのです。もしかしたらその瞬間、彼らは狂気に取り憑かれたのかもしれません――ですがたとえそうだとして、誰にそれを責められるでしょう?

繰り返しになってしまいますが(ともあれ、重要なことは何度でも繰り返さなくてはいけないものです)、これもまた胸に留めておくべき大切な教訓というもの。人間だろうとドライアドだろうと、そしてフォーン(ローマ神話のファウヌス。牧畜の神)であろうとフェイであろうと、完全な悪などというものは存在しません。どんなにひどいことをしても、中には許せないことがあっても、決まった種族が決まった悪を働くわけではないのです。そして、過去に働いた最大の悪事のみで裁かれなくてはならないとすれば私たちの多くは檻《おり》に入れられてしまうでしょうし、仮にそれを免れたとしても、友人をひとり残らず失ってしまうでしょう。

これはカーリオのことを理解するうえで、必要不可欠なことです。カーリオはあまりにも長い間、孤独に生き続けてきたのです。彼らは、自分の種族がだんだんと根絶やしにされていく様子を見てきました。人間に直接手を下されて消えた同胞も、そしてドライアドたちもその一部である自然が人間の手で破壊されたせいで、間接的に殺されてしまった同胞もいたのです。カーリオを同族とするべきあのフェイたちですら彼らを劣等種とみなして切り捨て、カーリオは敵に囲まれた世界で必死に生き延びるしかなくなってしまいました。かつてはカーリオにも、美点がたくさんありました──自然界に抱く深い慈しみや、己が内に宿した魂たちへの底しれぬ優しさです──しかし悲哀、孤独、恐怖、苦痛、そして不安がこのドライアド最後の生き残りを蝕《むしば》む毒となり、かつて甘やかだったものを酸っぱく変え、美しかったものを汚してしまったのです。

地下牢の中、カーリオは自分の敵を指折り数えていました。まずは人間です。あまりに数が多すぎるのでまとめて一本ということにしましたが、他の指で数えるに相応《ふさわ》しいほどの憎悪を抱く者は別にしました。そこで二本目、カーリオは地底で共に過ごしたかっただけだというのに──彼女ならば地底でも赤ちゃんより長く生きられるはずと思ったのです──ひどい怪我をさせた、あのセレスです。カーリオは正誤の分別も持たぬまま、妹を炎の熱と光で包み込み、悲鳴をあげる影に変えてしまった若い娘たちとセレスを重ねていたのでした。カーリオにとってすべての人間は同じようなもので、自分の胸にこの痛みを植え付けた責任は、すべての人類にあるのです。妹を殺した一員である娘たちに罰を与えることができないのであれば、その後を継ぐセレスはじゅうぶんに身代わりになるのです。

三本目に数えられる敵は、フェイたちでした。カーリオの目には、フェイも人間と大して変わらぬように見えていたのです。確かに木々を伐《き》り倒し、燃やし、富を得ようと炭鉱を掘って地面にいくつも深い穴を開け、汚物で川やせせらぎを汚染して死水域に変え、大地をぼろぼろにしてしまったのは人間です。ですがフェイはそれに立ち向かおうとせず人間に見つからぬところに逃げ込み、人間の好きにさせたのです。隠れし者たちは好機を待ち続けているのでしょうが、カーリオにはのんびりしすぎているように感じられ、ぐずぐずしているせいで被《こうむ》ってしまった損害は二度と元に戻せないように思えるのでした。もしかしたらすでに何もかも手遅れで、今や人間は世界を滅ぼしかけているのかもしれない、とカーリオは訝りました。いずれ回復はするでしょうが、それもフェイが人類に襲いかかり、永遠に歴史から消し去ってからの話です。

さらに忘れてはならないのは——カーリオには自分の心の奥底ですら認めたくないことでしたが——カーリオを追放したフェイたちが、彼らが戻ってきても相変わらず、自分たちを都合のいいように利用することも放り出すこともできる下等な存在として扱ったことです。ですが、フェイたちには知らなかった事実がありました。それはカーリオが死にかけており、セレスと出会うよりも早くから自分でもそれを知っていたということです。石で打ち込まれたあの一撃は彼らに怪我を負わせただけでなく、命の終わりを早めていたのでした。だからこそカーリオは、己が受けてきたすべての仕打ちへの報復を果たすその機会が一刻も早く訪れてくれなくては困るのです。

一匹のフェイが通り過ぎていきました。あまりに年老いているせいで顔が頭蓋骨から剝がれかけ、顎になった骨は緑がかった苔で覆われています。フェイはカーリオがいるのを知っているくせに、気づいた素振りさえ見せませんでした。無視されたカーリオは、腸《はらわた》が煮えくり返りました。フェイをここまで導いてきたのはカーリオなのです。人間の耳に囁《ささや》いたのはカーリオなのです。カーリオが道を作ったのです。だというのにフェイはひとり残らず、暗殺と破壊のことしか考えていないのです。

　そしてカーリオはいよいよ最後の指に、そして最後の敵まで来ました。ねじくれ男です。カーリオは自己保存の本能を持つあらゆる生命と同じように、ねじくれ男がこの国を支配している間、なんとか避け続けてきました。あの男の悪には際限がないのです。ねじくれ男は物語を創るためだけに生き、己の物語の筋に合わせて他の者たちを好きに操りましたが、どの物語も核となる部分は虚《うつ》ろで、悪い結末で終わるのです。カーリオは、他の者たちがねじくれ男は死んだと思っているのを知っていましたが、自然界に根を下ろしたこのドライアドは、たとえば遠くで起きる地殻プレートの変動や、地を這う小さな獣たちや生い茂るツタのいつもと違う様子などのような、何度も繰り返し起こる不穏な異変をすべて確認していました。たとえほんの数秒の間だけでも、そこに自意識があるかのような凶兆が見えたのです。そして、こうした変化に気づいた様子などちらりとも見せず記憶の中にしまい込みながら、その異変にねじくれ男の影を感じ取っていたのです。この地下牢でカーリオは、もし以前のようにねじくれ男が目の前に立っていようと驚きもしないほど、その存在を強く感じていました。

　なぜねじくれ男がセレスを欲しているのか、カーリオには分かりませんでした。男の目的がなんであれ、セレスがねじくれ男のものになるのはフェイたちにとっては好都合でした。だからあの村を攻撃したときにも、怪我をさせたりしないよう命令が出たのです。ですがカーリオは、すべてを恨むつもりでした。人間も、フェイも、そして欲望の正体とその理由さえ判明すれば、ねじくれ男のことも。

特に、セレスについては計画までありました。自分たちの願いがすべて成就すれば、カーリオは自分たちの巣である小さな穴ぐらに戻り、そこで死ぬことになりますが、決して孤独のうちに死んだりするつもりはありませんでした。この世から消え去り土に還るのに、道連れを作るつもりだったのです。その道連れとは、セレスのことでした。カーリオはまず彼女の命が尽きるのを見届けてから、己の苦痛をすべて永久に置き去りにして瞼《まぶた》を閉じるつもりなのでした。

49

Herrlof
(古ノルド語)

戦利品

セレスと木こりは朝早くに起きると急いで食事を済ませ、カーリオの捜索を再開しました。セレスは前の夜に目にしたものを木こりに話して聞かせました。絵画から出てくるフェイの姿が、取り憑いたように離れてくれないのです。もう美術館に行っても二度とくつろいだ気分になどなれないでしょうし、自宅の壁にかけている絵画も外してしまわなくてはいけません。

「でも、本当にフェイが絵から抜け出してきたのかは断言できないのよ」セレスが言いました。「なんだか、本当じゃないものを見せられてるのに、それでも真実が含まれているような感じだったの。なんていうか、比喩《ひゆ》みたいな」

「カーリオがそれを君に見せたがったと?」木こりが言いました。

「自分たちを悩ませてるのは私だって思ってるみたい」

「だが君から隠れたり、君の邪魔をしたりしようとはしてこないじゃないか」

「まったく分からないわ。私に自分たちを見つけてほしいのかもしれない」

「だとしたら、君に罠を仕掛けていてもおかしくないな」

「前に進み続けるしか選択肢はないわ」セレスが言いました。

「カーリオが私に子供たちの姿を見せたの。みんな死にかけてた……」

　正午まであと少しというころ、何者かが馬でやってくるのが見えました。セレスは顔が見える前から、それがデイヴィッドなのを知っていました。彼が跨《また》がっている美しい白馬、スキュラを見れば明らかです。『失われたものたちの本』によるとスキュラはかつてローランドという騎士の馬でしたが、傷ついていた彼がようやく心の平穏を見つけ出してからは、デイヴィッドのものになりました。セレスと木こりはデイヴィッドとの再会に沸き、ひとまず休んで脚を伸ばしたり、情報を伝え合ったりしました。

「村にはもう、やることが何もなかったよ」デイヴィッドが言いました。「命を落とした人々の埋葬も済んだし、見張りも倍に増えたし、イメは夜にはベッドの周りにパンを撒《ま》いて首には鋼鉄で作られた守りのネックレスをかけているから安全さ。僕はあの城跡に向かってるところだったけど、遠くからふたりの姿が見えたから。タバシやみんなと一緒だと思ってたのに、渓谷と逆方向に向かってるなんてさ」

「セレスは、何もかも囮《おとり》だったと思っていてな」木こりが説明しました。「それにバアコも、さらわれた他の子供たちと一緒にまだフェイのところにいる。セレスがそこに案内してくれるんだよ」

「案内って、どうやって？」デイヴィッドが不思議そうな顔をしました。

「カーリオの刺し傷を使ってね」彼女が答えました。「カーリオに近づけば近づくほど痛くなるの。それに夢の中であいつらを見るのよ、まあ、ただの夢じゃないけどね。私はカーリオと一緒に歩んでいるの。あいつらが見てるものが私にも見えるのよ」

「ここじゃあ、そんなことがあっても不思議じゃないな」

セレスは疑いませんでした。『失われたものたちの本』の世界では、言葉も使わず木の精と交信するなど、わざわざ言うほどでもないことなのです。

「問題は、おそらくカーリオのほうもセレスに気づいているだろうということだ」木こりが言いました。「どうやらこいつはゲームだが、とりあえずわしらにはそのゲームの正体が見えている。遊ぶのと弄《もてあそ》ばれるのは違う」

セレスは、心から同意していいのか判断できませんでした。ルールもよく知らないゲームをするのは簡単なことではありませんし、相手がカーリオとなると、セレスにはそこにルールがあるとはとても思えないのです。

「カーリオは私を憎んでいるわ」彼女が言いました。「敵意剝《む》き出しだけど、私が怪我をさせたからっていうだけじゃない。一度も会ったことがないのに、遙か昔からずっと抱いてきた敵意みたい」

「君は人間の代表なんだ」木こりが言いました。「人間と隠れし者たちの間の敵対は気が遠くなるほどの昔にまで遡《さかのぼ》るし、カーリオとフェイは親類同士みたいなものだ」

「けれどカーリオの憎悪の対象はすべてに向いているわけじゃなくて、具体的なものよ。人間の代表としての私じゃなくて、この私自身に向いてるの」

何も解決しないまま、話は終わってしまいました。出発しなくてはいけません。ですがここからは三人です。木こりが先頭を行き、セレスとデイヴィッドはそのうしろで互いへの理解を深め合いながら進みました。セレスは、彼がいない間に向こうの世界がどれほど変わったかを説明しようとしましたが、デイヴィッドはほとんど興味を示しませんでした。今やここが自分の世界であっても、間もなく離れることになる確信があったのです。

「昔、木こりのおじさんが教えてくれたんだよ」デイヴィッドが言いました。「最後にはだいたいの人がここに戻ってくるってね。その言葉の意味が分かるのに、ずいぶん時間がかかってしまったよ。あの人は、みんなここに来るっていうだけじゃなく、戻ってくるって言ったんだよ。帰ってくるってね。つまり、みんなこの世界に源《みなもと》を持っているということなのかもしれない。どういう理屈でそうなのかは、僕には分からないけどね」

「あの人に訊いてみたことはないの？」

「もちろんあるよ」

「で、なんて言われたの？」

「退屈な人生とは、あらゆる疑問に答えが出た人生だってさ。あの人、気が向くと凄い金言家になるんだよ。あんまり愛すべき資質とはいえないけどね」

セレスは金言家というのがどんなものかよく知りませんでしたが、たった今デイヴィッドが口にした話から察するに、まっすぐな質問に回りくどい答えをよこす人のことでしょうか。それならば、この世界に来てからすっかり慣れてしまっています。

「つまりここにはあなたみたいに……私たちみたいに彷徨い込んできた人が他にもいるの？」

「この世界とは限らないけど、こことそう変わらない世界だよ。昔、ここから帰って間もないころ、妻と息子と家の周りをもっとよく知ろうっていう話になって、みんなで探検に出たことがあってね。それで、最初の夜は、ある湖のほとりでキャンプしたんだ。ふたりが睡《ねむ》っている間に僕は水辺に出て、月を見つめていた。でも、水を飲もうと膝《ひざ》をついてみたら、水に映っていたのは僕の顔じゃなくて、見たこともないふたりの顔だったんだよ。若い女の人がふたりいて、どっちも二十代後半ぐらいだったと思う。ふたりはまるで恋人同士のように手を繋いで涙を流していた、歓喜の涙をね。それを見た僕は、ふたりが自分たちが夢に描いて具現化させた異世界で再会したばかりなんだと思った。片方がずっと若くして死んでしまったけど、失われた時間の溝がそうして埋まったんだってね。僕のときと同じようにさ。

僕たちは、ふたつの世界を隔《へだ》てる壁が、ほんの一瞬でも透けて見えるほど薄くなったところにいたんだ。ふたりが僕を見て、僕もふたりを見て、互いに笑い合った。僕たちは似たもの同士だったし、どちらもそれを知っていたからね。僕たちが堪《こら》えてきたすべての苦痛が、すべての悲しみが消え去り、僕たちのものになるはずだった日々が手の中に返ってきたんだ。ふたりが僕に手を振って別れを告げて、それがふたりを見た最後になった。

ここはそういうところなんだ。失われたものが見つかり、悲しみの月日は巻き戻される。僕の家族のように何十年の人もいれば、たった一時間の人も、ほんの刹那の人もいる。でも、過ぎてしまったことが元に戻って、口にできなかった言葉をついに伝えることができるようになるんだ」

「それから?」

デイヴィッドは、知らないよというように肩をすくめてみせました。

セレスは彼の顔をじっと見上げました。別れていた時間はほんの短い間だけだったというのに、彼の髪は薄く、そして白くなり、目や口の周りに刻まれた皺《しわ》が深くなっています。デイヴィッドの砂時計に残された砂が尽きようとしているのです。しかし、彼は恐れを見せてはいませんでした。妻との再会を果たし、息子の成長を共に見守ったのです。もうすぐふたりは一緒に、喪失感を残して旅立っていくのです。しかしデイヴィッドはその前に、絶え間なく移ろい続けるこの奇妙な世界を、安全とまではいかなくとも、せめて無事で過ごせる場所として残すため、できる限りのことをするつもりでした。フェイも、そしてフェイたちがもっとも恐ろしいときに象徴するもの——つまり捕食、強者による弱者の蹂躙《じゅうりん》、そして色と血によりひとつの種が覇者となるのだという信念です

――も、絶対に認められるべきではありません。

あたりの景色が変わりました。三人は広い道に出ましたが、そこにはたくさんの人がおり、荷車や馬や徒歩の人々に紛れるとほとんど誰にも気づかれなくなりました。耕されていない野原や草がぼうぼうに生えた原野には煙が漂い、森の木々はすべて伐採《ばっさい》され、残された切り株だけが朽ちていました。セレスが幼いころに住んでいた、石炭の煙と工場の煙突で汚染された大気を思い出させる悪臭が他のあらゆる臭いを打ち消しており、道端に流れる小川の水はもう清冽《せいれつ》ではなく、見るも汚い黄色の泡で穢《けが》れていました。あの水ではどんな生きものも生きてはいけないだろうと思うと、セレスはまた、この世界で最初に会った相手を思い出しました。あのせせらぎの精です。こんな汚染をされたら、あの精霊はきっとひどく悲惨になってしまうでしょう。

三人は、丘の頂《いただき》に辿り着きました。見下ろせば南には城塞が立っており、その高い城塞はまるで的の中心のようで、その周りには同心円状の城壁が幾重にも連なっていました。壁で仕切られた区画のひとつひとつに庭園、厩《うまや》、家々、商店などがあり、城から離れた区画になればなるほど多くの人々で賑《にぎ》わっているのが見えます。北には立ち並ぶたくさんの竈《かまど》や煙突から煙や蒸気が立ちのぼる巨大な鉱山があり、その鉱山の作業で流れ出る排水を受け止めるため、地面には溝や池が掘られていました。森林と丘陵地帯が組み合わさっているおかげで、鉱山での作業は城の住人からは見えません。木こりはその全貌にすっかり驚いているようでしたが、セレスには鉱山よりも城塞の存在に――セレスにはとても可愛い建物に見えたのですが――困惑しているように思えました。デイヴィッドも、どうやらひどく驚いているようです。

「なるほど」木こりがつぶやきました。「いかにもボルウェインがやりそうなことだわい」

セレスはどういう意味か訊ねてみましたが、答えてくれたのはデイヴィッドでした。

「ボルウェインは古い城の……かってねじくれ男が秘密の支配をしていた城の跡地に自分の街を造ったんだ。最後に僕たちが見たとき城はまだ廃墟だったのに、すっかり新しい城塞になってる」

「いい石を無駄にすることはないからな」木こりはそう言うと「悪い石もだ」と付け足しました。

と、三人の背後でトランペットが鳴り渡り、道を空けろという命令が聞こえました。騎馬隊がふたつ進んできます。どちらも違った紋章をつけてこそいましたが、双方ともに同じくらい苛立ち、道行く人々に対してものすごく居丈高《いたけだか》で、言うことを聞かない馬車馬を鞭《むち》で叩いて追いやったり、女子供を馬で押しのけたりしています。騎馬隊のうしろからは武装馬車が二台付いてきていました。馬車の内部を一般人の羨望の目から隠すためカーテンが引かれていましたが、これは群衆の視線から中の乗客たちを守るためでもありました――当然、臭いから守るのも目的だったでしょう。なにしろセレスですら、周囲の通行人たちの中に恐ろしく臭い者がいるのに気づくほどなのです。

　とはいえほとんど二日間ぶっとおしで馬の背に揺られているものですから、セレス自身もまた風呂に入って着替えをしなくては、上品な社会にすんなり迎え入れてもらえる自信はありませんでした。

　セレス、デイヴィッド、木こりの三人は馬車に道を譲ると、ぞろぞろ付いてくる兵士たちをやり過ごしてからまた道を進みはじめました。道を下っていくと、さらにたくさんの騎馬兵や馬車が北と東から城に向かっているのが見えてきました。

「ボルウェインって人、どうやらえらい人気者みたいじゃないか」デイヴィッドが言いました。

「どうやら一帯の領主たちが集まり会議でも開くようだな」木こりが言いました。

「フェイのせい？」セレスが訊ねます。

「旧敵に赤子をさらわれることを許せば、もう長いこと権力の座にもいられまいよ。何か手を打たない限りはな。わしらにとっては吉報だよ。ボルウェインとお仲間に、行動を起こせと説き伏せる手間が省けるわけだからな」

服も肌も炭塵《たんじん》で黒くなった汚れた鉱山労働者たちの小さな一団が、丘を登ってきていました。人間の姿も見えますがほとんどは小人で、ふたつの種族が階級も区別もなく交ざっていましたが、口笛を吹いたり足並みに合わせて歌を唄ったりする者はひとりもいませんでした。そんなこともできないほどくたくたに疲れ果てているのです。その中に知った顔があることを祈ってかどうか、デイヴィッドが小人たちの顔をじっと観察しているのにセレスは気づきましたが、デイヴィッドが見知った顔はひとつも見当たらず、みな彼の視線に気づくと顔に敵意を浮かべてみせるのでした。

「なにをじろじろ見てやがる？」一匹の小人が口を開きました。てっぺんに鈴の付いた帽子をかぶっていますが、鈴はすっかりでこぼこで軽やかな音も鳴らさず、代わりに耳障りな雑音を響かせました。

「友達がいないかと思ってね」デイヴィッドが答えました。

「こんなとこにあんたの友達なんかいるものかい。肺いっぱいに炭塵を吸い込みゃもう兄弟さ、でも友達じゃない」

「仕事が欲しいんなら」他の小人が言いました。「炭鉱ならいつでもひとり分どころかたんまり空きがあるぜ。今日はもう三人おっ死んだから、あんたらが名乗り出ればちょうど埋め合わせがつくってもんだ」

「まあ、お勧めはせんがね」最初の小人は、セレスに気づくと態度を和《やわ》らげました。「一度契約書に名前を書いちまったら、もう消すことはできん。炭鉱暮らしはひどいもんだし、最後にはもっとひどい死が待つのみさ」

「じゃあ、どうしてそんなことしてるの?」セレスが訊ねました。

小人は周りで聞き耳を立てている者がいないか確かめましたが、いざ口を開こうとすると、他の小人がやめろと言うかのように彼の背中に手を触れ、こう訊ねました。「領主様に会いに行くところだね?」

「そのとおり」木こりがうなずきました。

「お知り合いかね?」

「今のところ、その名誉には与かっておらんな」

「そうかい、もし面会できたら、俺たちからもよろしくと伝えておくれよ。みんな楽しそうに働いていますってさ」

ですが声の調子も顔の血色も、まったく逆だと言っていました。彼が仲間の小人の肩を叩くと、鉱山労働者たちはまた歩きだしました——食料に、そしてベッドに向かって。

「強制労働かい?」デイヴィッドは、鉱山労働者たちが行ってしまうのを見届けてから木こりに訊ねました。

「いや、せいぜい嫌々労働くらいのものだろうな」

いつの間にか三人は、街に入ろうとしている群衆の中に巻き込まれていました。男も女も荷物を荷馬車に載せたり、ロバや馬の背に載せたり、どちらも持たぬ者は自分で背負ったりしています。子供を連れた者や家畜の群れを連れた者、紐で繋いだ犬を引いている者も大勢いました。フェイの話題がそこかしこからセレスにも聞こえてきました。みんな怯えきり、高い壁の庇護を求めて逃げ出そうとしているのです。人々はひとりずつ門番に中に入ることを許可されたり、他の場所で運試しをするよう言われて追い返されたりしています。追い返されているのはほとんどが、壁の中に滞在場所を持たない人々でした。許可を得られなかった人々は壁の外でキャンプを張る人々の集団に加わりましたが、中にはもう火を熾して料理をしたり、身を温めたりしている者たちもいました。

セレスはふと、血が出るほど強く傷跡を引っ掻いている自分に気づきました。

「カーリオがいるのか？」木こりが彼女の顔を見ます。

「痒《かゆ》くて疼いてたまらないから、きっとすぐ近くにいるはずよ。これ以上ひどくなったら、腕を斬り落としたくなるかも」

「そうならないよう祈るとしよう」木こりが言いました。「痒くてたまらなくなったときのために軟膏《なんこう》があるが、塗りすぎるなよ。あまり痛みを抑えてしまうと、ドライアド追跡ができなくなってしまうからな」

「あいつら、街のどこかにいるわ」セレスが言いました。「間違いなくいるはずだけど、どうやって入ったのかしら？　完全に封鎖されていて、ネズミ一匹壁から這い込めやしないのに」

前方では門番たちが、馬から降りるよう人々に告げていました。セレスは他の人々とともに鞍から降り、手綱を引きながら跳ね橋を渡っていきました。

「カーリオが壁を抜けて入ろうとしたとは限らないさ」デイヴィッドが、堀を渡り終えながら言いました。

「どういう意味？」

デイヴィッドが土の地面を足で叩きます。この国の——この虚ろな場所のことならば、彼は誰よりも知り尽くしているのです。

「もしかしたら、あのドライアドは下から行ったのかもしれないよ」

ようやく門に辿り着いた三人の目の前に、鋲《びょう》を打ち込まれた木の障壁が姿を現しました。この壁を下ろして、城塞の入口を塞いでいるのです。その壁を八人の門番が守っており、武装を固めた城塞の兵隊を元帥が取り仕切っていました。

「今日の入場はもう終わりだ」元帥が言いました。「引き返し、また明日来るがいい」

「ボルウェイン卿に面会しに来たんだがな」木こりが答えました。

「とにかく今日は引き返し、どこかで休むことだ」元帥が言いました。疲れてはいるようですが、決して不親切な感じではありません。「明日の朝、またここに来なさい。だが、たとえ入場を許されたとしても、閣下との面会は叶わないとだけは言っておくよ。そして閣下に面倒をかけようものなら、閣下の名を呼びもしないうちに、あっという間に壁の外に逆戻りだ」

「おやおや、閣下のほうがわしらに用があると思うんだがな」木こりが言いました。

「どういうことかな?」

「閣下にお目にかけたいものがあってな」

「まず私に見せなさい。閣下にお時間を取らせるに足るものか、私が判断しよう」

木こりは、サラアマを出発してからずっと鞍にぶら下げていた袋をほどくと、中からフェイの取り換え子《チェンジリング》の首を取り出しました。今はあのときのまま、バアコそっくりの顔をしています。首はまだほのかな臭いを放ち、腐敗で崩れてもいませんでした。

「さて」木こりが元帥の顔を見ました。「ボルウェイン卿は今すぐわしらに会いたがるのではないかな?」

元帥の目が、おぞましき戦利品に釘付けになりました。おそらく、フェイの存在を示す実物の証拠を目の当たりにするのは初めてなのだ、とセレスは思いました。魅了と嫌悪の両方を抱《いだ》きながら、元帥がまじまじと首を見つめます。そして触れてみようと手を伸ばしかけましたがすぐに躊躇《ちゅうちょ》すると、体から切り離されていてもなお首に残る害意を感じたかのように、さっと手を引きました。

「そのように言われるのならば、よろしい。入るほうがよかろう」元帥が言いました。

50

Wyrmgeard

（古英語）

蛇《へび》の住処

セレスたちは四人の衛兵に囲まれ、元帥に先導されながら街を抜けていきました。元帥はデンハムという名だと自己紹介しましたが、彼自身も歴戦を物語る古傷を残した老兵で、まるで癒《い》えきらぬ傷が残っているかのような足取りで歩くその様は、一歩足を踏み出すたびにいずれ己の命が尽きることを思い知らされているのではないかと思えるほどでした。

壁の中は活気に溢れていました。セレスが見たところ、これといって攻撃への備えが行われているようには思えませんでしたが、城に近づいていくにつれて兵隊の数は増えていきました。三人の馬は厩舎《きゆうしや》に連れていかれ、そこで干し草と水を与えてもらいました。セレスたちは城の主郭で控えの間に通されました。すると、数分のうちに食事が運ばれてきました。冷製の肉料理、ブドウ、パン、甘いケーキ、そしてワインの入ったカラフェです。さらに、ボルウェイン卿との面会を前に体を綺麗にできるよう、湯を張ったボウルが三つと新品の石鹸《せつけん》が一本窓辺に用意されていました。

木こりとデイヴィッドは腰まで裸になりましたが、どれほど長く共に過ごし、一緒に過ごすのが心地よくなっていようと、セレスはそれに倣う気はありませんでした。カーテンの陰で体を洗い、最後の綺麗な服に着替えます。するとずっと人間らしい気分になり、もう汚れた服に着替えたくなくなってしまいました。そして、傷の痛みと不快感を和らげられる程度に、軟膏をうっすらと塗り直しておきました。

すっかり身だしなみを整えると彼女と木こりは食事を始めましたが、デイヴィッドは口を付けようとしませんでした。何かどうしても気になることがあるかのように壁を指で叩きながら部屋を歩き回る彼を、セレスと木こりが目で追います。デイヴィッドはしばらく歩き回ってから窓辺に戻りましたが開けようとはせず、窓の外ではなく部屋の中を見つめました。セレスは皿を脇に置き、彼のところに歩み寄りました。

「大丈夫？」

「ここ、僕の部屋だったんだ」デイヴィッドが答えました。「ずっと昔、ここに初めてきたころの話だけどね——いや、この場所に僕の部屋があったと言うほうがいいかな。もしかしたら、壁の石は同じかもしれない。ランセット窓も似ているし。城の崩落を免れたってこともありえるな」

デイヴィッドの目はセレスを通り過ぎ、聞き耳を立てている木こりのほうを向いていました。

「ここにいちゃいけない気がする」デイヴィッドが言いました。

「のんびりくつろいでいるつもりはないとも」木こりが答えました。「カーリオの居場所を突き止めねばならないし、子供たちの救出に協力するようボルウェインめを説得しなくてはならないからな。それが済んだら引き上げるとしようじゃないか」

「そんなに長居するのも気が進まないけどな。感じないのかい？」

木こりは注意深くデイヴィッドを観察しました。

「感じないって、何をだね？」

「あなたの言うとおりだったね。ここの石を再利用なんて、しちゃいけなかったんだ。崩れたまま放置して、あとは自然に委《ゆだ》ねればよかったんだよ。だというのに、かつて石に染み込んだ悪意がすべて再び力を取り戻してしまった。臭いもするし、舌には味だって感じる。ずっと前から臭いも味も忘れられないいんだ。この城、いったいいつから立ってるんだい？」

「城塞の大きさから察するに、数十年は経ってるだろうな」

「そしてその間じゅうずっと」デイヴィッドが続けました。「住民たちはその空気を吸い、肌で壁に触れ、毛穴からはその毒が染み込んでくるんだ。もしねじくれ男が本当に死んでいたとしても、かつてあいつのねぐらだった場所に住むだなんて僕はごめんだよ。あいつの何かが残っているかもしれないと思うと、どんどん不安になってしまうんだ」

ノックの音が響き、ドアが開きました。そこには卿の家来がひとり、衛兵をふたり連れて立っていました。衛兵たちはどちらも剣の柄《つか》に手をかけ、張り詰めた顔をしています。一方の家来はどんよりとした目の陰気で痩せ型の男で、ろくにものを食べていないか、食べたにしても食になど微塵も楽しみを見いださぬ男の風情でした。着ている服が地味なおかげで官職の証である凝《こ》った装飾の鎖がひどく不釣り合いに感じられましたし、ひどく腰が曲がっているせいでその鎖がやたらと重く見えました。家来は、わざわざ名乗ろうともしませんでした。自分のことを重要ではないと思っているのでしょうか？　それとも――こちらのほうがありえそうですが――自分で名乗るほどの小物ではないと思っているのでしょうか？　重要なのは肩書と家庭における地位であり、社交辞令など興味もないのです。

「私はボルウェイン卿の執事でございます」家来が言いました。「主人が今から面会なさるそうです。ご一緒にお持ちください、例の――」執事は言葉を切ると右手を差し伸べ人差し指を伸ばし、ほどよい言葉を探しているかのようにくるくる回してから、ようやくまた口を開きました。「残骸を」

木こりは袋に入れた首を持ち上げ、執事に差し出しました。

「自分で持っていくかい？」

「どう見てもあなたのほうが力がおありのようですし」執事は袋を見ていかにも気持ち悪そうに顔を歪めましたが、それだけではありませんでした。門で会った元帥には見られなかった明確な警戒心を漂わせているのです。長年にわたり男たちを相手にして、男優位の社会で世界と交渉しなくてはならなかった経験から、セレスは直感しました。この家来は、何かを隠していると。

話をそこで終えると、セレスたち三人は前後を衛兵に挟まれながら執事とともに城の中心に向かって歩いていきました。進んでいくに従い、あたりはだんだんとセレスにも見覚えのある光景に変わっていきました。壁に積まれた石の色も、窓の形も、壁に取り付けられた松明の台座も、見覚えのあるものばかりです。セレスは自分が今カーリオと同じ道を歩いているのだと確信しました。そしてこの城も、そこに暮らすすべての人々も、フェイの意のままになっているのだと。それを裏付けるかのように腕の傷が、まるで刺されたあのときのように鋭く疼きだしました。カーリオが近くにいるのです。

「ここよ」彼女は声を殺して木こりに伝えました。「この廊下をカーリオが歩いているのを見たの」

木こりが微かにうなずきました。執事がふたりの会話を聞こうと耳をそばだてているのにセレスは気づきました。**心配いらないわ。あなたにもすぐに分かることだもの。**彼女は胸の中で言いました。

やがて、両側にひとりずつ衛兵が立つ扉が見えてきました。その扉が開き、ボルウェインの応接間に通されます。応接間の片側には会議用の長いテーブルがあり、エレガントな装飾が彫り込まれた大きな玉座が上座に置かれていました。応接間にはくつろげるよう、大きな暖炉を取り囲むようにしてソファやひざかけのかけられた椅子が置かれており、そこで三頭の猟犬が居睡《いねむ》りをしていました。その光景を照らし出しているのはほとんど、壁の松明やマントルピースの蠟燭だけでした。城の一階にあるため外からはわずかな光しか入らず、窓も本来の目的を果たすより、むしろ装飾の一部になっているのです。これを見てセレスは、妙だと感じました。もし自分がボルウェイン卿の地位にいたならば、自分の領地を一望できる、ずっと上のほうに部屋を構えたいと思うはずだからです。おそらく実際には城の上層にも同じような部屋があり、こちらの応接間はフェイの脅威に対抗するための暫定的な司令部として使われているのでしょう。上層にいたのでは、見つかったり捕らえられたりせずに逃げるのは難しいでしょうし、セレスの推測では、この応接間の壁には逃走用の隠し扉が秘められているはずです。

いちばん大きな窓の脇、ひとりの男がセレスたちに背を向けて立っていました。背が高くて肩幅も広く、肩にかかるほど伸ばした長い黒髪のおかげで、男は嫌でも目を引きました。彼はビロードのチュニックとズボンを纏ってその上から丈の短い緋色のサーコートをかけ、膝まで長さのあるよく履き慣れた黒い革のブーツを履いていました。手には手袋もはめておらず、両手を背中に回して組んでいます。男は微動だにしませんでしたが、セレスたちの到着が告げられると、せっかく窓の外の石壁を眺めていたのにとでも言いたげな気の進まない様子で、ゆっくりと振り返りました。セレスは、あのときに見た肖像画の男だと気づき、はっとしました。あの絵の男は細密に描かれているとはいえませんでしたが、間違いありません。おかげでセレスは男の背後の窓からフェイの戦士が這いずり込んでくるのではないかとすら思いかけましたが、窓は閉ざされたまま、曇ったガラスを通して仄明《ほのあ》かりがわずかに入り込んでくるだけなのでした。

ボルウェイン卿は四十代の後半で、髪にも綺麗に整えられた髭《ひげ》にも、微かに白が交じっていました。ハンサムであるのは間違いないのですがそれを鼻にかけすぎているような印象でしたし、その両目は鮮《あざ》やかでありながら、まったく温かみを感じさせませんでした。セレスの世界でならば、大企業家でも――株価をほんの数ペンス上げるためであれば何千人もの従業員をペン一本やボタンひとつで首にする多国籍企業のトップでも――おかしくないような雰囲気です。

セレスは今まで貴族の前になど出たことがなく、エチケットを学んだこともありませんでした。お辞儀をすればいいのか、ひざまずけばいいのか、握手をすればいいのかも分かりません。そこで木こりのするとおりに真似することにしたのですが、木こりはまるで取引を終えて帰路に就いたとたんに倒れてもおかしくない馬を売りつけようとしている商人でも相手にするかのように、疑り深い目でボルウェイン卿をじっと見つめていました。セレスはあんまり貴族をじろじろ見るのもよくないだろうと思い、せっかくなので室内の装飾を眺め回しました。そして、左手の壁一面に彫られている大きな彫刻に目を引き付けられると、デイヴィッドも同じものを見ているのに気づきました。

その彫刻に描かれているのは、まだデイヴィッドが少年だったころにまさしくこの場所で起きた、ループと狼たちの同盟軍の大敗でした。ですが彫刻の中にデイヴィッドの姿はまったく見当たらず、代わりに目を疑うほど若き日のボルウェインに似た騎兵がひとり先頭に立ち、敵に襲いかかっているのです。しばしば「歴史は勝者の手で書かれる」と言いますが、たっぷり富と権力を持つ者が真実を巻き添えにして破壊しながら、自分を主役に書き換えてしまうこともあるのです。

ボルウェインが口を開きました。セレスの脳裏に、誰かが鋭いナイフにシロップをかける姿が浮かびました。

「木こりが戻るとき、国に災いの兆しあり……」卿が微かに嘲《あざけ》るような、そして露骨に不機嫌な声で言いました。「貴様が凶事を持ち込んだと思う者もいようが、確かに凶事のときには必ずお前の姿があるな」

「ずいぶんと出世したものだな、ボルウェイン卿」木こりが答えました。「最後に見たときにはなんの肩書もなく、暮らしも質素なものだったが……もっとも昔から野心家だったし、こうして偉くなったのも別に驚きはしないがね。爵位は自分で付けたのかね？」

ボルウェインは、こうしてすぐさまやり返されるのにも、慎ましい昔の姿を掘り返されるのにも慣れておらず、あからさまに気に入らない顔をしてみせました。もっと面《つら》の皮の厚い者であれば無視してやり過ごすこともできるでしょうが、ボルウェインは巨大な権力を手中に収めているにも拘わらず、侮辱の内容が真実だろうとでっちあげだろうと、黙ってそれをやり過ごすことなどできないほどにプライドが高く、そして小心者でもあったのです。

「余の爵位は貴族たちの満場一致で与えられたものだ。旧王が崩御した後、階級制を一新する必要があったのだよ」

「その素晴らしき階級制を作るのに、鉱山で働く者たちの意見も聞いたのか？」木こりが訊ねました。「地下の汚らしい穴ぐらもお主の仕業とわしは見ているが」

「あの万魔殿《パンデモニウム》の坑道は六人の貴族が共同で保有しているものだ」ボルウェインが言いました。「計画に対する発言力と、それぞれが行った投資の金額によって、持ち分が分配されている。労働者はその働きにより、歩合で報酬を得ている。奴隷などひとりもいやしないとも」

「だが、鉱山の連中はちゃんと暮らせるだけ貰《もら》っているのか？」

「じゅうぶん払っているさ」ボルウェインがそう言うのを聞いたセレスは、彼と仲間の貴族たちが、このくらいでじゅうぶんだと思う額を払ったのだと受け止めました。出会ったときの鉱山労働者たちの様子を見れば、彼らがこの現状をどう思っているかは考えるまでもありません。

「あの人たちは何を掘っているんですか？」セレスは質問してみました。

ボルウェインは、通常の形式を無視して木こりにあまりにも率直な質問をされるだけでも気分が悪かったのですが、今度は小娘に尋問されるのかと思うと、余計に不機嫌になりました。ですがセレスは、もし三十代の自分がこの場にいたとしても、目の前の貴族にはひどく傲慢《ごうまん》な態度を取られるのではないかと思っていました。ボルウェインは本当ならば彼女のことをまったく無視してしまいたかったのですが、その胸の内はどうあれ、木こりとともに行動している者にはある程度の権威は認めざるをえません。

「金、銅、そして鉄だ」卿はそう言うと、しばし間を置いてからさらに続けました。「貴様が目にした穴は、我が計画のほんの一部にしか過ぎん。あの傍《かたわ》らにはさらなる地下鉱山が大量にあって、そこから石炭やダイヤモンドを掘り出すことになっているのだ。だが貴様らが投資も買い求めもしないのであれば、そんな細かい話など関係のないことだ」

ボルウェインは、まだ口を開いていないデイヴィッドに視線を移しました。

「貴様はねじくれ男を打ち破ったデイヴィッド少年だな」ボルウェインが言いました。「成長してはいるが、まだ幼さを残している」

「あの彫刻、いいじゃないか」デイヴィッドが答えました。「すごく劇的に描かれてるよ。あの日の戦いにあなたがいたような記憶はないけどね」

ボルウェインはデイヴィッドの目から隠そうとするかのごとく足早に彫刻に歩み寄りましたが、セレスの見る限り彫刻はあまりに大きく、とても隠しきれませんでした。

「自分の英雄的な姿でも彫ってほしかったのかね？」ボルウェインが訊ねました。

「正確なほうがよくないかと思っただけさ。正直、僕はここでのできごとを忘れようとしてきたんだ。ここが僕のものだったら、城の歴史を思い出したいなんて思わないな」

ボルウェインは座れというかのように、暖炉の前に置かれた椅子を三人に示しました。セレスは、そこにかけると壁の彫刻に背を向ける形になるのに気が付きました。彼女はいったいボルウェインが何を隠そうとしていたのかを突き止めてやろうとしましたが、嘘を見抜かれてばつが悪そうな様子――それは当然ばつが悪いでしょう――の他には何も分かりませんでした。

「だがここは、貴様の城ではないだろう？」ボルウェインは、椅子にかける三人を見ながら反論しました。「それに貴様が始めたことの後始末を、我々がしなくてはならなかったのだぞ。ループどもが凋落したあと、我々は反逆の報いとして狼どもを見つけ出しては片っ端から殺したのだ。群れがいくつかだけ生き残り、古き森の奥へと逃げ込んでいった。だがどれだけ時間がかかろうとも必ずや一匹残らず見つけ出し、その軀《むくろ》を壁に飾ってやるとも」

「ハルピュイアを橋から吊り下げたり、トロルどもを杭《くい》に繋いで石に変えたりしたようにか？」木こりが言いました。

「トロルどもに理屈など通じんよ。殺《や》るか殺られるかだ。ハルピュイアのほうは、渓谷を渡ろうとする者にとっては脅威なのだ。一掃する方法を見つけ出すまで、しっかり抑えておかねばならん」

「あんな挑発行為は必要なかったし、あれは協定の破棄だ。あのせいでブルードは渓谷から解き放たれてしまった。かつてのハルピュイアは通行料を払わぬ者のみを襲ったが、そんなのは滅多にあることじゃなかった。だが今のやつらは復讐の化身よ。やつらはこの世界の秩序の一部なんだよ、お前さんが侵《おか》そうとしている秩序のな。ただごとでは済まんぞ」

「この世界の古き秩序だよ」ボルウェインはそう訂正すると指をぱちんと鳴らし、ワインやお菓子を手にした召使いたちを呼び寄せました。「貴様の言うとおり、ここには新たな秩序が存在しているのだよ」

「わしの記憶に間違いがなければ、新たな秩序を作り上げるのはループの王、リロイの野望でもあったな。狼の群れが新たな群れと入れ替わっただけのように思う者もいるだろうよ」

今度はボルウェインも言い返しませんでした。それどころか、リロイと比較されたのを誉れと感じているようですらありました。

「リロイの野望には感服したものだよ」卿が言いました。「彼もまた古き秩序に嫌気がさしたのだよ——木こり、貴様などはその出し殻《がら》よ」

ボルウェインはトレイからワインの注がれたゴブレットを取りましたが、他は誰も手を伸ばそうともしませんでした。

「喉が渇いていないのかね？」ボルウェインはセレスたちを見回しました。

「頭をはっきりさせておきたいのでな」木こりが答えました。

「頭と言えば」ボルウェインは我ながら面白いことを言ったとばかりに笑みを浮かべ、木こりの足元にある袋を指さしました。「何やら余に見せたいものがあるそうじゃないか」

木こりがブーツの爪先でボルウェインのほうに袋を押しやりました。ボルウェインは手ずから拾おうとはせず、召使いたちに拾いに来させました。

「中身を出して余に見せよ」ボルウェインが命令します。

召使いは言われたとおりにしましたがまったくやる気は感じられず、首が顕になると青ざめました。一方のボルウェインは対照的にじっくり時間をかけ、まるでその首が何か熟考するに足る価値のある重要なものでも提示しているかのように観察しました。

「貴様がやったのか?」ボルウェインが木こりの顔を見ます。

「首から下とともに埋葬してやりたかったのだが、フェイの復活をお前さんに信じさせなくちゃならんと思ったものだからな」

「フェイが戻ってきたことなどとっくに承知しているし、対処する手立ても今や始まるところだよ。貴族たちを召集してあってな、今宵会議が行われるのだ。その会議が終わるころには、進撃するための戦略ができあがっていることだろうよ」

セレスはまたしても、かつて知り合いだった鼻持ちならないビジネスマンを思い出してしまいました。ボルウェインにBMWとゴルフクラブを持たせたらそっくりです。木こりのほうは、卿の大言壮語など信じてもいない様子でした。

「人間の戦略など、フェイの知ったことではなかろう」

「知らなければ、連中がますます不利になるだけのことよ。連中がいない間、この世界は大きく変容した。鉄も人も、フェイの想像など絶するほどに増えたのだ」

「いなくなってなどいるものかね」木こりは首を横に振りました。「フェイはずっとここにいたのだ」

「塚で居睡《いねむ》りしていたんだろう?」ボルウェインが鼻で笑いました。「やつらの死などもはや目と鼻の先よ」

「塚で聞き耳を立てていたのだよ」木こりは言い返しました。「フェイの睡りはわしらの睡りとは違う。そのうえ代わる代わる目を覚まし、見張りを立てていたのだ。姿が見えぬというのは何も知らないということでも、なんの準備もしていないということでもない。そして」木こりは一度言葉を切り、また続けました。「わしらを待ち受ける危険はフェイだけではない。ねじくれ男が帰ってきたのだからな」

　これを聞くと、ボルウェインは大声で笑いだしました。

「老いぼれたな、木こりよ。フェイどもと同じように、居睡《いねむ》りしすぎたのではないか？　ねじくれ男だと？　ねじくれ男などもういるものか。ここにいる貴様のお仲間が証言してくれよう。そやつこそあのトリックスターを自滅に追い込んだ張本人なのだからな」

　ボルウェインはデイヴィッドがうなずくのを待ちましたが、彼は微動だにしませんでした。

「僕たちが思ってるよりもずっと、あいつはしぶとかったのかもしれない」デイヴィッドは言いました。

　ボルウェインは首を横に振りました。「ふん、亡霊やおとぎ話に惑わされてなるものか。しかもフェイがすぐそこに迫っているのにだ。おい、どうかしたのか？」

　刹那、セレスはボルウェインが自分に言っていることにも、そして自分が腕の傷をさすっていることにも気が付きませんでした。

「最近怪我をしちゃって、まだ治ってないんです」彼女が答えました。

「よかったら、この城の医師に見せることもできるが」

「いいえ、結構です。だんだん治ってきていますので」

「どうしてその怪我を？」

　木こりは、答えるのは自分に任せろとばかりに鋭い視線をセレスに送ると、代わりに答えました。

「襲われたんだよ。ドライアドにな」

「ドライアドだと？」ボルウェインが首をひねりました。「妙だな。死に絶えたはずだと思っていたが」

「セレスを襲ったものは、ピンピンしていたよ」

「ドライアドはよそ者が嫌いなのではないか？」ボルウェインがゴブレットの縁の先にいるセレスに目をやりました。「君はよそ者なのだろう？　どこから来たんだね？」

「遠くからだ」木こりが答えました。

「この娘にも舌は付いていよう」ボルウェインがぴしゃりと言いました。

「遠くから来ました」セレスが答えました。「その木こりさんの言うとおりです」

気まずい沈黙が流れました。セレスは、もし状況が違えばボルウェインの牢獄に放り込まれて礼儀を叩き込まれていただろうと想像していました。

「そういうことなら」ボルウェインが口を開きました。「そこに帰ることを心からお勧めしよう。その男も連れてな」卿がデイヴィッドをひらりと指さしました。「諸君の異国人臭さが余を不安にさせるのだよ。それに木こりよ、貴様ももう言いたいことはすべて言い尽くしたろう。あとは余の仕事だ。首を置いていけよ。しっかり処分するからな。できることなら余自ら貴様らを道まで案内して門を閉ざしてやりたいところだが、もうじき暗くなるし、外にはフェイどもが跋扈《ばっこ》しておる。執事に褥を用意させてやるから、今夜は余の客人として過ごすがいい」

ボルウェイン卿はゴブレットをトレイに戻して立ち上がりました。デイヴィッドとセレスもそれに倣います。ボルウェイン卿との面会は終わったのです。

「もうひとつ言っておく」まだ腰掛けたまま、木こりが言いました。

「何だね？」

「フェイが子供たちをさらっている。助け出さなくてはならん」

「捜索に人手を割くわけにはいかん、今ばかりはな」

「人手など要らんが、要るにせよほんのわずかだよ。子供たちはすぐ傍にいるとわしらは確信しているからな」

ボルウェインはそれを聞いても表情ひとつ変えませんでした。木には葉っぱが付いていると聞かされた程度にしか、驚きを見せなかったのです。

「どうしてそんなことを思うのだ？」

「わしの力を疑うのか？」木こりが答えました。

「人や獣を狩るとなれば、疑ったりするものか」ボルウェインが答えました。「だがフェイとなると話は別だ。やつらは痕跡を残さんし、わざと残すにせよ愚か者に後を追わせるときだけだ。木こりよ、お前は愚か者か？」

「他の者たち同様、時には愚かにもなるさ。だが、今は違う。ボルウェイン、よくよく用心しろよ。フェイが跋扈しているとなれば、この一帯の権力を握るお前さんはやつらにとって最大の標的だ。言わずもがなであろうが、危険な話だぞ」

「フェイなど恐れるものか」ボルウェインが胸を張りました。「余が集めた情報はどれも、厄介者が小さな集団に過ぎないことを示している。軍隊でもなければ侵略でもない。滅びゆく種族の最後っ屁みたいなものよ」

「やつらは子供を喰らうのだ」

「やつらが子供を喰らうのはいつものことだ。そういう連中さ。子供泥棒なのだ。人間に立ち向かう勇気も数もないものだから、もっともか弱い者を餌食にするのだよ。だが、片手で足りるくらいの子供ではやつらもそう長くは生きながらえず、表に出てくれば出てくるほど、殺すのも簡単になるということだ。さらわれた赤子については、おそらくもう生きてはおるまい。仮にまだ生きていて、我々が場所を突き止めることができたにせよ、フェイは我々を困らせるため殺してしまうだろうし、そうなればあとに残された皮と骨を集めて埋葬してやるくらいしかできまい」

　セレスが自分を止めようとする前に、胸に浮かんだ言葉がそのまま口を突いて出てきました。

「さらわれたのが自分の子供だったら、もっと必死に助けようとするはずよ」

「だが余の子ではないだろう?」ボルウェインは一瞬のうちに、歳よりもずっと老けて見えるようになりました。「娘はもうこの世におらぬし、妻もそうだ。旅路を共にしていた商隊が山賊どもに襲われてな。妻と娘はなんとか森に逃げ込んだのだが、そこにループの激情を内に持つルナ狼（群れを率いる雌狼。もしくはリーダーであるアルファ雄のパートナー。アルファ雌とも）に率いられた狼どもがやってきたのだ。おそらくは、好機を窺《うかが》いながら商隊をずっとつけていたのだろうよ。余がやつの仲間や子を皆殺しにしたものだから、余も同じ目に遭わせるつもりだったのだろう。やつはまだのうのうと生きているが、死ぬ前に必ずやこの手で引導を渡してやる」

　セレスは、憤怒《ふんぬ》と悲哀で変わってしまった卿の顔つきを見つめました。彼はこの本当の顔を隠し、ずっと秘めたまま生きてきたのです。その顔を目の当たりにしたからといってセレスはボルウェインのことを少しでも好きになったわけではありませんでしたが、前よりも彼を理解してはいました。

「余を分かったつもりでいたのか?」ボルウェインが言いました。「貴様はただの子供だ。大人の悲しみの何が分かる?」

「あなたが思っていらっしゃるよりも、ずっと深く」セレスは答えました。「奥様とお子様のことは残念でした。心からそう思います。消えた子供たちを探すのにお力は借りませんが、きっと奥様もお子様も、あなたを情けなく思うことでしょう」

　ボルウェインが右手を振り上げ、セレスは殴られると思い身構えました。するとこりがふたりの間に割って入りました。ボルウェインがあとずさり、声を荒らげます。

「出ていけ。もう貴様らの顔など二度と見たくない」

執事はふたりを追い立てるようにしてドアに向かうと、小声で合図をしてドアを開かせました。扉が閉まってしまう刹那、セレスは思い切ってドアの中を振り返りました。するとボルウェインは壁の彫刻をじっと見つめ、狼たちの死の夢に浸っているのでした。

51

Ofermod
（古英語）

プライド、自信過剰

一行は無事に自分たちの部屋に着くまで話をしませんでした。部屋には簡素なベッドが三つ運び込まれており、それぞれに硬いマットレスと硬い枕、そして紙でできているのではないかと思えるくらい暖かくなさそうな毛布が一枚置かれていました。三人だけになるとすぐに木こりは指を唇《くちびる》に当てて部屋の壁を指さし、同じ指で今度は右耳を指しました。窓のひとつに歩み寄って開け放ち、下に広がる中庭の物音を部屋に入れます。そして声を殺して話しだしたので、セレスもデイヴィッドもそれに倣《なら》いました。

「ボルウェインめ、どうやらひどく変わったようだ」木こりが言いました。「残念ながら悪い方向にな。この土地も、悪い領主を頂いたもんだ」

「あの人、何か隠してるわ」セレスが言いました。「あの執事もね」

「ボルウェインは生来、口に出すことよりも隠していることのほうが多い男だ。それでも凡夫であることに変わりはないがね。ともあれあやつは、フェイのもたらす脅威を自分の利に変える方法を見つけようとしていることだろう。わしらはひと晩やつの居城で打つ手を探すことができる。ひとまず、その間《あいだ》に君がカーリオと子供たちの居場所を突き止められるよう祈るとしよう」

　セレスは腕を伸ばしました。

「ボルウェインから離れたら痛みが軽くなったわ。あそこでは、悲鳴をあげないように唇を嚙んでなくちゃいけなかったほどなのに」

「僕たちがいたのは一階だ。さらに下に行くと地下室や地下牢がある……もっと恐ろしいものもね」デイヴィッドの言葉を聞いたセレスは、また彼がかつてねじくれ男の通路を歩き回ったことを思い出しているのだと感じました。

「セレスがそれほどカーリオのことを感じていたのであれば、どうやらあのドライアドが城の地下に入り込む道を見つけたという裏付けになるな」木こりが言いました。「そしてカーリオがそこにいるのだとすれば、フェイもいることになる……少なくとも何匹かはな」

「ねじくれ男の地下道がどのくらい深くまで延びていて、どこまで広がっているのか、僕には分からないんだ」デイヴィッドが言いました。「だけどこの城の下だけでも何マイルもあるはずだよ。城が崩れたときに崩落した地下道もあるだろうけど、無傷のまま残っているもののほうがずっと多いはずだ」

「ならばわしらが入口を見つけ、あとはセレスに任せるとしよう」

「だけど、フェイはどうしてこんなところまで来たの？」セレスが首をかしげました。「子供を連れ去るなら、もっと安全な場所なんていくつもあるはずなのに。このお城は、鉄で装備を固めた衛兵や兵士でいっぱいなのよ？　フェイにとってこんなに危険な場所はないわ」

「ボルウェインを始末すれば、恐怖と混乱をはびこらせることができるからだね」デイヴィッドが答えました。「他の貴族たちは権力を求めて互いにいがみ合い、争い合いはじめるに決まってる。

敵が仲間割れすれば、制圧するのもたやすくなるものさ」

「ボルウェインだって、そのくらいのことは先刻承知だろう」木こりが言いました。「なのに、不安げな様子などどちらりとも見せなかった。もしかしたら権力と強欲が判断を曇らせたのかもしれんぞ」

「心が曇っているようにはとても見えなかったわ」セレスが言いました。「狼を殺すとか言ってたのは別だけどね。どうしてあの人に、私たちがカーリオを利用してフェイを追跡しているのを教えなかったの？」

「君はどうだ？」木こりが尋ねました。

「だって、信用できる人に思えなかったから。もっと言えば好きだと思えなかったし、そのせいで信じたいとは思えなかったの。でも、それは間違いだわ。でしょう？　誰かの能力を信頼するのに、好きである必要なんてどこにもないんだもの。どこを見回してみたって、不愉快でたまらないけど得意なことをさせれば一流、みたいな人はいるものよ。たとえその得意なことっていうのが、人を不愉快にさせることでもね」

「さて、ボルウェインが賢くて、不愉快で、そして信頼できないとしたら」デイヴィッドが言いました。「疑問が残るね。いったいあいつは、何を企んでいるんだろう？」

52

Screncan

（古英語）

ぐらつかせる、欺《あざむ》く

　ボルウェインはひとり応接間にいました。執事と家政婦たちは貴族会議の最終準備を進めるため、別のところで忙しく働いていました。大広間には椅子が六脚用意され、ボルウェインはその上座に着くことになっています。衛兵も大臣も出席しません。この会議は、もっとも高貴な血を引く者たちの目と耳にしか触れないのです。

「姿を見せろ」ボルウェインが言うと、彫刻が蠢《うごめ》きだしました。いちばん大きな狼の体が、まるで出産間近の獣のように膨《ふく》らみ、木の一部が人間のような形に剝《は》がれて床に落ちます。そして光が走ったかと思うと、カーリオが現れたのでした。

　カーリオはそのまましばらく、ボルウェインの足元にうずくまっていました。長いこと窮屈《きゅうくつ》な隠れ場所で息を潜めているのは大変なことでした。鼻からも口からも血のような樹液が流れ出し、指先や足の先の爪からも滴《したた》っていました。やがて、ようやく力を取り戻してくるとカーリオは膝《ひざ》を突いて体を起こしましたが立ち上がることはできず、まるで懇願《こんがん》するかのようにボルウェインの前にひざまずき続けていました。

「さてと？」ボルウェインが言いました。

　カーリオは嘘をつくことにしました。血の繫がりを持つフェイたちとは違い、彼らは嘘が得意なのです。

「さっきの木こりの言うとおりだろう。同胞が急ぐあまりに痕跡を残し、それを彼が追ってきたんだろう」

カーリオは、ボルウェインに――この短い命しか持たない蜉蝣《かげろう》のような生きものに――真実を教える気はありませんでした。セレスを、そして木こりとデイヴィッドをここまでおびき寄せてきたのだと、真実を伝える気はありませんでした。フェイにすら知られるわけにはいきません。もし疑われでもしたならば、それはカーリオの死を意味しているのです。

「そいつは連中の不注意だったな」ボルウェインが顔をしかめました。

「個人的に不満を伝えたいのなら、面会の手はずを整えるよ」カーリオが言いました。「きっと話を聞けば、ペール・レディ・デスも同情してくれるとも」

ボルウェインは疑念を抱《いだ》きました。古き時代の遺物であるこの木の精に弄《もてあそ》ばれるなど、とても気に入りません。フェイは敬意を払うに値しますが、こんな怪物は焼き払う以外にありません。フェイと取引が完了すればボルウェインは生贄《いけにえ》を捧げなくてはならなくなるでしょうが、カーリオならばまさにぴったりです。ドライアドをついに絶滅させれば決して小さくはない満足感も味わえるでしょうし、その後すぐ、狼、ハルピュイア、そして最後にはフェイまでをも己の手で根絶やしにすることができるのです。新たな時代の、人間の時代の夜明けが訪れれば、もう古《いにしえ》の種族との共存も終焉《しゅうえん》を迎えることになるのです。

「お仲間にしっかり準備をさせておけよ」ボルウェインが言いました。「そして狙いを誤らぬようにな。余も混乱を抱えたくはないのでな」

カーリオは、ボルウェインが己の良心について何も語ろうとしないのに気が付きました。彼の犠牲者の名前をリストにすれば、短く限定的なものになるかもしれませんし、長々とした徹底的なものになるかもしれません。どちらになるかは彼の野心次第というところですが、リストに載った人はいずれも迅速に、汚さず、そして速やかに処分されることになるでしょう。ボルウェインは人が苦しむことを好まず、殺人を民衆の見世物にするような欲望は抱かぬ男です。残忍ではなく、ただ合理的な男なのです。それにリストの中には、子供たちの名前もあるのです。

「ペール・レディ・デスが待っている」カーリオが言いました。「我々は行かなくては」

ボルウェインはフェイの首が入った袋を指さしました。

「そいつを持っていけ。ちゃんと埋葬してやるか、フェイどもが死者にするように弔《とむら》ってやれ」

「フェイは仲間たちに囲まれて休むんだ」カーリオが答えました。

フェイの塚の中に入ったとき、大きな骨の霊廟《れいびょう》をいくつも見たのです。

「なんのためにだ？」ボルウェインが訊ねました。

カーリオは肩をすくめました。

「そうすれば死んでしまっても、遠くに行ってしまったように見えないからね」

ボルウェインは気分が悪そうに顔をしかめてみせました。

「だからスパイスみたいな臭いの下から納骨堂のような嫌な臭いがするわけか——余がそう言っていたとペール・レディに伝えても構わんぞ。そんなふうに言われて気を悪くする人でもあるまい」

「フェイのほうも君たちから死の臭いを感じているんだよ」カーリオが言いました。「君たちひとりひとり、すべてからね。君たちは儚《はかな》く、生まれてすぐに命が尽きてしまう。フェイから見れば、人間など一日のうちに人生を使い果たしてしまう。瞬《まばた》きしているうちに、もう死んでしまっているんだ」

「だが我々は太陽の下を歩くぞ、連中が地面の下でうずくまっている間にな」

「もううずくまってなどいやしないさ」

「だろうな」ボルウェインはうなずきました。「だがこの国が再び連中のものになることはない。塚に閉じ籠《こ》もっているのなら、先祖とともに静かに休ませ、霊廟にも手を付けず、やがて睡《ねむ》りが死に変わるそのときまで放っておいてやろう。腹が減ったのなら、弱者を探して喰らうのだな。大した食事にはなるまいが、何もないよりましだろう」

「ペール・レディ・デスは、契約の条件に合意しているんだよ」カーリオが言いました。「フェイには、人間に煩《わずら》わされることなく平穏を与え、あなたには――」

「万魔殿《パンデモニウム》を余ひとりだけのものにする」ボルウェインが言いました。「そしてペール・レディ・デスは、余の家族を殺《あや》めた雌狼を引き渡すのだったな」

「もうあの方は例のルナ狼を手に入れて、あなたに渡す準備もできているよ。我々も、檻《おり》に閉じ込められているのをこの目で見た」

カーリオは壁石に触れました。彼らの手に押された石が引っ込み、キャビネットが横に動き、そのうしろから扉が現れました。立ち去ろうとするカーリオに、ボルウェインが最後の質問をしました。

「ねじくれ男について木こりが話していたが、あれは真実だと思うかね？」

カーリオは、またしてもすんなりと嘘を思いつき、首を横に振りました。「まったく思わないね」

53

Heortece
（古英語）

胸の痛み

セレスはくたくたに疲れ果てていましたが、木こりはまだ寝ないよう彼女に声をかけ続けました。

「睡《ねむ》れば君にはカーリオの姿が見えるかもしれないが、わしらにはなんの役にも立たんよ。あたりには人がやたらとうろついているし、急いで動こうとすれば注目を集めてしまうだけだ。貴族会議が始まればすべての注意はそちらに向くのだから、それまで待つのが得策だろう。その直前にほんの少しだけ目をつぶり、何が見えるかを確かめてくれ。もしカーリオがどこか近くにいるのならなんとか見つけ出し、行動に移れたなら最高だ。今はとりあえず、好きに場内を動けるうちにあちこち見ておくとしよう。あとで君が夢を見たときに、場所が分かったほうがいいからな」

ドアの向こうには――すぐ外というわけではありませんが――退屈そうな衛兵がふたり、だらだらと過ごしていました。木こりが声をかけます。

「ちょっといいかね。この子は孤児として育ったものだから、こんな立派な城に来たことがないんだよ」木こりはそう言うとセレスの頭を軽く叩きました。セレスは危うく、木こりの脛《すね》を蹴飛《けと》ばしそうになりました。「そこでちょいとぶらついて、あちこち見て回ってはいかんかね？　もちろん見張りを付けてくれてかまわんよ」

　衛兵たちは短い相談を済ませると、歳上のほうが若い衛兵に、お客さんに同行し、三人が私室に入ろうとしない限りは干渉しないこと、と伝えました。おかげでセレス、デイヴィッド、木こりの三人はそれなりに好きなようにうろつき回ることができ、おかげでセレスの疲れもいくらか和《やわ》らいでくれました。衛兵は邪魔にならぬ距離を保っていました。窓もない廊下に突っ立って飛んでいく埃《ほこり》をぼんやり眺めているよりも、こうして歩き回れるのがセレスたちと同じくらい楽しいようです。

　一行はまず城の外を一周してみることにしましたが、外の空気はあまり清浄とはいえませんでした。貴族たちの付き添いがみな中庭でのんびりキャンプを張っているせいで、馬や兵士の臭いがあたりに漂っていたのです。武装した男たちや女たちがくつろいだり、小さなグループを作って炎の周りに座り込んだりして、食事をし、煙草《たばこ》を吸っていますが、飲みものといえば水か薄いビールくらいのもので、誰もがフェイの話題ですっかりもちきりになっていました。しかし別々のキャンプ同士は交ざり合おうとはせず、互いに無関心を装ったり、あからさまに敵意を剝《む》き出しにしたりと態度もさまざまでした。セレスは、もしそれが彼らの主人たちの態度を反映しているのであれば、今から始まる会議はさぞかし賑《にぎ》やかになることだろうと思いました。彼女が子供の姿をしているというのに、恥じらいもせず舐《な》めるような目付きでじろじろと見てくる兵士たちも、ひとりやふたりではありません。彼らのうち、妻や妹や娘を持っている者は何人いるのでしょう？　他の男の妻や妹や娘に、どれほど怖い思いをさせてきたのでしょう？

　セレスはスイカズラが群生する一帯を遠巻きに眺めていました。木こりから聞いていた話では、スイカズラの茂みは昔から、野外のトイレから漂う臭いを隠すために利用されるのだそうです。スイカズラは場内のトイレの中にも置かれていて、いくらか効力を発揮していましたが、野外のトイレを使う人があまりにも多いものですからさすがにその悪臭を消しきれずにいました。その茂みの景色だけならまだしも、不意に変わった風向きが強烈な臭気を乗せて吹き付けてきたり、蠅《はえ》たちがうるさいほど羽音を響かせたりしているものですから、とても近づく気にはなれません。彼女は、どんなに用を足さなくてはならない事態に迫られようとも、袋いっぱいの黄金を貰《もら》ったとてそんなトイレに入る気はありませんでした。ならば漏らしたほうがまだましです。

セレスが城壁に立つと、主壁の向こうにさらにたくさんの焚き火が見えました。安全な壁内に入れなかった者たちが、代わりに炎と人数で身を守ろうとしているのです。これと同じ光景が国のいたるところにも生まれているのだと、セレスには分かっていました。フェイを恐れた村人たちが柵や壁や門の中に安全を求めて閉じ籠もり、ドアや窓に閂《かんぬき》をかけ、子供には表に出ないよう禁じているのです。ですがともすれば、どんなに守りの薄い掘っ立て小屋だろうと、ボルウェインの城塞よりは安全なのかもしれませんでした。なにしろデイヴィッドの疑念が的を射ているとするならば、地下に敵が蠢く恐ろしい地面に建てられているのですから。

セレスの背後、夕陽が投げかける影に包まれ、城壁を覆うツタがざわざわと蠢きました。生い茂る緑の葉の中から顔が現れ、その虚《うつ》ろな目でセレスを、それからデイヴィッドを見つめました。彼の姿を見たとたん、まるですぐ傍《そば》まで近寄れたらひと息に飲み込んでやるところだ、とでも言わんばかりに口が開きました。そして顔は再び消え去り、壁は元通りに戻ったのでした。

ぽつぽつと雨が落ちはじめ、三人と衛兵は場内に戻るしかありませんでした。今度は、できるだけ内部を確認しておかなくてはいけません。三人がおかしな真似をする気配をまったく見せず、閉じているドアを開けたり興味を引く廊下に足を踏み入れたりする際には忘れずに許可を求めたものですから、衛兵はセレスたちの様子にはほとんど興味を示しませんでした。やがて城の厨房にやってくると、卿のキッチンには貴族たちの晩餐会の用意――ポタージュ、ロースト、パイ、ペストリー、それにタルトなどです――が、そして共同のキッチンの竈《かまど》には従者たち用の鍋がかけられ、肉料理がぐつぐつと煮え立っていました。セレスは、エールの世話係の女たちを別にすれば厨房には男ばかりであるのに気づきました。立ち込める料理の匂いの下から、発酵した酵母《こうぼ》とピクルスの酢《す》、そして血の臭いが漂っています。

どこに立っていてもコックや給仕の邪魔になるものですから、三人は早々に退散することにしました。出ていこうとすると、パン屋に酵母を届けてきたばかりのエールの世話係がひとりやってきて、三人に焼きたてのスコーンを押し付けました。おかげで衛兵は、ますます気楽な様子になりました。セレスはそれを頬張りながらうきうきと歩いていきましたが、角を折れたところでぴたりと足を止めました。口の中でスコーンがいきなり、塵《ちり》と砂利に変わってしまったのです。目の前にボルウェインの肖像画がありました。片手を本に、もう片手を剣にかけ、背後には開かれた窓が描かれています。

「これだわ」彼女は木こりに囁《ささや》きかけました。「夢で見たのはこの肖像画よ」

彼女は肖像画の前に立つと、触れてみようと手を伸ばしました。もしかしたら指が絵の中にはいってしまうのではないかと思いましたが、カンバスはしっかりと硬いままでした。

「手を触れるんじゃない」衛兵が、初めて口を開きました。それまでは許可するときも禁止するときも、うなずくか首を横に振るかしかしていなかったのです。

「ごめんなさい。つい思わず」セレスは謝りました。

「ここしばらく見向きもされないが、こちらは領主様がもっとも大切になさっているお持ちものなのだ」

「どうして？」

「亡くなった奥方様が描かれたものだからだ」

彼女はボルウェインをこう見ていたのだ、とセレスは感じました。凜々しくも厳格で、恐ろしさすら漂わせています。その頑強な意思はがっしりとした顎《あご》や鉄のように冷ややかな目に表れていました。そして彼が手をかけている本には、ずらずらと数字の列が並んでいました。詩集ではなく帳簿なのです。肖像画としては珍しいことに、彼は額縁の外をまっすぐに見つめてはおらず、横のほうを見下ろしており、画家本人――要するに自分の妻です――など、帳簿に並んだ数字に比べれば自分には取るに足らんものだとでも言いたげです。彼らの結婚の物語は、そんなでした。幸せな物語ではなかったのです。

ボルウェインのうしろには開かれた窓があり、その向こうには暗闇が広がっていました。あのとき、この夜の中からフェイの戦士が現れたのです。しかし、いくらフェイとはいえ、絵画の中から出てくるなど果たして可能なのでしょうか？ ですが、フェイの中には思春期の少年の姿に偽装し、少女ひとりを殺すために細く口を開けた隙間を蛇《へび》のように通り抜けることができる者までいるのです。絵画を好きに操ることのできる者がいたとしても、まったく不思議はないのではないでしょうか？

「そろそろ部屋に戻るんだ」衛兵が言いました。「もう会議が始まるからな」

彼が先頭に立って厨房から続く道を戻り、階段をのぼり、静かで人もまばらな廊下を進んでいきます。セレスは、あんなにも自由にさせたことを衛兵が悔やんでいるのではないかと思いました。何ごともなく部屋に辿《たど》り着いたとたん衛兵はあからさまに安堵の表情を見せましたが、セレスはまたそこでちゃんと感謝の気持ちを言葉にして伝えました。彼が出ていってドアが閉まると、三人はまた話をするため窓辺に集まりました。

「さて、すごく役に立ったぞ」木こりが口を開きます。「特に帰り道だ。気づかれずに動ける道がたくさん見つかったからな」

「まずはこの部屋から出なくちゃ」デイヴィッドが言いました。

「じきに城の連中はみな、会議で手一杯になるはずだ。それにフェイどもにも目を光らせなくてはならん。つまり壁の中ではなく、外に目が向くということだ。もしわしの目論見《もくろみ》がはずれたとしても、目眩《めくら》ましをすることなど造作もないよ」

木こりがセレスの顔を見ました。

「さあ、今は睡《ねむ》っておくといい。睡って、夢を見るんだ」

54

Hel
（古ノルド語）

死の女神

セレスはベッドに横たわり、カーリオと消えた子供たちの夢が見られるよう念じながら、まどろんでいました。さっき三人で歩いた廊下と、開きっぱなしのドアから覗いたときにちらりと見えた室内の様子を胸に呼び起こしながら、心の中に城の地図を作っていきます。ですがようやく夢を見はじめてみると、幻視の中は石造りの廊下でも地底の洞窟でもなく、日暮れに備えてカーテンの引かれた〈ランタン・ハウス〉のあの部屋だったのです。フィービーは小さく胸が上下しているほかは、まったく動いていませんでした。ベッドの横には、セレスが夜に本を読んで聞かせるときに使うランプが点いていました。部屋には他に灯りもなく、光の届かないところは闇に沈んでいました。

その薄闇の中、影がひとつ蠢いていました。影としてしか見えませんが、女です。いくつもの影が織りなすひとつの影。闇のかけらが圧縮されて存在しないはずの実体を型取り、蠢いているのです。女の頭のてっぺんは変形し、まるで頭蓋骨にガラスの破片や木片が突き刺さっているかのようでした。それが頭蓋骨から生えたぎざぎざの冠《かんむり》だと、セレスはなかなか気づきませんでした。

「妾《わらわ》を知っているかえ？」女が口を開くと、部屋がぐんと寒くなりました。「こちらは知っているのだもの、そなたも、そして子供も。ふたつの世界の境界を越えることができるのは、そなたひとりだけではなくてな」

「あの子に近づかないで」セレスが言いました。女と同じように自分自身の一部までもが生霊《いきりょう》のように病室にいる以上、セレスは引くわけにはいきませんでした。ですがあいにくそれは、このいかにも危険な女のほうも同じです。

「どうしてじゃ?」女が訊ねました。「この子はもう生者よりも死者に近いのだし、そなたではなく妾のものだろう。ほら、妾のところまであとせいぜいほんの一歩じゃもの――ひと呼吸と言ってもいいけれどもな。残る命があまりにも少なすぎて、奪う価値もないほどじゃな」

「ならば放っておきなさい」

「お願いしているのかえ?」

「違う。命令しているのよ。この子に近づくのはやめなさい」

女がまるで、氷が砕ける音のような笑い声をあげました。

「それではどうする? 同じことを言ってしくじった連中なんて数えきれないほどいるというのに、そなたに何ができるというのかえ? 終末が訪れたとき……妾が訪れたとき、どれだけ多くの人が懇願したり、憤慨《ふんがい》したりしたかお分かりか? それに比べれば、そなたの娘は静かなものよのう」

「私はこの子のために戦うわ」

「だけど妾を呼んだではないか。そなたが妾をここに連れてきたのじゃぞ。そなたが娘の死を願ったのじゃ――そして自分の死もなあ。妾は、そなたの絶望という歌を締めくくる、避けられぬ終結《コー》部《ダ》なのじゃ」

「適当なこと言わないで。私はただこの悲劇が終わってほしいと思っただけよ――それも、自分が弱り切っていてちゃんと考えられなかったときにね」

「ふん、詭弁《きべん》を。けれど妾はちゃんと聞いたし、ちゃんと答えたよ。さあ、妾の名を呼べ。さあ、妾を認めるのじゃ」

「認めるわけないでしょう」

「言葉にしたら何が起きるのか、それを恐れているのじゃな」

「そうよ」

「恐れるのはやめよ。あの子はほんの一瞬、そなたが感じたような痛みをちくりと感じるだけ。あとに続くできごとは、そなたたちどちらにも慈悲になるのじゃ。妾はいつだって慈悲深いぞ、たとえそれが最期の瞬間だけだったとしてもな」

「とても慈悲深そうには見えないわね」セレスは言いました。「感じるのは飢えだけよ」

「そなたの恐怖のせいで慈悲深さが見えなくなって、代わりに飢えが大げさに見えているのじゃな。だけど、この貪欲《どんよく》が苦痛なのは否定せんよ。決して満たされぬし、満たされることを望んでもいないのだもの。妾はあらゆるものに訪れるのさ、それがさだめというものじゃからな。妾はあらゆる生きものが生まれた瞬間からその中におるのよ、一部なのよ。妾はすべての生きものの傍《かたわ》らで共に生を歩むのさ、みんな最期には妾の顔を見るのじゃよ」

「死を楽しんでいるのね」

「違うな、妾が死《デス》そのものなのさ」

女が前に足を運びはじめました。纏った闇を進むにつれて脱ぎ去り、ベッドに近づいていく彼女から、黒々としたそれがまるで焦げた木の葉のように舞い落ちていきました。ペール・レディ・デスがついに全貌を現したのです。フィービーにキスしようと身をかがめる彼女の唇が細く開きます。

「だめよ！　そんなことさせないわ！」セレスが怒鳴りました。

そして、デスに飛びかかりました。

藁《わら》のベッドの上、セレスは木こりとデイヴィッドに見守られながら、苦悩の悲鳴をあげました。

デイヴィッドが彼女を起こそうとするかのように身をかがめましたが、木こりがそれを止めました。

「よせ」

「でもこんなに苦しんでるよ」

「この子は、ここに来たときにはもう苦しんでいたんだ。いや、その前からずっとだよ。お前が初めてここにやってきたときのようにな。お前はまだ子供で、失われた母親を探していた。この子は母親で、失われた子供を探している」

デイヴィッドは渋々といった顔で、ベッドからあとずさりました。セレスは歯を食いしばっており、あまりの苦悶《くもん》に体がよじれ、首の腱《けん》が浮き上がっていました。剝き出しの左腕についたカーリオの刺し傷は、また赤々と猛り狂っていました。肉が目に見えて大きく膨らみ、まるで白みを帯びた頭が患部から生えてきたかのようです。

「このままじゃ、死んじゃうかもしれないよ」デイヴィッドが言いました。

「以前のこの子は、死を喜びのように思っていたこともある」木こりが答えました。「だが、今のこの子はきっと、たとえ生がどんな苦しみを与えようとも生きたいと思っているはずだ」

木こりが額《ひたい》に手を置くと、セレスはまるで出産の最後のひと山のような、娘をこの世に迎えたときの最後のひといきみのような、苦悶と解放の叫び声をあげました。腫れ上がった腕の組織の塊《かたまり》が破裂して酸っぱい牛乳のような臭いを吹き出し、膿《うみ》の洪水が溢れ出したかと思うと、それに続いてまっ赤な鮮血の川が流れてきました。肉体から力が抜け、セレスが小さなため息をひとつつきました。そして一分が過ぎ、彼女が口を開きました。

「ボルウェイン……」

　セレスは厨房から見えないようにしながら、もう一度城主の肖像画の前に立ちました。フィービーとペール・レディ・デスの間に飛び込んだあとのことはほとんど何も憶えていませんが、もはや娘に差し迫った心配はしていませんでした。ほんのしばらくの間とはいえ、死を食い止めることができたのです。

　頭上に何かが蠢く音がして見上げてみると、天井にカーリオがへばりついていました。前方に延びる廊下を、そして長弓を手にその奥へと引き返していくフェイの戦士たちの背中をじっと見つめています。カーリオはセレスひとりを残し、戦士たちの後を追いはじめました。

　ときおり、人生の中でも夢と同じように、世界が私たちに真実を伝えようとすることがあります。とても繊細で、ときには気づくのに時間がかかってしまうような方法でです。

　あの絵だわ。彼女は胸の中で言いました。**さっきフェイたち、あの絵から出てきたんだわ。そういうことだったのね。**

　セレスが瞼《まぶた》を開き、木こりとデイヴィッドを見つめました。腕には細長く引き裂いたシーツが包帯代わりに巻かれており、血の染みが付いていました。彼女はすっきりした気分でした。

「子供たちを見つける方法が分かったわ」セレスが口を開きました。「でもその前に、ボルウェインに警告して。フェイたちはここにいるわ」

55

Swicere
（古英語）

裏切り者

　貴族たちは大広間に集まっていましたが、その言葉の響きとはうらはらに実に地味な光景でした。大広間は五十人で晩餐会を開いてもまずまず快適に過ごせるほどの広さなのですが、ボルウェイン卿の妻が死んでしまってから、そのような祝宴が開かれることがぱったりなくなってしまったのです。今、大広間は政治のためにしか使われていません。会議、裁判、そして文明的手段による紛争の解決。もしくは、紛争がまったく文明的でない方法で――剣、短剣、斧《おの》などで――解決された場合には、必要とあらばこの大広間で罰が与えられたのです。なのでここでは死刑判決が下されたことも一度ならずあったわけですが、そうした罰が与えられるのは富や権力を持たない人々に限られていました。正義は目が見えないのかもしれませんが、そのマントには隠しポケットがあり、そこにたんまりとお金を貯め込んでいるのです。しかし一方の貧しき人々はといえば、法がどれほど厳格で揺るぎなくとも従うしかありませんでした。

　今の大広間には、六脚の椅子に囲まれたテーブルがひとつ置いてあるだけです。ふたつの枝付き燭台《しょくだい》と壁に取り付けられた松明《たいまつ》に火が灯り、石造りの暖炉には炎がゆらめいていました。暖炉は、大の男が中に入っても頭が煙突に入らないほどの大きさがありました。炎の灯りがそれほど遠くまで届かないものですから、中央に置かれたテーブルをぐるりと囲むように暗闇の輪ができており、長年にわたり音楽とはすっかり無縁になっているミンストレルズ・ギャラリー（大広間に作られた一段高いバルコニーのようなもので、吟遊詩人（ミンストレル）たちがここで演奏した）は、影に包まれてしまっています。

テーブルには赤ワインの入ったデキャンタがふたつ、そしてそれを注ぐための質素なゴブレットが並んでいるだけでした。ボルウェインの城は、ほとんど全体にわたり質素だったのです。確かにボルウェインは裕福な身分を楽しんでいました。富は権力を、そして権力は生存を意味しているからです。ですが彼は、物質的な財産をこれみよがしに並べる趣味はありませんでした。そんなことをすれば己の不安が顕《あらわ》になってしまいますし、自分の財産を見せびらかすなど秘めた脆《もろ》さを持つ者にしか必要ないことなのです。それに暴力がはびこる世界で高価な指輪などはめていたのでは、その指輪を外せと脅《おど》されたり、指ごと持っていかれたりすることもあるのです。

さて、今テーブルをぐるりと囲んで着席し、ボルウェインの到着を待っているのは、それぞれが抱く野心の強さに応じて程度の差こそあれ、忠誠心、嫉妬心、そして大領主に対する秘めた恨みを抱きながら近辺の地域を治める五人の貴族たちでした。もっとも有能で、それゆえもっとも危険な人物はクリスティアーナ伯爵夫人で、夫であるハンス伯爵を毒殺したと噂されていましたが、この伯爵というのが同時に彼女の甥《おい》でもあるという、誰にとってもしっくり来ないややこしい関係でした。特に伯爵夫人にとってはそうだったので、彼女は夫を消してしまうしかないと思ったわけです。彼女の左となりにはウィルヘルム男爵がおり、そのまたとなりには弟のジェイコブが座っていました。どちらも怠《なま》け者であるうえに強欲な男でしたが言うことを聞かせるのが簡単でした。ふたりは近ごろ万魔殿《パンデモニウム》の鉱山の分け前について不満をあらわにしたところで、ボルウェインと結んだ契約をもう一度交渉しようと考えていました。兄弟どちらも欲張りで怠惰な女と結婚しており、最近生まれてきた子供たちもまた、両親とは違う資質を持っている様子はちらりとも見せませんでした。

ジェイコブの向かいには、今は亡き――そして亡きことを悼む者がほとんどいない――ハンス伯爵の異母兄弟、ペロー公チャールズが座っていました。チャールズはクリスティアーナを人殺しだと思っていましたが、自分まで毒殺されては敵《かな》わぬと思いそれを口には出さず、今は食卓に着く前に毒見をさせるため毒見師の一団を雇っていました。そしてチャールズのとなりには最後のひとり、ドルチェン侯爵夫人が座っていました。ボルウェインの義理の妹で、貴族としての建前上、血と忠誠心によってもっともボルウェインと近しく結ばれていることになっています。とはいえ、血も忠誠心も貴族の暮らしにはほとんど大事ではないのです。血は必要がない限り流すことはありませんし、忠誠心は自分の利益と引き換えに差し出す財産でしかないのですから。

「ずいぶん遅いわね」クリスティアーナが言いました。「時間を守ってこそ王の礼儀というものでしょうに、ご存じないのかしらね」

「ボルウェインは王ではなかろう」ウィルヘルムが言いました。「夢の中ですら違う」

となりに座る弟が忍び笑いをしました。

「最後の王は狼どもに食われちまったからね」ジェイコブが言います。「だけどボルウェインのやつは自分の家族を狼に食わせましたとさ。王たる者の要件を誤解しているんじゃないかね」

「つまらない冗談だこと」ドルチェン侯爵夫人が言いました。「そのうえ品も悪いこと」

ジェイコブは忍び笑いをやめましたが、侯爵夫人が義理の兄に好ましくない告げ口をするのではないかという恐れを抱いていたわけではありませんでした。侯爵夫人はジェイコブのことは元より、誰のことも好きではないのですから。ドルチェンはずっと、姉が死んだら坑道の分け前がもっと多く受け取れるものと思って過ごしていました。というのもボルウェインの妻は結婚の贈りものとして坑道の一部を受け取っていたのですが、彼女の遺言状には、もし自分が死去した場合には子供たちのため全財産をドルチェンに信託する旨《むね》が明記されていたのです。しかしその子供たちが母親と一緒に狼の餌《えさ》になってしまうと、ボルウェインと彼の弁護団は遺言状は無効であると主張し、ドルチェンの分け前を増やすことを拒絶したのです。ドルチェンはそれでも彼の側に付いてはいましたが、それもただ別の選択肢——つまり、別のひとり、もしくはもっとたくさんの貴族たちと手を結ぶという選択肢です——には今のところ、まったく心惹かれていなかったからなのでした。

ただひとり、チャールズ公爵だけが無言でした。彼の坑道の持ち分はもっとも少なく、もしかしたら持ち分などまったく要らないと思っているのかもしれませんが、それでもなんの影響力も持たずにいるよりは坑道運営に何らかの権限を持っているほうが都合がよかったのです。チャールズは個人的にはこの坑道を国の災いだと考えていました。なにしろ彼の領地は低地にあるものですから、坑道からの排水がだんだんと領地内の河川や、周辺に広がる野原や森林を汚染し続けていたのです。領地の住民たちからは、不満があがりはじめていました。汚染がそのまま収穫に影響を与えるわけですが、彼らの収入が影響を受けるとなると、チャールズが請求できる地代も左右されてしまうことになります。ですが今のところ、この状況をどうにかするようボルウェインに嘆願しても、まったく梨《なし》の礫《つぶて》なのでした。

そのうえ今は、フェイのことも考えなくてはいけません。チャールズには、フェイたちが坑道の存在を好ましく思っているとは考えられませんでした。フェイは環境の変化にものすごく鋭敏で、それを守ることを己の使命としています。なにしろ、彼らが生存するには綺麗な環境が必要不可欠なのです。たとえば自然に対してちゃんと敬意を払わない農夫をフェイたちが拷問して殺したり、川にごみを捨てて汚染した地主を溺死《できし》させたりする物語が、昔から残っているのです。だから安全な我が家でチャールズはひとり、坑道そのものがフェイたちを塚や巣穴から呼び寄せてしまった可能性があると推測しました。もしそのとおりならば、彼はフェイたちの敵対心をこれ以上煽らないよう坑道の閉鎖を主張する覚悟を固めていました。ですが、まだ掘り出されていない莫大な富から手を引くなど、坑道の共同保有者たちが、特にボルウェインが同意してくれるとは、チャールズには思えませんでした。

「まったく遅いな」ウィルヘルムが言いました。「どこに行ってるんだ?」

まさしくその瞬間、右手に蠟燭《ろうそく》を一本持ったボルウェインがミンストレルズ・ギャラリーに姿を現しました。大広間の壁の三面にも連なるその舞台のまん中にボルウェインが立ち、感謝でも親しみでもなく、ほとんど軽蔑のようなまなざしで客人たちを見下ろしています。

「余ならここだ」ボルウェインの声が響きました。「しばらく前からいたのだがな」

うっかり軽率な口を叩いた貴族たちは気まずくて不安だったでしょうが、素知らぬ顔をしていました。フェイたちが戻ってきた今、ボルウェインには貴族たちが必要ですし、貴族たちにはボルウェインが必要です。仮に気分を害したとて、それはボルウェインの問題でしかありません。その場の全員には、取り組むべき大問題があったのです。

「兄上、会議の間じゅうずっと見上げていたのでは、あっという間にくたくたになってしまいますわ。こちらに来て、その大きな椅子におかけになったら?」ドルチェン侯爵夫人が言いました。

「それなら心配には及ばない」ボルウェインが答えました。「会議は長くかからん。むしろ、諸君の到着前に終わったと言ってもいいくらいだ」

ドルチェンは顔をしかめました。ジェイコブとウィルヘルムが声を殺して笑いました。ストレスを感じたり不安を感じたりすると、このふたりはこうなるのです。クリスティアーナは、また毒殺に手を染めてやろうかとでもいいたげな表情をしていました。そんな中、生存本能がひときわ高く発達しているチャールズ公爵だけが、はっと気づきました。ですが、ひとあし早く立ち上がって安全なドアの向こうへと駆けだしたとたん、背中に石の矢尻がついた一本の矢が突き刺さったのです。彼は命中した衝撃でふらふらと何歩か進むと、そこでどうと倒れました。二本めの矢が公爵を苦痛から解放したのです。

そして公爵が最後の息を吐き出すころには、他の貴族たちの命もすでに風前の灯《ともしび》でした。

56

Dern
(中英語)

隠匿、秘密

セレス、デイヴィッド、木こりの三人が部屋を出ると、廊下には先ほど城内の探検に付き添ってくれたあの若い衛兵しかいませんでした。衛兵は腕組みをして壁にもたれかかり、脚を組んでいました。周囲にはそれを咎《とが》める者もいませんでしたし、床が石畳で壁もカーブしているものですから、たとえ上官が近づいてきたとしても、姿が見えるずっと前から音で気づくことができます。それでも、突然現れた三人に衛兵は驚くと、ぱっと直立して自分の槍《やり》を探しました。

「部屋から出るなと言ったはずだぞ」衛兵が言いました。

「会議の最中は城の安全を守るよう、ボルウェイン閣下から仰せつかっているのだ」

「このお城が安全なものですか」セレスが言い返しました。

「フェイたちがすでに入り込んでいるっていうのに」

「そんなことはありえん」衛兵は首を横に振りました。

「本当よ。私、ちゃんと見たもの」

これを聞くと、衛兵は身を乗り出しました。セレスは、幻視で見ただけだというのは黙っておきました。言ってしまえば、言葉の信憑性を失ってしまうかもしれないからです。

「この子の話は本当だよ」木こりが言いました。「フェイどもはこの城の地下にある洞窟を使い、厨房の傍《そば》にある秘密の出入り口からやってくるのだ」

　衛兵は、セレスのときよりも信じているような顔をして、木こりの話に聞き入りました。**男尊女卑がしつこく続いているのね。**とセレスは胸の中で言いました。元の世界に戻ることができたなら、もう二度と男の政治家に投票することはないでしょう。

「確かめてみるくらい、別にいいだろう？」今度はデイヴィッドが言いました。「ほんの何分かで済むんだからさ。僕たちは武器も持ってないし、君に手出しなんてできやしないよ」

「それに、裏階段を使えば誰にも気づかれやしないわ」セレスが言いました。

「持ち場を離れるわけにはいかんのだ」衛兵は首を横に振りました。「報告書を書かれてしまう」

「フェイどもがボルウェインに手をかければ、報告できる者もいなくなるぞ」木こりが言いました。

「だがな、もし君がフェイの侵入を防ぐため行動しなかったことがあとで露見したなら――」

　衛兵は、確認くらいしてもいいだろうとすぐに同意しましたが、それでも三人が武器を隠していないか調べさせるよう言い張りました――そして木こりとデイヴィッドは乱暴に調べたものの、セレスのことはじろじろ見るだけで済ませました。セレスの表情を見て、手を触れるのは賢明ではないと明確に悟ったからです。衛兵は彼女を調べ終わると、いつでも使えるよう槍を構えたまま、三人に先行するよう指示を出しました。

　一行は、ついさっき探索したばかりの埃《ほこり》をかぶった階段や廊下を抜けていきました。何人か召使いたちが見当たりましたが、みな自分の仕事をするのに手一杯で一行に気づく様子はまったくなく、四人は誰にも見つかることなくボルウェインの肖像画まで辿《たど》り着くことができました。

「こんなところに秘密の出入り口があると？」衛兵が疑り深そうに言いました。

　セレスは額縁に手を触れて確かめ、細い指を隙間に差し込み、押し広げて探ってみました。

「おい、手を触れるなと言ったろう」衛兵が言いました。

「額縁くらいいいでしょう？　カンバスを破ったりしてるわけじゃないわ」セレスが三人の男たちをぎろりと睨《にら》みつけました。「ほら、ぼやぼや突っ立ってるんじゃないの。きっとその辺に秘密の装置か何かがあるんだから。探してよ」

木こりとデイヴィッドは壁を調べに取り掛かると、壁石や松明《たいまつ》の台を押してみたり、床石に思い切り体重をかけたりしてみました。ですが肖像画には何も起こらず、秘密の出入り口が現れる様子もまったくありません。ついにセレスも、負けを認めざるをえなくなってしまいました。

「そんな、だって確かに……」

刹那《せつな》、はっきりカチリという音が聞こえました。そしてセレスの背後でボルウェインの肖像画が、まるで蝶番《ちょうつがい》の付いたドアのように開いていったのです。四人はあとずさり、絵画から出てくる何者かに見つからぬよう絵の陰に隠れました。

廊下に現れたフェイの女戦士はひどい傷を負い、片目を失っていました。おかげでセレスたちは数秒間、フェイに見つかることもなく絶好の機会を手に入れました。衛兵が槍を構えるにはじゅうぶんな時間です。ですが衛兵は、それを突き出すことはできませんでした。槍が石床に擦《こす》れる音に、フェイがすぐに気づいてしまったからです。女戦士の右手から、見るからに恐ろしい武器が飛び出しました。それは鍛《きた》えられた鉄の刃を持つ短剣で、銀の縁《ふち》取りがされた黄ばんだ骨の柄《つか》が付いていました。セレスには柄がよく見えました。衛兵の首に真横から突き刺さったからです。衛兵の槍が床に落ちました。それに続けて衛兵もセレスを巻き添えにしながら倒れました。フェイが剣を引き抜き、次は最大の強敵を攻撃すべく構えます。その強敵とは、三人のうちでもっとも大柄で逞《たくま》しい、目の前に迫りつつある木こりでした。

ですが、フェイは過《あやま》ちを犯していました。あの衛兵と同じようにセレスを見くびり、彼女が部屋を出るときに短剣をズボンの背中に突っ込みシャツをかぶせて隠していたのに気づかなかったのです。フェイが木こりと対峙《たいじ》するのを見ると、セレスは刃を引き抜き、戦士のふとももの裏側から切っ先が突き出すほど深々と突き刺しました。フェイが甲高《かんだか》い叫び声をあげました。鉄の触れた肉がじゅうじゅうと音を立て、体重を支えきれなくなった脚が崩壊していきます。女戦士は突如現れた敵に突きを放ちましたが、セレスは素早くそれをかわしました。剣が床に当たり火花を散らします。フェイの背後で木こりは槍を高く掲げると、思い切りそれで敵を突き刺し、一瞬のうちに殺してしまいました。

セレスが立ち上がってブーツでフェイの軀《むくろ》を踏みつけ、短剣を引き抜きます。死んだフェイの目が灰色に変わり、セレスはそこに映り込んでいた自分の姿が、まるで雲に遮《さえぎ》られる月のようにゆっくりと消えていくのを見つめました。

「さっきの悲鳴を、こいつの兄弟や姉妹が聞きつけたに違いない」木こりが言いました。「きっと様子を見にくるぞ」

目の前には、肖像画の裏から現れた隠し通路が口を開けていました。この出入り口は最近できたものではありません。要するにフェイたちが作ったわけではない可能性が高いということです。むしろ、肖像画が通路の大きさに合わせて作られたか、逆に通路のほうが大きさを合わせて作られたかのように見えます。いつかボルウェインを追い落とす陰謀が企てられたときに使う、秘密の逃げ道のひとつなのではないでしょうか。

「こんなところがフェイの侵入経路になっているなんて、妙な話だね」デイヴィッドが言いました。

「ボルウェインの肖像画を通ってくるなんてさ」

「この肖像画だけとは限らんぞ」木こりが言いました。「この通路を知っていた者などひとにぎりで、間違いなくボルウェインもそのひとりだ。もしかしたら、フェイを招き入れたのはボルウェイン本人ではないのか？」

「どうしてあの人がそんなことを？」

「何かボルウェインめが欲するものを差し出し、その見返りに何か約束をさせていたのだ。何もかも、フェイどもとの取引なのだ」

通路に入ると下りの階段が延びており、岩壁が放つピンクの光がそれを照らしていました。セレスは、ハックマン石か何かだろうと思いました。日中はただの石に見えても、闇の中では光を放つ鉱物です。彼女の腕が、再び疼《うず》いていました。カーリオはこの地下道で見つかるはずですし、さらわれた子供たちもきっといるでしょう。ですがそれだけではありません。ねじくれ男の成れの果てと、セレスがここに連れてこられた理由もまた見つかるはずなのです。

セレスは躊躇《ちゅうちょ》しました。延々と地下にいるのが好きだったことなどありませんし、ロンドンの地下鉄《チューブ》ですら嫌なのです。閉所恐怖症ではありません——恐怖するわけでもパニックを起こすわけでもなく、ただ不快なのです——しかし、それでもじゅうぶん嫌でたまらないのです。木こりが彼女の手を取りました。木こりは悲しそうな顔をしていましたが、彼が何も言わなくともセレスには何を言いたいのか分かりました。

「わしは一緒には行けん」木こりが口を開きました。「下で何と対峙することになろうとも、君は自分ひとりで向き合わなくてはいけないのだ」

「分かった」

しっかりと分かっていました。怖くないわけではありません。ですが今の彼女は強くなったのです。この旅で永遠に変わったのです。この国に来たばかりのセレスだったら、こんな通路の入口をくぐることなどとてもできなかったでしょう――いや、もっと正確に言うならば、自分にそんなことができるとは信じられなかったでしょう。このふたつは、まったく別のことなのです。あのころのセレスは道に迷い、憂鬱《ゆううつ》でしたが、人間とはそういうものなのだということをずっと忘れてしまっていました。人はしょっちゅう道に迷い、困惑し、不安になり、それでも重大な局面を迎えたときに、自分は道に迷うべき場所で道に迷っていたのだと、ついに理解するのだと。慣れ親しんだものからそれを学び取れる者などほとんどおらず――そうしたものからは快適さこそ得られても、知識や知恵は手に入れられないのです――自分と無縁のものやまったく新しいものからしか学べないのだと。経験すべきことや抱くべきことというものは自分にとっても未知であるゆえに、最初は触れるのも恐ろしいものなのだと。

「僕が一緒に行くよ」デイヴィッドが言いました。「僕も昔、ちょうどこんな通路の入口に立ったことがあるしね」

「途中までは一緒に行ってもいい」木こりが言いました。「だが結末は、この子が自分で書かなきゃいかん。君たちがいない間《あいだ》、わしはこっちですべきことをするとしよう。今ならまだボルウェインに――そしてフェイどもにも――重大な過ちを犯させずに済むはずだ」

木こりはセレスの額《ひたい》にそっとキスをしました。

「また会おう。たとえ何があっても」

そしてセレスはデイヴィッドに付き添われ、未知への入口をくぐったのです。

57

Selfæta

(古英語)

己を喰らう者、人食い、共食いをする者

大広間ではフェイの射手たちが六匹、いつでも射れるように弓に矢をつがえていました。三つの壁に作られたミンストレルズ・ギャラリーのうち、向かい合ったふたつに三匹ずつ陣取っています。クリスティアーナはテーブルの上、首を矢に射抜かれて俯《うつぶ》せに倒れていました。毒を盛る日々はもう終わったのです。ウィルヘルムとジェイコブの兄弟は、ふたりとも胸に矢を受けていました。奇妙にもウィルヘルムは、矢が心臓に命取りの一撃を加えているというのに、こんなものはただくすぐったいだけだとでも言わんばかりに、まだ笑い続けていました。弟のほうはすでに絶命していました。射手が思い切り弓を引いたものだから矢尻が体を貫通し、椅子に釘付けにしていました。

ボルウェインの義理の妹ドルチェンただひとりが、まだ無傷のままでした。テーブルが血の海になっているので自分のゴブレットをその血溜まりから持ち上げ、ドレスに血が染みないよう椅子を引いています。すべての所作は意外なほどに冷静で、ドルチェンの手の震えだけが彼女の胸の内を物語っていました。

「なるほど」彼女が口を開きました。「どうやらこの地の力関係に、決定的な変化が起きたようだわね」

ボルウェインはその場から動かず両側にフェイを従えたまま、ドルチェンを見下ろしていました。ほとんど瞬《まばた》きひとつせず、この虐殺劇を見守っていたのです。

「お前を娶《めと》るべきだったという者が、実にたくさんいたものだよ」ボルウェインが言いました。「死んだ妻は別だがね。あれはお前の気の強さと狡猾《こうかつ》さには一目置いていたが、お前をまったく好きではなかったからな」

「私だって嫌いだったわ」ドルチェンが言いました。「嫌になるほど優しくて、嫌になるほど従順で。もし赤ちゃんを抱いたまま狼どもに追い詰められたのが私だったなら、あなたはまだ夫で、父親でいられたでしょうね」

「確かにそうだろう。狼どもも、相手がお前では分が悪い。男どもが束になったとて同じことだろう。生まれる体を誤ったな。お前の魂はもっと違った器に入るべきだった」

「私もずっと前からそう思っていたわ」ドルチェンが言いました。「もしかしたら、夫を持たなかった理由もそれかもしれない。妻を娶るべきだと言う人たちも山のようにいたけれど、どっちにしたって私は幸せになれなかったでしょう。私はひとりのほうがいいのよ」

ドルチェンが口いっぱいにワインを含みました。手の震えのせいで、ワインが少し顎《あご》を伝いました。彼女はそれを拭い、赤く染まった指をちらりと見てから、もう一度血まみれの大広間を見回した。戦慄《せんりつ》しながらも彼女は生き残る道を探し、頭の中で計算していたのです。

「この虐殺が終われば、世の中は不安定になるわ。でも私なら、安らぎの力を、理性の声を与えることができる。あなたのしでかしたことに、きっとたくさんの人々が憤怒《ふんぬ》するでしょう。味方がいなければ、困ったことになるわ」

ボルウェインは両腕を広げ、両側に並んだフェイたちを示しました。

「味方ならいるとも」

「私が言ってるのは人間の味方よ」

「すぐに付いてくるさ。余は秩序ある変遷を計画している。余の言うことを聞かぬ者たちは、報《むく》いを受けることになるだろう」

「あなたの身代わりのフェイたちの手でね」

「無論、余からではないよ」

「直接的にはね。まあ、あなたの名のもとに何がなされようとも、あなたならぐっすりお睡《ねむ》りでしょうとも。さあ、同族を裏切るあなたの陰謀への協力と引き換えに、フェイどもにどんな約束をさせられたの？」

「どう思うね？　余の権力の統合と、信頼できぬ女どもや怠惰な男どもとの鬱陶《うっとう》しい協力関係の終《しゅう》焉《えん》。浪費するしか脳のない連中と分け合う必要のない富。そして復讐だ。余の家族への攻撃を率いた雌《めす》狼、あのルナ狼をフェイどもが捕らえてな。長い時間をかけて、あの雌狼殺しはじっくりなぶり殺しにしてやる。きっと何年も楽しませてもらえるだろうよ」

「その見返りに、フェイどもに何を約束してやったの？」

「連中の塚の保護をだよ。人間の立ち入りを限定し、平和を約束してやったのだ」

「平和ですって？」ドルチェンは噴き出しかけました。「こんなことをして、本当に平和なんて訪れるとお思いなの？　あなたや連中に？　何かの合意が結ばれることがあろうとも、フェイどもがそんな約束を守ると信じ込んでしまうほど惑わされてしまったの？　それとも——」公爵夫人は無表情なフェイの顔に視線を移しました。「あなたが約束を守ると信じてしまうほど、この連中が純粋無垢なのかしらね？」

「フェイどもが嘘をつくはずなどない。ひとたび約束したなら、それを守るしかないのだ。そして余は高潔な男だ」

「高潔と？　こんなものを高潔とおっしゃるの？　フェイなんて、何を約束したってそんなのうわべだけに決まってるわ」

「なに、我々の取り決めは実に単純なものだよ。万魔殿《パンデモニウム》は余ただひとりのものとし、雌狼を余の眼前に差し出すこと。フェイどもに文句など言わせはせんよ、貴様にもな」

　ボルウェインは、フェイたちに囲まれていることなど意に介していないかのように言いました。いや、フェイたちに彼の言葉が聞こえないのかもしれません。これは、ある意味そのとおりでした。この合意は、ボルウェインとペール・レディ・デスの間で結ばれたものだったからです。ボルウェインがペール・レディ・デスとの面会を許されなかったものですから――彼のほうも熱望してたわけではありませんが――ドライアドのカーリオがふたりの仲介を務めました。過去の覇者たちと同じように、ボルウェインの時代が訪れようとしているのです。しかし、焦って急ぐような理由は何もありません。

　駆け引きの材料を使い果たしてしまったドルチェンには、もう懇願することしかできませんでした。

「せめて亡くなったお姉様のためにも、私だけは見逃してもらうことはできないのかしら？」

　しかしそう言いながらも、彼女には答えなど分かっていました。ボルウェインの顔を見れば一目瞭然なのです。人の狂気の中には、ひと目でやすやすと分かるものもあります。ともすればその狂気の持ち主は服が破れていたり、清廉さをまったく装わなくなっていたり、理性や分別を完全に失っていたりするものです。ですがときとして、それとはまったく別の狂気を纏う者も存在します。

特に倫理観や慈悲心を失ってしまった者の狂気とは、正気とほとんど見分けがつかないのです。ボルウェインの狂気はそれでした。そしてその狂気を抱くものが誰しもそうであるように、本人もそれに気づいていなかったのです——いや、もしかしたらいくらかは気づいていたのかもしれませんが、だとすれば彼の行いはますます許しがたいものになるでしょう。

「生かしておいてやりたい気持ちも山々なのだが」ボルウェインが答えました。「しかし貴様は信頼できぬほどに狡猾で、うっかり背中を見せられぬほどに非情な女だ。だから悲しいが、妹よ、別れの時が訪れたのだよ。貴様は何も知らずにこの罠に踏み込んできたのだから、次の世界にも同じように足を踏み入れるのがお似合いだ。さらば」

ボルウェインは、まるでややがっかりするような報《しら》せを持ってきたどうでもいい大臣を追い払うかのように、高く上げた手のひらをさっと翻《ひるがえ》してみせました。六本の矢がドルチェンに突き刺さります。一本は子宮に、一本は心臓に、一本は首に、一本は額に、そして両目に一本ずつ。一本矢が刺さるたびに大きく痙攣《けいれん》するドルチェンの体を見つめながらボルウェインは、フェイたちの狙いの正確さはなんと素晴らしいのかと思いました。不運にも炎と鉄を苦手とさえしていなければ、フェイたちはこの地上の覇者になっていたのかもしれません。ボルウェインはこれを、フェイではなく人間こそが地上の覇者となるべき証なのだと受け止めていました。

そして人間とは、ボルウェイン自身のことでした。

58

Beáh-Hroden

（古英語）

冠《かんむり》を戴く

暖炉の裏に造られた隠し通路からボルウェインの執事が四人の雇われ男たちを引き連れて現れると、フェイの射手たちが弓を下ろしました。雇われ男たちは死体を捨てることなど厭《いと》わぬような荒くれ者ばかりです――必要とあらば、捨てるべき死体を作ることさえするでしょう。執事が合図すると、男たちが死体を運び出しはじめました。まずは女の死体を、続けて男の死体を運んでいきます。ジェイコブを運び出すのは、他の者よりも手こずりました。まずは彼を椅子に釘付けにしている矢を折らなければいけないというのに、フェイの武器が恐ろしく頑丈だったからです。ボルウェインはギャラリーから一歩も動かず、最後にテーブル上を赤々と染める血の海が洗い流されるまで作業全体を監督しました。そして満足いくまですべての作業が終わると、執事のもとに降りていきました。

次の一手は、くれぐれも注意深く打たなくてはいけません。ボルウェインの狙いは、会議が始まる前に貴族たちが謎の失踪を遂げ、その後に行われた捜索で、フェイの矢に貫かれた死体が発見されたと発表することです。そして、それまで同盟を結んでいた領地を統合し、その各地を統治すべくボルウェインに忠実な監督者が配属され、そうしてひとつとなった王国がボルウェインの旗の下、全土の脅威であるフェイに立ち向かうと宣言を下すのです。

「五人の貴族どもの従者たちには、くれぐれも目を光らせておけ」ボルウェインが執事に命じました。「だが、余計な手出しはするなよ。時が訪れたら、余の家来として忠誠を誓う機会を与えるのだからな。拒否した者は地下墓地に送り込み、そこで考えを改める時間をやろう。さあ、今は余にもひとりで悲しみに浸らせてくれ。たった今、義理の妹を、そしてずっと昔からの友人たちを失ったばかりなのだ」

執事は最後にもう一度だけ不安げにギャラリーにいるフェイたちを一瞥《いちべつ》すると、大広間を立ち去っていきました。ボルウェインはテーブルの上座で、唯一血に濡れていない椅子にかけました。自分の感情を探りますが、何も見つかりません。歓喜も安堵も、恥辱も嫌悪もありません。己の野心を前に進ませることへの喜びを感じることができない失望が――だんだんと大きな陰鬱《いんうつ》となり、周囲を忘れさせてしまうほどに思考を翳《かげ》らせる失望が――あるだけでした。あの雌狼が目の前に引き立てられてきたときには、もっと深い感情が喚起されるようボルウェインは願いました。

傍で物音――大広間に造られた隠し通路の扉のひとつが開き、石が擦れ合う音です――が聞こえ、彼を陰鬱の中から呼び寄せました。射手たちは呼んでもいないのに大広間に降り、ボルウェインのところに集まっていました。てっきり射手たちはペール・レディ・デスの元に報告に戻るものとばかり彼は思っていたのですが、これもまたフェイについてのあらゆる誤解と同様、ボルウェインの誤りでした。フェイには、彼女の元に行く必要などなかったのです。なぜなら、もうフェイたちとともにいたのですから。

ボルウェインを取り巻く室温がぐんと下がりましたが、彼が原因に気づくよりも先に、うなじに凍てつくほど冷たい唇《くちびる》が触れ、続けて頭蓋の底に針が差し込まれたような鋭い痛みが走りました。

凍てつく冷気が胸に入り込み、どんどん手脚へと広がっていきます。ボルウェインは助けを呼ぼうとしましたが舌は凍りついてしまっており、開いた口からは音もなく白い息が出るばかりでした。両目の水分まで凍りついてボルウェインの視界は朧にぼやけ、頭から冠のように骨を突き出したペール・レディ・デスはほとんど、その姿を取り囲む霧と見分けのつかぬ闇の化身のようでした。

「ボルウェインや」女の声が言いました。「我々の取引を締めくくるとしようか」


執事は、遠くまでは行けませんでした。急ぎ足で廊下を進んでいる途中に厨房の傍で、フェイと死んだ同胞の軀を見せられた宮廷衛兵たちの一団を引き連れた木こりに呼び止められたからです。衛兵たちは、デンハム元帥に率いられていました。

「ボルウェインはどこだ？」木こりが訊ねました。

「貴族会議を開いておられる」執事が答えました。「お邪魔することは許されん」

「事態が変わったのだ。案内しろ」

執事は道中延々と抗議をしながら一行を大広間の入口に案内すると、自分の執事が手荒い真似をされたとなれば主人にどんな目に遭わされるか分からないぞと言いました。木こりは乱暴にドアを叩きボルウェインの名を叫びましたが、返事はありませんでした。

「どうやら主人は返事をしないようだぞ」木こりが執事の顔を見ました。「他の貴族たちもだ。中にいないのでなければ、もはや生きてはいまい。死んでいなかったとしても、どんなことになっているか覚悟しておくことだ」

木こりはデンハムを振り向きました。

「君にこのドアをぶち破る権限は？」

「あるにはあるが、やりたくはないな」

「壊れたドアは直せるが、死んだ者は生き返らせられんぞ」

「それは分かっている」

元帥は部下の中からとりわけ屈強な者たちを選び、ドアに体当たりさせました。すぐにドアが軋《きし》みをあげ、衛兵たちの力に負けはじめました。

「もう一度だ」木こりが言いました。「思い切り行け！」

衛兵たちが後退し、最後の一撃のために力を集め、一丸となってドアに体当たりしました。向こうで閂《かんぬき》が折れてドアが開き、無人の大広間が目の前に広がりました。ボルウェインも、貴族たちもいません。剣を抜いた衛兵たちが、大広間を調べに散っていきます。木こりは最後に足を踏み入れました。そしてテーブルに歩み寄ると表面に手を触れ、ねばついた感触に気づきました。執事がドアに駆けていきます。

「そいつを捕まえろ！」木こりが叫びました。衛兵がふたりがかりで執事を捕まえ、暴れる彼を木こりとデンハムの前まで引きずってきました。

「ここではお前になんの権限もありはしないのだぞ」執事が言いました。「閣下がご不在の間はこの私が――」

「閣下のご不在だと？」木こりが言いました。「質問させてもらうから答えるんだぞ。最初の質問は……」木こりは執事の目の前に、染みの付いた手を広げてみせました。「これは誰の血だ？」

59

Beheafdian

（古英語）

斬首

　セレスとデイヴィッドはいつからあるのかも分からないほど古い坑道の網の中を進んでいました――今でも使われているのは、灯りに照らされた主道だけです。他の坑道の中には崩落しているものもあって、部分的に塞《ふさ》がっているものや、石組みに開いた小穴ほどに小さくなった通れない道もありましたが、このうち一本にふたりは救われることになるのです。

　木こりの予想どおりフェイたちは姉妹の悲鳴を聞きつけており、セレスはフェイが近づいてくるのを察知しました。フェイたちは音もなく動くことができますが、この地の底では身を隠す必要もありません。しかし、仮に警戒しなくてはいけなかったとしても、危機に瀕《ひん》した仲間を救うのだという衝動がフェイたちを走らせていたでしょう。静かに地面を踏む音と武器の鳴る音にフェイたちの接近を知り、セレスとデイヴィッドは一本の横穴に身を隠しました。しかしその横穴は手を伸ばせば目の前を通り過ぎていく三匹のフェイたちに手が届きそうなほど浅かったものですから、三匹がすっかり通り過ぎてしまうまでセレスは息を吐くことすらできませんでした。となりのデイヴィッドもようやく息をつき、声を殺して言いました。

「やけに数が少なかったね。圧倒的に相手のほうが多いのに、いったい何をする気なんだろう?」

「何をする気か知らないけど、何もしないよりはましってところでしょう」

ふたりは再び出発すると、さらに深く深く潜りはじめました。さっきのフェイたちが来た坑道を辿り、セレスの傷の疼きに導かれながら進んでいきます。カーリオに負わされた傷はとても苦しいものでしたが、この捜索にはすっかり欠かせないものになっていました。ですが子供たちさえ見つけてしまえば、あとはカーリオが干からびて死んでしまおうとも、ばらばらに砕かれてマッチの材料にされようとも、セレスには知ったことではありませんでした。

「今の、聞こえたかい?」デイヴィッドが言いました。

セレスは耳をそばだてました。

「何も聞こえないけど」

「静かに!」

理由はどうあれ男に命令されるのが好きではないセレスは彼を睨みつけましたが、ほとんど灯りがないものですから、殺しかねないようなその目付きもデイヴィッドには見えませんでした。

「黙っても意味なんて――」

また聞こえました。赤ちゃんの泣き声が微《かす》かに聞こえてくるのです。すっかり衰弱しているか疲れ果てるかし、声もほとんど出ない赤ちゃんの声です。セレスとデイヴィッドはその声を追って、鏡が山ほど置かれた部屋に辿り着きました。それぞれの鏡には死の苦しみに耐える人々の最期の瞬間が、その辛苦に歪《ゆが》む顔が、何度も何度も繰り返されているのです。どの鏡も同じような形をしていました――直径およそ十八インチの丸い鏡です――しかし枠はひとつひとつ別の形をしていました。まるでそれぞれ違う死の道筋を通って、同じ目的地へと向かっていくのと同じように。

「ここもねじくれ男の部屋だ」デイヴィッドが言いました。「楽しんでるあいつの顔が目に浮かぶよ」

ですがセレスは部屋の片隅に目を取られていました。そこには赤々と燃える石炭の火鉢が置かれており、その周囲に枝編みのベッドが五つ、ぐるりと並んでいました。ベッドのひとつに、雄のフェイが一匹かがみ込んでいました。頭を低く下げ、白い蒸気の筋を吸い込んでいます。赤ちゃんの生命力を喰らっているのです。さっきの泣き声は、今にも永久《とこしえ》の静寂の中に消え去ろうとしているあの赤ちゃんのものだったのです。セレスは、こんなにも強烈な怒りなど、娘を奪い去ったあの男にすら感じなかったのではないかと思いました。あの運転手はフィービーを傷つけようとしたわけではありません。彼の行動に悪意はなく、これから何が起ころうとしているのかを少しでも予感していれば、すぐ電話を横に置いてまた道路に注意を向けていたに違いないのです。ですがこれは――子供を喰らったり、己の命を引き伸ばすためにわざと他者の命を奪ったりするのは――違います。この小さな生命は素肌に太陽を味わう時間すらほとんど与えられなかったというのに、何世紀にもわたり生きながらえてきたその長き命を、さらに長らえさせようというのですから。

デイヴィッドが止める間もなくセレスは短剣を引き抜いて駆けだしていました。フェイは食事に夢中になるあまりセレスが目と鼻の先に迫るまで危機に気づかず、気づいたときにはもう遅すぎました。首をもたげるころにはもう短剣は弧を描き、振り返るフェイの首に命中していたのです。胴体から離れていくその顔に浮かんだ表情が、セレスにも見えました。頭が落ちる衝撃で、小山のように地面に積み上がっていた小さな骨が散らばります。

「あんたが悪いのよ！」セレスが叫びました。切り裂かれた死体に、切断された頭に、そしてもしかしたらこの世界と、自分が後にした世界に。どちらの世界も、歪んだお互いの姿を映し出す鏡です。

「私の成れの果てを見てみなさいよ！」

この殺しは違うのです。サラアマのときは飛びかかってきたフェイの取り換え子《チェンジリング》に我知らず短剣を突き立てていたものですから、自分に殺意があったのかどうかも彼女には分かりませんでした。ですが今回は、他の生きものを殺すつもりで駆けだし、凍てつくような怒りに任せて命取りの一撃を叩き込んだのです。怒りに飲まれたのではなく、自ら怒りを導いたのです。

いつの間にかデイヴィッドがとなりにいました。全身を駆け巡るアドレナリンのせいで彼女が自分の頭にまで短剣を振り下ろしたりしないよう、柄を握るセレスの手をがっしりと押さえています。彼女の放つ言葉と、自分がずっと昔、同じように人の命を奪ったときに発した言葉の響きが重なり、この国で何かを学ぶにはあの代償を払わなくてはいけなかったのだろうかと、そして本当はあのとき死んだのは自分だったのではないかとデイヴィッドは思いました。古い自分が死んでもうひとりの、聡明ではあっても悲哀に満ちた別の自分と入れ替わってしまったのではないかと。セレスに大丈夫だと声をかけようとは思いませんでした。なぜなら大丈夫なはずがありませんし、今後もずっと大丈夫になどならないからです。

「もう終わったよ」デイヴィッドはぽつりと言いました。「そして、終わらせるべきだった」

五つのベッドのうち三つには赤ちゃんが寝ていました。一歳を超える赤ちゃんはひとりもいません。四つめのベッドは空っぽで、最後のひとつには赤ちゃんの抜け殻《がら》だけがありました。まるで沼地の中にずっと沈んでいたのを引き上げられた、父親が目を輝かせセレスが吐き気を催す軀のようです。生きている赤ちゃんたちの顔はどれも、げっそりと痩せこけてしまっていました。この子たちはこれからもずっと長い間、この坑道で耐え忍んだ印——見える印も見えない印も——を背負い続けていかなくてはいけないのです。

　骨の山からうめき声が聞こえ、セレスは回想から我に返りました。刹那、あの首を落とされたフェイが息を吹き返して、仲間を呼ぶため叫ぼうとしているのではないかと不安に襲われました。落とした頭を切り刻んだりはできないと、彼女は感じました。そんなことをしたら、正気を保てそうにありません。ですが近づいてみると、骨の小山のうしろにそびえる壁に取り付けられた金属の輪に両手を手枷《てかせ》で繋がれ、半裸のままうずくまっている男の姿が見えたのです。セレスが男に手をかけると、彼はまるで炎の手に触れられたかのようにさっと身を引きました。

「バアコ」セレスは見慣れた顔に気づき、声をかけました。「怖がらないで」

　バアコが彼女の声に反応しました。その姿を見たセレスは、顔をしかめずにはいられませんでした。彼の両目は深く落ち窪《くぼ》み、薄皮をかぶった頬骨は鋭く突き出し、歯が何本か抜け落ちて隙間ができてしまっています。肉はほとんど落ちて骨張り、髪も白くなってしまっていました。フェイの仕業《しわざ》により、バアコは変わり果てた姿になってしまっていたのです。

「ひどい姿なのかい?」バアコは、歪んだセレスの顔を見て訊ねました。「ものすごくひどい気分だから、きっとそうなんだろうな」

　セレスは質問をかわすため、短剣で鎖に切りつけました。ですがねじくれ男本人が鍛《きた》えた古い鎖は彼女の短剣など寄せ付けず、なんとか断ち切るころにはセレスは肩で息をしていました。

「また元通り元気にしてあげる」セレスが言いました。

「そんなにひどいのかい?」

「慰《なぐさ》めになるか分からないけど、その姿じゃなくても私は結婚しないわよ」

　セレスとデイヴィッドは、バアコを助け起こしました。バァコは最初ふらつきましたが、すぐに支えなくても立てるようになりました。どれほどの怪我を負っていようとも、バアコの心はまだ死んでおらず、核には深い力が睡《ねむ》っているのです。セレスには、バアコが立派な男になるという確信がありました。

「母さんと父さんはどうした？」彼が訊ねました。「妹は？」

セレスは、余計なことを言わないよう気をつけました。

「私が村を出るときは、お父さんも妹さんも元気だったわ。妹さんは村にいたし、お父さんはあなたのお母さんを探しに行ってたの。お母さんもあなたと同じでさらわれちゃってね。私が知ってるのはそれだけよ」

ある程度とはいえ、これは事実でした。ですがセレスは、母親が死んでいるに違いないことを伝える気はありませんでした——それを伝えるような場所でもありませんでした。彼はすでにじゅうぶんにつらい思いをしていますし、セレスには彼を慰めている時間などないのです。

「坑道を出よう」デイヴィッドが声をかけました。「剣を取る手を空けて、お互いひとりずつ子供を運ぶんだ」

そのときセレスたちの頭上から羽音が聞こえ、鏡の間から続くもっとも細くもっとも暗い通路の壁で空っぽになっている松明の台座に、あの隻眼《せきがん》のミヤマガラスが降りてきました。セレスを見て、ひと声鳴きます。

「だめ」セレスはデイヴィッドとバアコに言いました。「私は進まなくちゃいけないの」

デイヴィッドは、まるでじっと見つめれば闇の先に何が待ち受けているかを見抜けるかもしれないとでも言わんばかりに、通路の入口をじっと見つめました。そのとなりではバアコがベッドから薄いシーツを剝《は》がし、ひとりの赤ちゃんを胸に、そしてもうひとりを背中に、くるむようにしてくくりつけました。最後に、残ったひとりを両腕で抱えます。

「僕は体力が落ちてて戦いじゃ役に立たないけど、君の両手を空けてあげることくらいはね」

デイヴィッドがセレスを抱きしめました。

「これだけは憶えておくんだ」彼が囁《ささや》きます。「もしねじくれ男の仕業なら、あいつは君に何か約束するはずだ。君が欲しくてたまらない何かをね。あいつは人を誘惑するトリックスターだけど、差し出すものは本物さ。そこが難しいんだよ。君が望むものを叶える力を、あいつは持ってるんだ」

「高い代償と引き換えにね」セレスが言いました。

「そう、代償が付きものなんだ」デイヴィッドはうなずきました。「でも、それはもしかしたら君が進んで払いたくなるような代償かもしれないよ」

デイヴィッドはセレスを抱いていた腕をほどき、主道で待つバアコのところに戻りました。セレスは壁の松明を一本手に取ると、これから進む道を照らすため火鉢の火をそれに移しました。それ以上言葉を交わさないまま三人は別れ、未だ静まり返ったままの、新たな死者や古《いにしえ》の死者たちのみがいっぱいに佇《たたず》む鏡の部屋を後にしました。

ですが天井高く、あたかも岩の一部が剝がれ落ちようとしているかのように蠢くものがありました。腕があり、脚があり、頭があり、床に落ちることなく重力に逆らいながら鏡の上を這いずり回っているのです。そして進みながら金箔やガラスのように煌《きら》めき、最後に坑道の床に辿り着くとまた石を全身に映したのです。輝きを放ちながら本当の姿が、カーリオが現れました。そして彼らはセレスの松明の炎が見えなくなるのを待ち、地底深くへと後を追いはじめたのでした。

60

Gwag
（コーンウォール語）

炭鉱にできた空洞

　ボルウェインは突然目を覚ましました。骨身に染みる寒さで、体の震えが抑えられません。首には金属の首輪が付けられていました。緩衝材が巻かれているのに、それでも首に食い込んでくるようです。そのうえ目を開けてはいても、まったき闇に包まれているせいで何も見えません。彼は石の床に座って石壁にもたれており、身動きを取ろうとすると鎖がじゃらじゃらと鳴りました――とても短い鎖のようで、ほんの数インチ体勢を変えただけで張り詰めてしまいます。

　ひとりでないのは分かっていました。視覚と触覚というふたつの重要な感覚を奪われた今、他の感覚がそれを補おうとしており、ただでさえ鋭い彼の聴覚がさらに鋭敏になっていたのです。ふたつの方向から呼吸音が聞こえていました。

「そこにいるのは何者だ？」ボルウェインが言いました。

「なぜ余にこのような仕打ちをするか！」

　この状況では当然の質問だといえますが、すぐに返ってきたその答えは、とてもボルウェインにとって好ましいものとは言えませんでした。唸《うな》り声が聞こえ、疑いようのない獣の臭いがしたのです。

　暗闇の中にぽつんと光が灯りました。青い光ですが、ボルウェインには遠くなのか近くなのか判断ができませんでした。

光が大きくなるにつれてそれを持つ女の顔が浮き上がり、ボルウェインは、およそ二十フィートくらい離れているように感じました――そして洞穴の中、ほぼ同じくらい離れた壁に首を鎖で繋がれた大きな雌狼がおり、男、女、狼という三つの存在が頂点になり、ほぼ正三角形を作っていたのです。

ですが、違います。狼では……完全に狼ではありません。そして、完全に女性でもありません。灰色の鼻と無骨な体のこのルナ狼は純血の狼と半人半狼であるループの子供であり、どちらの性質も兼ね備えているのです。頭蓋骨にはヒト科の特徴がありありと見られました。耳の大きさと形もそうですし、ぞっとするほど人間らしい鮮《あざ》やかな緑の瞳などは特にそうです。さっきの女が光を掲げました。光の正体は、透明な瓶に入れられた大きな昆虫でした。昆虫が興奮するほどに腹部の光はさらに強くなりましたが、瓶の口が狭すぎて、その中で生まれ育ったこの昆虫はどうしても出ることができません。その光の中に、異様に赤々とした唇の、長く煤《すす》けた顔が浮かび上がりました。禿《は》げた脳天からは枝のように骨が生え、まるで冠のように頭をぐるりと取り巻いています。フェイのそれよりも鼻の近くに付いた両目はルナ狼同様ふたつの異なる種族の面影を残しており、鋭く尖った白い歯は、まるでがっちりと閉じた罠のようです。

ボルウェインはこの女の正体を知っていました。不老の女王、ペール・レディ・デスです。見るのではなかったと、ボルウェインは後悔しました。デスの顔を見るのは、腕に抱くのとは違うのです。

「貴様は契約をし、誓いを立てたはずだぞ」ボルウェインが言いました。

「その契約なら守っているであろう」ペール・レディが言いました。「そなたの敵対者を排除してやったし、今こうして話をしている炭鉱の最深部だってそなたただひとりのもの。そのうえルナ狼までくれてやったのだから――無論、そなたをこの狼にくれてやったともいえるわけだけれど。誰かと合意をしたからといって、他の者との合意を切り捨てる必要はないわけでな」

「いいや、そんなものに合意した憶えは――」

「まさしく合意したではないか。契約の核と文言とがいつでも同じではないということよ。そなたにせよ、己の都合次第ではあっさり契約など破ろう。妾《わらわ》たちは偽りを言うことも、文書だろうと口頭だろうと契約を破ることもありはしない。妾たちの本性がそれを禁じているのじゃからな。一方そなたはといえば、契約破りの妨げは道徳と名誉じゃが、あいにくどちらも持っておらぬ。生まれつきか性癖《せいへき》か、判明することはなかろうがな。このルナ狼は、いつかそなたと対峙し、こちらも報復を果たさんと望んでいたのでな。もはや命は長くなく、そなたの手で、そしてそなたの命令により死んでいく同胞《はらから》どもをあまりにも多く目にしてきたのじゃよ」

「それはこやつが余の妻と子を殺したからだ」ボルウェインが言いました。

「おや、しかしそなたはそのずっと前から狩りをしていたではないか」ペール・レディは答えました。「この娘の乱行はそなたの乱行への返答よ。そなたはこの娘の子らを一匹残らず串刺しにし、門の前に突き立てて腐るに任せた。なぜ、この娘がそなたと同じように、いや、もしかするとそなた以上に我が子を愛しているかもしれないと考えぬのじゃ？　それはな、ボルウェインよ。そなたの気質は決して献身の情を帯びぬからよ。傲慢《ごうまん》なばかりで、そなたには愛情が欠落しておるのじゃ」

　ふたりのやり取りを見ながらルナ狼は低く唸《うな》り続け、じっとボルウェインに視線を向けたまま微動だにしませんでした。そして我が子の話が出たとたんほとんど無意識のうちに体が反応して飛び上がろうとしましたが、ボルウェイン同様首に巻かれた鎖に自由を奪われているせいで、足が地面を離れることも叶いませんでした。ですがそれを見たボルウェインは岩壁まであとずさってそこに張り付きました。ルナ狼は気づいていないようですが、岩に開いた穴から伸びている鎖が先ほどの衝撃で環ひとつ分だけ新たに伸び、赤く錆《さ》びついた鎖の中、その環だけが銀の輝きを放っているのを見て取ったのです。もし何度も跳躍を繰り返せば、ついにボルウェインまで届いたとしてもおかしくありません。

「お遊びでもしているつもりか？」ボルウェインが訊ねました。

「頑張れば勝てるやもしれんぞ」

ペール・レディは答えると、洞穴の床に勢いよく息を吹きかけました——ボルウェインの息ともルナ狼の息とも違い、体内が凍てつくほどに冷たいペール・レディ・デスの息は白く曇ってもいません。すると黒い塵《ちり》がもうもうと舞い上がり、宝石で飾られた鞘《さや》に納まった一本の短剣がそこに現れました。ちょうどルナ狼とボルウェインの中間です。

「そなたの鎖もその娘と同じように、岩壁の中に仕込まれた機械で制御されておる」ペール・レディが言いました。「娘が飛びかかろうとしたときに何が起きたか気づいたようだから、もうその鎖がただの鎖でないのは承知じゃろう。じゃがこの娘は賢いからな、そなたとの距離を詰められることになどすぐに気づくぞ。けれど、あの娘に襲われる前にあの短剣に手が届けば、殺《あや》めてしまえるかもしれんのう。そうなればそなたは晴れて自由の身じゃ」

「成功すれば余を生かすというのか？」

「胸の内に復讐の念を秘めておるのじゃろうな。生き残ったなら、得難い教訓を得たと思うのが賢明ぞ。それが気に入らないのなら妾を探しに来れば、また話を聞いてやろう」

ペール・レディはそう言い残すと、ボルウェインとルナ狼だけを残して立ち去ってしまいました。

61

Scomfished
（スコットランド英語）

地中において息が詰まる気持ち

ミヤマガラスはセレスを導きながら、今は廃墟となったねじくれ男の住処の中を進んでいきました。あたりには瓦礫《がれき》や岩崩れも見当たりましたが、まるで主人の帰還を待っているかのように無傷のまま残っている部屋もありました。デイヴィッドから話を聞いていたセレスには、何に使われていたか分かっている部屋もいくつか見当たりました。そこにかつて何があったのか思い出すと、セレスは自分が来たせいでそっとしておくべき記憶を目覚めさせてしまうのではないかと恐ろしくなり、どんどん不安になっていくのでした。

多くの人々が辛苦や極度の苦しみを与えられた場所というものは、まるで人が肉体や精神に損傷を受けたときのように、そのトラウマに永遠に取り憑かれてしまうものです。そのような場所にいなければならないときにはそうして取り憑くものを感じ、来てはいけないところに来てしまったという恐怖感に襲われ、早く立ち去りたくてたまらない気持ちになるのです。そして立ち去ってもなお、己が出くわしてしまった毒気を振り払うのに、何時間も、何日も、ときには一生を費やしてしまうことになるのです。このねじくれ男の住処は、他の者たちに与えられるすべての害悪を、何もかも目にしてきました。肉体的なものも、精神的なものもです。そして恐ろしいほどの残虐《ざんぎゃく》も、ほんの些細な残虐も、深刻な裏切りも小さな裏切りも、何もかもです。そして悲鳴がやんだあとにもその木霊《こだま》が残るのと同じように、そして小石が沈んだあとにも池にさざなみが残るのと同じように、そうした部屋には古き嘆きが反響しているのです。

セレスは部屋を支配するほど大きな、彫刻が施されたベッドが置かれた部屋の入口で足を止めました。シーツが剝《は》がされたマットレスには未だふたつの体の跡が残っていましたが、セレスの目には、肉体の跡だけでなくそこに寝ていた人々の影までもが残っているように見えました。妙に思ったセレスが松明《たいまつ》を部屋に差し入れてみると、マットレスにはふたつの黒々とした焦げ跡が残り、長い時を経てもなお、焼け焦げた肉の臭いが染み付いているのでした。セレスは近づいてみました。絹の生地が腐ったところから中に詰まった藁《わら》が突き出ているのを見て、なぜマットレスが丸ごと焼けてしまわなかったのか、理解ができなかったのです。右足の爪先が床の敷石に引っかかり、セレスがよろめきました。体勢を立て直そうとして手を伸ばし、ベッドの支柱を摑みます――

そして炎に包まれたふたつの人影を、男と女を見ました。互いに腕を回し合い、誰にも引き剝がすことはできません。炎は消える様子もなく燃え盛り続けました。ふたりの片方に拒絶されたねじくれ男が満足するまで燃え尽きることはないのです。「ほう、燃え上がる情熱を抱いているのかい？　じゃあこのわしが、燃え上がるというのがどんなものかを見せてやるとしよう……」

慌てて手を引っ込めると幻影が掻き消え、セレスは安堵しました。今のはこのベッドに染み付いた恐怖の記憶なのでしょうか。もしそうだとするならば、となりにある牢獄に置かれた棘《とげ》付きの椅子や、暖炉にずっと残っている冷たい灰の中に転がっている鉄のブーツや、赤く焼けたそのブーツを素足に履かせるために吊り下げられているトングに触れたならどんな幻影を見せられるのか、考えるのも恐ろしく感じました。

セレスは心の底から怯えきってはいても、引き返すことはちらりとも考えませんでしたが、それはこのトンネルの先に元の世界への帰り道があると確信しているからだけではありませんでした。ベッドの部屋と牢獄があるのと同じ側にある通路の突き当たりの、縁《ふち》まで満ちた井戸にあのミヤマガラスが止まっているのが見えました。井戸を満たしているのは水ではなく、子供たちの靴です。セレスは手を触れようとはしませんでした。その痛みに耐えられる気がしませんでした――靴の持ち主である子供たちの痛みのみならず、その両親たちの痛みも。我が子は存在しているのに存在しておらず、生きているのに生きていないのです。もしこの悪逆非道の元凶がまだ人知れず生き延びているのなら、かつてデイヴィッドが屈服させたように自分も立ち向かわないわけにはいきません。さもなくばセレスは、その元凶が引き起こすさらなる辛苦に手を貸してしまうことになるのです。ですが、頭上を覆う何層もの岩盤も、太陽がまったく見えないことも、黴臭《かびくさ》い空気も、そしてもし松明が消えたりしたらあっという間に暗晦《あんかい》に飲み込まれてこの地底でひとり死ぬしかなくなることも――最悪の場合ひとりではないかもしれませんが――なかなか頭を離れてはくれませんでした。

ミヤマガラスは残された片目で、じっとセレスを見つめ続けていました。彼女はこんな仕打ちをする悪党の下僕に何か投げつけてやりたい衝動に駆られましたが、彼女が何か手近なものを見つけるよりも早く、ミヤマガラスは飛び去ってしまいました。重い足取りでその後を追いだして初めて、セレスはあのミヤマガラスがあの井戸へと、本来進むべき道からの迂回路へと自分を誘《いざな》ったことを理解しはじめました。だからミヤマガラスは彼女が焼け焦げたベッドの部屋に足を踏み入れる邪魔もしなかったし、椅子とブーツが置かれた牢獄から遠ざけようともしなかったのです。あのミヤマガラスがその気になれば、簡単にセレスの心を折ることもできたでしょう。なにせ鋭い嘴《くちばし》と長い鉤爪《かぎづめ》を持った、それは大きな鳥なのですから。ですがミヤマガラスはそうする代わりに、朽《く》ち果てつつあるねじくれ男の王国のもっとも恐ろしい部分を彼女にも見せて回ろうというのです。無論、ミヤマガラスは彼女を怯えさせ、これから起こることに立ち向かう勇気を少しでもくじこうとしていたのかもしれませんが、そんなことをしても意味はないように思えました。なぜなら彼女はもう、じゅうぶんに怯えきっていたのです。

あの下僕、不実なのかしら、それとも嫌々仕えているのかしら。彼女は胸の中で言いました。

背後に広がる闇はほとんど手で触れられそうなほどに完璧で、松明の炎が爆《は》ぜる音を除けば彼女には何も聞こえませんでしたが、自分とミヤマガラスが何者かにずっと見られている確信がセレスにはありました。傍《そば》ではミヤマガラスが呑気に羽根を繕《つくろ》っていました。自分の主人より恐ろしいものなど、ここにはいないからです。そして繕い終えたミヤマガラスは、松明の炎を飛び越さないように注意を払いながら、また前へと飛び去っていくのでした。

セレスがそれに付いていきます。そしてカーリオも。

62

Andsaca
（古英語）

敵対者

　瓶の中で興奮する昆虫が放つ光だけに照らされた石の闘技場で、ボルウェインと雌狼《めす》は最後の対決にじりじりと近づいていました。雌狼は鎖を思い切り引けば動ける範囲が広がることに気づいていましたが、一度広がったからといってずっとそのままというわけではなく、一瞬強く引くとそのときだけ鎖が伸びるのであって、それも必ず伸びるわけではありませんでした。ボルウェインのほうも、同じような苦闘をしていました。ときおり環《わ》ひとつかふたつ分ほど新たに鎖が伸びることはあっても、その後も同じように伸びてくれるとは限らないのです。一度などはむしろ逆に何インチか引きずられ、せっかく苦しみながら進んだ距離が無にすらなりました。本当に苦しかったのです。襟に首を絞められ、それでも前に進むためには鎖を引っ張り続けるしかなかったのです。機構に欠陥があるのだろうか、それともわざわざこうなるように作られているのだろうか、とボルウェインは訝《いぶか》りました。観客にしてみればこのほうが闘いの面白みが増すわけですから、後者のほうがありえそうだと彼は考えました。おそらくフェイたちもペール・レディ・デスの周りに群がり、闘いの行方を見守っているのでしょう。短剣に手さえ届いたなら、ボルウェインはフェイたちに忘れることができない闘いを見せてやるつもりでした。雌狼の内臓をえぐり、地上に戻ることが叶ったら兵隊を掻き集めて、フェイたちも同じ目に遭わせてやるつもりでした。手を触れられないところにいるフェイについては巣穴に油を流し込んで火を点け、それから塚をぼろぼろに破壊して大地に塩を撒《ま》いてやるのです。

一方、雌狼のほうも刃の脅威に気が付きました。ボルウェインよりも先に辿《たど》り着いてあれを払い飛ばしてしまえば、ボルウェインにはもう彼女に対抗することなどとてもできないでしょう。雌狼は人間らしさを帯びたその目で、死んだ子狼たちの頭を、そしてボルウェインの放った狩人たちに積み上げられて灰にされた群れの仲間たちの死体を見てきたのです。彼女はボルウェインが犯した罪への贖《あがな》いとして、彼をたっぷり時間をかけて喰らってやるつもりでした。指や爪先から始め、だんだんと残りを喰らっていくのです。頭だけを残して。雌狼は暗闇に包まれたこの場所に残る自分の臭いを嗅ぎ取っており、また地上に戻れる自信がありました。ボルウェインの首をくわえて森に引き返し、自分の住処の上に伸びた枝に吊り下げて生涯の記念として、己が死ぬときにはそれを見上げながら逝くのです。

そうしてボルウェインは渾身の力を出し、雌狼は鎖を引き、不安を煽られた瓶の昆虫が激しく羽ばたきました。小さくて瓶に閉じ込められていようとも、観察力の鋭いこの昆虫は、ペール・レディ・デスがどんな準備をしてきたのかを目撃していたのです。だから何が起きようとしているかを知っており、手遅れになる前にこの牢獄から逃げ出したいと必死だったのです。

63

Dreor

（古英語）

血、流血

執事は初め、閉ざされた大広間のドアの向こうで起きたできごとを口に出して話すことを渋っていましたが、デンハムが手にしたポニャード（中世の短剣。レイピアと対になる形で使用された）の切っ先を顎《あご》の下の柔らかな部分に突きつけられ、話さないのならこいつで開けた穴から舌を引き抜いてやるぞと脅《おど》されると、ついに観念して口を開くことにしました。ボルウェインが忽然《こつぜん》と姿を消していたのが奏功したのです。執事はフェイが己の主人よりも頭が切れることが判明してしまった今、命を守るためにはもはやすべて洗いざらい話してしまうしかないと悟ったのでした。こうして五人の貴族たちが辿った運命も、ボルウェインとフェイとの同盟関係も、その同盟が結ばれた理由——つまり富と権力をより強固なものとすること、そして雌狼を引き渡してもらう約束——も、何もかもが白日の下に曝《さら》されたのです。ボルウェインが今どこにいようとも、自分が交わしてしまった取引を悔やんでいるのは疑いようもありません。

「要するに、ボルウェインは自分が貴族たちを裏切ったように、フェイどもに裏切られたというわけか」デンハムは、誰にも盗み聞きされる恐れのない塁壁《るいへき》の中を、木こりとふたりで歩いていました。彼は確かにボルウェインの元帥ではありましたが、人を殺《あや》めたり、子供を喰らう化けものと契約を交わしたりするために引き受けたわけではないのです。それに彼は、城壁の中にいるすべての人々の安全を任された衛兵隊長でもあります。客人たちが殺害されたというのは屈辱的なできごとでした。「フェイどもは裏切りは働かん」木こりが言いました。「欺《あざむ》きはするが、ちゃんと注意を払っていなかった者にだけだ。用心深い者は餌食《えじき》にならず、軽率な者や欲に目が眩《くら》んだものだけが餌食にされるのだよ」

「それにしても連中がボルウェインに何を望むというのだ？　せいぜい数人の貴族たち――それにあのボルウェインのやつめもそうだ――の死などで、大した変化も起こせまいに。貴族を殺したところですぐに誰かが取って代わるだけだ。終わりなどあるわけがない」

「まるで失望した革命家のような口ぶりじゃないか」木こりが言いました。「就いた仕事を間違ったのかもしれんぞ」

「守り抜くと誓《ちか》いを立てた人々が殺されてしまったのだ」デンハムは答えました。「君の言うとおりかもしれんな。だが、まだ質問の答えを貰《もら》っていない。フェイどもは何を望んでいるんだ？」

背後で開かれた窓の向こう、遠くで続く坑道作業の炎が上がり夜空を照らしました。ボルウェインはどんどん深く掘るのだと話していましたが、一方ではその作業の拡大についても口にしており、自室の壁に飾られた大きな木彫りの彫刻の横に、今後の開発計画がある地点が記された地図がかけられているのを木こりも目にしていました。

フェイは人間に掘られるのを嫌います。フェイは人間がまったく好きではないのです。

「やつらめ、坑道を住処の傍まで掘らせて、そこから入り込んでくる気だな」木こりがはっとしました。「坑道の連中が危ないぞ」

64

Hell-Træf
（古英語）

地獄の宮殿

セレスとミヤマガラスは、壊れた砂時計があるあの部屋にやってきました。床には中からこぼれた頭蓋骨の破片が散らばっています。ねじくれ男の王国の中心部に来たのです。砂時計から最後の頭蓋骨がこぼれ落ちた瞬間、ねじくれ男の命に終止符が打たれたはず。なのになぜ、まだ終わっていないのでしょう？

ミヤマガラスは壁の下に口を開けた穴の横で待っていました。穴はまるで排水溝の入口のような形をしていましたが、事実床に掘られた排水溝はそこで途切れており、松明の炎に溝が黒々と浮き上がっていました。

昔は赤く流れていた血が、古びて黒くなったんだわ。セレスは胸の中で言いました。

彼女が目の前にひざまずくと、ミヤマガラスはそれを合図に穴の中へと飛び込んでいきました。

「私じゃ入れないわ」セレスは言いました。本当は、ちょっときついものの入れそうだったのですが、入りたくなかったのです。気が遠くなるほど時間が流れているはずだというのに、穴からはまだ血肉の混ざった排水みたいなひどい臭いがしています。ですがミヤマガラスは彼女の文句を聞くやひと声鳴いて、払い飛ばしてしまったのでした。肩をすくめる動作に擬音をつけるとしたら、きっとこの鳴き声に似た音になるはずです。

セレスは背筋を伸ばして少しでも綺麗な空気を胸いっぱいに吸い込むと息を止め、穴に体をねじ込みました。目の前に松明を突き出し、岩に囲まれてゆっくりと下っていく穴を照らします。穴は肩幅ぎりぎりの狭さでしたから、セレスは途中でつかえてしまい、飢えて体重が減るまで進むことができなくなってしまう気がしました。まるで悪夢に出てきそうな状況でしたが、セレスは取り乱さないよう自分に活を入れました。地の底にいるだけでもすでに状況は最悪だというのに、そのうえ閉じ込められてしまう危険まであるのです。こんな死にかたなど、セレスは絶対にごめんでした。

嫌になるほど体をよじり、あちこちに擦《す》り傷を作った末、セレスはようやく穴をくぐり抜けました。洞穴が広くなるまでの十五フィートは腹ばいになって進んでいくしかなく、それから中腰で進んでからようやく直立で歩けるようになったのです。岩も様変わりしてずっと平らになりましたが、その表面には銃身に残るような条線が付いていました。あまりにも滑《なめ》らかなものですから、いったいこんなトンネルがどうやって作られたのかセレスは不思議に思いました。その答えは、今のところいちばん大きな洞窟に入ると明らかになりました。天井はとてつもなく大きな大聖堂のように高く、城の近くに延びる坑道と同じく石そのものが放つ柔らかな光に照らされているうえに、壁に取り付けられた台座では松明も明るく燃えています。セレスの目の前には巨大なイモムシか蛇《へび》の干からびた皮膜があり、朽ちてなお、さっきの壁と同じような模様が残っていました。セレスにはどれほど昔に死んだのか想像もつきませんでしたが、この怪物がかつて岩を掘り進んだのは間違いありません。空洞の壁に同じような大きさの穴がいくつも開いているのに気づき、セレスはどれもやはりずっと昔にできた穴でありますようにと心の底から祈りました。どんなものを食べるイモムシなのかは知りませんが、ピンピンしている姿に遭遇したいとはとても思えません。軀《むくろ》の傍には地下水路があり、この地底世界ができたばかりに切り出されたとおりに流れていました。

　トンネルの壁とはちがい、この空洞の壁はでこぼこしていました。セレスは手近なあたりに光をあててみて、その理由をすぐに悟りました。彼女が立っているのは骨で――数えきれないほどの骨で――飾り立てられた大広間だったのです。柱や拱廊《きょうろう》、コーベルやリンテル（コーベルは補強のために壁から張り出した装飾で、持ち送りとも呼ばれる。リンテルは古代の建築に見られる、ふたつの支柱に水平に渡されたブロックのこと）、さらには複雑な装飾が彫られたバルコニーや螺旋階段まで骨でできているのです。

　見上げるような高座には骨の玉座がひとつ置かれており、十三脚の骨の椅子に囲まれた骨のテーブルもありましたが、どの椅子のてっぺんにも人の頭蓋骨が飾られ、その周りにはこの地底には決して昇ることのない太陽の光線のように、何本もの大腿骨《だいたいこつ》が並べられていました。テーブルの上にはロースト・チキンがまるまる一羽分、林檎《りんご》や梨や葡萄《ぶどう》がたっぷり入ったボウルがひとつ、そして水差しがひとつ置かれていました。木皿がひとつ、銀のナイフとフォーク、そして空のグラスが並び、ひとり分の席が用意されています。

「食いなよ」あちらこちらから聞こえるようにもどこからも聞こえないようにも響く、不思議な声がしました。「腹が減ってるだろう」

　セレスはきょろきょろと見回しましたが、声の出所は分かりません。

「誰？　どこにいるの？」

「わしのことは知っているだろう？　じゃなきゃあのカラスに付いてきたりなんぞするもんかね。わしの居所なら、そうだな、ここだよ――肉体はなくとも魂になってな」

　なにか風のようなものが、古い本の匂いを引き連れてセレスの顔を通り過ぎました。

「姿が見えない相手とは話せないわ」セレスが言いました。

「自分の世界じゃあ、いつもやってるじゃないか。こっちとどう違うんだ?」

「じゃあ言いかたを変えるわ。見えない相手と交渉はしないわ」

「おやおや」声が言いました。「わしらは交渉をしてたのかい?」

「私をここに連れてきた目的があるはずだわ。私の何かを欲しがるってことは、見返りに何かを差し出す気なんでしょう? じゃなきゃ、そんなに強気なわけがないもの。そうじゃない?」

笑い声が響き渡りました。

「お前が幼く無知なのは見かけだけだと、わしまでちょくちょく忘れてしまうわ。よし、じゃあ交渉しようじゃないか」

「あんたが姿を見せるまでは駄目ね」

「調子に乗るなよ!」脅すような声がしました。「お仲間から遠く離れて、地の底に閉じ込められているのを忘れるなよ。取引をするからといって、どちらの立場が上か思い知らせる必要があれば、わしは貴様なぞ好きなだけ痛い思いをさせられるんだぞ」

セレスは諦めました。面倒な男と付き合う方法はひとつだけではありません。すべての女性がそれを学ぶのです。

「姿を見せていただけないでしょうか」セレスはしおらしく訊ねました。「お願いします」

「本当にそうしてほしいのか?」

「本当です」

「なら、その礼儀に報《むく》いてやるとしよう――」

あたり一面から物音がしはじめ――地面を引っ掻くような細かい音を立てながら、何かが蠢《うごめ》く音です――大きなヤスデがセレスのブーツの上を突っ切りました。彼女はそれを影の中に振り落としましたが、ヤスデはすぐにまた戻ってきました。今度は兄弟や姉妹、そして甲虫、ゴキブリ、蟻《あり》、百足《むかで》、ハサミムシ、紙魚《しみ》、サソリも引き連れています。何百匹、何千匹、何万匹という多足類が、一箇所を目指して集まってこようとしているのです。虫たちが集合して塊《かたまり》になると、そこに胴体が、腕が、そして首と頭ができ、丸々と太った黒い蜘蛛《くも》たちがねじくれた帽子を形作り、その帽子の下に付いた顔にはふたつの目や卑《いや》しい口のような穴が口を開けました。

なんということでしょう。あのねじくれ男が復活してしまったのです。

「これで満足かい？」

セレスは吐き気を催しつつも、なんとかそれを隠しました。

「何もないところに向かって話してるよりも、こっちのほうがいいわ」彼女は言いましたが、本心は逆でした。

「握手をしようじゃないか」ねじくれ男が言いました。「互いの誠意の証だよ」差し出したその手は五匹の太ったサソリでできており、尻尾が指に、その先についた棘が爪になっていました。

「そんな必要、ないと思うけれど」

ねじくれ男がまた笑いました。

「お前を気に入ったぞ。合意に達することができなくとも、手元に置いて楽しんでやってもいいぞ。そしてすっかり飽きちまったら、お前もわしの骨の蒐集《しゅうしゅう》物に加え、頭蓋骨には永遠にわしへの微笑《ほほえ》みを浮かべてもらうのさ。お前も他の小童どものように生意気なようだから、そのときが訪れるのはずっと早いかもしれんぞ」

サソリの指がテーブルをさしました。

「さあ、食事を用意してやったのだ」

テーブルでは無数の昆虫たちがねじくれ男の命令を無視してごちそうにむしゃぶりついていました。特にチキンは大量の虫が群がっています。

「食欲がなくなったわ」セレスはそう答えましたが、実はたくさんおとぎ話を読んできたものですから、何かの魔法にかかることを恐れていたのです。とんだ愚か者だけが、こんなごちそうにありつくのです。

ねじくれ男の唇《くちびる》を象《かたど》っていた甲虫たちが、失望の表情を作りました。

「どれもこれもゴキブリどもが特別に、厨房からくすねてきたものばかりよ」ねじくれ男が言いました。「ごらんのとおり無駄にはならんだろうが、下僕どもが毎度毎度、こんな火の通った飯を欲しがるようになったのではたまらんな」

話している間《あいだ》にもねじくれ男の体はもぞもぞと蠢いていましたが、これはその体を形作っている虫や蜘蛛《くも》たちがじっとしていないせいだけではないとセレスは感じました。この肉体を維持するのに……小さな虫たちをまとめてひとつの意識体を顕現させるのに、ねじくれ男がどれほどの労力を費やしているかが分かるのです。下半身は、這いずり、混乱し、諍《いさか》い合う虫けらたちが群れ集ったままですし、上半身もほんの刹那《せつな》気を抜いただけであっという間に崩壊してしまいそうです。

「挨拶も済んだようだし、仕事に取り掛かりましょう」セレスが言いました。「私に何を望んでいるの？」

「解放だよ。この世界から出してくれ」

「そして、見返りに私には何を？」

「お前の物語に幸せな結末を与えてやろう」ねじくれ男が答えました。「約束するとも。娘をお前の元に返してやる」

65

Coffen

（コーンウォール語）

口を開けた、深く狭い坑道

ボルウェインは短剣に迫っていました。もう少しで手が届きそうで、指先が柄《つか》をかすめるほどでしたが、二歩進もうと思ったとたんに一歩後退し、また短剣から遠のいてしまうのです。一方雌狼はといえば、己を繋ぐ鎖にだんだんと苛立ちを募らせてきていました。内に棲まう獣が人間を凌駕《りょうが》し、理性は本能に支配され、鎖に噛みつきたい衝動がまた沸き起こっていたせいで、雌狼は歯を砕き、口からだらだらと血を流していました。

ボルウェインは鎖を引っぱると、ひとつ、またひとつ、そしてまたひとつと新たな環が出てくるのを感じました。指先がもう一度、短剣に触れます。ボルウェインは息を止め、こわばった体をほぐし、じわりと前進しました。今度は鎖が巻き戻ることもなく、ボルウェインの手が短剣の柄にかかりました。瓶の中ではあの羽虫が取り乱したように激しく暴れ、放つ光が青から燃えるような白へと変わっていました。

まだ鞘《さや》に納まったままの短剣を、ボルウェインが取り上げます。意外なほどにずっしりと重く感じられましたが、顔の前にそれを掲げてみた彼は、鞘もまた鎖に繋がれており、石畳の床の下へと消えているのに気づきました。さっき感じたのは重みではなく、この鎖を伝わってくる反発力だったのです。ボルウェインはもう鎖のことなど気にせず、短剣を引き抜きました。そのとき、隠された機械が、秘めた仕掛けが作動を始めたのです。

フェイたちは人間の基準で何年もかけて準備をしてきました——岩の弱いところを探して、機械仕掛けを組み込んだのです——もっとも、時間がゆっくりと流れるフェイたちにしてみれば、それでも大急ぎしているか、刹那の衝動に従っているかのように感じられたのですが。ボルウェインの首輪がはずれましたが、自由の身になったのは雌狼のほうも同じでした。万魔殿《パンデモニウム》の坑道の奥底に、地響きが起こりはじめました。

ボルウェインの兵士たちの力を借りて坑道の最上層を制圧したとたん、木こりは最初の振動を感じました。何度も角笛が鳴り響き、下層から逃げ出そうとしている作業員たちを呼び寄せています。自分の足で炭鉱を逃げてくる者、長い梯子《はしご》を登ってくる者、檻《おり》に入って牛馬に引っぱり上げてもらっている者もいます。振動で壁や地面にひび割れができてぱらぱらと小石が落ちてきました。牛馬はさらに必死に逃げ、鉱山労働者たちは取り乱しはじめています。

「とても全員など助け出せんぞ」デンハムは木こりの横で、突如現れたこの惨状を見つめました。

「誰ひとり助けられなかったかもしれんのだ」木こりが声をかけました。

「もっとひどい事態になっていたとでも?」

黒々とした岩の天井の一部が大きなひと塊になり、ついに崩れ落ちました。昇ってくる鉱山労働者たちの横をかすめながら、足場を、構台を巻き込み、そこを進んでくる人間を、小人を、動物もろとも地の底へと道連れにしていきます。

「ひとりでも助けられればましというものよ」木こりが悲しげに答えました。

66

Angenga
（古英語）

孤独な彷徨《さまよ》い人、ぽつねんとした者

カーリオは排水溝を抜け、イモムシの通り道の出口まで進むとそこでかがみ込み、セレスと古《いにしえ》の怪物の話に耳を傾けていました。

ドライアドはあの少女が自分を賢いと思っているのを知っていましたが、ねじくれ男は悪知恵が働きます。そして悪知恵が働く者は、いつでも賢い者を出し抜くものなのです。狡《こう》猾《かつ》さが血管を流れているあのフェイよりもねじくれ男がなお狡猾だからこそ、ペール・レディ・デスも欺《あざむ》かれては敵《かな》わないとばかりに取引しようとしなかったのです。

ねじくれ男とフェイの契約は実に単純なものでした。ねじくれ男は異世界を去り、フェイ——人間やループ、そして他のあらゆる生きものと同様に彼が迫害した種族です——は彼を止めることも、自分たちに対して犯した数多《あまた》の罪により罰することもしない、というものです。ねじくれ男が立ち去れば、フェイはいよいよ人間だけと対峙《たいじ》することになるのです。

ですがねじくれ男がこの世界を去って契約を守るにはセレスの助けが必要なようですし、もしセレスが死んでしまえばねじくれ男に力を貸すこともできなくなってしまいます。カーリオの毒袋には、セレスの身動きを奪い、乾燥した快適な住処に連れ去るにはじゅうぶんな量の新しい毒が、ずっしり重くなるほど入っています。ほんのひと仕事しさえすればフェイとあの娘の両方に報復できるだけでなく、ときに気が向けば燃え盛る松明《たいまつ》を振りかざして彼らの名を呼びながらカーリオを狩りにやってくる――危うく火炙《ひあぶ》りにされかけたのをすんでのところでかわしたのも、一度や二度ではありません――ねじくれ男の邪魔立てをすることさえできてしまうのです。

かつては心優しかったこの怪物には、それほどまでに強い怒りと、そして深い悲しみが宿っていました。この両者はよく繋がっており、片方がもう片方に養分を与えているものなのです。ですが、カーリオはそんなふうにはできていません。カーリオは朽《く》ちた木から生まれたドライアドではなく、フェイたちが現れたばかりのころ、強さの象徴である木、ポプラの若木から誕生したのです。だからこそ、他のドライアドが死に絶えてなお、カーリオだけは生き残ってこられたのかもしれません。しかし種族最後の一匹になるということは孤独の呪いを受けることです。生命力の強さには、代償が付きものなのです。カーリオは同胞たちが一匹、また一匹とこの存在の地平から消えていくのを感じ、そうして古のドライアドが一匹失われるたびに、旅立ったその魂がカーリオの小さく、そして悲しい胸の中に入り込み、そこに住み着いたのです。そしてカーリオは同胞たちの魂が抱えた想い、つまり後悔や切望を抱《いだ》いて孤独に過ごすうちに、彼らが――遠い昔には彼女でしたが――何者であったかを何もかも忘れてしまったのです。

ですがねじくれ男と娘に忍び寄って襲いかかる瞬間を探っていたカーリオは、どこかすぐ傍《そば》から漂ってくる臭いに動きを止めました。焦げた木の臭いとともに、口笛のような音が聞こえます。よく耳をそばだててみると、遠くから響く悲鳴のような音でした。

左を見ると入口が蜘蛛《くも》の巣で覆われた、別のイモムシの通り道が見えました。臭いと悲鳴はその奥から届いてきます。カーリオはセレスとねじくれ男を残していくのに躊躇《ちゅうちょ》しましたが、未知への好奇心はあまりにも強烈でした。すべてのものには目的があるものです。セレスにとってはねじくれ男との対決が最終目的であったのと同じように、カーリオがこの地の底まではるばる降りてきたのにもちゃんと理由があったのです。カーリオは、多くの者たちの希望をくじくことこそが己の目的だと思っており、この地下通路に踏み込んでもなおその想いが心の最前面から離れることはなかったのですが、彼らの物語は別の終末へと向かっていく運命なのでした。

そしてカーリオが通路を進んでいくにつれて臭いは強く、音は大きくなり、ついに大きさも作りも礼拝堂によく似た大きな空間に出ました。ですが、家具は何も置かれていません。カーリオはそこに足を踏み入れると、凍りついたように固まって立ち尽くしました。ゆっくりと、静かに、その両目に樹液の涙が溢れます。

カーリオは今、なぜ自分が己の種族の最後の生き残りになったのかを理解したのです。

67

Wrecan

（古英語）

復讐する

岩屋では、ボルウェインと雌狼《めす》の死闘に決着がつこうとしていました。どちらとも、深刻な傷を負っています。雌狼は何回も刺されていましたがそれでもまだ立っており、敵を脅《おびや》かしていました。デンハム元帥同様彼女も数多の戦いをくぐり抜けてきた歴戦の勇士で、目に見える傷などは毛皮に隠れた傷に比べればほんの一部にしか過ぎないのです。ですが、ボルウェインが放った一撃が右の肺《はい》を貫いており、思うように呼吸ができませんでした。もう彼女に残された時間は多くありません。

一方ボルウェインのほうは、半身がまともに動きませんでした。ルナ狼の牙により左腕の肩から肘《ひじ》にかけて生肉が剝《む》き出しになってしまうほど強烈な一撃を受け、前腕の骨が二本とも折れてしまっていたのです。そのうえ左のももにも嚙みつかれ、握りこぶしほどの肉をえぐり取られており、そこから夥《おびただ》しい血が流れています。もはやまともに立つこともままなりませんが、倒れようものなら狼は一気に襲いかかってくるでしょう。だからボルウェインは怪我に触れさせないようにしながら壁にもたれ、体を支えていたのでした。

混沌の轟音《ごうおん》が四方八方から轟《とどろ》き、闘い合うふたりは塵《ちり》にまみれていました。遠くのほうで人間や小人の悲鳴が、そして動物たちがあげる苦悶《くもん》の鳴き声が聞こえるように、ボルウェインは感じました。何が起きているのか、彼には分かっていました。鉱山が崩壊しているのも。そして、その崩壊の引き金を引いたのは自分自身なのだということも。この岩屋での行動も――鎖を引っぱり、鎖に繋がれた短剣を手に取った行動です――そしてそれよりも前、彼がまだ自分の計略でフェイをいいように操れると思い込んで取った行動もそうです。その結果、より狡猾に自分のほうが操られてしまったのです。それでもなおボルウェインは、約束のものを与えられなかったと不平を言うわけにはいきませんでした。フェイたちは五人の貴族たちを消し、雌狼を差し出し、万魔殿《パンデモニウム》の坑道は彼ただひとりのものとなり、そのうえ彼の墓標にまでなるのですから。ですが死は免《まぬが》れぬにせよ、ボルウェインはその前にルナ狼の死を見届けねば気が済みませんでした。

「かかってこい」彼は雌狼を煽りました。「余が血を流して死ぬのをただ待つか、それとも己が始めた戦いに自分の手でけりをつけるかだ」

ルナ狼の口からは、血とよだれが滴《したた》っていました。ですが彼女の牙をボルウェインが恐れているのと同様に彼女も彼の刃を恐れていたので、ふたりとも互いの攻撃の届かぬところに立ち尽くすばかりなのでした。ルナ狼はあとずさり、まるで自分の足につまずいたかのようにふらつきました。ボルウェインは、その機を逃しませんでした。彼女の心臓めがけて短剣を振りかざし、一気に襲いかかったのです――

ですが、ふらついたのは雌狼の謀《はかりごと》だったのです。ボルウェインの刃が空を切ります。体勢を崩したボルウェインが柔らかな肉と毛皮ではなく、硬い石の地面にどうと倒れます。信じがたいほどの激痛に襲われ、ボルウェインの心が痛みから己を守ろうとした刹那《せつな》、意識が飛びました。

ボルウェインは仰向けに転がりました。恐ろしくて動けず、目も開けられぬ彼の顔で、生ぬるい雫《しずく》がぽたぽたと弾けました。そしてボルウェインがついに瞼《まぶた》を開くと、自分を見下ろすルナ狼の姿が見えたのでした。短剣をかざそうとしたボルウェインの手を、雌狼が左手で岩屋の床に押し付けます。

ボルウェインの戦意が完全に消え去りました。終わったのです。

「あやつは余もお前も謀《はか》ったのだ」ボルウェインは雌狼に言いました。「さあ、望むなら勝利をくれてやろう。取っていけ」

ルナ狼は大きく口を開けてボルウェインに覆いかぶさると、ゆっくりと、優しく、ボルウェインの喉笛を切り裂きました。

68

Eaxl-Gesteallas

（古英語）

親友、最愛の仲間

　セレスには言葉が見つかりませんでした。ねじくれ男は、本当にフィービーを返してくれる気なのでしょうか？

「疑っているのだな？」ねじくれ男が口を開きました。「まあ無理もないさ。いいかい、娘の物語はまだ書かれ続けているんだよ、お前の物語と同じようにな。医者どもも、あの子の友達も……そして肝心のお前も絶望の縁《ふち》に立っているときにはそいつを忘れて、あの娘が二度と目覚めぬ結末を勝手に決めつけちまっているのさ。王子様がやってきてひざまずいたり、もう少し仲睦《なかむつ》まじい行いをしたりして魔法を打ち破ることなど決してない結末をな」

　ねじくれ男の左目に開いた穴でゴキブリが蠢《うごめ》き、下劣にウインクをしてみせました。セレスは考えるよりも先にひっぱたいていましたが、その手は群れ集う昆虫たちの脚を、甲羅を、触覚の間《あいだ》を虚《むな》しく通り過ぎてしまいました。ねじくれ男の顔がまた元通りに戻り、セレスの手には昆虫に噛まれたり刺されたりした痕だけが残りました。ねじくれ男は申し訳なさそうに両手を見せ、あとずさりました。

「おっと、許しておくれ。今のはちと言葉が過ぎたな、睡《ねむ》れる娘を前にした見目麗《うるわ》しき王子どもみたいにな。まったく男どもとは、品性下劣な生きものよ。わしらの取引が満了してお前の娘が目覚めたとしたら、男どもには気をつけろとよくよく警告してやるんだぞ。そういうことなら、わしも娘に手を貸してやろう」

「何もかも思いどおりになんて、いくと思ってるの？」セレスはようやく言葉を取り戻しました。

「では、お目にかけてやるとしようか」ねじくれ男はそう言うと、もっとも古く、もっとも深く、そしてもっとも暗いイモムシ穴に向かって歩きだしました。「おいで。誰も見たことのないものを見せてやる」


カーリオもまた、ねじくれ男が作り出した、他に誰も知らない秘密の目撃者になろうとしていました。その秘密とは、黒く焦げてよじれた木で作られた礼拝堂でした。一本一本の材木のどれもが、炎に焼かれたドライアドだったのです。すっかり見違えてしまってはいても、カーリオには見覚えのある者も見当たりました。夏になると幹にピンクの薔薇《ばら》の花を咲かせるアカンサ、月桂樹のダフネ。湿地のエロディ、そして山のオレア。多くは年旧《としふ》りた者たちばかりでしたが他の者はみな新しく育ち、ほとんど指先を芽吹かせもせずに儚《はかな》くなってしまった者たちでした。みな顔が外を、手脚が内を向くよう入念に配置されているせいで背後の壁はちらりとも見通せず、そのせいで礼拝堂は焼け焦げた木だけで建てられているかのように見えました。その眺めだけでもカーリオにしてみれば侮蔑的でしたが——木々とは命を持つ生命体であり、死してなお生きているときと変わらず尊重されるべきだからです——これはただの木ではなく、この大地と深い結びつきを持つ古の精霊たちの残骸《ざんがい》なのです。それが、こんな運命を辿《たど》ってしまうとは。気が遠くなるほど長い命を持つ怪人の娯楽のために焼かれ、滅びゆくその姿を男が暇つぶしに思い出すことができるよう、迷宮の部屋の飾りものにされてしまったのです。

まだ壊れずカーリオの中に残っていたものが、とてつもなく長い孤独を彼らに耐え忍ばせてきたものが、ついに断たれました。束の間、彼らは何者でもなくなり、古い自分が消滅して新たな自分がそこに取って代わる準備を始めました。消滅、暗闇、死……そうした無のものから成る新たな自分です。変容を終えたカーリオはもはやただの彼らではなく、彼らよりも強く無慈悲な者の手により苦しみを与えられたすべての存在となっていました。娯楽のために狩られたすべての動物になっていました。男に踏みにじられたすべての女たちになっていました。大人の餌食《えじき》にされたすべての子供たちになっていました。飢えて苦しんだすべての幼子たちになっていました。残酷な他人に搾取《さくしゅ》されたすべての生命になっていました。もはや種の違いなど関係ありはしません。苦痛というものは普遍的なものであり、ひとつの種に与えられた痛みはすべての種に与えられた痛みだからです。カーリオの憤怒《ふんぬ》は純粋で、優雅さすら備え、とてつもなく巨大な業火のように恐ろしく、すべてを飲み込む激しさを宿していました。

カーリオは、すぐ横の壁で爆《は》ぜる松明に目をやりました。彼らは兄弟や姉妹と同じように、これまでの生涯ずっと炎を避けてきました。ですが結局はみなひとり残らず炎に捕らえられ、消滅させられてしまったのです。新たな姿になってなお、カーリオは全身からすべての勇気を掻き集めねばなりませんでした。

そして彼らは、松明を握りしめたのです。

69

Ærgewinn
（古英語）

古の憎悪

　デイヴィッドとバアコは肖像画の裏に隠された通路を抜けて、再び城に戻りました。道すがらフェイたちにまったく遭遇しなかったのは幸運というものでした。赤ちゃんたちが坑道を運ばれるのを嫌がり、絶えることなく小さな泣き声を漏らし、不満を訴え続けていたからです。

　ふたりは窓辺で足を止め、月明かりの中逃げ惑う人々を、動物たちを眺めました。労働者やその家族が、助けられるだけの家畜たちを連れ、すぐ目の前に迫った万魔殿《パンデモニウム》の坑道と、付近に掘られた他の鉱山の崩壊から逃れようとして、怒《ど》濤《とう》のように逃げていくのです。太鼓の音のように不規則な音がふたりの元にまで響いてくるたび、それに合わせて城壁が振動します。坑道でも振動は感じましたが、ふたりには原因が分かりませんでした。ですが、もう違います。

　下層から上層に戻るまでの間、ふたりに注意を向ける者はひとりもいませんでした。みな坑道のことが気がかりで、崩壊が城やその周囲にまで及んでしまうのではないかと不安でたまらなかったからです。万魔殿《パンデモニウム》の坑道まではだいぶ距離があるものの、ねじくれ男がいた当時から洞穴や洞窟が入り組んだ上に城が建てられているのは広く知られているところでしたし、鉱山作業や城の建築作業の間に見つかったのは、ほんの一部でしかありませんでした。ですから万魔殿《パンデモニウム》の坑道から逃げ出す鉱山労働者たちと同じように砦《とりで》の住人たちも家を捨て、危険な区域からできるだけ離れようと急いでいるのでした。城そのものの内部まではまだ混乱も届いていませんでしたが、それも時間の問題なのをデイヴィッドは感じていました。壁のひび割れひとつ、中庭の陥没《かんぼつ》ひとつで、今はただ張り詰めているだけの城内の空気は一気に破裂してしまうでしょう。

ですから、ふたりの帰還を願っていた木こりたちとの再会は、彼らにも大きな安堵となりました。ふたりの無事と赤ちゃんたちの元気な姿を見た木こりは、大喜びでした。セレスについては、木こりもまったく期待していないわけではなかったものの、一緒に帰ってくるとは思っていませんでした。

「とりあえず、城はまだ立っておる」木こりは、召使いたちが赤ちゃんの世話を請け負いに来るとふたりに言いました。「ここからは、フェイどもがどんな手を使って坑道を崩壊させる気かにかかっているな。わしの勘では要所要所を破壊して全体を崩すつもりなのだろうが、やつら、もしかしたらタイミングを誤ったのかもしれんぞ。確かにすでに死者は出ているが、もし崩壊がもっと急に起きていたならば、死者の数はあんなものでは済まなかったろう。目下のところ大勢の鉱山労働者たちが避難を済ませているし、残りの者たちも無事に逃げ延びられそうだ。ともあれフェイどもにとって最大の狙いは鉱山労働者たちの殺害ではなく鉱山の破壊だよ」

「もしそのとおりなら、なんでブライスって女の人と娘さんを殺したり、バアコの村を襲撃したりしたんだろう?」デイヴィッドが首をひねりました。

「フェイどもの魔法に対抗できる力を持つ者たちを根絶やしにするのが狙いよ。要するにこの崩壊は、さらに大きな戦略に向けての第一歩にしか過ぎぬということさ。彼らのような力を持つ者を失ってしまえば、その痛手たるや、坑道崩落の比ではないぞ」

「母さんはどうしたの？」バアコが身を乗り出しました。

「知らせてやれることがあればいいんだがな」木こりは首を横に振りました。「父上か仲間から報せがあるまで待つしかないんだよ。ハルピュイアにさらわれた母上を、彼らが探しに行っているんだ」

バアコはうなずきました。

「まあ、なるようになるさ」

フェイたちに虐《しいた》げられたうえに休まず坑道を歩いてきた疲れのせいで——もしかしたら、母親はもう苦痛すら感じなくなっているのではないかという直感もあったのかもしれません——バアコは気を失って床にくずおれました。デイヴィッドは木こりにも手を借りてバアコを立たせました。そして意識のないままのバアコを連れ、馬の用意をしに急いだのでした。もう城を捨てなくてはいけません。ふたりにはセレスの無事を祈ることしかできませんでした。

70

Scima
（古英語）

光、まばゆさ

ねじくれ男がセレスを連れ込んだイモムシ穴は、先に進むにつれてどんどん広くなっていき——円周二十フィート、三十フィート、そしてついに四十フィートにもなり——やがて木で作られた巨大な両開きの扉の前で途絶えました。セレスには扉が天井よりも高くそびえ、まるでねじくれ男の隠れ家とは別の次元に存在しているかのように見えました。

「本は好きか？」ねじくれ男が訊ねました。

「ええ」セレスはうなずきました。偽る理由は何も思いつきません。「生まれてからずっと、本に囲まれてきたわ」

「物語もかい？　知ってのとおり、本と物語は同じではないのでな」

　まるで子供のように、興奮が抑えきれぬ声でした。昆虫たちが這いずり、刺し、噛みつき、蠢き、ねじくれ男の姿がさらにおぞましく変わります。

「ええ、そのとおりだと思うわ」

「本は家のようなものさ」ねじくれ男が続けました。「そして物語はそこに住まう住人よ。物語のない本に魂など宿らんさ。それをよく理解しておけよ。じゃなきゃわしがこれから見せるものもまったく無意味になり、わしらの話も、そしてお前の命もそこでおしまいなのだからな」

「よく分かってるわ」セレスはうなずきました。「ずっと物語が大好きだったんだもの」

「わしもだよ」ねじくれ男が答えました。「わしにとって物語とは、いわば生涯の仕事のようなものでね」

彼は束の間、絡《から》まり合う百足たちでできた指を一本立て、とても優しく片方の扉に触れました。

ふたりの前でゆっくりと、音も立てずに扉が開いていきます。

「さあ、入れ」ねじくれ男がセレスのほうを見ました。「世界を知るのだ」

セレスは扉の向こうに足を踏み入れました。


地下通路のドアもありえないほど高く見えましたが、その先に広がる空間は距離や大きさの概念すら超越してしまっていました。せいぜい幼いころのセレスの部屋ほどの大きさしかないはずだというのに見渡す限り遠くまで、そしてさらにその先にまで――上下にも、左右にも、そして斜めにも――数えきれないほどの書架が並んでいるのです。ですが事実、ここは彼女が使っていた子供部屋なのでした。壁も、擦《す》り切れたカーペットも、衣装ダンスも、曾《そう》祖母の鏡が置かれた化粧台も、子供のころから思春期が終わって大学に入学するまで睡《ねむ》っていたシングルベッドも憶えているとおりです。ベッドの横の壁と天井には、同じポスターまで貼られています。今は父親になっている愛らしい人気歌手や、今はもうこの世にいないハンサムな俳優たちのポスターです。ですが彼女が壁に触れようと手を伸ばしても決して届かず、一歩近寄るとその分だけ壁も遠ざかってしまうのです。ここは無数の本を収めた無限の空間を――もしくは無限に近い空間を――内包する無限の部屋なのです。

「すべての本はそれぞれが独立した世界なんだよ」ねじくれ男は、まるで彼女の心を読んだかのように言いました。「数えきれないほどの世界が、こんなにも小さな部屋にしまわれているのさ」

「でもこれは私の部屋じゃないでしょう？」セレスが言いました。「ただの幻だもの」

「こいつは気に入るかな？」ねじくれ男が言いました。そして二匹の甲虫の頭を飛ばしながらぱちんと指を鳴らすと部屋が掻き消え、セレスが入館を許される年齢になってすぐに母親が連れていってくれた地元の図書館に変わりました。彼女は厚紙で作られた貸出券を二枚渡されました。彼女の名前が書かれており、借りたい本の貸出表が差し込めるようになっています。その本がひととき彼女とともに暮らし、彼女が持っているわずかな本たちと二週の間本棚を分かち合うことを表す印のようなものです。ですが返却してしまっても、セレスの元にはその本の何かが残りました。あらゆる読者と同じくセレスもまた読み終えたすべての本によって変容し、彼女の人生そのものが読み終えた本の記録になっていたのです。もし暗い部屋で彼女にブラックライトを当てたなら、彼女の素肌に本のタイトルが次々と浮かび上がり、ねじくれ男が己を象《かたど》るために呼び寄せた昆虫や蜘蛛たちみたいに複雑に絡み合って見えるのかもしれません。

「では、これはどうだ？」

ねじくれ男がまた指を鳴らすと、セレスは地元の図書館より遙かに広く、古紙の黴臭《かびくさ》さが漂う大学図書館の読書室にいました。ですが言いようによっては、非常に小さいとも言えましたが（今までに書かれてきたあらゆる本のごく一部しか収めることができないのですから）、彼女が一冊の本を探してみるとまるで魔法のように目の前に現れたり、何時間かあとにどこへともなく隠された本の山の中から出てきたりするのでした。彼女が一生のうちにどれほど頑張っても、いいえ、千回生きても出会えないほどの存在が、世界が、宇宙が、このたったひとつの建物に収められているのです。子供のころに使っていたあの部屋でさえ、セレスが離れるころには何百冊という本が収められていましたが、その一冊一冊という大宇宙がすべて、もうひとつベッドを置くほどの余裕もないあの部屋に所蔵されていたのです。ねじくれ男の図書館は物理の法則など超越していましたが、そもそもそんなものに縛られている図書館や書店など実在するのでしょうか？

ねじくれ男が最後にもう一度指を鳴らしました。するとふたりはセレスの子供部屋に——もしくはその幻影に——戻っていました。壁に手を触れることも叶わぬ彼女は代わりに手近な本に触れましたが、すると指先から本たちの脈動が伝わってきました。どの表紙も革で（彼女は皮膚《ひふ》なのではないかと感じましたが）、触れれば温もりを感じました。セレスは一冊の本を、本棚から引き抜いてみました。表紙には数字と文字、両方を表すルーン文字が記されていました。名前、もしくはタイトルです。彼女が手に持っていると脈動が乱れ、やがて止まってしまいました。そして何かが焼ける臭いがしたかと思うと、表紙に新しいルーン文字が出現したのです。

「死だよ」ねじくれ男が口を開きました。「ひとつの命が終わり、日付が記されたのさ」

「何を言っているの？」

「すべての命は物語だからな。記念として表紙に刻まれるに値するだろう」

「じゃあこれはどれも——」

「命の記録さ。終わったもの、始まったばかりのもの、そして途中で止まってしまったものもある」

セレスは手にした本を恭《うやうや》しく元の棚に戻し、その魂の安息を願いました。

「フィービーの物語もここに？」

「すべての物語がここにあるのさ」

本棚が動きました。この不意の動きにセレスはとつぜんの吐き気を感じ、もしかしたら動いているのは本棚ではなく自分なのではないかと疑念を抱きました。再び静かになると、セレスはフィービーの部屋で、本棚の傍《かたわ》らに立っていました――彼女が大好きな本がしまわれた本棚に、見たことのない本が一冊ありました。そして薄い青の表紙が付いたその本をセレスが手に取ってみると、微《かす》かな鼓動が両手に伝わってきたのです。

「この本があの子の物語なの？」

「あの娘があの娘の物語なんだ」ねじくれ男が答えました。「お前が手にしているのは、お前の娘だよ」

　顔の前に本を持ち上げて深々と息を吸い込んでみると、フィービーの匂いがしました。まるでキスをしようと病室のベッドに身をかがめるときのように、確かにしたのです。病院で使われていた消毒液の刺激臭さえ感じたのです。

「開いても？」

「お望みなら」

　セレスは本を開きました。乾いた血のような赤茶色のインクでルーン文字が書かれたページが、何枚も何枚も続いています。そして何かしら文字の書かれている最後のページを開いてみると、まるで書き手に何か差し迫った用事ができて放置されてしまったかのように、いちばん最後の文字が書きかけのまま残っているのでした。

「お前の物語もすぐそこにあるぞ」ねじくれ男が言いました。「読みたきゃ読みな。まあ、娘がさらわれてしまったし、読んだところでつまらんだろうがな」

「あなたは？　あなたの本もここに？　あなたの人生だって物語に違いないもの」

　セレスはまたしても動きを感じました。さっきよりもずっと長い間です。やがてようやくそれが収まると、ふたりは書見台に一冊だけ置かれた分厚い本の前に立っていました。何千ページにもわたる長さで、中身や表紙が傷まないよう美しい飾りが彫られた銀の留め具が付けられ、四隅にも金具が付いていています。本は、白紙のページが開かれた状態で置かれていました。ですがふたりの目の前でその空白に、炎に包まれたルーン文字が、つんと鼻を突く臭いを残しながら次から次へと現れはじめたのです。この至聖所を取り囲んでいるものを、セレスは父親の本棚で目にしたことがありました。十二面体のあちこちに穴が開いており、そこから見える景色が絶えることなくうつろい続けているのです。セレスはそこに、自分の世界を――戦争を、戦火を、紛争を、憎悪を、しかし歓喜や慈しみの瞬間をも――そして他の世界も垣間見ました。太陽が誕生し、星々が死んでいく様を。初めて生命が生まれる源《みなもと》となった暗闇を、無を、虚空を。そして光の煌《きら》めきが現れるとそれが文字を形作りはじめました。なぜなら、最初に言葉があったからです。

「これがわしの物語だ」ねじくれ男が言いました。「わしの本だ」

「なんて長い物語なの」

「まあ、わしはとてつもない年寄りだからな」ねじくれ男はそう答えると、セレスが手に持つ本を示しました。「だがお前の娘はとても幼い。その本にはまだまだたくさんのページが付け加えられるだろうよ」

セレスはフィービーの物語を胸にきつく抱きました。

「どうしたら、この子の物語を続けられるの?」

「わしを使うのさ」ねじくれ男が言いました。「娘にはほんの少し命が要る。そしてわしには、差し出してやれる命があるんだ」

セレスは顔をしかめました。

「どういうこと? あの子に命をくれるの?」

ねじくれ男は彼女の周りをぐるぐると歩きました。

「わしはこの世界を立ち去りたいんだ」彼が言いました。「ここはわしもわしの物語たちも、まったく愛してなどくれんからな。ここは物語が作られる場所だが、お前の世界はその物語が生き、伝えられ、分かたれ、書かれ、記憶される場所だよ。わしはそっちに住みたいんだよ。この世界にはもううんざりなんだ。かつてはお前の世界から逃げてきた者どもを利用して支配したものだが、もうそれも過去の話よ。あのガキどもが妬《ねた》ましかったさ。どれほど連中が己の世で迷子になっていようともな。ひとり、またひとりと彷徨い込んでくるたびに、わしの嫉妬もどんどん膨《ふく》れ上がった。今はもはや、ひとつの世界で影に包まれて生きようなどとは思わんよ、よその世界で日輪の下を歩めるのならばな。

だが、そのためには肉体がなくてはいかん。そこで相談だ。ほんの何秒かでいい。わしにお前の娘をよこせ。そうすればお返しに、わしの生命力をいくらか残していってやろう。お前と一緒に戻り、再び扉が開いたならば娘の中にわしが入ることを許すんだ。誰かわしが乗り移れるような幼い者が傍に来るまでは娘の中で過ごし、さっさとそっちに飛び移るとも。そのガキどもが病気なら、わしが治してやる。もし死が迫っているなら、わしが新たな命をくれてやる。わしがそのガキどもを助けてやろうというんだよ、そしてお前の娘もな」

「必ずあの子から出ていくと誓《ちか》うの？　絶対に自分のものにしないと誓えるの？」

「誓うとも」

「蜘蛛で作られた心臓を持つ怪物の誓いなんて」セレスは、ねじくれ男の胸にどくどくと脈打つ黒い蜘蛛の塊を見つめました。「自分の楽しみのためだけに拷問し、殺《あや》める怪物の誓いだなんて」

「そうじゃない。物語を創るために生きる怪物の言葉だ」ねじくれ男が言いました。「それに、こよなく愛される物語の中には残酷なものもあるだろう。苦悩の描かれぬ物語を言ってみよ。わしが、そんなもの語る価値もないと証明してやろう」

「苦痛がないところに、あなたが苦痛をもたらしたんだわ」

「それは、物語以外に重要なものなど、他に何もありはしないからだ。苦難が大きければ大きいほど素晴らしい物語になるが、だからといって幸福な結末が気に食わんわけではないぞ。お前が味わったすべての苦しみのあとで娘の元に帰れるのなら、これ以上の結末などあるまい？」

セレスの足元で地面が揺れました。しばらく前から、何マイルもの距離を越えて届く炸裂弾の衝撃や戦場の爆発のような轟きに気づいてはいましたが、今ほど強い揺れを感じたのは初めてです。

「もう時間がないぞ」ねじくれ男が言いました。「フェイが鉱山を潰そうとしている。その願いの成就も時間の問題だろう。鉱山が崩れたらお前はわしとふたりきりでここに閉じ込められることになるが、その後どうなるか知れば、間違いなく嫌だと言うに決まっているぞ」

「でも、あなただって閉じ込められることになるのよ」

「だが、わしは死なん。お前と違ってな。わしの物語は、説き伏せることのできる別の人間が……わしの申し出を受け入れる者が現れるまで続くことになるのさ――必ずや見つけてみせるとも。問題は欲求なのだ、愛なのだ。どちらも同じものさ、ちょいと考えてみれば分かることよ。きっとお前はじゅうぶんに娘を愛していないから、求めていないから、わしに助けさせる気にならんだけなんだ」

「毒を盛る気、かもね。あの子をあなたに触れさせたいだなんて、思うわけがないでしょう？」

「お前になんの選択肢がある？」

「私には希望があるわ」セレスが言いました。

「希望だと？」ねじくれ男が浮かべた歓喜は、狂気と見分けがつきませんでした。「周りを見てみな。こいつは希望の終わりだよ。お前の希望はここで死ぬんだよ、お前と一緒にな。だが、そうと決まったわけじゃない。最後にもう一度だけ訊いてやる。さあ、わしの手を取れ。握れ。そして声に出して娘の名を呼べば、それで契約は成立だ。言うことを聞かんのなら、お前の折れた骨が日輪を浴びて温まることなど二度とあるまいよ。一方、わしは闇に包まれてこそ力がみなぎり、苦難には苦難の輝きがあるものよ」

また地面が揺れ、無限の書架にしまわれた本たちが慰《なぐさ》めを求めるかのように身を寄せ合いました。壁にかかった松明が次々とひとりでに消え、セレスは心の底から恐怖に震えました。こんな地の底で怪物と一緒に死ぬなど嫌だったのに、その瞬間、彼女はそれに惹かれたのです。

彼女の背後に立つ壁からオレンジ色の光がほとばしり、視界の端からじわりと染み込んできました。セレスが振り向いてみると炎に包まれた何者かが凄い速さで、ねじくれ男へとまっすぐに向かっていくのが見えました。近づいてくるにつれ、激しい炎に包まれていても顔が見分けられるようになりました。カーリオです。すべての命ある者は炎を恐れますが、苦痛と同じように、最後にそれを抱くことを選ぶ者もいるのです。

ねじくれ男を象るものがすべて散り散りに離れカーリオの周囲に散らばりました。そして昆虫が弾けたりサソリに火が移ったりしつつも、ねじくれ男がカーリオの背後に再び現れました。

「復讐を果たしたいのならばちょいと足りなかったな、化けものめ」

ですが肌を焦がし、視界を曇らせ、意識が薄れつつあろうとも、カーリオにはまだ奥の手がありました。狙いはねじくれ男ではありません。ねじくれ男の本なのです。最後の力を振り絞り、カーリオは本の上に身を投げ出しました。瞬《また》く間に本に火が燃え上がります。ねじくれ男はほとんど悲鳴をあげる間もなく全身を炎に包まれました。大きな虫が身悶《みもだ》えながら死に、小さな虫があっという間に灰に変わっていきます。虫たちがばらばらと落ちていき、そこにはねじくれ男の形だけが亡霊のように残りました。まるで空気に捺《お》された烙印《らくいん》のようです。大きく口を開け、声無き悲鳴をあげています。燃え盛る己の本を、長く邪悪な己の人生の終焉《しゅうえん》を、驚嘆したように目を大きく見開いて見つめています。カーリオの体はすでに燃える本と同化しはじめ、ほとんど見分けも付きませんでした。ドライアドはもう動きませんでした。孤独が終わりを迎えようとしているのです。

地の底を最大の揺れが襲い、セレスはその場からあとずさりました。燃え上がる本の炎を頼りに扉を見つけて通路へと走りましたが、彼女が飛び出したとたん、背後で至聖所が崩れ落ちました。他の洞窟も崩落しかけていますが、骨の大広間は無傷のまま残っていました——とはいえセレスにしてみれば、大して喜ばしいことでもありません。大きな部屋で生き埋めになるのも小さな部屋で生き埋めになるのも、ほとんど変わらないからです。

そのうえ、その場にいるのはセレスひとりではなかったのです。骨の玉座に誰か座っていたのです。それは白い肌と飢えた口を持ち、歪《ゆが》んだ冠《かんむり》を頭に載せた女でした。すべての人々に訪れるペール・レディ・デスが、セレスの元にもやってきたのです。

「だめよ。こんなのおかしいじゃない」セレスが言いました。「私が娘を渡さないからといって、今度は代わりに私が欲しくなったの？　もう一日分には多すぎるほど奪ったんでしょう？　私のことはほっときなさいよ。こんな大変なときに、わざわざこんなところまで——」

ペール・レディ・デスは立ち上がり、セレスの舌から自由を奪うと前に歩み出ました。とてもひどく痩せており、とてもひどく飢えているのです。最初の生物とともに出現した彼女は最後の生物が死に絶え、世界が荒れ果て、宇宙が凍てつくそのときまで存在し続けるのです。

そのとき、岩屋の床から声がしました。「こっちこっち。急ぎなよ、いきなり驚かせたけど許しておくれ」

セレスは地下水脈の縁、踵《かかと》が出てしまうほどぎりぎりのところに立っていました。そして、その左足の下から彼女を見上げていたのは、なんとあのせせらぎの精だったのです。

「格上げになってね」せせらぎの精が言いました。「今のわしは全せせらぎの精だよ。そりゃあ大変な大役だが、ただ誉《ほまれ》に甘んじてふんぞり返っているわけにもいかないからね」

水の手が二本、セレスに向かって伸びてきました。

「そら、そのまま後ろ向きに倒れなよ」全せせらぎの精が言いました。「大丈夫だよ、ちゃんと捕まえてやるからな」

ペール・レディ・デスは威厳を湛《たた》えて進み続けました。全せせらぎの精が現れたからといって急ごうともせず、割り込まれて怒った様子もありません。

今を逃してもどうせ次があると思ってるんだわ、とセレスは胸の中で言いました。いつか私が病気になったり、疲れ果てたり、年老いたりして逃げられなくなるのを待つ気なんだ。そうしたらふたりだけになって、私はあの人のキスを受け入れてしまうのね、いつか自分から招いたように。むしろ、喜んでそうするのかもしれない……でも今日じゃない。まだ待っててもらうわ。

セレスは瞼を閉じ、倒れるに任せました。

71

Anfloga

（古英語）

孤独な飛行者

水の流れはセレスが思っていたよりも温かく、そして速く、そのうえ塩でも含んでいるかのようによく体が浮きました。セレスは、きっと全せせらぎの精が何かしたに違いないと感じていました。彼女が凍えたり沈んでしまったりしないよう、守ってくれているのだと。彼女は仰向けのまま地の割れ目を次から次へと抜けて流れていきましたが、すでに擦《す》りむけている肩をさらに何度も擦りむいたかと思えば、今度は鼻の皮まで剝《は》がれてしまいそうなほどに狭い裂け目をどんどん進んでいくのでした。ですが、怖くなどありませんでした。地響きは遠く、そして微《かす》かになり、水がだんだんと温かくなってきたものですからセレスは眠気に誘われ、海で遭難した者がどのように溺《でき》死《し》の誘惑に屈してしまうのかを悟りました。やがて夜闇の中に出ると、全せせらぎの精は小石の転がる小さな入江に彼女を運び、そこで休ませました。そうして水から上がったとたん、彼女はがたがたと震えだしました。

「助けを連れてくるまで暖かくしてなきゃいけないな」全せせらぎの精が言いました。「薪《まき》を少し集めておいでよ」

川岸には枝が散らばり、焚《た》き付けによさそうな小さな木切れまでありました。セレスは木切れのほうを積み上げるとその周囲に枝のピラミッドを作りましたが、あいにく着火するものが何もありません。家族とキャンプに行ったときも、彼女は摩擦《まさつ》熱で火を熾《おこ》すのに苦戦したものでした。そして一度は父親が――ときどき子供たちに自然体験をさせる人だったのです――棒切れと平らな板を手に、だんだんと苛立ちを募らせながら三十分にわたり頑張ったうえについに諦め、すべて投げ出しライターを使ったのも知っています。ですが不幸にも、今のセレスにライターなどありません。それに摩擦で火を熾すような体力もないうえに、今は全せせらぎの精も留守なのですから、彼にどうすればいいか訊くわけにもいかないのです。

そのとき、セレスの存在に引き寄せられたかのように、ホタルの群れが現れて踊るように飛び回りました。すると、焚き付けに火が点ったのです。セレスがさらに枝を持ってきて積むと、炎は強く燃え上がりはじめました。彼女はその前に座り、じっと炎を見つめました。しかし見つめているうちに、再びカーリオの苦悶《くもん》の死が目の前に蘇《よみがえ》り、その繊細な体が業火に焼き尽くされていく様子が見えたのです。

セレスは刺し傷のあたりを指でなぞりました。もうまったく痛みません。痒《かゆ》みすら感じません。いったい何がカーリオにあそこまでさせたのか、セレスには分かりませんでした。最後のドライアドが死んでしまったことしか分からず、悲しみが胸に込み上げてきました。そして疲れ果てて炎の傍《そば》で身を丸めると、睡《ねむ》りに落ちていきました。

隻眼《せきがん》のミヤマガラスはせせらぎが少女を安全なところまで運ぶのを見届けると、再び砂時計の部屋に戻り、ひとりの少年の頭蓋骨のとなりに降りました。翼の下に頭を突っ込み、女の足音が近づいてきても顔を上げようとはしませんでした。少年が呼びかけてくる声が聞こえ、凍てつくものが羽毛に触れ、ミヤマガラスの心臓が止まりました。

ですがミヤマガラスはもう再び、大切な者との再会を果たしていたのです。

72

Unfaege
（古英語）

破滅したり、死んだりする定めではない

　セレスの呼吸が深く、そして規則正しくなると、フェイの生き残りが二匹現れました。鉱山は消え去り、城の基礎ももうぼろぼろです。六人の貴族を殺して人間による支配をもはや風前の灯《ともしび》とし、そのうえ何よりも、ほんのわずかな戦士を失っただけで、三人の賢女たち――ブライス親子とサアダのことです――を死に追いやることができたのです。そしてさらに重要なのは、じきにこの国が再び自分たちのものとなることをフェイたちが悟ったことでした。この鉱山から察するに、人間は世界を、ひいては自分たちまでをも荒廃させたことでしょう。しかし世界はいずれ元の姿を取り戻すのです。人間を置き去りにしてでも。そのときが訪れれば、フェイは必ずや、世界を手に入れに戻ってくるでしょう。

　睡《ねむ》り続ける少女は、瑞々《みずみず》しい生命に満ちあふれていました。二匹のフェイは、塚に引き上げる前にもう一度ごちそうにありつこうと考えました。そして剣を鞘《さや》から抜こうともせずに、少女の元へと降りていきました。剣など必要ありません。たかだか娘ひとり、腕力でねじ伏せてしまえばいいのですから。

　しかしいざセレスに襲いかかろうとしたその瞬間、二匹とも地面から持ち上げられてしまったのです。巨大で分厚い手に、両腕も封じられたまま。そして叫び声をあげる間もない

まま、鉄の棘《とげ》がついた人差し指で心臓を貫かれてしまったのでした。二匹は、同じことを思ったまま息たえました。**巨人め。**

ゴグマゴグと妻のインゲボルグはどさりと腰を下ろすと、少女を見守りました。しかしはるばる旅をしてくたくたなうえに空腹だったものですから、ふたりはフェイに喰らいつき、跡形もなく平らげてしまいました。

全せせらぎの精は水辺に野営をはっているデイヴィッド、バアコ、木こりの三人を見つけると、セレスのことを話して聞かせました。するとデイヴィッドとバアコはすぐに出発しましたが、木こりだけはあとに残りました。全せせらぎの精も、その場に残ることにしました。そしてデイヴィッドとバアコが行ってしまってから、ようやくふたりはまた口を開きました。

「レディが近くにいるよ」全せせらぎの精が言いました。

「わしも気づいていたよ」木こりが答えました。

「でも狙いは君じゃない」

「ああ、わしには手が届かん」

木こりはまるで忠実な犬に触れるように、水面に指先を滑《すべ》らせました。

「セレスを助けてくれてありがとう」

「まだあの子の番じゃないからね」

「だが君がいなければ、そうなっていたかもしれんよ」

「かもしれないね」全せせらぎの精が言いました。「さあ、わしは行くとしよう。君にはやりかけの仕事があるだろう」

全せせらぎの精が水の下に姿を消し、木こりはひとりになりました。そして両手を温めながら炎の前に座っていると、そこへペール・レディ・デスがやってきたのでした。

「今日はずいぶんとご馳走を喰らったな」木こりが迎えました。

彼女が答える囁《ささや》き声を訊くと、炎の前にいるというのに木こりは鳥肌が立ちました。

「もっと食えたろうけどな」

「なぜそうしなかったんだね？　どうして鉱山でやめたのかね？　城はかろうじてとはいえ、まだ立っているぞ。どうして城を滅ぼし、そこに住まう者たちを食ってしまわなかったのだ？」

「あの鉱山は忌むべきものだったから」

「人間はまた新たな鉱山を掘るぞ、もっとでかいやつをな。『隠れし者たち』にもすべて滅ぼすなんてできんし、すべての人間たちを殺《あや》めるなど、お前が先頭に立ったとて、とてもできることではない」

ペール・レディ・デスは何も答えませんでした。木こりは注意深く彼女を見つめました。

「なるほど！」木こりが手を打ちました。「フェイどもも自力でそれに気づいたというわけか。そうだろう？」

「フェイは待つわ。どれほどの時が流れようとも、塚で睡《ねむ》りに就きながらな」

「どれほどの時が流れようとも？」

「この世界が人間どもを浄化して再び清浄となる、その日が訪れるまでな。そのとき再びフェイが現れ、世界を手中に収めるのじゃ」

過去も未来もずっと先まで見通す木こりは、何も異論を唱えませんでした。

「そして、骨の中に立ち尽くすお前を見つけるのだな」

ペール・レディ・デスはそうだというようにうなずき、ルビーのように赤い唇《くちびる》を舌先でぬるりと舐《な》めました。

「セレスという女のことで、話がある」木こりが言いました。

「あの娘がどうかしたのかえ？」

「もっと時間をやってくれないか」

「妾《わらわ》は時間をやったりなどせんよ。ただ止めるだけじゃ」

「これはお前の好きにねじまげていいような契約とは違う。あの子が自分で選んだのだ」

「前には別の選択を下したはずだがのう」

「いや、下しかけただけだ。それも疲れ果てているときにな。まったく違う話だよ」

ペール・レディ・デスはこれを聞き、考え込みました。その周囲で影が渦《うず》を巻き、暗闇が彼女を受け入れるために分かれました。

「待ってやるよ」最後にペール・レディ・デスが言いました。「せめてあの娘くらいはな」

木こりはそれを聞き、こくりとうなずきました。彼は、どうなるべきかを知っているのです。これまでも、そして生と死とその狭間《はざま》がある限り、これから先も、幾久しく。

「連中にも優しくしてやるのだぞ」木こりは言いました。

ペール・レディ・デスの顔に刹那《せつな》、慈愛とも取れるような表情が浮かびました。彼女には痛みが必要不可欠ですが、その終わりもまた必要なのです。

「あの者たちは何も感じはせぬよ」ペール・レディ・デスが言いました。「妾の足音すら聞こえんじゃろう」

そして、夜と炎だけがあとに残りました。木こりは両手に顔を埋めて泣きました。

73

Cossian
（古英語）

口づけをすること

セレス、デイヴィッド、木こりの三人は、バアコとともに彼の村へと帰っているところでした。村の人々と同じタトゥーの入ったふたりの赤ちゃんも一緒です。三人目の赤ちゃんはデンハム元帥に預けられ、元帥は必ずや両親を見つけ出すと誓いました。

このところの事件による空席を埋めるべく、すでに下級の貴族たちが権力争いを始めており、ボルウェインの城と万魔殿《パンデモニウム》の坑道を含む領地を巡りふたつの敵対勢力が権利を主張していました。人々の中には、内戦の始まりの噂が広まっていました。

「君はどうする気だね？」木こりがデンハムに訊ねました。

「私は兵士だ」元帥が答えました。「どちらに付いて戦うかを選ぶつもりだよ」

セレスはそれを聞きながら絶望しました。彼女の知るかぎりこんなことを言うのは男たちだけですが、彼女には彼らを変える力がないのです。

バアコの村に辿《たど》り着くと、村人たちが出迎えに来ました。死者を悼む白装束に身を包んだタバシとイメの姿もあり、それを見たバアコは母親はもういないのだと悟りました。ハルピュイアたちは彼女の軀《むくろ》に触れようとはせず、それを引き上げるのを邪魔立てしようともしませんでした。サアダの叡智が肉体に、そして骨にまで染み渡り、ハルピュイアが喰らえぬようにしていたのです。タバシは憤怒《ふんぬ》に駆られてハルピュイアの長こそ殺しはしたものの、残ったブルードたちへの復讐心を抑え込み、群れが己の姉妹である長の亡骸《なきがら》を好きに喰らうに任せたのでした。

セレスたち一行はゆっくりと村に残って哀悼の意を表し、ようやく息子に別れを告げられたサアダが火葬されるのを見守りました。それが済むと何ごともなく渓谷まで馬を進めました。渓谷ではまた橋を渡ろうとする人々が貢物《みつぎもの》の食料を置いていくようになっており、三人もそれに倣《なら》いました。そして渡り終えて振り向いてみると、もう食料はすっかりなくなっていたのでした。

木こりの小屋まであと少しというところで、セレスたちはデイヴィッドと別れることになりました。今や彼の髪はすっかり白くなり、セレスが見た彼の最後の写真と同じような姿になっていました。彼女も彼も、変わり果てたその姿には触れませんでした。しかし最後に別れの抱擁をしたセレスは、自分が彼のために涙を流していることに気づきました。

「泣かないで」デイヴィッドが言いました。「永遠にあのままでいられるわけじゃないのは知ってたし、僕もそんなこと望んじゃいなかったんだ。あの人たちの傍にいる時間が欲しかっただけなんだよ。そして、それが叶ってくれた」

セレスと木こりは馬の背で遠ざかっていくデイヴィッドを見送り続け、すっかり地平線にその姿が消えてから、ようやくまた出発しました。

ペール・レディ・デスはデイヴィッドの家で帰りを待っていましたが、デイヴィッドには彼女の姿が見えず、声も聞こえませんでした。そしてこれが彼の唇を出る最後の言葉だと思い、彼女はデイヴィッドに妻の名を――すでに手の届かないところに行ってしまっていましたが――呼ぶことを許し、それから彼の首の付け根にそっと唇で触れたのでした。
世界が溶け去り、そのあとに光が溢れ、そうしてデイヴィッドの物語は結末を迎えたのです。

74

Hyht
(古英語)

希望

セレスは、あの木の前に立っていました。幹を包む樹皮と辺材が両側に裂け、彼女を招き入れようと、奥へと続く穴が心材に開いているのが見えました。彼女は木こりに歩み寄ってその腕に抱かれ、やがてその抱擁から身をほどきました。するといつの間にか歳を取り、重くなり、知恵をつけ、内なる子供はもう一度大人の自分の中に包み込まれていたのでした。彼女は成熟した目で木こりを見つめ、彼の中に父親の面影を見ました。ちょうど、かつてデイヴィッドが同じく木こりの顔に己の父親の面影を見つけたのと同じように。**あの子たちはみんな、木こりのおじさんの子供なんだ**、とデイヴィッドの声が胸に蘇りました。

ううん、そうじゃない。私たちはみんな、木こりさんの子供なんだわ。セレスは声に出さず言いました。

そして初めて、ねじくれ男の申し出のことを木こりにも教えました。

「受け入れてしまうところだったわ。もしカーリオが現れてくれなかったら、たぶん受けてしまったと思うの」

「じゃあ、わしからもひとつ申し出をしよう」木こりが言いました。「自分の良心のためにも、そうせねばいられんからな」

「どんな申し出を？」

「もしそうしたいなら、ここに留まってもいいんだぞ。前にも言ったが、ここの時間は君の世界の時間と流れかたが違うからな。何時間、じゃなきゃ何日かすれば、娘さんも来るだろう。デイヴィッド一家のように君たちも、失われた年月を共に暮らせるんだよ。どれほど長かろうとね。夜な夜な続ける娘さんの寝床へのつらく苦しい巡礼も、毎晩続く寝ずの番も、あっちの世界でそんなことを続け、自分を傷つけなくてよくなるんだよ」

「傷つくのは、フィービーが目を覚まさないさだめだから？」

「さあ、どうだろうな。わしは知らんよ」

セレスはまたしても、心惹かれました。あらゆる胸の痛みから解放され、どれほど時間がかかろうとも数日のうちには昔のように娘と再会が果たせるのです。ですがフィービーにしてみればほんの数日どころか何年、何十年という歳月を、意識があろうとなかろうと見守ってくれる母親がいないまま過ごさなくてはいけないのです。聞こえていようといなかろうと、物語を読んで聞かせてくれるセレスの声も聞けずに過ごさなくてはいけないのです。彼女の中で何が起きているのか医師たちに知る術はありませんでしたが、何が起きているにせよ、セレスはフィービーだけにそれを耐えさせるつもりはありませんでした。たとえ彼女のベッドサイドで自分に残された月日を使い果たすことになろうとも。

「駄目。それはできないわ」セレスは首を横に振りました。「あの娘の傍にいなくちゃ」

「希望は常にあるからかね？」

「希望がなくても、よ」

「ならば、いずれまた再会を果たすときには」木こりが笑いました。「娘さんと一緒かもな」

「違う結末のほうがいいって言っても、気を悪くしないでね」

「もちろん気を悪くなどしないとも」

ふたりは最後にもう一度、抱擁を交わしました。そしてセレスは振り返りもせず、心残りもなく、暗闇の中へと足を踏み入れました。背後で本が閉じ、セレスは暗闇に包まれました。


セレスは森を彷徨《さまよ》っていました。頭が痛くて、シャツは血まみれでした。まっすぐ歩こうとしても足が言うことを聞いてくれず、しまいにはまったく働いてくれなくなりました。脚がもつれ合い、彼女はぐるぐると回ったかと思うと地面にどうと倒れてしまったのです。セレスは湿った地面に後頭部を打ち付けましたが、瞼《まぶた》が閉じかけたその瞬間、誰かの声が聞こえました。誰かが自分の名前を呼んでいるのです。

「帰ってきたわ」彼女は必死に声をあげました。「あの子に私が帰ってきたって伝えてあげて」


セレスは目を覚ましました。そこは森ではなく介護施設のストレッチャーの上でした。頭が痛く、腕には点滴が刺さり、不安げなオリヴィエに監督された看護師がひとり、彼女の周りで忙しそうに世話をしています。

「おかえりなさい」オリヴィエが言いました。「あそこでは、ひどく心配しましたよ」

「頭が痛いわ」セレスはそう言うと、オリヴィエを見上げました。「フィービーは？　大丈夫なの？」

「今朝早く、あなたが出て行かれたときのままですよ。目を覚ましたらきっとすぐ頼まれると思って、ついさっき様子を見てきたところです。その頭痛はほぼ間違いなく脳震盪《のうしんとう》でしょう。頭皮の傷は、すぐにエレインに縫ってもらうとしましょう。しばらくは痛みますから、きっと探検に出たことを後悔なさいますよ、まだしてなければの話ですがね」

「私、何か面倒なことになるの？」

「どこに行かれてたかは突き止めましたからね。まあ、不法侵入、器物損壊ってとこでしょうかね？　厳しく罰せられますとも。パンと水だけを与えられて、六ヶ月の重労働とかね」

看護師がオリヴィエをぎろりと睨《にら》みつけました。

「真に受けないでくださいね」今度は、セレスの顔を見ます。「あの中にいたのに周囲に瓦礫《がれき》が落ちてこなかったなんて、本当にツイてましたね。これでようやく上も重い腰を上げて、修理してくれる気になるかもしれませんよ」

看護師はシリンジに薬品を入れ、プランジャーを押して中の空気を出しました。「さあ、頭の傷をなんとかしちゃわないと。ちょっとちくっとしますよ」

セレスは最初のひと刺し、そして二度目と立て続けに悲鳴をあげました。ですが三度目には、もう頭が麻痺《まひ》していました。

「これでよし、と」看護師が言いました。「どんな形に縫いましょうか？　個人的にはハートの形が好きなんですが……」

〈ランタン・ハウス〉の当番医が念には念を入れて地元の救急病院で検査を受けるべきだと言って聞かないものですから、セレスはほんの少ししかフィービーと面会させてもらえませんでした。そして何時間かするとようやく解放され、タクシーでまた〈ランタン・ハウス〉に戻ってきました。病室まではオリヴィエが付き添い、あとはふたりきりにしてくれました。オリヴィエが立ち去っていくと、セレスはあの事故が起きてからというもの初めて泣くかのように泣いたのでした。「もう二度とあなたを抱けないかと思ったのよ」とフィービーに話しかけます。「もう永遠に会えないかもしれないと思ったのよ」

それ以上もう何も言いませんでしたが、娘の手を取り、髪を撫でてやると、懐かしく愛おしいあの痛みがまた戻ってきました。

75

Wyrd-Writere

（古英語）

できごとの記録をしたためた者

　切り傷の治りは早く、一週間後には抜糸が行われました。セレスは新しいプロジェクトに打ち込んでいたので、日々が過ぎるのにもほとんど気づかなかったほどでした。抜糸が済むと、すぐにフィービーの元に駆けつけました。夕方六時を回ったところでしたがカーテンはまだ引かれておらず、病室に満ちた黄色い光が表の茂みや木々を照らしていました。セレスはもしかしたら隻眼のミヤマガラスが見つかるのではないかと期待しながら窓辺に立っていましたが、表には一羽の鳥も見当たりませんでした。

「いろいろとありがとう」セレスはつぶやきました。「あなたのこと、決して忘れないからね」

　そしてフィービーのとなりに椅子を引いてくると、荷物から厚紙の表紙が付いたノートを取り出して彼女に見せました。八十ページまで、小さく几帳面な手書き文字が並んでいます。直すところもほとんどなく、実に流暢《りゅうちょう》な文章です。セレスはいつものようにフィービーの右手を取り、話しだしました。

「私、ちょっと書いてみたものがあるのよ」セレスが言いました。「物語でね、きっと本になりたがっているのだけど、まだ最後まで終わってないの。ていうか、どうやって終わらせればいいのか分からなくてね。書きはじめたときも分からなかったけど、今でもさっぱり。作家なら分かってるものだと思ってたし、私は作家じゃないのかもね。少なくとも、本物の作家では。でも、まだ続いている途中の物語の結末なんて、考えつかないでしょう?　物語がどこに向かっていくのか、見届けなくちゃなんだもの。だから、この物語がどこに向かうのか見届けるとしましょう。私とあなた、一緒にね」

セレスはノートを開き、動きを止めました。

「おっと、続編と言うべきだったわね」彼女が言います。「だからちょっとおかしな書き出しなのだけど、あなたなら分かってくれるはずよ。だっていつでもおとぎ話が大好きだったものね」

セレスは深呼吸をすると、物語を読みはじめました。

「むかしむかしのこの間《あいだ》――ときとして物語は、このように続くものですが――あるところに、娘を盗まれてしまった母親がおりました――」

まるでペンがページをなぞるように、一本の指がセレスの手のひらに触れたのは、そのときでした。

謝辞

『失われたものたちの本』の続編を書こうと思ったことなど、僕はありませんでした。誰かに書くべきだと言われるたびに、あれは一編だけで完結しているから付け足すことなど何もないと答えてきたものです。それでも僕は何年もかけて同作の世界に根ざした物語をいくつも執筆し、二〇一六年、少々の手直しを加えた十周年記念版にすべて収録しました。そして二〇二〇年、COVIDによる最初のロックダウンの最中、僕は映画化を提案され、その脚本の執筆に取り組んでいました。あいにく映画化は実現しませんでしたが――もしくはまだ実現していませんが――この本に戻ることも、違った光の中でその世界を空想し直すことも、とても楽しいものでした。そのとき、僕は気づいたのです。拒否し続けていたにも拘《かか》わらず、二〇〇六年にこの本が刊行されてから、僕が何度もその世界への再訪を繰り返していたのだということに。あの世界を離れることができなかったのか、はたまたあの世界が僕を離れてくれなかったのか、どちらかはあなたに任せるとしましょう。

僕は昔からずっと興味深く曖昧《あいまい》な言葉を蒐集するのが好きですが、ロバート・マクファーレンの*Landmarks*（Penguin, 2015）、ハナ・ヴィディーンの*The Wordhord: Daily Life in Old English*（Profile, 2021）の二冊は、この本の執筆のために語彙《ごい》を増やすうえで、とてつもなく役に立ってくれました。

さて今回も、感謝を示したい人たちがいます。長きにわたり僕の力になってくれているイギリスの編集者、スー・フレッチャー、そしてアメリカの編集者、エミリー・ベストラーに。『失われたものたちの本』を出版に導いてくれたばかりか、続編についても同じように尽力してくれた。

　Atria/Emily Bestler Books の最高のスタッフたちに。リビー・マクガイア、デイナ・トロッカー、デイナ・スローン、ララ・ジョーンズ、サラ・ライト、エミ・バタグリア、ジーナ・ランジー、デイヴィッド・ブラウン、デイナ・ジョンソン、そしてたくさんのみんなに。Hachette and Hodder & Stoughton のみんなに。とりわけケイティ・エスピナー、ジョー・ディキンソン、キャロリン・メイズ、スワティ・ギャンブル、レベッカ・マンディ、オリヴァー・マーティン、アリス・モーリー、キャサリン・ワーズリー、ドミニク・スミスと彼のセールス・チームに。Hachette Ireland のブリーダ・パーデュー、ジム・ビンチー、エレイン・イーガン、ルース・シャーン、そしてシオバン・ティアニーはじめ、スタッフのみんなに。僕のエージェントであるダーリー・アンダーソンと彼のチームに。ローラ・シャーロックに。僕の労力を減らすためさまざまなことを気にかけてくれたエレン・クレア・ラムに。科学的な目で小さな間違いをいくつも見つけてくれたクリオナ・オニールに。パンデミックの間、僕の正気を保たせてくれたジェイク・ナレパに。約一年、僕を無理やり表に連れ出して運動させたうえに、『失われたものたちの本』の続編の執筆を嫌がる僕の頭がおかしくなりそうなほど、しつこくしつこく考え直せと言ってくれたことに。フィービーの病状と考えうる治療法に関する医学的な質問に答えてくれた、ロバート・ドラモンドに。あなたのことは医師ではなく、ひとりの人間として思っている。ドミニク・モンタルトへ。その校正術のおかげで僕はイライラせずに済んでいる。そして一冊目の刊行時にいてくれたジェイニー、キャメロン、アリスターと、この二冊目でそこに加わってくれたミーガン、アラナ、リヴィに。

　最後になるけれど、すべての書店、図書館、読者たちに。何年もにわたり僕の支えとなり、『失われたものたちの本』をはじめ僕の小説を読んでくれてありがとう。

訳者あとがき

本書は二〇二三年九月に英国で刊行された、アイルランド人作家、ジョン・コナリーの*The Land of Lost Things*を邦訳したものです。日本では前作*The Book of Lost Things*（2006）の邦訳版『失われたものたちの本』がベストセラーとなっているので、おそらくその流れでこの本を手に取ってくださる方も多いのではないかと思いますが、まだそちらをお読みになっていない方は、この機会に一作目も読んでいただくことを強くお勧めします。ちなみに、このあとがきは本編をお読みになったあとで開いていただくほうがいいと思います。まずはなんの先入観もなしに、ジョン・コナリーが描く美しくも残酷な、そして優しい世界をお楽しみください。

★
★
★

二〇二三年の頭ごろだったと思いますが、いきなり本作*The Land of Lost Things*が刊行されるというニュースが飛び込んできました。それを聞いた僕は、正直とても驚きました。まさか『失われたものたちの本』の続編が書かれるとは、夢にも思っていなかったからです。

とにかく『失われたものたちの本』はあまりにも完璧に終わっているように感じていましたし、エピローグの非常に静かな、そして確かな、まるで延々と鳴りやむことのない柔らかな音叉《おんさ》の響きのような余韻《よいん》がとてつもなく好きで、訳し終えて何年経ってもその余韻はずっと胸の奥底で響き続けていました。生涯胸の中に残しておきたいと思うような、僕にとってはとても心地のいい余韻です。なので『失われたものたちの本』と『キャクストン私設図書館』の二冊を翻訳してジョン・コナリー作品には盤石《ばんじゃく》の信頼感を抱いてこそいたものの、万が一、続編によりその余韻が乱されてしまったらどうしようかと、本当に恐ろしく、不安に感じたのです。正直、僕は前作だけでかなり満足してシビれてしまっていたので、続編の邦訳出版については前作のように積極的に働きかけるのはやめようか、とまでどこかで思っていました。「一作目の人気を受けて続編が決定したものの、続編はイマイチだった」ということも、決して珍しい話ではないのです。

それに『失われたものたちの本』には、作家が一生に一度しか書けない作品と言ってもいいような、鬼気迫る迫力がありました。ジョン・コナリーが少年期に、そして大人へと成長する過程において感じたに違いないリアルな葛藤や後悔、そして苦悩があまりにも鮮《あざ》やかに描かれており、単純なファンタジーというよりも、彼が人生を賭けて執筆した自叙伝としての迫力も大いにあるように僕には感じられ、それがあの圧倒的な没入感へとつながっているのではないかと考えていたのです。彼が優れた作家なのは重々承知してこそいたものの、その彼をもってしてもあの続編として表紙を並べられるような作品を書くことができるものだろうか……。続編の報を聞いたときには期待もあったものの、その気持ちのほうが遙かに大きかったのです。

しかし同年夏、大きく状況が変わります。いきなり『失われたものたちの本』が、宮崎駿《みやざきはやお》監督の新作映画『君たちはどう生きるか』の原案作品と噂されて怒濤《どとう》のように売れだし、もう続編を訳すしかないという状況になってしまったのです。「積極的に働きかけるのはやめよう」と思っていたとはいえ、話が来たら請《う》ける以外の選択肢はありませんので、覚悟を決めてふたつ返事で翻訳を引き受けました。そして久しぶりに、コナリーが作り上げたこの不思議な異世界の匂いと向き合うことになったのです。

　ですがジョン・コナリーにとっても、続編を書くとは思いもよらなかったようです。まず前作『失われたものたちの本』は、彼自身が「とても惨《みじ》めなものだった」と語る少年時代の追体験としても書かれているのですが、今度はその世界を大人として再訪する物語になっています。このことについてコナリーは、『失われたものたちの本』の十周年記念版に際して修正を入れたときのエピソードを語っています。その十年の間に子育てを経験し、老いた母親を心配する日々を送った彼は、久々に『失われたものたちの本』を開いてその世界に戻ったとたん、自分の人生が新たなステージに入っていたことに気づいたのだと言います。ひたむきに自分の苦しみや嘆きと向き合い成長した前作とは違い、今度は人を愛し、心配し、守ろうとする立場として、同じ世界に戻っていたのです。おそらく、彼がこの物語の執筆を決意したのは、そのときだったのではないでしょうか。

　そのようにして、作中のみならず実生活においても、物語と現実との間を行き来しながら自分自身とコミュニケーションを取るというのが、ジョン・コナリーの個性であるように感じます。むしろ、その両者をあまり区別していないとすら言えるかもしれません。今作や前作においても物語そのものが主人公の人生となって語られるわけですが、これは『キャクストン私設図書館』でも明確で、現実世界のどこかにふと、物語の世界と現実が交錯《こうさく》する不思議な場所が存在しているのがジョン・コナリーの世界観であると言ってもいいように感じます。もっともそれはコナリーに限らず多くの作品、多くの作家がそうであり、前作『失われたものたちの本』を語る上でも「行きて帰りし物語」という言葉が多く使われたように、ある意味これはステレオタイプと言えるほど典型的なものです。現実からふらりと空想世界に足を踏み入れ、冒険し、現実へと生還した登場人物は、枚挙にいとまがありません。しかしジョン・コナリーのそれには明確に彼ならではの匂いがあるように感じます。それは、どれだけ異世界的な場所で日常からかけ離れた異様な冒険をしようとも、目を背《そむ》けたくなるほど現実的な苦悩が常に付きまとうところではないかと僕は感じます。

ファンタジー世界と聞くと、ともすれば現実とは違う素敵で胸躍るような非現実的世界を想像する人もいるでしょう。しかし前作のデイヴィッドしかり、今作のセレスしかり、どんな世界に行こうとも決して逃げることの叶わない己の苦悩に付きまとわれ、苦しみ続けながら、ほんの微《かす》かにしか見えない光明に向け、強い決意で進んでいきます。そして、どれほど異様で非現実的な異世界であろうとも、コナリー作品のもっとも胸に迫る部分とは、一見悪趣味とすら思えるほどにえげつない、容赦のないできごとに巻き込まれていく登場人物たちが胸の内に抱く、非常に現実的な感情のうねりであるように感じるのです。現実とファンタジーの世界を隣り合わせのように描く作品は無数にありますが、コナリー作品ではそのふたつの世界がさらに近く、マーブル模様のように入り混じっているような印象があるのです。

かつてミヒャエル・エンデは「ファンタジーとは現実から逃げるための手段ではなく、現実に到達するためのほぼ唯一の手段である」と言いましたが、コナリーもまた同様の捉えかたをしているのではないでしょうか。前作においても今作においても、その道筋は非常に顕著であるように僕には感じられます。誰しも書籍、映画、ドラマ、ゲームなどを通して物語に自分を変えられる経験はするもので、そのとき物語と現実の間の壁はなくなっているのだと思います。つまり物語とはじゅうぶんに現実のものであり、それを読んで胸を躍らせたり締め付けられたりする僕たちはそのとき物語の世界の住人であるばかりか、僕たち自身が未完の物語であるといえるわけです。

さて、そのように前作と変わらない密度で息を呑む異世界冒険譚を作り上げてくれたジョン・コナリーですが、翻訳作業を通して、前作とはだいぶ変わったと感じる点も見受けられました。時代に応じて施《ほどこ》されている差別問題への配慮もそうなのですが、特に大きく感じたのは、前作から十七年の歳月を経た文章の変化でした。『失われたものたちの本』の文章も、静寂と深みを感じさせる素晴らしい文章だったのですが、今作を読み始めてみて驚いたのは、さらに重厚な文章に変わっていたことでした。構造が以前よりも複雑になり、一文一文も以前より割と長くなったような印象を受けます。今回は、下手に嚙み砕いて読みやすくしようという工夫はせず、基本的にはコナリー独特のポエジーが極力うまく伝わるように訳しました。文章には、意味のほかにも雰囲気を伝える機能があるのですが、読みやすくすればするほど雰囲気が失われてしまうタイプの文章があり、コナリーもまた、文章に並んだ言葉の意味と文章全体が発する雰囲気とで世界を構築していく作家だと思うからです。おそらく、前作よりも読みづらくなったと感じる方もいらっしゃるのではないかと思うと心苦しいのですが、それもこの十七年の間に作者が辿《たど》った変化の徴《しるし》なのだと思い、じっくりと彼の文章に付き合っていただければ幸いです。

このシリーズに付きまとう映像化の話題について、少しだけ触れておきます。現在『失われたものたちの本』のオンライン・レビューの中には映画化を待望する声が多く見られるのですが、実をいうと何度となく映像化が試みられているようです。米メイン州ポートランドのテレビ局、WCSHの〈ニュースセンター・メイン〉で行われたインタビューにおいてコナリーは、「多くの脚本家たちが挑戦してきたが、誰ひとり書き上げることはできなかった」と答えており、概要だけを見て「無理だ」と一蹴《いっしゅう》してしまう脚本家もいたとのことです。とうとう二〇二〇年、パンデミックによるロックダウン下でコナリー自身が脚本の執筆に乗り出したものの、映画一本の長さに収めることがどうしてもできず、挫折してしまったようです。しかし映画化の話はいくつもあり、刊行直後の二〇〇七年にはアイルランド人のジョン・ムーア監督が映画化権を取得しています。日本からも、邦訳版が刊行された翌年の二〇一六年にはあるアニメ映画の制作スタジオが一度交渉の席に着いていたことがあるそうなのですが、残念ながら条件面などで折り合いがつかずに物別れになってしまったようです。正直今だに、この話が実現していたらと思わずにはいられません。

最後になりますが、本書の翻訳刊行にあたりジョン・コナリーにインタビューすることができました。『紙魚の手帖』二〇二四年六月号（Vol.17）に掲載されます。『失われたものたちの国』の企画、執筆について、そして本書の日本での刊行に対する想いについていろいろと語ってもらいました。同誌にとっても初の海外著者のインタビューとなりますので、ファンの方はぜひともお見逃しないようよろしくお願いいたします。

本書の翻訳にあたり、『失われたものたちの本』『キャクストン私設図書館』に引き続き大変お世話になった東京創元社の佐々木日向子さん。今回も鳥肌が立つような装画を制作して下さった天羽間ソラノさん、そして思わず手に取りたくなる素晴らしいデザインにして下さった藤田知子さん、本当にありがとうございました。

THE LAND OF LOST THINGS by John Connolly

失われたものたちの国

2024年6月28日　初版

著　者　ジョン・コナリー
訳　者　田内志文
装　幀　藤田知子
装　画　天羽間ソラノ
発行者　渋谷健太郎
発行所　(株)東京創元社
〒162-0814　東京都新宿区新小川町1-5
電　話　03-3268-8231(代)
URL　https://www.tsogen.co.jp
DTP　キャップス
印　刷　萩原印刷
製　本　加藤製本

ISBN978-4-488-01137-6 C0097

創元推理文庫

全米図書館協会アレックス賞受賞作

THE BOOK OF LOST THINGS◆John Connolly

失われたものたちの本

ジョン・コナリー 田内志文 訳

◆

母親を亡くして孤独に苛《さいな》まれ、本の囁《ささや》きが聞こえるようになった12歳のデイヴィッドは、死んだはずの母の声に導かれて幻の王国に迷い込む。赤ずきんが産んだ人狼、醜い白雪姫、子どもをさらうねじくれ男……。そこはおとぎ話の登場人物たちが蠢《うごめ》く、美しくも残酷な物語の世界だった。元の世界に戻るため、少年は『失われたものたちの本』を探す旅に出る。本にまつわる異世界冒険譚。